KB092360

죽음의 책

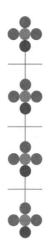

현대문학

The Book of Death

죽음의 책

사키 외 지음

김석희 외 옮김

차례

12번 트랙

Track 12

제임스 그레이엄 밸러드

조호근 옮김

"틀렸어. 다시 추측해 보게." 셰링엄이 말했다.

맥스티드는 헤드폰을 쓰고 조심스럽게 귀에 잘 맞췄다. 음반이 돌기 시작하자 그는 소리의 정체를 담은 희미한 단서를 찾아 귀를 기울였다.

금속성의 빠르게 사각대는 소리였다. 깎여 나간 쇳조각들이 환기구를 통해 쏟아지는 소리와 흡사했다. 같은 소리가 10초 주기로 열 번 정도 울리더니 삑 소리와 함께 멈추었다.

"그래, 어떤가? 뭐 같나?" 셰링엄이 물었다.

맥스티드는 헤드폰을 벗으며 한쪽 귀를 문질렀다. 몇 시간이나 음반을 듣고 있는지라 이제는 귀가 쓰리고 먹먹할 정도였다.

"가능성이 너무 많은데. 얼음 조각 녹는 소리 아닌가?"

셰링엄은 고개를 저었다. 살짝 기른 턱수염이 양옆으로 흔들렸다.

맥스티드는 어깨를 으쓱했다. "은하계가 충돌하는 소리라든가?"

"아니지. 음파는 우주를 가로지를 수 없잖나. 힌트를 하나 주지. 소리를 표현할 때 흔히 사용하는 **관용구**와 관계있다네." 그는 이런 문답을 내심 즐기는 듯 보였다.

맥스티드는 담배에 불을 붙이고 남은 성냥 도막을 실험실 작업대 한쪽으로 던졌다. 뜨거운 성냥 머리에 왁스가 녹아 작은 웅덩이가 만들어졌다가 그대로 다시 굳으면서 얇은 검은색 흔적이 남았다. 그 모습을 보고 있자니 즐거워졌다. 옆에 선 셰링엄이 초조해하고 있다는 걸 알기 때문이었다.

그는 애써 뇌를 움직여 적당한 미소를 얼굴에 띠었다. "그럼 혹시 파리가—"

"시간 종료야." 셰링엄이 그의 말을 잘랐다. "**핀이 떨어지는 소리였네.**●" 그는 전축에서 3인치 음반을 꺼내 재킷 안으로 집어넣었다.

"떨어진 순간의 소리가 아니라 떨어지는 동안의 소리지. 50피트 높이의 기둥에 마이크로폰을 여덟 대 연결했어. 자네라면 이건 맞힐 줄 알았는데."

그는 마지막 음반으로 손을 뻗었다. 12인치 LP였다. 그러나

● 영어에서 쥐 죽은 듯이 조용한 상태를 표현하는 관용구 중에 '핀 떨어지는 소리가 들릴 정도로 몹시 조용하다so quiet one could hear a pin drop'라는 것이 있다.

맥스티드는 음반을 턴테이블에 올리기 전에 자리에서 일어났다. 유리문 너머로 회랑 가운데 있는 정원, 탁자, 어둠 속에서 빛나는 유리 주전자와 잔이 보였다. 문득 셰링엄과 그의 어린애 같은 놀이가 전부 짜증스러워지기 시작했다. 이렇게 오래 이런 장난질을 참아 주었다는 것만으로도 자신에게 화가 치밀 지경이었다.

"나가서 바람이나 좀 쐬는 건 어때." 그는 경쾌하게 말하며 증폭기 하나를 밀치고 지나갔다. "귓가에서 징을 울려 댄 것처럼 귀가 먹먹하다고."

"물론 좋지." 셰링엄은 즉각 동의했다. 그는 음반을 조심스레 턴테이블에 올려놓고는 전축의 전원을 내렸다. "사실 이 음반은 나중을 위해 아껴 놓고 싶었거든."

그들은 따스한 저녁 공기 속으로 나섰다. 셰링엄이 일본풍 조명등을 켰고, 훤한 하늘 아래 두 사람은 대나무로 짠 의자에 몸을 기댔다.

"자네를 너무 지루하게 만든 게 아니면 좋겠는데." 셰링엄이 유리 주전자를 들면서 말했다. "미세 음향은 꽤나 흥미로운 취미지만, 아무래도 나는 거의 집착적으로 빠져들고 있는 듯하네."

맥스티드가 뜻 모를 신음을 냈다. "꽤 흥미로운 녹음도 있었어." 그는 인정했다. "나방의 머리나 면도날을 확대한 사진처럼 맛이 간 참신함이 있기는 하니까. 하지만 자네 주장대로 미세 음향이 과학의 도구로 사용될 수 있는지는 잘 모르겠는데. 흥미로운 실험실 장난감일 뿐이잖아."

셰링엄은 고개를 저었다. "당연하지만 자네 생각은 완벽하게 잘못된 것이라네. 내가 맨 처음으로 틀어 준 세포분열 소리 기억하나? 동물의 세포분열 소리를 10만 배 증폭하면 쇠기둥과 강철판이 찢겨 나가는 소리처럼 들린다네. 뭐라고 해야 할까, 자동차가 슬로모션으로 박살 나는 것과 흡사한 소리지. 반면 식물의 세포분열은 전기로 구성된 시와 같아서 부드러운 화음과 온갖 음색으로 가득하다네. 미세 음향을 이용해서 동물계와 식물계를 구분할 수 있다는 완벽한 예시 아니겠나."

"내가 보기에는 지독하게 돌아가는 방법 같은데." 맥스티드가 소다수를 탄 위스키를 마시며 평했다. "별의 움직임을 측정해서 자동차의 속도를 계산하는 셈이잖아. 가능이야 하겠지만, 속도계를 참조하는 편이 훨씬 쉽지 않겠나."

셰링엄은 고개를 끄덕이면서 탁자 반대편에 앉은 맥스티드를 물끄러미 바라보았다. 대화에 대한 흥미가 절로 사라져 버린 듯, 두 사람은 손에 잔을 든 채로 한동안 말없이 앉아 있었다. 묘하게도 두 사람이 오랫동안 서로를 향해 품어 온 적의는 이제 상반된 성격과 습관과 체격이라는 모습이 되어 보다 명확하게 드러나고 있었다. 큰 키와 듬직한 체구, 거칠고 잘생긴 얼굴의 소유자인 맥스티드는 의자에 눕다시피 기댄 채로 수전 셰링엄을 떠올리고 있었다. 그녀는 턴블 부부가 주최하는 파티에 가 있었다. 맥스티드 본인은 다들 아는 이런저런 이유 때문에 턴블 부부 앞에 얼굴을 내비치기가 꺼려지는 상황이어서, 결국 그녀 대신 이 괴팍한 땅꼬마 남편과 저녁 시간을 보내는 신세가 된 것이었다.

그는 최대한 객관적인 시선을 유지하려 애쓰며 셰링엄을 관찰했다. 이 고지식하고 매력 없는, 현학적이고 하찮은 유머만을 내뱉는 남자에게 쓸모 있는 구석이 하나라도 존재는 하는지 의문을 품으면서. 슬쩍 훑어서는 단 하나도 발견할 수 없는 사람이었지만, 오늘 저녁 자신을 초대한 것으로 보아 그 나름으로 용기나 자존심은 있는 모양이었다. 하지만 그가 하는 행동의 목적은 언제나 그렇듯이 수수께끼였다.

맥스티드는 구실 자체는 꽤나 사소했음을 떠올렸다. 생화학과 교수인 셰링엄은 집에도 제법 그럴싸한 실험실을 구비하고 있었다. 전직 운동선수에 학과 성적은 바닥을 치던 맥스티드는 전자현미경을 제작하는 회사에서 하급 기술 관리직으로 일하고 있었다. 셰링엄은 전화를 걸어서 자신을 방문하면 서로에게 이득이 될 거라는 암시를 했다.

물론 명확하게 그런 언질을 준 것은 아니었다. 그러나 아직까지는 분명 수전과 관계가 있을 저녁 방문의 진짜 주제도 화제에 오르지 않았다. 맥스티드는 셰링엄이 어떤 식으로 외나무다리 위의 결전을 향해 나아갈지를 추측해 보았다. 셰링엄이라면 초조하게 원을 그리며 걷지도, 손때가 묻은 사진을 들이밀지도, 어깨를 잡아당기지도 않을 것이다. 셰링엄의 마음속 어딘가에는 사춘기 소년처럼 격한 성질이 숨어 있으니까—

맥스티드는 퍼뜩 상념에서 벗어났다. 마치 냉방장치를 가동한 것처럼 정원 공기가 갑자기 서늘해졌다. 허벅지와 목덜미에 소름이 돋았다. 그는 손을 뻗어 잔에 남은 위스키를 비웠다.

"밖이 좀 추운데." 그가 말했다.

셰링엄은 손목시계로 시선을 돌렸다. "그런가?" 그가 살짝 머뭇거리는 느낌이 들었다. 모종의 신호가 오기를 기다리는 것만 같았다. 그러다 그는 자신을 추스르고 묘한 미소를 반쯤 머금으면서 말했다. "마지막 음반을 들을 때인 것 같군."

"무슨 뜻인가?" 맥스티드가 물었다.

"그대로 있게나." 셰링엄이 일어섰다. "전축을 켜고 올 테니까." 그는 맥스티드의 머리 위 벽에 나사로 고정해 놓은 스피커를 가리키고는, 웃음을 지으며 정원을 나섰다.

맥스티드는 불안하게 몸을 떨면서 정적에 휩싸인 저녁 하늘을 올려다보고, 하늘에서 정원 위로 밀려드는 차가운 기류가 어서 흩어지기를 빌었다.

스피커에서 나지막하게 잡음 섞인 소리가 흘러나오더니, 곧 정원을 둘러싼 덩굴 지지대를 따라 설치된 다른 스피커들이 합세하며 점차 커져 갔다. 지금까지 그는 다른 스피커가 있다는 사실조차 눈치채지 못하고 있었다.

셰링엄의 한심한 짓거리에 천천히 고개를 저으며, 그는 위스키나 좀 더 홀짝이자고 마음먹었다. 그러나 탁자 위로 손을 뻗으려 시도하자마자 휘청거리면서 다시 의자에 주저앉고 말았다. 얼음처럼 차갑고 묵직한 수은이 배 속을 가득 채우고 출렁이는 것만 같았다. 그는 재차 몸을 일으켜 잔을 잡으려 시도했지만, 탁자 건너편으로 떨어트렸을 뿐이었다. 머릿속이 흐릿해져 갔다. 그는 탁자 유리 위에 힘겹게 팔꿈치를 댔지만, 이내 손목에 자기 머리가 닿는 것을 느꼈다.

다시 고개를 들자, 그의 앞에 서서 동정하는 듯한 웃음을 짓고 있는 셰링엄이 보였다.

"별로 좋은 기분은 아니겠지, 안 그래?" 그가 말했다.

맥스티드는 가쁘게 숨을 쉬며 간신히 몸을 다시 의자에 기댔다. 셰링엄에게 대꾸하려 했지만 단어가 하나도 기억이 나지 않았다. 심장박동이 덜컹거리는 고통에 그는 얼굴을 찌푸렸다.

"걱정 말게나." 셰링엄이 부드럽게 안심시키듯 말했다. "부정맥은 단순한 부작용일 뿐이니까. 조금 기분이 나쁘기는 하겠지만 곧 지나갈 걸세."

그는 느긋하게 정원을 걸어 다니며 여러 각도에서 맥스티드의 모습을 관찰하고는, 이내 만족한 표정으로 다시 탁자로 돌아와 자리에 앉았다. 그리고 소다수 병을 들고 안의 내용물을 휘저었다. "시안산 크롬일세. 인체의 액체 평형을 제어하는 보조효소 시스템을 억제해서 수산화이온을 혈액으로 배출하게 만들지. 간단하게 말해서 익사하게 된다는 소리야. 단순히 욕조에 머리를 넣었을 때처럼 질식하는 게 아니라 진짜로 익사하는 거라네. 어쨌든 방해하면 안 되겠지."

그는 스피커 쪽으로 머리를 기울였다. 정원으로 묘하게 숨죽인 축축한 소리가 밀려들고 있었다. 라텍스 바다에서 유연한 파도가 철썩이는 소리처럼 들렸다. 크고 불안정하게 울리는 박자 위로 깊고 무거운 바람 소리가 휩쓸고 지나갔다. 소리는 처음에는 거의 들리지 않을 정도였지만, 이윽고 점점 커져서 마침내 정원을 가득 채우고 고속도로 쪽에서 들리는 얼마 안 되는 자동차 소리까지 잠재우고 말았다.

"환상적이지 않은가?" 셰링엄이 말했다. 소다수 병의 목을 쥔 채로, 그는 맥스티드의 다리 근처로 손을 뻗어 스피커 아래에 달린 음량 조절 장치를 돌렸다. 태평하고 쾌활해 보이는 모습이 거의 10년은 젊어진 것만 같았다. "30초 간격으로 반복된다네. 미세 마이크 400대를 사용했고, 음량은 1,000배 증폭했지. 약간 편집을 했다는 사실은 인정하겠네만, 아름다운 소리가 얼마나 역겨운 느낌을 줄 수 있는지 생각해 보면 참 대단하지 않은가. 자네는 결코 이 소리의 정체를 알아채지 못할 걸세."

맥스티드는 느릿하게 몸을 뒤틀었다. 배 속을 가득 채운 수은의 호수는 대양의 해구처럼 차갑고 끝 모르게 깊었으며, 팔다리는 익사한 거인의 불어 터진 몸뚱이처럼 비대해지고 있었다. 셰링엄이 정면에 앉아 고개를 까딱거리면서 멀리서 들려오는 느릿한 파도 소리에 귀를 기울이는 모습이 보였다. 이제 더 가까워졌는지, 육중하게 반복되는 리듬이 몸을 울려 왔다. 거대한 파도가 용암 바다의 거품처럼 부풀어 오르다 터져 나가는 소리가 들렸다.

"잘 듣게, 맥스티드. 이걸 녹음하는 데 꼬박 1년이 걸렸다네." 셰링엄이 말하고 있었다. 그는 손에 든 소다수 병으로 맥스티드 너머를 가리켰다. "1년이라고. 1년이 얼마나 끔찍하게 긴 세월이 될 수 있는지 생각해 본 적 있나?" 그는 잠시 말을 멈추고, 떠오른 기억을 지우려 애썼다. "지난 토요일 자정이 살짝 지난 시각에, 자네와 수전은 바로 이 의자에 누워 있었지. 있잖나, 맥스티드, 이곳에는 사방에 소형 녹음기가 숨겨져 있다네. 연필처럼 가늘고, 녹음 초점은 6인치 거리로 맞추어져 있지. 그 머리받이에만도 네 개가 있어." 그는 친절하게 설명을 덧붙였다. "바람 소리는 자네의 숨소리라네. 내 기억이 맞는다면 그때 꽤나 거칠었지. 그리고 자네와 내 아내의 맥박이 서로 얽히는 소리가 천둥의 효과를 내는 거라네."

맥스티드는 소리에 휘말려 떠다니고 있었다.

잠시 후 셰링엄의 얼굴이 그의 시야를 가득 메웠다. 흔들리는 턱수염 안쪽의 입이 바삐 움직였다.

"맥스티드! 기회는 두 번뿐이야. 그러니 제발 집중 좀 하게." 짜증 섞인 고함 소리는 바다에서 울리는 천둥소리에 휩싸여 들리지도 않을 지경이었다. "제발, 이 친구야. 무슨 소리 같나? 맥스티드!" 그는 고함을 지르더니 가장 가까운 스피커로 달려가 음량을 올렸다. 소리가 정원을 가득 메우고 반사되어 밤하늘로 퍼져 나갔다.

맥스티드는 이제 거의 수평선을 넘어가고 있었다. 사라져 가는 자아는 사방에서 몰아치는 파도에 부식되어 거의 모습을 감춘 작은 섬일 뿐이었다.

셰링엄이 무릎을 꿇고 그의 귓가에 소리쳤다.

"맥스티드, 바닷소리가 들리나? 어디서 익사하고 있는 건지 알겠나?"

거대하고 평온한 파도가, 이전 파도를 집어삼킬 만큼 계속해서 육중해지는 파도가 그들 위를 내리덮었다.

"키스라고!" 셰링엄이 소리쳤다. "키스 속이란 말이야!"

섬이 그대로 부스러지더니 이내 끓어오르는 해저로 천천히 미끄러져 사라졌다.

강

The River

플래너리 오코너

고정아 옮김

Flannery O'Connor

아이는 어두운 거실 한가운데 침울하게 서 있었고, 아이 아버지는 아이에게 체크무늬 코트를 입혔다. 아이의 오른팔이 소매에서 다 나오지 않았는데도 아버지는 단추를 채우고 아이를 반쯤 열린 문 안으로 들어온 얼룩얼룩한 손을 향해 밀고 갔다.

"옷을 제대로 안 입었네요." 현관 입구에서 큰 목소리가 말했다.

"그러면 제대로 입혀 주세요. 오전 6시예요." 아이 아버지가 말했다. 그는 목욕 가운 차림에 맨발이었다. 아이를 문 앞에 데리고 가서 문을 닫으려고 할 때 여자가 안으로 우뚝 들어섰다. 점박이 해골이 긴 녹두색 코트를 입고 펠트 모자를 쓴 것 같았다.

"차비를 주셔야 해요. 차를 두 번 타야 돼요."

그가 다시 방으로 들어가 돈을 꺼내 와서 보니 여자와 아이가 모두 집 한가운데 들어와 있었다. 여자는 집을 살펴보고 있었다.

"제가 여기 오래 있고 싶다고 해도 담배꽁초 냄새 때문에 그럴 수가 없겠네요." 여자가 아이의 코트를 흔들어 매무시를 고쳐 주며 말했다.

"여기 차비 있습니다." 아버지가 말하고 문 앞으로 가서 문을 활짝 열고 기다렸다.

여자는 돈을 세어서 코트 안쪽에 넣고는 전축 옆에 걸린 수채화 앞으로 갔다. "저는 지금이 몇 시인지 알아요." 여자는 강렬한 색깔의 평면들을 가르는 검은 선을 유심히 들여다보며 말했다. "당연히 알죠. 제 근무는 오후 10시에 시작해서 5시에 끝나니까요. 그리고 제가 바인로路에서 차를 타면 여기까지 한 시간이 걸려요."

"그렇군요. 그러면 오늘 밤 아이가 8시나 9시쯤 오는 건가요?" 그가 물었다.

"더 늦을 수도 있어요." 여자가 말했다. "우리는 치유를 위해 강에 갈 거예요. 설교자 선생님은 이쪽에 자주 오시지 않거든요. 저라면 저걸 돈 주고 사지 않겠네요." 여자는 그림을 보고 고개를 끄덕였다. "저런 그림은 저라도 그릴 수 있을 것 같아요."

"네, 코닌 부인, 그럼 저녁때 봅시다." 그가 문을 톡톡 두드리며 말했다.

방에서 단조로운 목소리가 흘러나왔다. "얼음 팩 좀 가져다 줘."

"아이 엄마가 아프시니 안됐어요. 무슨 병인가요?" 코닌 부인이 물었다.

"모르겠어요." 그가 말했다.

"설교자 선생님께 부인을 위한 기도를 부탁드릴게요. 그분, 베벌 서머스 선생님은 아주 많은 사람을 고치셨어요. 언제 한번 선생님을 만나 보라고 하세요."

"네, 그러죠. 밤에 뵙겠습니다." 그가 말한 뒤 그들을 두고 방으로 들어갔다.

소년은 말없이 부인을 바라보았다. 눈물과 콧물이 흐르고 있었다. 나이는 네 살, 다섯 살 정도였다. 얼굴은 길고 턱이 튀어나오고 반쯤 감긴 두 눈 사이는 넓었다. 아이는 우리 밖으로 나가기를 기다리는 늙은 양처럼 조용하고 차분했다.

"너도 베벌 서머스 선생님을 좋아하게 될 거야. 그분 노래를 꼭 들어 봐야 해." 부인이 말했다.

그때 방문이 불쑥 열리더니 아버지가 고개를 내밀고 말했다. "잘 다녀오렴, 애야. 재밌게 놀다 와."

"다녀올게요." 아이가 말하고 총에 맞은 듯 깜짝 놀랐다.

코닌 부인은 다시 한번 수채화를 바라보았다. 그리고 그들은 복도로 나가 엘리베이터 벨을 울렸다. "나라면 그런 그림은 그리지 않을 거야." 부인이 말했다.

밖에 나오자 새벽녘의 잿빛 거리는 불 꺼진 건물들이 시야를 가로막고 있었다. "곧 날이 갤 거야." 부인이 말했다. "하지만 올해 강변에서 설교를 듣는 건 이번이 마지막이야. 코 닦아라, 아가야."

소년이 소매로 코를 문지르자 부인이 말렸다. "안 돼. 손수건은 어디 있니?"

소년은 주머니에 손을 넣어 찾는 척했고 여자는 기다렸다. "아이를 맡기면서 제대로 채비도 못 해 주는 사람들이 있다니까." 부인은 커피숍 창문에 비친 자기 모습을 보면서 말했다. "그런 건 네가 가져와야 돼." 부인은 자기 주머니에서 빨강−파랑 꽃무늬가 있는 손수건을 꺼내서 몸을 굽히고 아이 코에 댔다. "여기다 코를 풀어." 부인이 말했고 아이가 코를 풀었다. "이걸 빌려줄 테니 주머니에 넣어 두렴."

아이는 손수건을 접어서 주머니에 조심스레 넣었고, 두 사람은 길모퉁이까지 간 뒤 문 닫은 약국 옆면에 기대어 전차를 기다렸다. 코닌 부인은 코트 깃을 세워서 깃과 모자가 닿게 했다. 눈꺼풀이 아래로 내려오자 부인은 벽에 기대 잠이 들 것 같았다. 소년은 여자를 잡은 손에 살짝 힘을 주었다.

"이름이 뭐니? 나는 네 성밖에 몰라. 이름이 뭔지 물었어야 하는데." 여자가 졸린 목소리로 물었다.

아이 이름은 해리 애시필드였고, 이전까지는 그걸 바꿀 생각을 한 적이 없었다. "베벌이에요." 아이가 말했다.

코닌 부인이 벽에서 몸을 떼며 소리쳤다. "이런 우연이! 아까 내가 말했지? 그게 설교자 선생님 이름이라고!"

"베벌이에요." 아이가 한 번 더 말했다.

부인이 무슨 보물이라도 얻은 듯 아이를 내려다보며 말했다. "오늘 너를 꼭 선생님께 데리고 가야겠다. 그분은 평범한 설교자가 아니라 치유자야. 우리 남편한테는 소용없었지만. 우리 남편은 믿음이 없지만 어쨌건 아무거라도 한번 해 보겠다고 했어. 위장병이 심했거든."

전차가 사람 없는 길 저편 끝에 노란 점처럼 나타났다.

"그러다 공공 병원에 가서 위장의 3분의 1을 잘라 냈지." 부인이 말했다. "그나마 3분의 2가 남은 걸 예수님께 감사하라고 했지만 자기는 아무한테도 감사 못 하겠대. 세상에, 베벌이라니!"

그들은 선로로 나가 기다렸다. "그분이 저를 치료해 주실까요?" 베벌이 물었다.

"너는 뭐가 문젠데?"

"배가 고파요." 아이가 생각해 냈다.

"아침 안 먹었어?"

"아까는 배고플 시간이 없었어요." 아이가 말했다.

"집에 가면 우리 둘 다 뭔가 먹을 수 있을 거야. 자, 가자." 부인이 말했다.

그들은 전차에 올라서 운전사 몇 좌석 뒤에 앉았다. 코닌 부인은 베벌을 무릎에 앉혔다. "이제 얌전히 있으렴. 아줌마가 잠을 좀 자게. 내 무릎에서 내려가지 마." 부인은 고개를 등받이에 댔고, 아이가 보는 앞에서 눈을 감고 입을 벌려 몇 개 남은 길쭉한 이를 보여 주었다. 몇 개는 금니고 몇 개는 얼굴색보다 더 까맸다. 부인은 음악 소리 나는 해골처럼 휘파람 소리와 숨소리를 냈다. 전차에는 그들과 운전사뿐이었고, 아이는 부인이 잠든 걸 보자 꽃무늬 손수건을 꺼내서 꼼꼼히 살펴보았다. 그런 뒤 다시 접어서 코트의 안주머니 지퍼를 열고 그 안에 넣은 뒤 자신도 잠이 들었다.

부인의 집은 전차 종점에서 800미터 정도 거리였고, 도로에서 안쪽으로 조금 들어간 곳에 있었다. 집은 타르지 벽돌로 지었고, 포치가 전면 벽 전체를 가로질렀으며, 주석 지붕을 이고 있었다. 포치에는 키는 각기 달라도 주근깨 얼굴이 똑같은 세 소년과 알루미늄 헤어 롤을 잔뜩 말아서 머리 전체가 지붕처럼 번쩍거리는 키 큰 소녀 한 명이 있었다. 세 소년은 두 사람을 따라 집 안으로 들어가서 베벌을 둘러쌌다. 그리고 웃음기 없는 얼굴로 말 없이 아이를 바라보았다.

"이 아이는 베벌이야." 코닌 부인이 코트를 벗으며 말했다. "이름이 설교자 선생님이랑 똑같다니 놀랍지 않니? 이 아이들은 제이시, 스파비, 싱클레어고, 아까 현관에 있던 여자아이는 세라 밀드레드야. 코트를 벗어 침대 기둥에 걸어 두렴, 베벌."

세 소년은 아이가 단추를 풀고 코트를 벗는 모습을 지켜보았다. 그리고 아이가 코트를 침대 기둥에 걸자 코트를 바라보았다. 그런 뒤에는 돌아서서 밖에 나가더니 포치에서 회의를 했다.

베벌은 자리에 서서 방을 둘러보았다. 부엌 겸 침실이었다. 집은 방 두 개와 포치 두 개가 전부였다. 희끄무레한 색깔의 개가 방바닥에 등을 긁었고, 그 꼬리가 소년의 발 근처 나무 널 두 개 사이를 왔다 갔다 했다. 베벌이 그 꼬리를 탁 밟았지만 단련된 개는 소년의 발이 내려왔을 때 이미 몸을 싹 뺐다.

벽에는 그림과 달력이 가득했다. 합죽이 노부부의 동그란 사진이 두 개 있고, 텁수룩한 양쪽 눈썹이 콧대 위에서 만나는 남자의 사진도 하나 있었다. 눈썹 아래 얼굴은 아무것도 없는 절벽 같았다. "우리 남편이야." 코닌 부인이 말했다. 그리고 잠시 스토브 앞에 떨어져 서서 감탄하는 눈빛으로 그 얼굴을 바라보았다. "하지만 지금은 저렇게 멋있지 않아." 베벌은 코닌 씨 사진에서 침대 위편의 컬러사진으로 눈길을 돌렸다. 남자는 몸에 하얀 천을 두르고 있었다. 머리카락이 길고 머리 위에 금색 고리가 떠 있었으며, 아이들 앞에서 톱질을 하고 있었다. 소년이 저 사람이 누구냐고 물어보려고 할 때 세 소년이 다시 들어와서 따라오라고 손짓했다. 소년은 침대 밑으로 기어 들어가 침대 다리를 붙들고 버틸까 생각했지만, 세 주근깨 소년은 아무 말도 하지 않고 서서 기다렸다. 잠시 후 소년은 그들과 약간 거리를 두고 뒤를 따라 포치로, 이어 집 모퉁이 옆으로 나갔다. 그들은 노란 잡초밭을 지나 돼지우리로 갔다. 그곳은 널빤지로 벽을 두른 1.5미터 높이의 정사각형 우리로 새끼 돼지가 가득했는데, 그들은 소년을 그 안에 들여보내려고 했다. 돼지우리 앞에 이르자 그들은 그 벽에 기대서 조용히 기다렸다.

소년은 걷기가 힘든 것처럼 두 발을 일부러 툭툭 부딪치면서 아주 천천히 걸었다. 예전에 소년은 공원에 갔다가 보모가 한눈을 파는 사이 모르는 아이들에게 얻어맞은 적이 있었는데, 그때는 일이 다 끝날 때까지도 무슨 일이 일어날 거라는 것을 몰랐다. 고약한 오물 냄새가 났고 동물 소리가 들렸다. 소년은 우리 몇 걸음 앞에 서서 기다렸다. 얼굴은 창백했지만 고집이 어려 있었다.

세 소년은 움직이지 않았다. 무슨 일이 생긴 것 같았다. 그들은 소년의 뒤로 뭐가 오는 듯 소년의 머리 너머를 바라보았지만, 소년은 고개를 돌리기가 겁났다. 그들의 주근깨는 연했고, 눈은 유리처럼 차분한 회색이었다. 약간이라도 움직이는 건 귀뿐이었다. 아무 일도 없었다. 마침내 가운데 서 있는 소년이 말했다. "엄마가 우리를 가만두지 않을 거야." 그리고 낙심한 기색으로 돌아서더니 우리에 올라앉아 그 안을 들여다보았다.

베벌은 깊은 안도감 속에 땅바닥에 앉아 그들을 올려다보며 웃었다.

우리에 걸터앉은 소년이 베벌에게 엄격한 눈길을 던졌다. 그러더니 잠시 후에 말했다. "여기 올라와서 돼지를 보는 게 힘들면 맨 밑 널빤지를 들어 올리고 봐도 돼." 그는 친절을 베푸는 것 같았다.

베벌은 진짜 돼지우리를 본 적은 없지만 돼지는 책에서 보았기에 그것이 작고 통통한 분홍색 몸통에 꼬리는 꼬불꼬불하고 동그란 얼굴로 방글방글 웃으며 나비넥타이를 맨 동물이라는 걸 알았다. 소년은 몸을 숙여 널빤지를 열심히 잡아당겼다.

"더 세게 당겨. 다 썩어서 못만 빼내면 돼." 가장 작은 소년이 말했다.

소년은 부드러운 나무에서 붉게 녹슨 길쭉한 못을 빼냈다.

"이제 널빤지를 위로 밀고 얼굴을……" 조용한 목소리가 입을 열었다.

소년은 이미 그렇게 했는데, 다른 얼굴―젖고 시큼한 회색 얼굴이 들이닥쳐서 소년을 넘어뜨리고 널빤지 아래로 빠져나왔다. 무언가가 소년에게 콧김을 뿜더니 소년을 뒤에서 밀고 앞으로 보내고 하다가 비명을 지르며 노란 들판으로 달려갔다.

코닌 부인의 세 아들은 가만히 서서 그 광경을 보았다. 울타리에 앉은 소년은 여윈 발로 못이 빠진 널빤지를 붙들고 있었다. 그들의 딱딱한 얼굴은 밝아지지는 않았지만 소망이 일부 충족된 듯 약간 누그러졌다. "저 애가 돼지를 풀어 준 걸 알면 엄마가 화낼 텐데." 가장 작은 아이가 말했다.

코닌 부인은 뒷문 포치에 있었고, 베벌이 다가오자 그를 잡았다. 돼지는 집 아래로 들어가서 거친 숨을 몰아쉬며 진정했지만 아이는 5분 동안 비명을 질렀다. 마침내 아이가 가라앉자 부인은 아침밥을 주고, 자기 무릎에 앉혀 먹였다. 돼지는 뒷문 계단을 두 칸 올라와서 부루퉁한 얼굴을 내리고 방충 문 안을 들여다보았다. 돼지는 다리가 길고 등이 굽고 한쪽 귀 일부가 잘려 있었다.

"저리 가!" 코닌 부인이 소리쳤다. "저놈은 주유소를 하는 패러다이스 씨를 좋아해. 오늘 치유 집회에 가면 그 사람을 볼 거야. 그 사람은 귀 위쪽에 암이 있대. 그 사람은 항상 자기가 안 나았다는 걸 보여 주려고 와."

새끼 돼지는 눈을 찌푸리고 잠시 더 서 있다가 천천히 떠났다. "그 사람을 보고 싶지 않아요." 베벌이 말했다.

그들은 강변까지 걸어갔다. 코닌 부인이 소년의 앞에 서고 세 소년이 뒤에 한 줄을 이루었으며, 키 큰 소녀 세라 밀드레드는 아무도 달아나지 못하도록 맨 뒤를 지켰다. 그들의 모습은 양쪽 끝이 튀어나온 낡은 배가 간선도로 변을 천천히 항해하는 것 같았다. 하얀 일요일 태양이 그 약간 뒤에서 따라오다가 그들을 따라잡기로 마음먹은 듯 더껑이 같은 잿빛 구름을 뚫고 빠르게 하늘로 올라갔다. 베벌은 코닌 부인의 손을 잡고 길 가장자리를 걸으며, 콘크리트 길 옆으로 뚝 떨어져 내려가는 주황색과 자주색의 협곡을 내려다보았다.

소년은 코닌 부인을 만난 것이 행운으로 느껴졌다. 다른 보모들은 집에 앉아 있거나 공원에 데려가는 게 전부였는데 코닌 부인은 이렇게 나들이를 데려왔다. 집을 떠나면 많은 걸 배울 수 있다. 소년은 오늘 아침에 벌써 예수 그리스도라는 이름의 목수가 자신을 만들었다는 것을 배웠다. 전에는 슬레이드월이라는 의사가 만든 줄 알았다. 의사는 노란 콧수염을 기른 뚱뚱한 남자로, 소년에게 주사를 놓고 그를 자꾸 허버트라고 불렀지만 그건 농담이 분명했다. 소년의 집에서는 많은 농담이 오갔다. 소년이 전에 예수 그리스도에 대해 생각해 보았다면, 오래전에 식구들한테 사기를 친 사람이라고 생각했을 것이다. 소년이 코닌 부인에게 침대 위 사진의 하얀 천을 두른 남자가 누구냐고 묻자 부인은 입을 벌리고 잠시 소년을 바라보았다. 그런 뒤 "예수 그리스도란다"라고 말하고 계속 소년을 바라보았다.

잠시 후 부인이 일어나더니 다른 방에 가서 책을 한 권 가져왔다. 그리고 표지를 넘기면서 말했다. "이 책은 우리 증조할머니 책이야. 세상 무엇하고도 바꿀 수 없지." 부인은 얼룩진 책장의 갈색 글씨 아래를 손으로 짚으며 말을 이었다. "에마 스티븐스 오클리, 1832년. 정말 귀중한 책 아니니? 그리고 이 책은 한 마디 한 마디가 다 복음이고 진리야." 부인은 다음 쪽으로 넘어가서 그에게 책 제목을 읽어 주었다. "12세 미만 어린이를 위한 예수 그리스도 이야기." 그런 뒤 부인은 책을 읽어 주었다.

그것은 작은 책이었다. 연갈색 표지에 책장 모서리가 금색이었고, 오래된 접합제 같은 냄새가 났다. 책에는 그림이 많았고, 그중 하나는 목수가 어떤 남자의 몸에서 돼지 떼를 몰아내는 것이었다. 그 돼지들은 심술궂게 생긴 진짜 회색 돼지들이었고, 코닌 부인은 그게 다 예수님이 이 사람에게서 몰아낸 것이라고 말했다. 부인이 책을 다 읽어 준 뒤, 소년은 바닥에 앉아서 다시 그림을 보았다.

치유 집회로 떠나기 전에 소년은 부인이 안 보는 틈에 그 책을 코트 안주머니에 넣는 데 성공했다. 그러자 코트 한쪽이 아래로 길게 늘어졌다. 길을 걷는 동안 소년의 정신은 꿈결처럼 차분했고, 간선도로를 떠나서 인동덩굴 사이로 구불구불 뻗은 붉은 흙길로 들어섰을 때 소년은 저만치 앞서가는 태양을 잡고 싶기라도 한 듯 펄쩍펄쩍 뛰며 부인의 손을 잡아당겼다.

그들은 흙길을 한동안 걸었고, 그런 뒤 자주색 잡초가 총총 박힌 들판을 지나 숲 그늘로 들어섰다. 숲 바닥에는 솔잎이 두껍게 깔려 있었다. 소년은 숲이 처음이었고, 모르는 나라에 간 것처럼 사방을 두리번거리며 조심조심 걸었다. 그들은 바스락거리는 붉은 낙엽을 밟으면서 좁고 꼬불꼬불한 내리막길을 걸었는데, 한번은 소년이 미끄러지지 않으려고 나뭇가지를 붙잡다가 컴컴한 나무 구멍 속에서 얼어붙은 금록색 눈을 보았다. 언덕 밑에 이르자 갑자기 숲이 끝나면서 얼룩소들이 흩어진 목초지가 층을 이룬 채 내려갔고 그 끝에 햇빛이 다이아몬드처럼 반짝이는 넓은 주황색 강물이 있었다.

강물 이편 둑에 한 무리의 사람들이 서서 노래하고 있었다. 그 뒤로 긴 탁자들이 놓이고, 강변도로에 자동차와 트럭 몇 대가 서 있었다. 그들은 목초지를 바삐 지나갔다. 코닌 부인이 눈에 손차양을 하고서 설교자가 이미 물속에 서 있는 걸 보았기 때문이다. 부인은 탁자 한 곳에 바구니를 내려놓고 아이들이 그 안의 먹을거리 때문에 머뭇거리지 않도록 세 아들을 사람들 틈으로 밀어 넣었다. 그리고 베벌의 손을 잡은 채 앞으로 갔다.

설교자는 강 안으로 3미터 정도 들어간 곳에 있었는데, 무릎까지 물에 잠겨 있었다. 그는 키 큰 젊은이였고, 카키색 바지는 물에 닿지 않도록 접어 올렸다. 파란 셔츠를 입고 붉은 스카프를 둘렀지만 모자는 쓰지 않았고, 금발에 가까운 머리카락은 움푹한 뺨 위의 구레나룻과 연결되어 있었다. 얼굴은 뼈밖에 없는 것 같았고, 강에서 붉은빛이 비쳐 올라왔다. 나이는 열아홉 살이라고 해도 될 것 같았다. 그는 높고 비음 섞인 목소리로 강둑의 목소리들을 뚫고 노래했으며, 두 손을 몸 뒤에 두고 고개도 뒤로 기울였다.

그는 높은 음으로 찬송가를 마치더니 가만히 서서 물을 내려다보며 발을 하나씩 들었다 내렸다 했다. 그런 뒤 강둑 위의 사람들을 올려다보았다. 사람들은 한데 모여 서서 기다렸다. 그들의 얼굴은 엄숙했지만 기대가 가득했고, 모든 눈이 그를 향했다. 그는 다시 발을 들었다 내렸다 했다.

"여러분이 왜 오셨는지 저는 알 것 같습니다. 하지만 어쩌면 모를 것도 같습니다." 그가 비음 섞인 목소리로 말했다.

"여러분이 예수님을 위해 온 게 아니라면 헛걸음하신 겁니다. 고통을 강물에 버릴 수 있을까 하고 왔다면, 예수님을 위해 오신 게 아닙니다. 여러분은 고통을 강물에 버릴 수 없습니다. 저는 누구에게도 그렇게 말하지 않았습니다." 그는 말을 멈추고 무릎을 내려다보았다.

"저는 전에 선생님이 어떤 여자를 고치는 걸 봤습니다! 절뚝거리며 걸어온 여자가 벌떡 일어나서 똑바로 걸어갔습니다!" 사람들 틈에서 누가 소리 높여 외쳤다.

설교자는 한 발을 들었다 내리고 다른 발을 들었다 내렸다. 그의 표정은 미소에 근접했지만 미소는 아닌 것 같았다. "그것을 위해 왔다면 집으로 돌아가시는 편이 좋습니다." 그가 말했다.

그러더니 그가 고개를 들고 이어 두 팔도 들고서 소리쳤다. "제 말을 들으십시오, 여러분! 세상의 강은 오직 하나뿐이니 그것은 예수 그리스도의 피로 만든 생명의 강입니다. 여러분이 고통을 내려놓아야 할 곳은 바로 그 강, 믿음의 강, 생명의 강, 사랑의 강, 예수 그리스도의 피로 이루어진 붉은 강입니다!"

그의 목소리가 부드러운 음악처럼 되었다. "모든 강은 그 하나의 강에서 시작해서 그리로 돌아갑니다. 그 강은 바다와도 같습니다. 믿음을 가지면 여러분은 그 강에 고통을 내려놓을 수 있습니다. 그 강은 죄를 싣고 가도록 된 강이기 때문입니다. 그 강은 고통으로 가득하고, 그리스도의 왕국으로 천천히, 여기 제 발밑의 이붉은 강물처럼 천천히 흘러가면서 그 죄들을 씻어 줄 것입니다.

『마르코 복음』에 부정한 자의 이야기가 나옵니다. 『루가 복음』에는 눈먼 자의 이야기가 나옵니다. 『요한 복음』에는 죽은 자의 이야기가 나옵니다! 여러분, 들으십시오! 이 강을 붉게 만든 바로 그 피가 문둥이를 낫게 하고, 눈먼 자를 보게 하고, 죽은 자를 일으켜 세웠습니다! 삶에 고충을 안고 있는 여러분. 피의 강에, 고통의 강에 그것을 내려놓고 이 강이 그리스도의 왕국으로 흘러가는 것을 보십시오."

그가 설교하는 동안 베벌은 새 두 마리가 천천히 공중 높은 곳에 원을 그리는 모습을 몽롱하게 지켜보았다. 강 건너편에는 붉은색과 금색의 키 작은 사사프라스 숲이 있고, 그 뒤로는 검푸른 언덕이 있고, 이따금 소나무가 한 그루씩 비죽 튀어나왔다. 그 뒤로 멀리 산기슭에는 도시가 사마귀 덩어리처럼 솟아 있었다. 새들은 하늘에서 내려와서 가장 높은 소나무 꼭대기에 앉더니 하늘이라도 지탱하듯 날갯죽지를 으쓱 치켜들었다.

"여러분이 이 생명의 강에 고통을 내려놓고 싶다면 일어나십시오." 설교자가 말했다. "그리고 여러분의 슬픔을 여기 내려놓으십시오. 하지만 이것이 마지막이라고 생각하지 마십시오. 이 붉은 강물은 여기서 끝나지 않기 때문입니다. 이 붉은 고통의 강물은 천천히 그리스도의 왕국까지 갑니다. 이 붉은 강물은 세례를 주기에도 좋고, 믿음을 내려놓기에도 좋고, 고통을 내려놓기에도 좋지만, 여러분을 구원해 주는 것은 여기 이 흙탕물이 아닙니다. 저는 이번 주 내내 이 강변 곳곳을 다녔습니다. 화요일에는 포천 레이크에, 다음 날은 아이디얼에, 금요일에는 병든 이를 보러 아내와 함께 룰라월로에 갔습니다. 그 사람들은 치유를 보지 못했습니다." 그가 말했고, 잠시 얼굴이 더욱 빨갛게 타올랐다. "저는 치유를 장담하지 않았습니다."

그가 말하는 동안 어떤 사람이 나비와 비슷한 동작을 하면서 앞으로 나왔다. 노부인이었는데 두 팔이 날개처럼 파닥이고 머리가 곧 떨어져 내릴 듯 격렬하게 흔들렸다. 노부인은 강둑 아래편에 주저앉아 두 팔로 물을 휘저었다. 그러더니 몸을 더 숙여 얼굴을 담갔다가 물을 뚝뚝 흘리며 일어섰다. 그러고는 계속 팔을 퍼덕이며 한두 번 어지럽게 원을 그렸다. 마침내 누가 팔을 뻗어 부인을 잡아 다시 사람들 속으로 데리고 들어갔다.

"저런 지 13년 됐어." 누가 거친 목소리로 외쳤다. "모자를 돌려서 저 젊은이에게 돈을 모아 줘. 저 사람이 여기 온 목적이 그

거니까." 그것은 강물 속의 청년을 가리키는 말이었고, 그렇게 외친 사람은 낡은 회색 자동차 범퍼에 묵직하게 앉은 거구의 노인이었다. 그의 회색 모자는 한쪽은 아래로 내려와 귀를 덮었고, 다른 쪽은 위로 올라가서 왼쪽 관자놀이의 검붉은 핏줄을 드러냈다. 그는 두 손을 무릎 사이에 떨구고 작은 눈을 반쯤 감은 채 몸을 구부리고 앉아 있었다.

베벌은 그를 한 번 보고는 코닌 부인의 코트 자락에 몸을 숨겼다.

강물 속의 청년은 노인을 힐끔 바라보더니 주먹을 들고 외쳤다. "예수 그리스도를 믿거나 악마를 믿으십시오! 둘 중 하나에게 신앙을 고백하십시오!"

"저는 제가 실제로 겪어서 압니다." 사람들 틈에서 어떤 여자의 수수께끼 같은 목소리가 올라왔다. "제가 실제로 겪었기에 선생님께 치유 능력이 있다는 걸 압니다. 저는 선생님 덕분에 눈을 떴어요! 예수님께 고백합니다!"

그러자 설교자가 두 팔을 들어서 지금까지 강에 대해서, 그리스도의 왕국에 대해서 한 말을 다시 반복해 했고, 범퍼 위의 노인은 계속 찌푸린 눈으로 그를 바라보았다. 이따금 베벌은 코닌 부인에게서 노인에게로 눈길을 돌렸다.

작업복과 갈색 코트 차림의 남자가 물속에 한 손을 담가서 흔들더니 뒤로 물러났고, 한 여자는 아기를 앞으로 내밀고 그 두 발을 물에 담가 튀겼다. 한 남자가 강둑으로 살짝 물러가서 신발을 벗고 물속으로 들어갔다. 그러더니 얼굴을 최대한 뒤로 기울이고 서 있다가 다시 걸어 나와서 신을 신었다. 그러는 내내 설교자는 주변에서 벌어지는 일이 전혀 보이지 않는다는 기색으로 목청 높여 설교를 했다.

그가 설교를 마쳤을 때 코닌 부인이 베벌을 일으켜 세우고 말했다. "선생님, 오늘 저는 시내에 사는 아이 한 명을 데리고 왔어요. 아이는 선생님께서 아픈 엄마를 위해 기도해 주십사 바라고 있습니다. 그리고 정말 우연인데, 이 아이 이름도 베벌이랍니다! 베벌요!" 부인이 고개를 돌려 뒤쪽의 사람들을 둘러보며 말했다. "선생님 이름하고 똑같아요. 신기하지 않나요?"

사람들이 약간 웅성거렸고, 베벌은 고개를 돌려 부인의 어깨 너머로 자신을 바라보는 다른 사람들의 얼굴을 보고 웃었다. 그리고 "베벌이에요" 하고 크고 경쾌한 목소리로 말했다.

"베벌, 너는 세례를 받은 적 있니?" 부인이 말했다.

아이는 웃기만 했다.

"아마 세례를 받지 않았을 거예요." 코닌 부인이 말하고 설교자에게 눈썹을 추켜세웠다.

"아이를 이리 주세요." 설교자가 말하고 앞으로 나와 아이를 잡았다.

그는 아이를 한 팔에 안고 아이의 웃음 띤 얼굴을 바라보았다. 베벌은 장난스레 눈을 굴리고 얼굴을 설교자 앞에 바짝 댔다.

"제 이름은 베에에에벌이에요." 아이가 우렁차게 말하고 혀를 내밀어 입 끝에서 끝을 훑었다.

설교자는 웃지 않았다. 그의 앙상한 얼굴은 굳어 있었고 가느다란 회색 눈에는 색깔 없는 하늘이 비쳤다. 자동차 범퍼의 노인이 요란하게 웃었고, 베벌은 설교자의 옷깃 뒤쪽을 잡았다. 아이 얼굴에서는 웃음이 사라져 있었다. 이것은 농담이 아니라는 느낌이 들었기 때문이다. 자신의 집에서는 모든 게 농담이었다. 설교자의 얼굴을 보고 아이는 그의 말과 행동이 모두 농담이 아니라는 걸 알았다. "우리 엄마가 지어 줬어요." 아이가 말했다.

"세례는 받았니?" 설교자가 물었다.

"그게 뭐예요?" 아이가 물었다.

"내가 너에게 세례를 주면 너는 그리스도의 왕국에 갈 수 있어." 설교자가 말했다. "너는 고통의 강물에 씻겨서 깊은 생명의 강가에 가게 될 거야. 세례를 받고 싶니?"

"네." 아이가 말하고 생각했다. 좋아, 나는 집에 안 돌아가고 강 속으로 갈 거야.

"너는 이제 영원히 달라질 거야." 설교자가 말했다. "너는 명단에 들었어." 그러더니 사람들에게 고개를 돌리고 설교를 시작했으며 베벌은 그의 어깨 너머로 강물에 흩어진 하얀 햇빛 조각들을 보았다. 설교자가 불쑥 말했다. "이제 너에게 세례를 주마." 그러고는 준비하라는 말도 없이 손에 힘을 꽉 주고 아이를 뒤집어

머리를 물에 담갔다. 그런 상태로 세례의 말을 마치자 다시 아이를 들어 올려 헐떡이는 아이를 엄격한 눈으로 바라보았다. 베벌은 눈이 풀려 있었다. "너는 이제 명단에 올랐어. 이전까지 너는 명단에 없었어." 설교자가 말했다.

소년은 충격이 너무 커서 울지도 못했다. 입에서 더러운 물을 뱉고 젖은 소매로 눈과 얼굴만 문질렀다.

"아이 엄마를 잊지 마세요. 아이 엄마를 위해서 기도해 주세요. 지금 편찮으세요." 코닌 부인이 소리쳤다.

"주여." 설교자가 말했다. "우리는 이 자리에 나와 신앙고백을 하지 않는 병자를 위해 기도합니다. 네 어머니가 입원해 계시니? 많이 아프시니?" 그가 물었다.

아이는 그를 바라보았다. "아직 안 일어났어요. 술병이 났거든요." 아이가 얼떨떨한 목소리를 높여 말했다. 공기가 조용해서 햇빛 조각들이 물을 때리는 소리까지 들리는 것 같았다.

설교자는 분노하고 당황한 것 같았다. 얼굴에서 붉은빛이 빠져나가고 눈에 비친 하늘이 어두워졌다. 강둑에서 폭소가 터지면서 패러다이스 씨가 소리쳤다. "하! 술병으로 고통받는 여자를 고쳐 주시오!" 그리고 주먹으로 무릎을 때렸다.

"고단할 거예요." 코닌 부인이 아이를 데리고 아파트 문간에 서서 말하고, 안쪽에서 벌어지는 파티를 날카롭게 들여다보았다.

"아이가 평소에 잘 시간이 지난 것 같아요." 베벌은 한쪽 눈은 감고, 다른 눈은 반쯤 감고 있었다. 코에서는 콧물이 흘렀고 벌린 입으로 숨을 쉬었다. 젖은 체크무늬 코트는 한쪽이 축 처져 있었다.

저기 저 검은 바지를 입은 여자가 그 여자일 거야, 코닌 부인은 생각했다. 검은 새틴 바지를 입고 샌들을 신은 발의 발톱을 빨갛게 칠한 여자. 여자는 소파의 반을 차지하고 누워서 두 무릎을 공중에 엇갈린 채 고개를 팔걸이에 대고 있었다. 여자는 일어나지 않았다.

"안녕 해리, 재미있게 놀았니?" 여자가 말했다. 여자의 얼굴은 길고 창백하고 매끄럽고 생기 없었고, 적자주색 머리는 뒤에서 묶였다.

아버지가 돈을 가지러 갔다. 다른 남녀도 두 쌍 더 있었다. 금발 머리에 청보라색 눈동자를 한 남자가 의자에서 몸을 내밀고 말했다. "안녕 해리, 재미있게 놀았니?"

"이 아이 이름은 해리가 아니라 베벌이에요." 코닌 부인이 말했다.

"해리예요. 베벌이란 이름도 있어요?" 소파의 **여자**가 말했다.

아이는 선 채로 잠이 든 것 같았다. 고개가 점점 더 수그러들었다. 그러다 갑자기 고개를 들더니 한쪽 눈을 떴다. 다른 눈은 계속 감고 있었다.

"오늘 아침에 자기 이름이 베벌이라고 했어요." 코닌 부인이 당황해서 말했다. "우리 설교자 선생님이랑 같은 이름이라고요. 우리는 하루 종일 강가에서 그분의 설교를 듣고 치유받았어요. 아이가 자기 이름이 베벌이라고, 설교자 선생님 이름과 같다고 말했어요. 아이가 그렇게 말했어요."

"베벌이라니! 세상에나! 별 희한한 이름도 다 있네." 아이 엄마가 말했다.

"우리 설교자 선생님 이름이 베벌이고 세상에 그분만 한 설교자는 없어요." 코닌 부인이 그렇게 말하고 반항적인 어조로 덧붙였다. "그리고 그분이 오늘 아이에게 세례를 주었어요!"

아이 엄마가 똑바로 일어나 앉아서 중얼거렸다. "기막혀라!"

"게다가 그분은 치유자고 사모님의 치유를 위해 기도했어요." 코닌 부인이 말했다.

"치유라고요? 내가 치유할 게 뭐가 있나요?" 여자는 소리를 지르다시피 했다.

"사모님의 병요." 코닌 부인이 차갑게 대꾸했다.

아버지가 돈을 가지고 와서 코닌 부인 앞에 서서 기다렸다. 그가 붉게 충혈된 눈으로 말했다. "계속하세요. 아내의 병 이야기를 더 듣고 싶군요. 그게 정확히 뭔지는……" 그러더니 지폐를 흔들고 작은 목소리로 말했다. "기도로 행하는 치유에는 돈이 안 드니까."

코닌 부인은 잠시 가만히 서서 모든 걸 보는 해골처럼 집 안을 들여다보았다. 그러더니 돈을 받지 않고 돌아서서 문을 닫았다. 아버지가 어정쩡하게 웃으며 돌아서서 어깨를 으쓱해 보였다. 다른 사람들은 모두 해리를 보았다. 소년은 자기 방으로 비틀비틀 걸어갔다.

"이리 오렴, 해리." 어머니가 말했다. 아이는 여전히 눈을 감은 채 자동적으로 방향을 바꾸어 어머니에게 갔다. "오늘 무슨 일을 했는지 말해 주렴." 아이가 다가오자 어머니가 말했다. 그녀는 아이 옷을 벗겼다.

"몰라요." 아이가 중얼거렸다.

"모르긴 뭘 몰라." 어머니가 말하다가 코트 한쪽이 무거운 걸 느끼고 안주머니를 열었다. 그리고 책과 더러운 손수건이 떨어지는 것을 얼른 잡았다. "이건 어디서 난 거야?"

"몰라요. 그거 내 거예요. 아줌마가 줬어요." 아이가 말하며 손을 뻗었다.

어머니는 손수건을 던져 버린 뒤 책을 아이 손이 닿지 않는 높이에 들고서 읽었다. 잠시 후 그 얼굴은 과장된 코미디 같은 표정을 띠었다. 다른 사람들이 와서 그녀의 어깨 너머로 그것을 보았다. "오, 하느님." 누군가 말했다.

두꺼운 안경을 낀 남자가 그것을 예리하게 보더니 말했다. "가치가 있어. 수집할 만한 물품이야." 그리고 그것을 들고 한갓진 곳의 의자로 갔다.

"조지한테 저걸 뺏기지 마요." 그 남자의 여자가 말했다.

"가치 있는 물품이라니까. 1832년 책이야." 조지가 말했다.

베벌은 방향을 바꾸어서 자기 방으로 들어가 방문을 닫았다. 어둠 속을 천천히 걸어 침대로 간 뒤 신발을 벗고 이불 안으로 들어갔다. 잠시 후 가느다란 빛줄기 속에 어머니의 길쭉한 실루엣이 들어왔다. 그녀는 깨금발로 방 안을 걸어가서 침대에 걸터앉았다. "그 멍청한 설교자가 나를 두고 뭐라고 말했니? 그리고 넌 오늘 무슨 거짓말을 했니?" 어머니가 속삭여 물었다.

아이는 한쪽 눈을 감았고, 어머니의 목소리를 아득하게 들었다. 자신은 물속에 있고 어머니는 물 위에 있는 것 같았다. 어머니가 아이 어깨를 흔들더니 몸을 숙여 귀에 대고 말했다. "해리, 그 사람이 뭐라고 그랬어?" 그녀는 아이를 일으켜 앉혔고, 아이는 강물 속에서 끌려 나온 것 같았다. "말해 줘." 어머니가 속삭이며 아이 얼굴에 불쾌한 숨결을 끼얹었다.

아이는 어둠 속에서 희미한 타원이 자기 옆에 있는 것을 보았다. "내가 이제 영원히 달라졌다고 했어요. 명단에 들었다고요." 아이가 중얼거렸다.

잠시 후 그녀는 셔츠 앞자락을 잡아 아이를 베개에 눕혔다. 그리고 잠시 아이를 내려다보다가 이마에 입을 살짝 맞추고 일어나서 방을 나갔다. 엉덩이가 빛줄기 속에 가볍게 살랑거렸다.

아이는 일찍 깨지는 않았지만, 깨어나 보니 아파트는 아직 어둡고 답답했다. 아이는 잠시 누워서 코를 후비고 눈을 비볐다. 그런 뒤 침대에 앉아서 창밖을 내다보았다. 창백한 태양은 잿빛 유리 너머 얼룩덜룩하게 떠올랐다. 길 건너 엠파이어 호텔 높은 객실에서 흑인 청소부 여자가 팔짱 낀 두 팔에 얼굴을 얹고 아래를 내려다보고 있었다. 아이는 일어나 신발을 신고 욕실에 갔다가 거실로 나갔다. 그리고 거실 탁자에 있는 크래커 두 개에 멸치 소스를 얹어서 먹고, 남은 진저에일을 마신 뒤 책을 찾았지만 보이지 않았다.

아파트는 냉장고 돌아가는 소리를 빼면 아주 조용했다. 아이는 부엌에 갔다가 거기 건포도 식빵 조각이 있는 것을 보고 땅콩버터 반 통을 바른 뒤 높은 부엌 의자에 앉아서 천천히 먹고 이따금 어깨로 코를 훔쳤다. 식빵을 다 먹었을 때 초코 우유가 보여서 그것도 마셨다. 진저에일도 보여서 먹고 싶었지만 병따개가 손이 닿지 않는 곳에 있었다. 아이는 잠시 냉장고에 남은 것들을 살펴보았다. 어머니가 잊어버린 시든 채소들이 있고 어머니가 샀다가 즙을 내지 않아 갈색이 된 오렌지가 여러 개 있었다. 서너 종류의 치즈가 있었고 종이봉투 속에 무언가 퀴퀴한 게 있었다. 그리고 돼지 뼈가 있었다. 아이는 냉장고 문을 닫지 않고 다시 어두운 거실로 가서 소파에 앉았다.

아이는 식구들이 1시 전에는 깨어나지 않을 것이고, 그런 뒤에는 밖에 나가서 점심을 사 먹을 거라고 생각했다. 아이가 아직 레스토랑 테이블에 제대로 앉을 수 있는 키가 아니라서 웨이터가 어린이용 의자를 가져다주는데, 그 의자는 또 너무 작았다. 아이는 소파 중간에 앉아서 뒤꿈치로 소파를 찼다. 그러다가 일어나서 거실을 이리저리 돌아다니며 습관처럼 재떨이의 담배꽁초를 들여다보았다. 아이 방에는 그림책과 블록이 있지만 거의 찢어지거나 부서졌다. 아이는 새것을 얻으려면 옛것을 망가뜨려야 한다는 걸 알았다. 언제고 먹는 것밖에는 할 일이 별로 없었다. 그래도 아이는 살이 찌지 않았다.

아이는 재떨이를 바닥에 쏟기로 결심했다. 몇 개만 쏟으면 어머니는 재떨이가 떨어졌다고 생각할 것이다. 아이는 두 개를 쏟고 손가락으로 재를 깔개에 문질렀다. 그런 뒤 잠시 바닥에 누워 발을 공중에 쳐들고 바라보았다. 신발은 아직도 마르지 않았고, 아이는 강 생각이 났다.

아이의 표정이 천천히 변했다. 자신이 찾고 있는 줄도 모르던 것이 눈앞에 차츰 떠오르는 것 같았다. 마침내 아이는 자신이 무엇을 하고 싶은지 알았다.

아이는 일어났다. 그리고 깨금발로 부모의 방에 들어가서 희미한 빛 속에 어머니의 핸드백을 찾았다. 아이의 눈길은 어머니의 길고 하얀 팔이 침대에서 바닥으로 늘어진 모습과 아버지 몸이 두두룩하게 솟아오른 모습과 어지러운 책상을 훑고서 의자

등받이에 걸린 핸드백에 가닿았다. 아이는 거기서 전차 승차권과 과일 드롭스 한 통을 꺼낸 뒤 집을 나가 길모퉁이에서 전차를 탔다. 여행 가방은 가져오지 않았다. 거기에는 갖고 싶은 게 없었기 때문이다.

아이는 종점에서 전차를 내려서 전날 코닌 부인과 함께 갔던 길을 걸어갔다. 부인의 집에는 아무도 없을 거라는 걸 알았다. 세 소년과 키 큰 소녀는 학교에 갔고, 코닌 부인은 청소 일을 다닌다고 했기 때문이다. 종이 벽돌집들은 서로 뚝뚝 떨어져 있었고, 잠시 후 흙길이 끝나자 아이는 간선도로 변을 걸었다. 태양은 연노란색으로 하늘 높이 솟아 열기를 뿜었다.

아이는 주황색 주유기가 앞에 놓인 건물을 지났지만, 그 건물 문간에 한 노인이 멍하니 밖을 내다보고 있는 것은 보지 못했다. 패러다이스 씨는 오렌지 음료를 마시고 있었다. 그는 천천히 음료수를 다 마신 뒤 병 너머로 눈을 찌푸리고 체크무늬 코트를 입은 꼬마가 길 저편으로 사라지는 모습을 보았다. 그는 빈 병을 벤치에 내려놓고 계속 눈을 찌푸린 채 소매로 입을 닦았다. 그리고 안에 들어가 사탕 선반에서 길이가 30센티미터고 두께가 5센티미터인 박하 막대 사탕을 내려서 바지 뒷주머니에 넣었다. 그런 뒤 자동차를 타고 아이의 뒤를 따라 간선도로 변을 천천히 달렸다.

자주색 잡초가 총총 박힌 들판에 이르렀을 때 베벌은 먼지와 땀으로 범벅이 되었지만 경쾌한 걸음으로 들판을 지나 빠르게 숲에 들어섰다. 숲에서는 이 나무 저 나무로 옮겨 다니며 어제 갔던 길을 찾아보았다. 그러다 마침내 아이는 솔잎 더미에 난 발자국을 따라 걸어서 언덕 아래로 꼬불꼬불 내려가는 가파른 길을 찾았다.

패러다이스 씨는 도로변에 차를 두고 자신이 매일같이 물속에 미끼 없는 낚싯줄을 드리우고 강물을 바라보는 장소까지 갔다. 멀리서 그를 보았다면 덤불에 반쯤 가려진 바윗덩이 같았을 것이다.

베벌은 그를 보지 못했다. 아이는 반짝이는 적황색 강만 보았고, 신발을 신고 코트를 입은 채 그리 뛰어들었다가 강물을 한입 들이켰다. 아이는 그 일부는 삼키고 나머지는 뱉고서 가슴까지 물속에 담그고 서서 주변을 둘러보았다. 파란 하늘은 끊긴 데 없이 이어져서―하늘을 가린 것은 태양뿐이었다―나무 꼭대기 위로 내려와 있었다. 코트가 수면으로 떠올라서 유쾌한 연잎처럼 아이를 감쌌고, 아이는 햇빛 속에 미소를 지었다. 아이는 다시 설교자들한테 장난칠 생각은 없었지만 스스로에게 세례를 주고 강물 속에 있는 그리스도의 왕국을 찾아갈 작정이었다. 더 이상 시간을 낭비하고 싶지 않았다. 아이는 즉시 머리를 물에 담그고 앞으로 걸어갔다.

아이는 금세 숨을 헐떡이며 밖으로 나왔다. 다시 물에 들어갔지만 똑같은 일이 일어났다. 강이 자신을 받아들이지 않았다. 아이는 다시 시도했다가 콜록거리며 떠올랐다. 설교자가 자신을 물에 담갔을 때도 그랬다. 아이는 자기 얼굴을 미는 힘에 맞서 싸워야 했다. 불쑥 한 가지 생각이 들었다. 이것도 농담이구나. 이것도 농담이야! 그 먼 길을 온 게 다 헛수고라는 걸 깨닫자, 아이는 더러운 물을 손으로 때리고 발로 걷어찼다. 두 발은 어느새 키 높이가 넘는 물속에 들어서 있었다. 아이는 고통과 분노의 비명을 질렀다. 그런 뒤 고함 소리에 돌아보니 거인 돼지 같은 것이 빨강-하양 몽둥이를 흔들며 자신에게 달려오고 있었다. 아이는 즉시 물에 뛰어들었고 이번에는 물이 길고 부드러운 손길로 그를 잡아서 아래로 끌고 갔다. 잠시 아이는 놀라움에 사로잡혔다. 하지만 몸이 빠른 속도로 움직였고 자신이 어딘가로 간다는 걸 알았기에 분노와 공포를 다 버렸다.

패러다이스 씨의 머리가 물 표면에 떠올랐다 가라앉았다 했다. 마침내 노인은 하류로 한참 내려간 곳에서 고대 괴물처럼 일어섰다. 그는 빈손이었고, 탁한 두 눈으로 강물이 흘러가는 곳을 까마득히 바라보았다.

행복에의 의지

Der Wille zum Glück

토마스 만

박종대 옮김

내 친구 파올로의 아버지 호프만 씨는 남미에서 플랜테이션 농장으로 돈을 벌었다. 거기서 좋은 가문의 원주민 처자와 결혼한 뒤 곧 고향인 북독일로 돌아왔다. 신혼부부는 남편 쪽 가족이 사는 내 고향 도시에 터전을 잡았다. 파올로가 태어난 곳도 여기였다.

나는 파올로의 부모님에 대해 더 자세히 아는 것이 없었다. 어쨌든 파올로는 자기 어머니와 판박이처럼 닮았다. 내가 처음 본 그 애의 모습, 그러니까 아버지들이 처음으로 우리를 학교에 데려다주었을 때 본 모습은 누리끼리한 얼굴색의 깡마른 소년이었다. 나는 지금도 그 애의 모습이 선하다. 수병복 목깃까지 내려온 헝클어진 검은 고수머리가 갸름한 얼굴을 액자처럼 감싸고 있었다.

우리 둘은 집에서 부족한 것 없이 자랐기 때문에 새로운 환경과 삭막한 교실, 특히 우리에게 ABC만 가르치려 드는 붉은 수염의 그 좀스러운 선생님에게 도저히 적응할 수가 없었다. 나는 나를 두고 가려는 아버지의 재킷에 울면서 매달렸다. 반면에 파울로는 굉장히 소극적인 태도를 보였다. 그는 가만히 벽에 기댄 채 얇은 입술을 꾹 다물고는 눈물이 그렁그렁한 커다란 눈으로 다른 아이들을 바라보기만 했다. 우리와는 달리 잔뜩 희망에 부풀어 있는 아이들은 서로 옆구리를 쿡쿡 찔러 가며 우리를 마치 이상한 동물 보듯 히죽거리며 건너보았다. 연민 같은 건 전혀 없는 얼굴들이었다.

이런 무표정한 얼굴에 둘러싸인 상황에서 우리 둘은 처음부터 서로에게 끌렸고, 그래서 붉은 수염 선생님이 우리를 나란히 앉게 했을 때 무척 기뻤다. 그 뒤로도 우리는 계속 붙어 다녔고, 함께 교양을 쌓고 매일 도시락을 바꾸어 먹었다.

내 기억으로 그는 그때 이미 몸이 좋지 않았다. 이따금 장기 결석을 했고, 그러다 다시 학교에 나온 날이면 관자놀이와 뺨에 담청색 혈관이 평소보다 더 뚜렷이 드러났다. 몸이 약한 갈색 피부의 사람들에게서 자주 나타나는 혈관이었는데, 그에게는 항상 그런 혈관이 있었다. 내가 여기 뮌헨에서 그를 다시 만났을 때 내 눈에 처음 들어온 것도 그 혈관이었고, 나중에 로마에서 만났을 때도 그것이 가장 먼저 눈에 띄었다.

학창 시절 내내 우리의 우정은 처음에 생겨났을 때와 비슷한 이유로 계속 유지되었다. 그것은 대부분의 동급생들에 대한 '거리 두기의 파토스'*였다. 열다섯 살에 남몰래 하이네를 읽고, 김나지움 4~5학년**에 세상과 인간에 대해 확고한 판단을 내릴 수 있는 학생이라면 누구나 아는 파토스였다.

내 기억으로는 열여섯 살 때, 우리는 함께 댄스를 배우러 다녔고 거기서 첫사랑도 함께 경험했다.

그는 쾌활한 성격의 금발 여자아이에게 마음을 빼앗겼다. 그는 나이에 어울리지 않는, 우수에 젖은 열정으로 그 여자아이를 숭배했다. 내겐 간혹 섬뜩하게 느껴지기도 한 열정이었다.

한 댄스파티가 지금도 생생히 기억난다. 그 여자아이는 상대를 계속 바꾸는 군무에서 다른 한 남자아이와는 짧은 간격으로 두 번이나 함께 춤을 추면서도 그에게는 한 번도 기회를 주지 않았다. 나는 걱정스럽게 그를 관찰했다. 그는 내 옆의 벽에 기대어 에나멜 구두만 우두커니 내려다보다가 갑자기 풀썩 쓰러져 기절해 버렸다. 우리는 쓰러진 그를 집에 데려다주었고, 그는 여드레 동안 몸져누웠다. 그의 심장이 좋지 않다는 걸 알게 된 것이 아

---

* 인간 유형을 강함과 약함, 위대함과 천함, 고귀함과 저급함으로 나눌 때 전자의 사람이 후자의 사람에게 스스로를 낮추는 것이 아니라 거리를 두면서 자신을 지켜 나가고자 하는 파토스를 가리킨다. 의지가 강한 사람들에게 나타나는 특성으로 프리드리히 니체의 『우상의 황혼』에 나오는 표현이다.
** 우리 나이로 중학교 2~3학년에 해당한다.

마 그때였을 것이다.

이 일이 있기 전부터 파올로는 그림을 그리기 시작했다. 그림에 상당한 재능을 보였는데, 나는 지금도 그가 그 여자아이의 특징을 정말 똑같이 집어낸 그림 한 장을 간직하고 있다. 그림의 작가 서명 옆에는 이렇게 적혀 있었다. '그대는 한 송이 꽃이어라!—파올로 호프만 작'.

언제였는지는 정확히 모르겠지만, 어쨌든 그의 부모님이 아버지 쪽 연고가 있는 카를스루에로 정착하러 우리 도시를 떠났을 때 우리는 이미 상급반이었다. 파올로는 학교를 옮기지 않고 어느 노교수 집에 하숙을 했다.

하지만 그런 상황은 오래가지 않았다. 파올로가 어느 날 갑자기 부모님이 사는 카를스루에로 가 버린 것이다. 다음 사건이 그 일에 대한 직접적인 원인은 아니더라도 어느 정도 영향을 끼친 것은 사실이다.

종교 수업 시간이었는데, 나이 든 신부님이 갑자기 매서운 눈초리로 파올로에게 뚜벅뚜벅 걸어가더니 책상 앞에 놓인 구약성경 밑에서 종이 한 장을 꺼냈다. 종이에는 왼발까지 완성된 무척 관능적인 여자가 노골적인 자태로 사람들의 시선을 유혹하고 있었다.

파올로가 카를스루에로 간 뒤 우리는 종종 엽서를 주고받았다. 그러던 것이 점차 뜸해지다가 결국 완전히 연락이 끊기고 말았다.

헤어진 지 5년쯤 지났을 때 나는 뮌헨에서 그를 다시 만났다. 화창한 봄날 오전이었다. 아말리에가를 걸어 내려가는데, 미술대학의 널따란 계단을 내려오는 사람이 보였다. 멀리서 볼 때는 이탈리아 모델 같은 인상을 풍기는 남자였다. 그런데 가까이 다가가자 긴가민가하던 것이 정말 사실로 확인되었다. 파올로였다.

중키에 마른 몸매, 숱 많은 까만 머리에 뒤로 젖혀 쓴 모자, 누리끼리한 살갗에 도드라진 푸른 혈관, 그리고 조끼 단추를 몇 개 채우지 않은 모습에서 드러나듯 맵시는 있지만 좀 너저분한 옷차림, 살짝 위로 말려 올라간 콧수염, 이런 모습으로 그는 아무 생각 없이 흐느적거리며 내게로 걸어왔다.

우리는 거의 동시에 서로를 알아보았고, 정말 진심으로 재회를 반겼다. 미네르바 카페로 자리를 옮겨 서로 그사이 어떻게 살았는지 캐묻는 동안 그는 들떠 보였다. 아니, 무척 흥분한 듯했다. 눈은 빛났고 몸짓은 컸다. 그러나 여전히 건강은 안 좋아 보였다. 실제로 아프기도 했다. 물론 이건 지금에 와서야 하는 소리다. 어쨌든 그때도 그는 내 눈에 건강이 좋지 않아 보였고, 그래서 내가 그 이야기를 직접 꺼내기도 했다.

"지금도 그래 보여?" 그가 물었다. "그럴 법도 해. 사실 많이 아팠거든. 특히 작년에는 무척 심하게 아팠어. 여기가."

그가 왼손으로 자기 가슴을 가리켰다.

"심장 말이야. 예전부터 항상 심장이 문제였어. 하지만 최근엔 아주 좋아졌어. 정말 최상이야. 이젠 완전히 건강해졌다고 할 수도 있어. 내 나이 스물셋에 말이야. 어떻게 보면 슬픈 일이지……"

그는 정말 기분이 좋아 보였다. 우리가 헤어진 뒤의 자신의 삶에 대해 밝고 생기 있게 이야기했다. 그는 나와 헤어진 뒤 부모님을 설득해서 화가가 되겠다는 허락을 받아 냈고, 약 9개월 전에 여기 미술대학을 졸업했다. 지금 여기 온 건 정말 우연이라고 했다. 졸업 후 그는 얼마간 여행을 했다. 주로 파리에서 살다가 지금은 약 5개월 전부터 여기 뮌헨에 살고 있다고 했다.

"아마 꽤 오래 여기 살게 될 것 같아. 아니, 누가 알겠어? 영원히 살게 될지……"

"그래?"

"그래! 그렇게 되지 말라는 법이 있어? 이 도시가 마음에 들어. 그것도 아주! 전체적인 분위기도, 사람들도 맘에 들어. 게다가 이것도 빼놓을 수 없는 일인데, 화가의 사회적 지위가 이만한 데가 없어. 무명 화가도 여기에선 아주 높게 쳐줘."

"여기서 좋은 사람들을 만났어?"

"물론. 몇 안 되지만 아주 좋은 사람들이지. 한 가족을 예로 들면…… 카니발 때 알게 됐는데…… 여기 카니발은 정말 매력적이야…… 가족 이름은 **슈타인**이야. 슈타인 **남작**이지."

"어떤 귀족이야?"

"엄청난 재력으로 귀족이 된 사람이지. 남작은 증권 중개인이었어. 옛날에는 빈에서 엄청난 역할을 했다나 봐. 제후 집안치고 교류하지 않는 집이 없을 정도였대…… 그러다 갑자기 퇴폐주의에 빠져 가산을 탕진했고, 100만 마르크 정도만 간신히 챙겨서 나와 지금은 여기서 살고 있어. 호사스럽지는 않지만 품위 있게."

"유대인이야?"

"내가 알기로는 아냐. 하지만 남작 부인은 유대인인 것 같아. 어쨌든 정말 편안하고 세련된 사람들이라고밖에 할 말이 없어."

"아이는 있어?"

"아이는 아니고 열아홉 살 된 딸이 하나 있어. 부모님이 무척 다정하신……"

순간 그는 당황한 듯했다. 그러다 이렇게 덧붙였다.

"이건 진심으로 제안하는 건데, 너를 그 가족한테 소개하고 싶어. 정말 그러고 싶어. 네 생각은 어때?"

"나야 당연히 좋지. 열아홉 살 아가씨를 알게 되는 것만 해도 고마운 일이지 않겠어?"

그가 순간적으로 나를 살짝 흘겨보았다.

"그럼, 오래 끌 게 뭐 있어? 너만 괜찮으면 내일 1시나 1시 반쯤 만나서 같이 가자. 집은 테레지에가 25번지 2층이야. 그 가족한테 내 학창 시절 친구를 소개할 생각을 하니 벌써 가슴이 설렌다. 어쨌든 약속한 거야!"

실제로 우리는 다음 날 점심 무렵, 테레지에가의 한 우아한 건물 2층에서 초인종을 누르고 있었다. 초인종 옆에는 굵은 검정 글씨로 '폰 슈타인 남작'이라고 적혀 있었다.

파올로는 집까지 가는 내내 흥분해 있었다. 아니, 즐거워 죽겠다는 표정이었다. 그런데 내 옆에 서서 문이 열리기를 기다릴 동안에는 이상한 변화가 감지되었다. 눈썹만 실룩거릴 뿐 그 전의 흥분 상태는 모두 사라진 것이다. 강제로 만들어 낸 긴장된 차분함이라고 할까? 그는 머리를 살짝 내밀고 있었고, 이마도 긴장으로 팽팽했다. 마치 온몸의 신경과 근육을 한곳으로 모아 귀를 쫑긋 세운 뒤 유심히 귀를 기울이는 한 마리 동물 같았다.

우리의 명함을 받아 들고 안으로 사라진 하인이 다시 돌아와 주인마님의 분부를 전했다. 곧 나올 테니 잠시 앉아서 기다리라는 것이다. 하인은 짙은 색 가구들이 비치된 적당한 크기의 방으로 우리를 안내했다.

우리가 들어가자 거리가 내려다보이는 돌출된 창 쪽에서 환한 봄옷을 입은 젊은 부인이 일어나더니 잠시 탐색하는 표정으로 가만히 서 있었다. 나는 무의식적으로 파올로를 곁눈질하며 그가 말한 이 집 딸인 것 같다고 생각했다. 그때 파올로가 속삭였다. "남작 따님 아다 양이야!"

자태가 우아하고, 나이에 비해 한결 성숙한 여인이었다. 굼뜨

게 느껴질 정도로 느리고 부드러운 몸짓도 이제 스물도 채 안 된 젊은 처자라는 인상을 거의 풍기지 않았다. 이마에서 양쪽 관자놀이로 흘러내린 검은 곱슬머리는 윤기가 흘렀고, 우윳빛 피부와 효과적으로 대조를 이루었다. 촉촉하게 젖은 도톰한 입술, 보기 좋을 만큼 살이 붙은 코, 아몬드 모양의 검은 눈, 아치형의 부드럽고 짙은 눈썹, 이런 얼굴은 최소한 부분적으로나마 유대계의 피를 물려받았다는 사실을 분명히 드러내고 있었지만, 전체적으로는 비할 바 없이 아름다웠다.

"아, 손님이 오셨나요?"

그녀는 몇 걸음 다가오면서 물었다. 약간 쉰 듯한 목소리였다. 그녀는 우리를 좀 더 잘 보려고 한 손을 이마에 가로로 갖다 댔고, 다른 손으로는 벽에 붙어 있는 그랜드피아노를 짚었다.

"그것도 아주 반가운 손님이네요."

그녀는 이제야 내 친구를 알아보았다는 듯이 환한 표정으로 말하더니 궁금해하는 눈빛으로 내게로 시선을 돌렸다.

파올로가 허리를 숙여 그녀가 내민 손에다 말없이 입을 맞추었다. 졸릴 정도로 느린 동작이었는데, 마치 이런 좋은 기회를 최대한 길게 즐기려는 듯했다.

"아가씨, 제 친구를 소개해 드리겠습니다. 학창 시절 ABC부터 함께 배웠던 친구입니다."

그녀가 내게도 손을 내밀었다. 장신구 하나 없는 손은 뼈가 없다고 해도 믿을 정도로 부드러웠다.

"반가워요." 그녀가 특유의 미세한 떨림이 담긴 짙은 색 눈으로 나를 지그시 바라보며 말했다. "부모님도 기뻐하실 거예요. 참, 두 분이 오셨다고 전달은 했죠?"

그녀는 터키풍 소파에 앉았고, 우리는 맞은편 의자에 자리를 잡았다. 그녀의 하얀 두 손은 이야기하는 내내 무릎 위에 힘없이 놓여 있었다. 불룩한 옷소매가 팔꿈치까지만 내려와, 손목 안쪽의 연한 살갗이 드러났다.

몇 분 뒤 옆방의 문이 열리더니 이 집의 주인 부부가 들어왔다. 남작은 땅딸막한 체구의 세련된 신사였다. 머리는 벗어졌고, 회색 수염은 끝이 뾰쪽했다. 그는 손목까지 내려온 굵은 금팔찌를 아주 독특한 방식으로 셔츠 소맷부리 속에 감추어 넣곤 했다. 예전에 남작 작위를 받을 때 원래 이름에서 몇 음절이 없어졌는지는 정확히 알 수 없었다. 그의 아내는 그냥 멋없는 회색 옷을 입은 못생기고 작은 유대인이었다. 귀에서는 커다란 다이아몬드가 반짝거렸다.

내 소개가 끝나자 부부는 정말 따뜻하게 인사를 건넸고, 내 친구와는 이 집의 오랜 벗을 대하듯 한참 동안 굳게 악수를 나누었다.

이 도시에 온 목적과 내 출신을 두고 질문과 대답이 몇 차례 오간 뒤 화제는 미술 전시회로 옮아갔다. 파올로도 거기에 여성 누드화를 한 점 출품한 모양이었다.

"정말 훌륭한 작품이었네!" 남작이 말했다. "최근에 거기 들렀다가 자네 그림 앞에서 반 시간이나 서 있었지 뭔가. 빨간 양탄자 위의 살색 톤이 아주 효과적이었어. 정말 예술이었다니까, 호프만 군!" 그가 대견하다는 듯이 파올로의 어깨를 툭툭 쳤다. "그렇다고 무리해서 작업하지는 말게! 그건 절대 안 돼! 지금 자네에게 가장 필요한 건 몸을 아끼는 걸세. 요즘 건강은 어떤가?"

내가 남작 부부에게 내 신상에 대해 이것저것 설명하는 동안 파올로는 맞은편에 바짝 붙어 앉은 이 집 딸과 목소리를 낮춰 몇 마디를 주고받고 있었다. 내가 아까 그에게서 보았던 그 이상한 느낌의 긴장된 차분함은 여전히 사라지지 않고 있었다. 그는 마치 먹이를 향해 도약할 준비를 하는 흑표범 같은 인상을 풍겼다. 물론 그의 어떤 점 때문에 그렇게 비쳤는지는 나로서도 정확히 말할 수 없었다. 어쨌든 건강 상태를 묻는 남작의 질문에 그가 너무도 확신에 찬 목소리로 대답할 때, 그의 짙은 눈 속에는 섬뜩할 정도로 병적인 광채가 어른거렸다. 누르스름하고 갸름한 얼굴에 박힌 두 눈 속에 말이다.

"아, 예, 더할 나위 없이 좋습니다! 모두 걱정해 주신 덕분입니다! 저는 정말 건강하게 잘 지내고 있습니다."

15분쯤 뒤 우리가 일어나자 남작 부인은 내 친구에게, 이틀 뒤 목요일에 여기서 다시 열리는 '5시 다과 모임'을 잊지 말라고 당부했다. 그러고는 내게도 그날 같이 와 주었으면 좋겠다고 했다.

거리에 나오자 파올로는 담배에 불을 붙였다.

"그래, 어땠어?"

"아, 정말 좋은 사람들이었어!" 나는 서둘러 대답했다. "특히 그 집 딸은 감탄이 절로 나오던걸."

"감탄이?" 그가 짧게 웃음을 터뜨리고는 고개를 다른 쪽으로 돌렸다.

"그래, 맘껏 웃어!" 내가 말했다. "하지만 너도 아까 저 집에서 보니까 눈빛에 은밀한 갈망 같은 게 어른거리던데…… 내가 잘못 본 거야?"

그는 한순간 침묵하더니 천천히 고개를 흔들었다.

"뭘 보고 그런 생각이 들었는지 난 잘……"

"됐어, 됐어! 내가 **궁금한 건** 아다 양은 널 어떻게 생각하느냐 그 말이야."

그는 한순간 묵묵히 바닥만 내려다보았다. 그러더니 낮지만 확신에 찬 목소리로 말했다.

"난 꼭 행복해질 거야."

이 의지에 대해 나는 속으로 회의가 치솟는 걸 억누를 수 없었지만, 그래도 진심으로 그의 손을 굳게 잡아 주고는 헤어졌다.

그러고 나서 몇 주가 흘렀다. 그사이 나는 가끔 파올로와 함께 남작의 살롱에서 열린 오후의 다과 모임에 참석했다. 단출하지만, 정말 좋은 사람들의 모임이었다. 참석자 중에는 궁정 여배우와 의사, 장교도 있었는데, 그 밖의 면면은 일일이 기억나지 않는다.

파올로의 태도는 바뀐 것이 없었다. 외모만 걱정을 불러일으킬 뿐, 늘 하던 대로 유쾌하고 명랑하게 살았고, 그러다가도 남작 딸만 있으면 내가 처음에 그에게서 발견한 그 섬뜩한 차분함을 다시 보여 주었다.

어느 날 나는 루트비히가에서 폰 슈타인 남작을 만났다. 우연 찮게 이틀 동안 파올로를 보지 못한 상태였다. 남작은 말을 타고 가다가 멈추더니 안장에 앉은 채로 내게 악수를 청했다.

"이렇게 만나서 반갑네. 내일 오후에 우리 집에서 볼 수 있겠지?"

"남작님께서 허락만 해 주신다면 여부가 있겠습니까? 제 친구 호프만이 평소 목요일처럼 저를 데리러 올지는 아직 모르겠지만 말입니다."

"호프만? 아니, 자네는 그 친구가 여길 떠난 걸 모른다는 말인가? **자네한테는** 알렸을 거라고 생각했는데."

"금시초문입니다."

"소리 소문도 없이 종적을 감추었군…… 그런 걸 두고 예술가의 변덕이라고 하나 보지. 어쨌든 내일 오후에 보세."

남작은 아연한 표정으로 서 있는 나를 내버려 두고서 말을 몰고 가 버렸다.

나는 부리나케 파올로의 집으로 달려갔다. 남작의 말이 맞았다. 호프만은 떠나고 없었다. 주소도 남기지 않았다.

남작이 '예술가의 변덕'을 넘어 그 이상을 알고 있는 것은 확실해 보였다. 나로서도 짐작 가는 게 있었다. 그것을 사실로 확인시켜 준 사람은 남작 딸이었다.

다과 모임에서는 이자르탈 계곡으로 소풍을 가기로 했고, 나도 그 자리에 참석해 줄 것을 요청받았다. 사람들은 오후에야 출발했고, 저녁 늦게 돌아올 때는 어떻게 하다 보니 남작 딸과 내가 맨 뒤에서 짝을 이루며 걷게 되었다.

나는 파올로가 사라진 뒤에도 그녀에게서 어떤 변화도 감지하지 못했다. 그녀는 한결같이 평정심을 유지했고, 내 친구 이야기는 입에 올리지도 않았다. 다만 그녀의 부모님만 내 친구의 갑작스러운 여행에 길게 유감의 말을 늘어놓았다.

그때 우리는 뮌헨 인근의 풍광 좋은 지역을 나란히 걷고 있었다. 나뭇잎 사이로는 달빛이 밝게 비쳤다. 우리는 한동안 나머지 일행들의 수다에 조용히 귀를 기울였다. 우리 옆으로 좌르르 소리를 내며 흘러가는 시냇물 소리만큼이나 단조로운 수다였다.

그러던 어느 순간 그녀가 갑자기 파올로 이야기를 꺼냈다. 무척 차분하고 확신에 찬 어조였다.

"당신은 어렸을 때부터 그분의 친구시죠?"

"네, 아가씨."

"그분의 비밀에 대해서도 알고 계신가요?"

"직접 말은 안 해도 그 친구 속에 있는 깊은 마음을 짐작하고 있다고 생각합니다."

"그럼 당신을 믿어도 될까요?"

"조금도 염려하실 필요 없습니다, 아가씨."

"좋아요." 그녀는 단호한 태도로 고개를 빳빳이 들었다. "그분이 나한테 청혼을 했어요. 그런데 부모님이 거절하셨어요. 아버지 어머니 말씀으로는 그분이 아프다는 거예요. 그것도 무척 많이요. 하지만 그런 건 상관없어요. 난 그분을 **사랑해요**. 당신한테 이런 이야기를 해도 되는 거죠? 그렇죠? 난……"

그녀는 잠시 혼란스러운 표정을 짓는가 싶더니 이내 처음의 그 결연함으로 되돌아갔다.

"그분이 어디 있는지는 나도 몰라요. 하지만 혹시 그분을 만나게 되면, 그분도 이미 내 입으로 직접 들었지만 이 말을 꼭 전해 주세요. 주소를 알게 되면 편지로 알려 주셔도 되고요. 난 그분 외에 다른 어떤 남자하고도 결혼하지 않을 거라고 말이에요. 우린 꼭 다시 만날 거예요!"

외침과도 같은 이 마지막 말에는 반항과 결연함 외에 어쩔 줄 몰라 하는 어린 동물의 애처로운 아픔이 담겨 있는 것 같아, 나는 말없이 그녀의 손을 꼭 잡아 주지 않을 수 없었다.

나는 호프만의 부모님께 편지를 써서 아들이 머물고 있는 곳을 알려 달라고 부탁했고, 곧 남부 티롤의 주소가 도착했다. 그러나 그리로 보낸 편지는 반송되어 왔다. 수신인이 다음 목적지도 밝히지 않은 채 벌써 그곳을 떠났다는 소식과 함께.

그는 누구에게도 방해를 받고 싶지 않은 듯했다. 모든 것으로부터 도망쳐 어딘가에서 아무도 모르게 죽고 싶은 것 같았다. 아니, 죽을 생각임이 분명했다. 모든 정황으로 볼 때, 그를 다시 볼 수 없을 것이라는 예상은 그저 기우에 그치지 않고 슬픈 사실이 될 가능성이 무척 높았다.

지병으로 가망이 없는 남자가 화산처럼 뜨겁게 타오르는 관능적인 열정으로 그 젊은 처자를 사랑한 것은 명확하지 않은가? 그것은 청소년기의 첫사랑 때 보인 열정과 똑같은 것이었다. 그렇다면 한창 피어나는 건강한 여자와의 합일에 대한 갈망을 부채질한 것은 병자의 이기적 본능이었다. 그런데 이 정염의 뜨거운 불덩이가 진정되지 않은 채 남아 있게 되면 결국 그의 마지막 생명력을 빠른 속도로 갉아먹지 않을까?

그 뒤로 5년이 흘렀다. 그사이 나는 그 친구가 살아 있다는 연락을 받지 못했지만, 그렇다고 그 친구가 죽었다는 소식도 듣지 못했다.

작년에 나는 이탈리아에 머물렀다. 로마와 그 주변 지역이었다. 나는 뜨거운 여름 몇 달을 산에서 보낸 뒤 9월 말에 도시로 돌아왔다. 어느 따뜻한 날 저녁이었다. 나는 아란조 카페에서 차를 한 잔 시켜 놓고 앉아 신문을 뒤적거리다가, 이따금 아무 생각 없이 고개를 들어 햇빛 가득한 홀 안의 생기 있는 움직임들을 바라보곤 했다. 손님들이 들락거렸고, 종업원들은 급히 이리저리 쫓아다녔으며, 활짝 열어 놓은 문으로 신문팔이 소년들의 긴 외침도 흘러 들어왔다.

갑자기 내 눈앞에 그때의 장면이 선명하게 떠오른다. 내 또래의 한 신사가 테이블들을 지나 천천히 출구 쪽으로 향하고 있었다. 그런데 저 걸음걸이는……? 그때 그도 나에게로 고개를 돌렸다. 그러더니 눈썹을 치켜세우며 "아" 하고 반갑게 놀라는 탄성과 함께 내게로 걸어왔다.

"여기 있었어?" 우리 둘의 입에서 동시에 터져 나온 말이었다. 이어 그가 덧붙였다.

"우리 둘 다 아직 살아 있었군."

말을 할 때 그의 눈은 초점을 잃고 내 시선에서 조금 비껴간 느낌이었다. 5년 사이 그는 변한 게 거의 없었다. 얼굴이 조금 더 마르고, 눈이 조금 더 퀭해졌을 뿐이다. 그는 가끔 숨을 깊이 들이마셨다.

"로마에 온 지 오래됐어?" 그가 물었다.

"도시에 온 지는 얼마 안 됐어. 몇 달간 산에 있었거든. 자네는?"

"나는 몇 주 전까지 바닷가에 있었어. 자네도 알잖아, 내가 산보다 바다를 좋아하는 걸. 우리가 보지 못하는 사이 난 세상을 많이 돌아다녔어."

그는 셔벗 한 잔을 시켜 홀짝거리며 그 다섯 해를 어떻게 보냈는지 이야기하기 시작했다. 늘 여행 중인 삶이었다. 그는 티롤의 산들을 섭렵했고, 이탈리아 전체를 천천히 종단했으며, 시칠리아에서 아프리카로 건너가 알제리와 튀니지, 이집트를 돌아다녔다고 했다.

"마지막에는 얼마간 독일에 있었어. 카를스루에에. 부모님이 아주 애절하게 보고 싶어 하셨거든. 내가 다시 떠나겠다고 하자, 처음에는 말리다가 정말 마지못해 보내 주셨어. 이탈리아에 온 건 석 달 전이야. 자네도 알겠지만, 이곳 남국은 집처럼 편하게 느껴져. 정말 로마만큼 마음에 드는 도시는 없을 거야."

건강 상태에 대해서는 아직 한 마디도 꺼내지 않았던 내가 그제야 입을 뗐다.

"모든 걸 종합해 보니, 자네 건강이 상당히 좋아졌다고 결론 내려도 돼?"

그가 한순간 의아하다는 눈빛으로 나를 바라보더니 이렇게 대답했다.

"내가 활기차게 사방 천지로 돌아다니는 걸 보니 그렇다는 거야? 그렇다면 이렇게 말해 두지. 그건 무척 자연스러운 욕구였어. 자네 같으면 뭘 할 수 있었겠나? 술, 담배뿐 아니라 사랑까지 내게는 모두 금지돼 있어. 나한텐 마취제 같은 게 필요했다고. 이

67　　행복에의 의지

해하겠어?"

내가 침묵하자 그가 덧붙였다.

"그것도 5년 전부터 그래. **정말 절실히** 필요했지."

이로써 우리는 지금껏 애써 피해 온 지점에 이르렀다. 이어진 침묵이 우리 둘 모두의 당혹감을 말해 주고 있었다. 그는 우단 소파에 등을 기댄 채 샹들리에를 올려다보았다. 그러더니 갑자기 다시 입을 열었다.

"무엇보다, 내가 그렇게 오랫동안 소식을 뚝 끊고 살았던 것을 용서해 줄 수 있어? 그런 내 마음을 이해할 수 있겠지?"

"물론이지!"

파올로가 거의 딱딱한 느낌의 어조로 말을 이어 갔다.

"뮌헨에서 내게 무슨 일이 있었는지 자네도 알아?"

"알 만큼은 알지. 게다가 자네한테 전해 달라는 말을 5년 내내 가슴에 품고 다니기까지 했어. 어느 아가씨한테 받은 부탁이었지."

그의 지친 눈 속에 순간적으로 불꽃이 일었다. 이어 그는 조금 전과 똑같이 건조하고 날카로운 어조로 말했다.

"어떤 새로운 내용이 있는지 들어 보기나 하지."

"새로운 건 없어. 예전에 자네가 그 아가씨한테 직접 들었던 내용을 다시 되새기는 것뿐이니까."

나는 온갖 몸짓과 수다를 섞어 가며 그날 밤 남작 딸이 내게 해 준 이야기를 되풀이했다.

그는 손등으로 느릿느릿 이마를 닦아 가면서 내 말을 경청했다. 그러고는 흥분한 기색이라고는 조금도 없이 말했다.

"고마워."

그의 무덤덤한 어조에 나는 혼란스러워졌다.

"물론 벌써 5년이 지났어. 아가씨나 자네나 둘 다 많은 일을 겪었을 세월이지. 그사이 생각이나 감정, 소망, 느낌 같은 게 얼마나 많이 바뀌었겠어? 게다가……"

나는 말을 뚝 그쳤다. 갑자기 그가 벌떡 일어나더니, 내가 지금은 그에게서 없어졌다고 생각한 예전의 열정이 다시 꿈틀거리는 목소리로 소리쳤기 때문이다.

"**나는** 그 약속을 **지키겠어!**"

순간 나는 그의 얼굴과 태도에서, 예전에 남작 딸을 처음 함께 만나러 가던 날 그에게서 발견한 그 표정을 다시 알아보았다. 먹잇감을 잡기 위해 도약할 준비를 하는 맹수에게서 나타나는, 긴장으로 팽팽한 의도적인 차분함이었다.

나는 화제를 돌렸고, 우리는 다시 그의 여행과 그가 도중에 그린 스케치에 대해 이야기했다. 스케치는 많지 않은 것 같았지만, 그런 건 그에게는 전혀 상관없는 듯했다.

자정이 조금 지나 그가 일어났다.

"자러 가야겠어. 혼자 있고 싶기도 하고…… 내일 오전에 도리아 미술관으로 오면 날 만날 수 있을 거야. 사라체니의 그림을 모사하는 중이거든. 악기를 연주하는 그림 속의 천사한테 완전히 반해 버렸어. 별일 없으면 그리로 와. 여기서 만나게 돼서 정말 반가웠어. 잘 자."

그가 나갔다. 답답한 느낌이 들 정도로 천천히 흐느적거리면서 조용히 나갔다.

그다음 달 내내 나는 파올로와 함께 도시를 사방으로 휘젓고 다녔다. 남국의 현대적인 대도시 로마는 그 자체로 온갖 예술이 넘쳐 나는 살아 있는 박물관이었다. 시끄럽고 빠르고 뜨겁고 합리적인 삶으로 충만하지만, 동방의 무더운 나태함이 따뜻한 바람에 실려 오는 도시이기도 했다.

파올로의 태도는 늘 똑같았다. 보통은 진지하고 조용했고, 때로는 축 처져 있었지만, 그러다가도 언제 그랬나 싶게 갑자기 눈에 광채가 일면서 다시 기운을 차려, 죽어 가던 대화를 열정적으로 이어 가곤 했다.

그날은 언급하지 않을 수 없다. 그때 파올로는 몇 마디 말을 했는데, 나는 지금에야 그 의미를 제대로 이해했다.

어느 화창한 늦여름 일요일이었다. 우리는 아침에 '비아 아피아'*를 산보했다. 유서 깊은 이 고대 도로를 따라 로마 바깥쪽으로 멀리 나간 다음 측백나무로 둘러싸인 작은 언덕에서 휴식을 취했다. 고대의 거대한 상수도 시설이 있는 햇빛 찬란한 캄파냐

지방과 부드러운 운무에 감싸인 알바니아산맥의 황홀한 풍경을 감상할 수 있는 언덕이었다.

파올로는 한 손으로 턱을 괴고 내 옆의 따뜻한 잔디밭에 반쯤 누워 지치고 흐린 눈으로 먼 곳을 내다보았다. 그러다 갑자기 그 완벽한 냉담함의 상태에서 확 깨어나더니 내게 몸을 돌렸다.

"이 느낌이야! 대기의 이 느낌이 전부라고!"

내가 뭔가 동조하는 말을 하자 그는 다시 잠잠해졌다. 그러다 어느 순간 다시 절박한 표정으로 내게 얼굴을 돌려 다짜고짜 말했다.

"내가 아직 살아 있다는 게 이상하지 않아?"

나는 당혹스러워 침묵했다. 그는 다시 생각에 젖은 표정으로 멀리 앞쪽을 내다보았다.

"난 이상해." 그가 천천히 말을 이어 갔다. "내가 아직 살아 있다는 게 정말 하루하루 놀라워. 내 건강 상태가 진짜 어느 정도인지 알아? 알제리에서 만난 프랑스 의사가 이렇게 말하더군. 이런 몸으로 어떻게 계속 여행을 다닐 수 있는지 자기는 도저히 모르겠다고. 그러면서 당장 집으로 돌아가 침대에 누워 휴식을 취하라고 충고했어. 항상 대놓고 솔직하게 말하는 사람이었지. 우

• 로마 제국 최초의 간선도로. '아피우스의 길'이라는 뜻이다. 기원전 312년 감찰관 아피우스 클라우디우스 카에쿠스가 건설하기 시작한 이 길은 로마에서 티레니아해 연안의 테라치나까지 뻗어 있다.

린 매일 저녁 함께 도미노를 하는 사이였어.

어쨌든 그런데도 난 아직 살아 있어. 하루하루를 근근이 버티고 있긴 하지만. 밤의 어둠 속에 누워 있으면, 물론 오른쪽으로 돌아눕지, 그렇게 누워 있으면 심장이 목까지 쿵쿵 치고 올라오는 것과 동시에 서서히 어지러워지면서 두려움으로 식은땀이 나기 시작해. 그러다 어느 순간 마치 죽음이 나를 건드리는 것 같은 느낌이 들어. 내 속의 모든 것이 고요해지고, 심장박동이 멈추고 호흡이 정지되는 그런 순간이지. 그러면 나는 벌떡 일어나 불을 켜고 숨을 깊이 들이쉰 다음 주위를 둘러보며 사물들을 눈으로 하나하나 삼켜 버려. 그러고는 물을 한 모금 마시고 다시 침대에 눕지. 항상 오른쪽으로! 그 뒤에 천천히 잠이 들어.

난 무척 오래 깊이 자. 늘 미치도록 피곤하거든. 마음만 먹으면 여기 이대로 누워서 죽을 수도 있다는 게 믿어져?

지난 몇 년 동안 난 수천 번도 넘게 죽음과 대면해 왔어. 그런데도 죽지 않았어. 무언가 날 붙잡아 주는 게 있어. 난 벌떡 일어날 때마다 무언가를 생각하고, 오직 한 문장에만 매달려 그걸 속으로 스무 번이나 되뇌어. 눈으로는 주변의 모든 불빛과 생명을 게걸스럽게 빨아들이면서 말이야…… 이러는 날 이해할 수 있겠어?"

그는 꼼짝도 않고 누워 있었다. 내 대답을 기다리는 것 같지는 않았다. 그때 내가 뭐라고 대답했는지는 모르겠다. 다만 그의 말이 남긴 강렬한 인상은 결코 잊을 수 없다.

그리고 그날이 왔다. 아, 마치 어제 일처럼 생생하다.

가을 초입의 어느 날이었다. 우중충하면서도 무척 더운 날이 이어지고 있었다. 아프리카에서 불어온 습하고 텁텁한 바람이 거리를 휩쓸었고, 저녁이면 온 하늘이 마른번개로 쉴 새 없이 번쩍였다.

아침에 나는 함께 바람이나 쐴 생각으로 파올로의 집으로 갔다. 그런데 집에 들어서자 방 한가운데에 커다란 트렁크가 놓여 있고, 장롱 문도 활짝 열려 있었다. 동방 여행에서 가져온 수채화 스케치와 바티칸궁의 유노 여신 얼굴을 본떠 만든 석고상은 아직 제자리에 있었다.

파올로는 꼿꼿한 자세로 창가에 서 있었다. 내가 놀라 소리를 질렀는데도 움직이지 않고 계속 창밖만 내다보았다. 그러다 잠시 몸을 돌려 편지 한 장을 내밀었다. 읽어 보라는 한마디 말과 함께.

나는 그의 얼굴을 빤히 바라보았다. 열에 들뜬 까만 눈동자와 갸름하고 누리끼리한 병색의 얼굴에는 죽음만이 만들어 낼 수 있는 표정이 어려 있었다. 무시무시한 진지함이었다. 그 표정을 보는 순간 나는 저도 모르게 받아 든 편지로 눈을 돌렸다. 그러고는 읽어 내려갔다.

친애하는 호프만 군!

자네 주소를 흔쾌히 가르쳐 주신 존경하는 자네 부모님 덕분에 이렇게 편지를 쓰게 되었네. 부디 이 편지를 따뜻한 마음으로 읽어 주길 바라네.

친애하는 호프만 군, 지난 5년 동안 내가 늘 신실한 우정의 감정으로 자네를 생각하고 있었다는 점은 분명히 장담할 수 있네. 자네나 나나 둘 다에게 무척 고통스러웠던 그날 자네가 갑자기 떠나 버린 것이 나와 내 식구에 대한 **분노**의 표출이라는 것을 인정해야 한다면, 그에 대한 슬픔은 자네가 내 딸아이에게 청혼했을 때 내가 느낀 충격과 당혹스러움보다 훨씬 더 클 것이네.

당시 나는 자네에게 남자 대 남자로서 말했네. 모든 점에서 진심으로 지극히 높이 평가하는 청년에게 내 딸아이와의 결혼을 반대해야 하는 이유를 설명한다는 것이 잔인하게 비칠 수도 있다는 위험을 감수하고라도, 그 이유를 말할 수밖에 없었네. 그것은 또한 하나밖에 없는 딸의 **지속적인** 행복을 염두에 두어야 할 아비의 심정이기도 했네. 그래서 결혼 가능성에 대한 생각이 떠오를 때마다 소망의 싹을 양쪽으로 가차 없이 잘라 버려야 했네.

친애하는 호프만 군, 나는 지금 그때와 똑같은 입장으로 이야기하네. 벗이자 아비로서 말이네. 자네가 떠난 지 5년이 지났지만 나는 지금껏 자네가 내 딸아이의 가슴에 심어 준 애정의 뿌리가 얼마나 깊은지 챙겨 볼 여유가 없었네. 그런데 최근에 그에 대해 눈을 번쩍 뜨게 해 주는 사건이 일어났네. 이제 와서 그걸 자네한테 숨길 이유가 어디 있겠나? 딸아이는 자네 생각 때문에 정말 훌륭한 청년의 구혼을 거절했네. 아비로서는 대찬성할 수밖에 없는 혼처였는데 말일세.

내 딸아이의 감정과 소망에는 세월도 무용지물이었네. 이 대목에서 솔직하고 겸손하게 질문을 하나 던지겠네. 자네도 내 딸아이와 똑같은 심정인가? 만일 그렇다고 한다면 우리는 부모로서 자식의 행복에 더는 방해가 되지 않겠다는 점을 분명히 밝히는 바이네.

답장을 기다리겠네. 어떤 내용이 실리더라도 답장 그 자체에 고마워하겠네.

자네에 대한 존경심을 가득 담아.

—오스카 폰 슈타인 남작

나는 고개를 들었다. 그는 뒷짐을 진 채 다시 창밖을 내다보고 있었다. 나는 이 말밖에 묻지 않았다.

"갈 거야?"

그는 고개를 돌리지 않고 대답했다.

"내일 새벽까지 짐을 다 꾸려 놓아야 해."

그날은 이것저것 처리하고 짐을 싸느라 시간을 다 보냈다. 나는 그를 도와주었다. 저녁에는 내 제안으로 로마의 거리로 함께 마지막 산책을 나갔다.

여전히 무척 후텁지근했다. 하늘은 매 순간 급작스레 내려치는 번개의 인광으로 번쩍거렸다. 파올로는 차분하고 지쳐 보였다. 그러나 깊이 무겁게 숨을 들이쉬었다.

우리는 아무 말을 하지 않거나 별로 중요하지 않은 대화를 하면서 한 시간쯤 시내를 돌아다니다가 '폰타나 디 트레비' 앞에서 걸음을 멈추었다. 바다의 신이 급히 마차를 몰고 가는 모습이 조각된 유명한 분수였다.

우리는 다시 한번 한참 동안 분수대를 찬찬히 살펴보며 감탄을 금치 못했다. 생기 넘치는 조각상의 인물들은 끊임없이 하늘거리는 새파란 불빛에 감싸인 채 신비스러운 느낌을 자아냈다.

파올로가 말했다.

"확실히 베르니니는 제자의 작품으로도 나를 황홀하게 해. 그런 예술가를 싫어하는 사람들을 도저히 이해할 수 없어. 물론, 〈최후의 만찬〉이 그림보다는 조각으로 많다면, 베르니니의 작품은 전체적으로 조각보다 그림이 많지. 하지만 장식 면에서 그보다 위대한 조각가가 있을까?"

"혹시 그거 알아? 이 분수에 어떤 사연이 있는지? 로마를 떠나는 사람이 이 물을 마시면 다시 돌아오게 된대. 내 여행용 잔에 물을 받아 줄 테니 마셔."

내가 떨어지는 물줄기에 잔을 대고 물을 받았다.

"로마를 다시 봐야지."

파올로가 내 유리잔을 받아 입으로 가져가려는 찰나, 번개가 연이어 번쩍 치면서 온 하늘이 눈부신 불빛으로 한동안 번쩍거렸다. 그 바람에 얇은 유리잔이 분수대 가장자리에 부딪쳐 산산조각 났다.

파올로는 손수건으로 옷에 묻은 물기를 닦아 냈다.

"마음이 부산하니까 이런 칠칠치 못한 실수까지 저지르는군. 그만 가지. 잔이 비싼 게 아니었으면 좋겠네."

이튿날 아침 날씨는 쾌청했다. 우리가 기차역으로 가는 동안 청명한 여름 하늘이 우리에게 환한 미소를 지어 주었다.

이별은 짧았다. 내가 행운을 빌어 주자 그는 말없이 내 손을 잡고 흔들었다.

나는 파올로가 허리를 꼿꼿이 펴고 넓은 전망 창 앞에 선 모습을 한참 바라보았다. 그의 눈 속에는 깊은 진지함과 승리의 도취가 깃들어 있었다.

무슨 이야기를 더 하겠는가? 파올로는 죽었다. 결혼식 다음 날 아침에 죽었다. 신혼 초야나 다름없었다. 그건 예정된 일이었다. 그가 그토록 오래 죽음을 이겨 낼 수 있었던 것은 의지, 즉 행복에의 의지 때문이 아니었던가? 행복에의 의지가 충족되자 그는 투쟁이나 저항 한 번 하지 못하고 그냥 죽을 수밖에 없었다. 더는 살아야 할 구실이 없었던 것이다.

나는 이렇게 자문해 보았다. 그가 잘못 행동한 것일까? 자신과 하나가 된 그 여인에게 고의로 해를 끼친 건 아닐까? 그러나 장례식에서 그의 관 머리맡에 선 그녀를 보는 순간 내 생각은 바뀌었다. 그녀의 얼굴에도 내가 그에게서 발견한 표정이 담겨 있었다. 승리에 찬 엄숙하고 강렬한 진지함이.

뜻이 있는 곳에

Where There's a Will

리처드 매시슨

최필원 옮김

리처드 크리스천 매시슨과 함께 쓰다.

그는 잠에서 깼다.

방 안은 어둡고 추웠다. 조용했고.

목이 타는군. 그는 생각했다. 하품을 하며 일어나 앉았다. 하지만 이내 외마디 비명을 지르며 뒤로 넘어가 버렸다. 머리가 무언가에 부딪친 것이었다. 그는 맥이 꿈틀대는 눈썹을 살살 문질렀다. 통증이 머리로 번지는 중이었다.

그는 또다시 천천히 몸을 일으켜 보았다. 하지만 이번에도 무언가가 그의 머리에 부딪쳤다. 그는 매트리스와 머리 위 무언가 사이에 끼어 있었다. 두 손을 앞으로 뻗어 더듬어 보았다. 손끝이 푹 들어가는 표면은 부드럽고 유연했다. 그는 계속해서 표면을 훑었다. 벽은 끝도 없이 이어졌다. 그는 초조하게 마른침을 삼킨 후 몸을 바르르 떨었다.

대체 여기가 어디지?

왼쪽으로 몸을 굴려 보았지만 바로 벽에 막혀 버렸다. 순간 숨이 턱 막혔다. 손을 뻗어 오른쪽을 더듬어 보았다. 그의 심장박동이 점점 빨라졌다. 오른쪽 역시 벽으로 막혀 있었다. 그는 네 개의 벽으로 에워싸인 상태였다. 그의 심장이 청량음료 캔처럼 우그러졌고, 피를 뿜어내는 속도도 100배 이상 빨라진 것 같았다.

그는 이내 자신이 옷을 걸치고 있음을 깨달았다. 바지, 코트, 셔츠와 넥타이, 그리고 벨트. 발에는 구두가 신겨져 있었다.

오른손을 바지 주머니에 넣고 뒤적였다. 차갑고 네모난 금속이 만져졌다. 그것을 꺼내 얼굴로 가져왔다. 그리고 떨리는 손가락으로 뚜껑을 열어젖힌 후 엄지손가락으로 휠을 돌려 보았다. 불꽃이 조금 튀었을 뿐 불은 켜지지 않았다. 다시 휠을 돌리자 이번에는 불이 켜졌다.

그는 주황색으로 물든 자신의 몸을 내려다보며 다시 바르르 떨었다. 라이터 불빛이 주변을 희미하게 비춰 주었다.

자신이 처한 상황을 깨달은 그는 하마터면 비명을 지를 뻔했다.

그는 관 속에 갇혀 있었다.

그는 라이터를 떨어뜨렸다. 어둠 속에서 노란 띠가 휙 그어졌다가 사라져 버렸다. 다시 칠흑 같은 어둠이 찾아들었다. 아무것도 보이지 않았다. 들리는 것이라고는 자신의 목구멍에서 연신 터져 나오는 가쁜 숨소리뿐이었다.

얼마나 오래 이 안에 갇혀 있었던 거지? 몇 분? 몇 시간?

며칠?

이 상황이 악몽일 가능성을 떠올려 보았다. 이 모든 게 꿈일 가능성, 잠결에 흉측하게 뒤틀린 환영을 보고 있는 것일 가능성을. 하지만 그는 그럴 리 없다는 걸 알았다. 자신에게 무슨 일이 벌어졌는지 대충 짐작하고 있었다.

그들이 그를 그가 가장 두려워하는 공간에 가둔 것이었다. 자신의 공포를 그들에게 귀띔해 준 것은 치명적인 실수였다. 덕분에 그들은 가장 끔찍한 고문 방법을 떠올릴 수 있었다. 100년간 머리를 굴린다 해도 쉽게 떠올릴 수 없는 기발한 방법을.

맙소사, 내가 그렇게나 미웠나? 굳이 내게 **이래야** 했을 만큼?

주체할 수 없이 떨리던 몸이 갑자기 뚝 멎었다. 놈들에게 순순히 당하고 있을 수만은 없지. 내 목숨과 사업을 한꺼번에 앗아가 버리시겠다? 절대 안 돼. **안 된다고!**

그는 황급히 라이터를 찾아 손을 더듬거렸다. 너희, 크게 실수한 거야. 그는 생각했다. 미련한 놈들. 보나 마나 날 조롱하려고 이걸 같이 넣었겠지. 자기들 딴엔 기발한 아이러니라 생각했겠지. 회사를 이렇게까지 키워 줘 고맙다는 감사의 메시지. 금으로 된 라이터에는 이렇게 새겨져 있었다. **찰리에게/뜻이 있는 곳에**……

"정말?" 그는 중얼거렸다. 형편없는 놈들. 내가 네놈들에게 당하고만 있을 것 같아? 나를 죽이고 내가 지금껏 일군 사업까지 먹어 치우겠다고? 이제 뜻이 **생겼으니**……

길이 보일 거야.

라이터를 쥔 주먹에 힘이 잔뜩 들어갔다. 그는 들썩이는 가슴 위로 주먹을 얹어 놓았다. 엄지손가락으로 휠을 돌릴 때마다 부싯돌이 슥슥 갈렸다. 마침내 라이터에 불이 붙었다. 그는 뛰는 가슴을 애써 진정시키고 관 속을 찬찬히 살펴보았다.

벽까지는 겨우 몇 센티미터의 여유 공간만이 허락됐을 뿐이었다.

이 좁은 공간에 산소는 얼마나 남아 있을까? 그는 궁금해졌다. 라이터를 껐다. 산소를 아껴야지. 그는 생각했다. 어둠 속에서 방법을 찾아봐야 해.

두 손을 뻗어 관 뚜껑에 댔다. 그리고 팔뚝에 부담이 느껴질 때까지 있는 힘껏 밀어 보았다. 하지만 뚜껑은 꿈쩍도 하지 않았다. 그는 두 주먹을 불끈 쥐고 뚜껑을 두드리기 시작했다. 이내 머리와 몸이 땀으로 젖었다.

바지 왼쪽 주머니에서 열쇠 두 개가 걸려 있는 체인을 꺼내 들었다. 이것도 같이 넣어 주다니. **우둔한 놈들.** 정말로 내가 혼란에 빠져 아무것도 **생각** 못 할 줄 알았나? 이것 또한 그를 자극하기 위한 잔머리였다. 그의 인생을 완전히 망가뜨려 놓기 위한 계략.

어차피 더 이상 자동차와 사무실을 들락거릴 일도 없을 텐데 열쇠가 무슨 소용이냐는 거지?

틀렸어. 그는 생각했다. 언젠가는 다시 돌아가게 될 거야.

잠시 열쇠들을 살피던 그가 그중 하나를 골라 뚜껑의 안쪽 표면을 긁기 시작했다. 안감이 뜯겨져 나가자 그 안으로 손가락을 쑤셔 넣고 잠금장치가 떨어져 나갈 때까지 힘껏 잡아당겼다. 양옆으로 물컹거리는 충전재가 쌓였다. 그는 숨을 필요 이상으로 깊이 들이쉬지 않으려 애썼다. 관 속의 산소는 최대한 아껴 써야만 했다.

그는 다시 라이터를 켜고 관 뚜껑을 주먹으로 두들겨 보았다. 입에서 안도의 한숨이 터져 나왔다. 관은 금속이 아닌, 떡갈나무로 돼 있었다. 놈들의 어설픔이 또 한 번 확인된 것이다. 그는 경멸의 표정으로 미소를 지었다. 그에게 있어 머리로 그들을 압도하는 건 너무나도 손쉬운 일이었다.

"우둔한 놈들." 두꺼운 나무 뚜껑을 올려다보며 그가 웅얼거렸다. 그는 열쇠를 좀 더 단단히 쥐고 톱니 모양의 날로 떡갈나무 표면을 찍기 시작했다. 뚜껑에서 자그마한 나무 파편들이 떨어져 나올 때마다 라이터 불꽃이 흔들렸다. 그의 위로 나무 파편들이 쉴 새 없이 뿌려졌다. 불안정한 라이터는 계속해서 불을 꺼뜨렸다. 반복해서 휠을 돌리느라 손은 얼얼해져 있었다. 그는 산소를 아끼기 위해 다시 라이터를 껐다. 그리고 죽을힘을 다해 나무 표면을 파 나갔다. 어느덧 목과 턱에는 나무 파편들이 수북이 쌓였다.

팔이 욱신거렸다.

그는 녹초가 된 상태였다. 작업에는 눈에 띄는 진전이 없었다. 그는 열쇠를 가슴에 놓고 다시 라이터를 켰다. 그가 파헤친 부분은 너덜너덜해져 있었다. 하지만 그 크기는 몇 센티미터에 불과했다. 이 정도로는 어림도 없어. 그는 생각했다. 이 정도론 안 된다고.

몸이 축 늘어졌다. 그는 하던 작업을 멈추고 긴 한숨을 내쉬었다. 산소는 점점 희박해지고 있었다. 그는 주먹을 들고 뚜껑을 두들기기 시작했다.

"이거 빨리 못 열어? 젠장." 피부 밑에서 정맥이 꿈틀거렸다. **"빨리 열란 말이야. 꺼내 달라고!"**

뭐라도 하지 않으면 여기서 죽고 말 거야.

그럼 저놈들이 이기는 거라고.

얼굴이 딱딱하게 굳었다. 그는 지금껏 살아오면서 포기해 본 적이 없었다. 단 한 번도. 결코 그들이 이기도록 내버려 둘 순 없었다. 그는 한번 결심한 것은 무슨 일이 있어도 끝까지 밀고 나가는 유형이었다.

놈들에게 의지력이 무엇인지 똑똑히 보여 줄 참이었다.

오른손으로 라이터를 쥐고 휠을 몇 번 돌렸다. 색 테이프처럼 솟아오른 불꽃이 눈앞에서 위태롭게 흔들렸다. 그는 떨리는 왼팔을 오른손으로 붙잡고 관 뚜껑 앞으로 라이터를 가져다 댔다. 불꽃이 파헤쳐진 나무 표면을 그슬려 나갔다.

그는 짧고 얕은 호흡을 이어 나갔다. 관 속에서 부탄과 모직 냄새가 진하게 풍겼다. 불이 닿은 나무 표면에 자그마한 얼룩이 생겨났다. 그는 한동안 한 부분을 집중적으로 지지다가 또 다른 부분으로 이동했다. 나무에서는 연신 치직거리는 소리가 들려왔다.

갑자기 불꽃이 나무 표면에 옮겨 붙었다. 떡갈나무가 타들어 가면서 관 속은 이내 매캐한 회색 연기로 가득 찼다. 희박한 산소 탓에 그는 할딱거렸다. 남아 있는 산소에서 끈적거리는 연기 맛이 느껴졌다. 그는 마치 수평으로 된 굴뚝 안에 누워 있는 기분이었다. 당장이라도 실신해 버릴 것 같았고, 몸의 감각들은 서서히 무뎌지고 있었다.

그는 단추를 우악스럽게 잡아 뜯어 셔츠를 벗었다. 그리고 셔츠 자락을 길게 찢어 자신의 오른손과 손목에 칭칭 감았다. 뚜껑의 한 부분은 푸석푸석한 숯으로 변해 있었다. 그가 주먹과 팔뚝으로 연기를 뿜어내는 나무 표면을 힘껏 두들겼다. 벌건 잉걸불이 그의 얼굴과 목으로 우수수 떨어져 내렸다. 그는 두 팔을 휘둘러 뜨거운 불씨를 짓이겨 껐다. 가슴과 손바닥에 화상을 입은 그가 비명을 질렀다.

골격만 남은 관 뚜껑이 내뿜는 열기가 그의 얼굴로 뿌려졌다.

그는 꼼지락거리며 몸을 움츠렸다. 떨어지는 나무 파편들을 피하려 고개도 한쪽으로 돌렸다. 관 속은 연기로 가득 차고, 매캐한 공기가 숨을 턱 막히게 했다. 뜨겁게 달구어진 그의 목구멍이 쓰라렸다. 그의 입과 코는 미세한 잿가루로 가득 차 있었다. 그는 또다시 뚜껑에 대고 셔츠로 감긴 주먹을 휘둘러 댔다. 제발. 그는 생각했다. 제발 좀.

"제발!" 그가 빽 소리쳤다.

마침내 뚜껑의 한 부분이 부서져 내렸다. 그는 얼굴과 목과 가슴 위로 뿌려진 잉걸불을 손바닥으로 후려쳐 껐다. 피부가 타들어 가면서 극심한 통증이 몰려들었다.

잉걸불이 까맣게 변해 가면서 묘한 냄새가 났다. 그는 손으로 더듬어 찾은 라이터를 황급히 켰다.

눈에 들어온 광경이 그의 등골을 서늘하게 만들었다.

머리 위에 꽉 들어찬 뿌리에 엉겨 붙은 젖은 흙.

그는 손끝으로 눈앞의 흙을 더듬었다. 깜빡이는 불빛 속에서 그는 천공성 곤충과 새하얀 지렁이들을 똑똑히 볼 수 있었다. 화들짝 놀란 그는 다시 몸을 움츠리고 꿈틀대는 벌레들을 피해 고개를 멀리 뺐다.

축축한 흙에서 유충 하나가 떨어져 나왔다. 젤리 같은 그것이 그의 윗입술에 착 달라붙었다. 역겨움에 이성을 잃은 그가 두 손으로 흙을 할퀴기 시작했다. 그는 머리를 좌우로 세차게 흔들어

우수수 떨어지는 벌레들을 피하려 했다. 그가 손을 놀릴 때마다 그의 몸 위로 흙이 빠르게 쌓였다. 흙이 콧속으로 파고들어 호흡이 곤란할 지경이었다. 입술에 달라붙은 흙도 조금씩 입안으로 밀려들었다. 질끈 감긴 그의 눈꺼풀 위로도 흙이 점점 쌓여 가는 중이었다. 그는 숨을 꼭 참은 채 두 손을 부지런히 움직였다. 그는 과부하 걸린 굴착기가 돼 버린 기분이었다. 그는 가끔씩 몸을 들어 흙을 바닥으로 내려보냈다. 충분한 산소를 공급받지 못한 폐가 힘에 부쳐 했다. 그는 눈을 뜰 엄두를 내지 못했다. 손가락은 얼얼했고, 몇몇 손톱은 뒤로 꺾여 부러진 상태였다. 그는 이제 통증도, 피가 배어나는 것도 느끼지 못했다. 하지만 바닥에 깔린 흙이 자신의 피로 점점 물들고 있음은 충분히 짐작할 수 있었다. 시간이 흐를수록 팔과 폐의 통증은 점점 심해졌다. 그리고 그것은 금세 온몸으로 퍼졌다. 그는 발과 무릎을 가슴으로 끌어 올린 채 계속해서 상체를 일으키려 애썼다. 경련이 일어난 듯 몸을 웅크린 그가 두 손을 머리 위로 올렸다. 팔죽지가 얼굴에 밀착된 상태에서 그는 맹렬히 흙을 파헤쳐 나갔다. 멈추면 안 돼. 그는 속으로 외쳤다. **멈추면 안 된다고.** 그는 끝까지 통제력을 잃고 싶지 않았다. 포기한 채 땅속에 묻혀 죽고 싶지 않았다. 그는 어금니를 꽉 깨물었다. 턱의 엄청난 힘에 이가 산산조각 나 버릴 것만 같았다. **멈추지 마.** 그는 생각했다. **계속하라고!** 그는 필사적으로 손을 움직였다. 비 오듯 쏟아져 내린 흙이 머리와 어깨 위에 수북이 쌓였다. 역겨운 벌레들은 그를 에워쌌다. 그의 폐는 폭발하기 직전이었다. 숨을 참은 지 몇 분이 지나 버린 것 같았다. 그는 비명을 지르고 싶었지만 그럴 수 없었다. 노출된 각피와 신경이 흙 천장에 짓이겨진 탓에 손톱이 따끔거리고 욱신거렸다. 통증에 쩍 벌어진 입안으로 흙이 쏟아져 들어왔다. 흙은 금세 혀를 뒤덮고 목구멍을 채워 나갔다. 반사적으로 구역질이 나 입에서 흙 섞인 토사물이 터져 나왔다. 숨을 들이쉴 때마다 흙이 파고들고, 정신은 점점 몽롱해져 갔다. 당장이라도 질식이 일어날 것 같았다. 기도에도 흙이 차곡차곡 쌓였다. 심장박동은 어느새 두 배 이상 빨라져 있었다. **이러다 죽겠어!** 비통함이 밀려들었다.

바로 그때 손가락 하나가 딱딱한 지표를 뚫고 나갔다. 그는 본능적으로 손을 모종삽처럼 움직여 흙을 찍어 냈다. 그가 두 팔을 미친 듯이 휘두를 때마다 흙 천장에 난 구멍이 점점 커졌다. 몸은 쉴 새 없이 쏟아져 내리는 흙에 완전히 파묻힌 상태였고, 가슴은 터질 듯이 아팠다.

마침내 그의 팔이 무덤을 뚫고 나갔다. 그는 몇 초 만에 상체를 밖으로 빼내는 데 성공했다. 너덜거리는 손으로 땅을 짚고 두 다리를 구멍 밖으로 끄집어냈다. 그는 땅에 드러누워 폐 속 가득 신선한 공기를 채워 넣으려 애썼다. 하지만 기관과 입안에 흙이 쌓여 공기가 스며들지 못했다. 그는 잠시 온몸을 비틀어 대다가 간신히 몸을 일으켰다. 그리고 무릎을 꿇은 채 앞으로 엎어져 가래로 반죽이 된 진흙을 토해 냈다. 까만 침이 턱을 타고 흘러내렸다. 입에서 쏟아져 나온 흙이 땅 위로 후드득 떨어졌다. 기도가 뚫리자 산소가 물밀듯 파고들었다. 서늘한 공기가 그에게 생기를 불어넣어 주었다.

내가 **이겼어**. 그는 생각했다. 내가 그놈들을 이겼다고. 내가 **이겼어!** 분노에 몸을 떨던 그가 의기양양하게 웃음을 터뜨렸다. 그는 눈을 뜨고 주위를 둘러보았다. 그의 손은 피로 뒤덮인 눈꺼풀을 연신 비벼 댔다. 요란한 교통 소음이 들려왔고, 사방에서 눈부신 불빛이 뿌려졌다. 예상치 못한 상황에 깜짝 놀란 그는 이내 자신의 위치를 깨달았다.

고속도로 옆 공동묘지.

차와 트럭들이 우렛소리를 내며 계속해서 지나쳐 갔다. 움직임과 사람들로 북적이는 바깥세상에 근접해 있다는 사실에 그는 안도했다. 그제야 그의 입가에 미소가 머금어졌다.

그의 오른편으로 높은 금속 기둥에 세워진 주유소 간판이 보였다. 고속도로를 따라 몇백 미터만 가면 도달할 수 있는 곳이었다.

간신히 몸을 일으킨 그는 그쪽으로 내달리기 시작했다.

머릿속에서는 앞으로의 계획이 착착 설계되고 있었다. 그는 주유소에 도착하자마자 화장실에 들어가 몸을 씻을 참이었다. 그런 다음 동전을 빌려 회사에 전화를 걸 것이다. 당장 리무진을 보내라고. 아니. 그냥 택시를 부르는 게 낫겠어. 그래야 그 개자식들을 속일 수 있을 테니까. 아주 기겁을 하게 만들어 줄 거야. 놈들은 내가 죽었을 거라 믿고 있겠지? 천만에. 내가 이겼다고. 확신에 찬 그는 뛰는 속도를 조금씩 높였다. 간절히 원하면 누구도 막을 수 없는 법이야. 그는 방금 전 탈출한 무덤 쪽을 돌아보며 생각했다.

주유소에 도착한 그는 화장실로 직행했다. 흙과 피로 범벅이 된 자신의 몰골을 세상에 보이고 싶지 않았기 때문이었다.

화장실에는 공중전화가 갖춰져 있었다. 그는 문을 걸어 잠그고 동전을 찾아 주머니를 뒤적였다. 1센트 동전 두 개와 25센트 동전 하나. 그는 은색 동전을 공중전화에 넣었다. 고맙게도 몇 푼 남겨 주고 갔군. 그는 생각했다. 멍청한 놈들.

그는 아내에게 전화를 걸었다.

응답한 그녀가 자초지종을 듣고 나서 비명을 질렀다. 빽빽대는 괴성은 한동안 이어졌다. 장난이 심하군요. 그녀는 말했다. 대체 누군데 이런 고약한 장난을 치는 거죠? 그에게 대꾸할 틈도 주지 않은 채 그녀는 전화를 끊어 버렸다. 그는 수화기를 떨어뜨리고 화장실 벽에 붙은 거울을 들여다보았다.

그는 비명조차 지를 수 없었다. 그저 말없이 거울만 들여다볼 뿐이었다.

거울 속 얼굴의 일부는 어딘가로 떨어져 나간 상태였다. 피부는 회색을 띠고, 그 안으로는 노란 뼈가 들여다보였다.

순간 그는 아내가 했던 말을 떠올렸다. 그리고 펑펑 울기 시작했다. 충격이 가시자 암담한 숙명의 그림자가 드리워졌다.

일곱 달이나 지났는데. 그녀는 그렇게 말했다.

일곱 달.

그는 또다시 거울을 들여다보았다. 그리고 자신에게 갈 곳이 없음을 깨달았다.

어떻게 된 일인지 그의 머릿속에서는 라이터에 새겨진 문구만이 계속해서 맴돌 뿐이었다.

세마외르

Semaver

사이트 파이크 아바스야느크

이난아 옮김

Sait Faik Abasıyanık

"아침 에잔*이 울렸단다. 애야, 일어나렴, 직장에 늦겠다."

알리가 드디어 취직을 했다. 그는 일주일 전부터 공장에 다니고 있었다. 그의 어머니는 아주 흡족했다. 그녀는 기도를 올렸다. 마음속에 있는 신과 함께 아들의 방으로 들어가자 큰 키, 탄탄한 몸 그리고 아주 젊은 얼굴이 눈에 들어왔다. 꿈속에서 기계, 볼타 전지, 전구들을 보고 기계에 기름을 치고 디젤 모터의 소음을 듣는 아들을 차마 깨울 수 없었다. 알리는 막 공장에서 나온 것처럼 땀에 젖어 있었고 얼굴은 분홍빛으로 상기되어 있었다.

할르즈오을루에 있는 공장의 굴뚝은 고개를 들고서 위엄 넘치는 수탉처럼 아침을, 카으트하네 언덕에 나타난 여명을 바라보

● 이슬람 사원에서 예배 시간을 알리는 기도 소리.

고 있었다. 꼬끼오 하고 울 것 같은 태세였다.

알리가 드디어 일어났다. 어머니를 껴안았다. 매일 아침 그러했듯이 이불을 머리끝까지 끌어 올렸다. 어머니는 이불 밖으로 나온 발에 간지럼을 태웠다. 침대에서 단숨에 일어난 아들과 함께 다시 침대로 떨어졌을 때 처녀처럼 깔깔거리며 웃는 여자는 행복하다고 할 수 있다. 그곳은 행복한 사람이 아주 적은 마을이었다. 어머니는 아들 외에, 아들은 어머니 외에 그 누구도 없었다. 그들은 주방에서 서로 바짝 붙어 앉았다. 주방 안에는 구운 빵 냄새가 가득했다. 세마외르*가 무척이나 멋지게 보글보글 끓고 있었다. 알리는 세마외르를 고통도 파업도 사고도 없는 공장에 비유하곤 했다. 그것에서는 오로지 냄새와 김 그리고 아침의 행복이 뿜어져 나오곤 했다.

이른 아침, 알리는 세마외르와 공장 앞에서 기다리는 살렙 차** 주전자가 좋았다. 그리고 소리들. 할르즈오을루에 있는 사관학교의 나팔 소리와 할리츠만灣을 울리는 공장의 긴 호루라기 소리는 그에게 갈망을 불러일으키기도 했고 사그라지게도 했다. 그러니까 우리의 알리에게는 약간 시인 같은 면모가 있었던 것이다. 커다란 공장에서 일하는 전기공에게 있어 감수성이라는 게

* 차 끓이는 주전자.
** 난초과 식물의 구근을 말려 가루로 만든 후 여기에 뜨거운 우유와 계핏가루를 넣고 끓인 차.

좁은 할리츠만에 거대한 대서양 횡단선을 들이는 것과 같다고 해도, 알리, 메흐메트, 하산도 약간은 이러하다. 우리 모두의 마음속에는 용감한 사자 한 마리가 살고 있다.

알리는 어머니의 손등에 입을 맞췄다. 그런 후 달콤한 무엇인가를 먹은 듯이 입술을 핥았다. 어머니는 웃었다. 그는 어머니에게 입맞춤을 할 때마다 이렇게 한 번 입술을 핥는 것이 습관이었다. 집의 작은 정원에 있는 화분에는 바질이 있었다. 알리는 몇 개의 바질 잎사귀를 손가락으로 짓이겨 손바닥의 향기를 맡으며 집을 나서곤 했다.

아침 공기는 선선했고 할리츠만은 안개에 싸여 있었다. 나룻배 부두에서 몇몇 친구를 보았다. 모두 혈기 왕성한 젊은이들이었다. 다섯 명은 할르즈오을루로 건너갔다.

알리는 종일 즐겁게, 의욕을 가지고 열성적으로, 하지만 친구들보다 더 잘한다는 느낌은 주지 않으면서 일을 할 것이다. 그는 작업의 요령을 배웠지만 정직과 겸손이 더 중요했다. 그의 상사는 이스탄불에서는 유일한 전기공인 독일인이었다. 그는 알리를 아주 아끼며 알리에게 작업의 비법과 요령을 가르쳐 주었다. 자신만큼이나 솜씨 있고 능숙한 사람들보다 알리가 더 우세해 보이는 비법은 민첩함, 운동으로 다져진 몸, 그러니까 그의 젊음 때문이었다.

그는 자신이 친구들에게는 진정한 친구, 마음이 맞는 친구이며 상사들에게는 좋은 근로자라는 것을 확신하며 만족스러운 마음으로 저녁에 귀가했다.

어머니를 껴안은 후 집 맞은편 카페에 있는 친구들 곁으로 뛰어갔다. 카드놀이를 했고 흥미진진한 백개먼 게임을 어깨너머로 구경했다. 그런 후 집으로 갔다. 어머니는 얏스* 기도를 드리고 있었다. 그는 여느 때처럼 어머니 앞에 무릎을 꿇고 앉았다. 기도용 깔개 위에서 재주넘기를 하며 혀를 내밀었다. 결국 어머니를 웃게 하는 데 성공했다.

"알리, 기도하는 데 방해하는 것은 죄란다, 내 새끼, 죄라니까, 하지 마라!"

"엄마, 신은 용서하실 거예요."

이 말을 한 후 아무것도 모른다는 듯 순진하게 물었다.

"근데 엄마, 신은 절대 웃지 않나요?"

저녁을 먹은 후 알리는 탐정 냇 핑커턴이 나오는 소설을 읽는 데 몰두했다. 어머니는 아들의 스웨터를 짜고 있었다. 이후 그들은 라벤더 향기가 나는 요를 깔고 잤다.

어머니는 사원에서 아침 기도 시간을 알리는 소리가 울려 퍼질 때 알리를 깨웠다.

구운 빵 냄새가 나는 주방에서 세마외르는 무척이나 멋지게

● 일몰 두 시간 후에 올리는 예배.

보글보글 끓었다. 알리는 세마외르를 고통도 파업도 사장도 없
는 공장에 비유하곤 했다. 그것에서는 오로지 냄새와 김 그리고
아침의 행복이 뿜어져 나왔다.

*

죽음은 알리의 어머니에게 어떤 손님, 머리에 스카프를 쓰고
기도를 드릴 때 이웃집 아주머니가 온 것처럼 찾아왔다. 그녀는
매일 아침 아들의 차를, 매일 저녁에는 2인분 식사를 준비하며
시간을 보냈다. 하지만 심장 한쪽에 어떤 통증을 느꼈다. 주글주
글하며 망사 천 냄새가 나는 자신의 몸으로 저녁 무렵마다 계단
을 빠르게 오를 때 숨이 가쁘고 땀이 났으며 어떤 부드러운 느낌
도 받곤 했다.

어느 날 아침, 아직 알리가 깨기 전에, 세마외르 앞에서 갑자
기 답답함을 느끼고는 가까운 의자에 털썩 주저앉았다. 주저앉
아 그렇게 있던 것이 그녀의 마지막이었다.

알리는 오늘 아침 어머니가 자신을 왜 깨우지 않는지 놀랐을
뿐, 한동안 자신이 늦게 일어났다는 것도 인지하지 못했다. 공장
에서 들려오는 호루라기 소리가 유리를 통해 그 날카로움과 절
박함을 잃고 스펀지 속을 지나는 것처럼 부드럽게 귓가에 스몄

다. 그는 자리를 박차고 일어났다. 그는 주방 앞에서 멈췄다. 식탁에 손을 올려놓고 졸고 있는 것처럼 보이는 어머니의 주검을 바라보았다. 그는 어머니가 자고 있다고 생각했다. 천천히 걸어갔다. 어머니의 어깨를 잡았다. 차가워지기 시작한 어머니의 뺨에 입술을 가져간 순간 소름이 돋았다.

죽음 앞에서 어떤 행동을 취하더라도 노련한 배우와 별 차이가 없을 것이다. 그저 노련한 배우가 하는 정도였을 뿐이다.

그는 어머니를 껴안았다. 그녀를 침대로 데리고 갔다. 이불을 덮어 차가워지기 시작한 몸을 덥히려고 했다. 자신의 몸을, 생기를 그 차가운 몸에 전달하려고 했다. 잠시 후, 그는 무력하게 구석에 있는 방석 위에 털썩 주저앉았다. 그날은 아무리 애를 써도 눈물이 나지 않았다. 눈이 지극히 따가웠지만 눈물 한 방울도 나오지 않았다. 그는 거울을 바라보았다. 가장 커다란 슬픔 앞에서는 불면으로 밤을 새운 사람의 얼굴밖에 다른 것이 되지 못한단 말인가?

알리는 자신이 갑자기 살이 빠지고, 갑자기 머리칼이 하얘지고, 갑자기 허리에서 느껴지는 엄청난 통증으로 나뒹굴고, 당장 100살이 된 사람처럼 늙고 싶었다. 잠시 후 주검을 바라보았다. 전혀 공포스럽지 않았다.

얼굴은 오히려 예전만큼이나 부드럽고 다정해 보였다. 그는 주검의 반쯤 뜬 눈을 강한 손으로 감겨 주었다. 그리고 밖으로 뛰쳐나가 이웃 노파에게 소식을 전했다. 이웃들은 헐레벌떡 뛰어왔다. 그는 공장에 갔다. 나룻배를 타고 갈 때 이미 죽음에 익숙해진 것 같았다.

어머니와 아들은 지금까지 나란히 꼭 껴안고 같은 이불 안에서 자 왔다. 죽음이 상냥하게 그의 어머니에게 다가온 것처럼, 그의 모든 감수성, 다정함, 부드러움을 그런 식으로 가져가 버린 것 같았다. 약간 추웠을 뿐이었다. 죽음은 우리가 아는 것처럼 그렇게 공포스러운 게 아니었다. 단지 약간 추웠을 뿐이었다. 그뿐이었다.

알리는 며칠 동안 집의 빈방에서 서성였다. 밤에는 불을 켜지 않고 밤의 소리를 들었다. 어머니를 생각했다. 하지만 울지 못했다.

어느 날 아침 그들은 마주했다. 그것은 주방 식탁의 비닐 커버 위에서 조용히 빛나고 있었다. 햇빛이 누런 놋쇠 위에 얼어붙어 있었다. 알리는 그것의 손잡이를 잡고 눈에 보이지 않는 곳에 놓고는 의자에 주저앉았다. 그러고는 조용히 내리는 비처럼 한참을 소리 없이 울었다. 그리고 그 집에서 세마외르는 두 번 다시 끓지 않았다.

이후 알리의 삶에 살렙 차가 들어왔다.

겨울에 할리츠만은 이스탄불보다 더 춥고 안개가 더 자욱했다. 얼음이 언 고르지 못한 인도의 진흙땅을 밟으며 일찍 직장으로 향하는 사람들, 학교 선생들, 가축상과 백정들은 공장 앞에서 한동안 휴식을 취하곤 했다. 커다란 벽에 등을 기대고 그 위에 생강가루와 계핏가루를 뿌린 살렙 차를 마시곤 했다.

양모 장갑 속에 감춰진 소중한 손들은 살렙 차를 감싸고 있고, 코를 훌쩍이며, 아무 생각도 하지 않고, 고통스러운 놋쇠 세마외르처럼 몸에서 김이 모락모락 나는 금발의 근로자들, 가축상, 백정 그리고 때로는 가난한 학생들은 커다란 공장 벽에 등을 기대고, 그 위에 꿈의 가루가 뿌려진 살렙 차•를 한 모금 한 모금 마시곤 했다.

• 일반적으로 살렙 차에는 계핏가루를 뿌려 마신다. 여기서는 계핏가루 대신 '꿈'을 뿌린다고 은유했다.

클라이티

Clytie

유도라 웰티

정소영 옮김

늦은 오후였다. 무겁게 드리운 은색 구름이 목화밭보다 더 거
대해지고 넓어지더니 곧 비가 쏟아지기 시작했다. 여전히 해가
비치는 중에 굵은 빗방울이 뜨거운 양철 헛간으로 뚝뚝 떨어져
파Farr 조면 공장의 작은 마을에 줄지어 늘어선 하얀 겉치레 외
관에 점점이 찍혔다. 암탉과 암탉을 졸졸 따르는 노란 병아리들
이 화들짝 놀라 길을 가로질러 뛰어갔고, 흙바닥이 진흙탕이 되
자 새들이 곧장 그리로 날아들어 작은 웅덩이에 들어앉아 목욕
을 했다. 가게 문간에 앉아 있던 사냥개들이 일어나 꼬리까지 온
몸을 한바탕 흔들고는 안으로 들어가 누웠다. 평평한 길에서 긴
그림자를 드리우고 서 있던 몇몇 사람이 우체국으로 자리를 옮
겼다. 어린 남자아이가 맨발로 노새 옆구리를 차며 천천히 읍내
를 통과해 시골 마을 쪽으로 움직였다.

모두가 비 그을 데를 찾아간 뒤에도 클라이티 파는 근시라 잘 안 보이는 눈으로 앞쪽을 빤히 바라보며 여전히 길에 서 있었다. 작은 새처럼 흠뻑 젖은 채로.

그녀는 대개 오후 이맘때에 커다란 고택에서 나와 급히 읍내를 가로질러 갔다. 예전엔 이런저런 핑계로 여기저기 뛰어다녔었는데, 한동안은 아무에게도 들리지 않을 작은 목소리로 변명을 늘어놓다가 그다음에는 청구서를 돌리기 시작했다. 파 집안이 아무리 다른 사람들과 어울리지 못할 정도로 잘난 사람들이라도 그 청구서의 돈을 낼 사람은 아무도 없을 것이라고 우체국장이 단언했다. 하지만 이제 클라이티는 그냥 나왔다. 매일 나왔고 이제 그녀에게 말을 거는 사람도 없었다. 어찌나 서두르는지 누가 말을 거는지도 모를 것이었다. 토요일마다 수많은 말과 트럭이 오고 가는 거리를 저렇게 이리 뛰고 저리 뛰다가 트럭에 치이고 말 거라고 사람들은 생각했다.

더위를 식히려고 문가에 나와 선 여자들 얘기로는 그냥 정신이 온전하지 못한 거라고 했다. 그 언니가 그랬듯이 말이다. 그래서 누가 집에 가라고 할 때까지 그냥 기다릴 것이라 했다. 블라우스고 점퍼스커트고 긴 검은색 스타킹이고 입은 옷은 다 비틀어 짜야 할 거라고 했다. 액세서리 가게에서 산 밀짚모자를 쓰고 있었고, 모자에 고급스럽게 달린 검은색 낡은 새틴 리본을 목 아래에서 잡아매고 있었다. 이제, 여자들이 지켜보는 중에 쏟아지는 빗줄기를 견디다 못해 모자 양쪽이 천천히 내려앉더니 말에게 낡은 보닛을 씌워 놓은 것처럼 더욱 우스꽝스럽고 추레해 보였다. 그리고 뭐가 되었든 길 저편에서 내려와 자신을 피신처로 데려다주길 기다리는 양 쓸모없는 긴 팔을 양쪽으로 약간 벌리고 빗속에 그렇게 서 있는 클라이티의 모습은 정말이지 거의 동물처럼 끈덕진 것이었다.

잠시 후 우르르 천둥이 쳤다.

"미스 클라이티! 그렇게 비 맞지 말고 이리 나와요, 미스 클라이티!" 누군가 외쳤다.

나이 많은 노처녀는 돌아보지도 않고 주먹을 불끈 쥐어 겨드랑이 쪽으로 올리더니 암탉이 날개를 펼치듯 홱 바깥으로 뻗으며 거리를 달려 내려갔다. 불쌍한 모자가 귀 옆에서 펄럭이며 찌걱거렸다.

"미스 클라이티가 저기 가네." 여자들이 말했고, 그중 한 사람에게 그녀에 대한 어떤 예감이 찾아들었다.

연기처럼 고약한 냄새가 나는 젖은 검은 삼나무 네 그루가 서 있는 아래, 푹 꺼진 길로 콸콸 흐르는 빗물을 첨벙거리며 그녀가 집까지 달려갔다.

"도대체 어디 갔다 오는 거야?" 언니 옥타비아가 위층 창문에서 내려다보며 소리쳤다.

클라이티가 올려다보았지만 다시 창문을 가리는 커튼만 보였다.

그녀는 집 안으로 들어가, 현관에서 부들부들 떨며 기다렸다. 아무 장식도 없고 매우 어둑했다. 달랑 하나 있는 불이 달랑 하나 있는 가구인 오르간에 씌운 흰색 천을 비췄다. 상아 걸쇠에 붙잡아 맨 응접실 문 위의 빨간 커튼은 공기라고는 통하지 않는 집 안에서 나무둥치처럼 미동도 없었다. 창문이란 창문은 다 닫혀 있고 블라인드도 다 내려져 있었다. 그 뒤로 빗소리는 여전히 들렸지만.

클라이티가 성냥을 집어 들고 헤르메스 청동상이 붙박이 가스등을 들고 있는 계단 난간 쪽으로 움직였다. 그리고 불을 붙이자 바로 그 위쪽으로, 그 집의 붙박인 유물 하나처럼 옥타비아가 층계참에서 기다리고 서 있었다.

그녀는 보라와 연노랑이 섞인 유리창 앞에 굳건히 서 있었고, 가만히 두지 못하는 주름진 손가락은 긴 검은색 드레스 가슴께에 늘 달려 있는, 풍요의 뿔 모양을 한 다이아몬드 장식을 쥐고 있었다. 그 장식을 만지작거리는 것은 전혀 시들해지지 않는 그녀의 당당한 행동이었다.

"우리가 여기서 배를 곯으며 기다리는 것으로도 모자라서―" 클라이티가 아래에서 기다리는 동안 옥타비아가 말했다. "넌 그렇게 몰래 나가 불러도 대답도 없는 거니. 밖으로 뛰쳐나가 거리를 쏘다니다니. 천박해, 정말 천박해―!"

"신경 쓰지 마, 언니." 클라이티가 겨우 입을 열었다.

"그래도 항상 돌아오기는 하지."

"그럼……"

"제럴드가 일어났어. 아빠도 그렇고." 여전히 앙심에 찬 어조로 옥타비아가 말했다. 대개 소리쳐 부르는 게 일이었으므로 목소리도 컸다.

클라이티는 부엌으로 가서 나무 화덕에 불을 붙였다. 6월인데 얼어 죽게 춥기라도 한 양 화덕 문을 열어 놓고 그 앞에 서 있었는데, 지난 몇 년 동안 밀짚모자를 썼음에도 햇볕에 그을린 그 얼굴이 곧 흥미와 즐거움을 내보이며 밝아졌다. 이제 어떤 꿈이 다시 시작된 것이다. 거리에 서 있을 때 그녀는 막 눈에 띈 아이의 얼굴에 대해 생각하고 있었다. 또래 아이와 함께 놀고 있던 그 아이는 장난감 총을 들고 친구 뒤를 쫓다가 그녀가 지나가자 쳐다봤는데 그 표정이 얼마나 숨김없고 의심도 없이 평온하던지! 타오르는 불꽃처럼 발그레 상기된 그 평화롭던 작은 얼굴을, 다른 생각들은 다 쫓아 버리는 어떤 영감처럼 여전히 머릿속에 떠올리면서 클라이티는 거기 완전히 몰입해 길 한중간에 멈춰 선 채 꼼짝 않고 있었던 것이다. 하지만 비가 계속 쏟아졌고 누군가 소리를 질렀으므로 그 생각을 끝까지 이어 가지는 못했다.

클라이티가 처음 얼굴을 유심히 보며 생각에 빠지기 시작한 건 지금부터 한참 전이었다.

파 조면 공장에 흑인까지 통틀어 150명이 넘는 사람들이 있다는 건 아무나 붙잡고 물어도 얘기해 줄 수 있을 것이다. 하지만 그 얼굴들이 클라이티에게는 거의 한도 없이 많은 것 같았다. 그녀는 이제 얼굴을 천천히 주의 깊게 바라볼 줄을 알게 되었다. 전체를 한 번에 다 보는 건 불가능하다고 굳게 믿었다. 얼굴과 관련해 최초로 발견한 사실은 늘 처음 보는 얼굴이라는 것이었다. 사람들의 실제 표정을 살피게 되면서부터 이 세상에 낯익은 것이라고는 없게 되었다. 세상 전체에서 가장 심오하고 가장 감동적인 광경은 분명 얼굴일 것이었다. 그녀로서는 뭔지 모를 것들을 감추고 있는, 그러면서 여전히 또 다른 미지의 것을 넌지시 요구하는 다른 사람들의 눈과 입을 완전히 이해하는 게 가능할까? 교회 정문 옆에서 땅콩을 파는 노인의 신비로운 미소가 떠올랐다. 둘레에 사자 갈기가 새겨진 난로의 쇠문 위에 그의 얼굴이 잠시 머물렀다. 자칭 톰 베이츠 보이 씨라는 그에 대해 사람들은 수박씨처럼 완전히 무표정한 얼굴로 주변을 빤히 본다고 했지만, 그의 눈과 나이 든 누런 속눈썹에 모래알이 있는 걸 본 클라이티는 그가 어쩌면 이집트인처럼 사막에서 왔을 거라고 보았다.

그렇게 톰 베이츠 보이 씨에 대해 생각하고 있는데 무지막지한 바람이 획 불어와 등을 때리는 바람에 그녀가 몸을 돌렸다. 긴 녹색 창문 가리개가 잔뜩 부풀어 올랐다가 툭 떨어졌다. 부

얼 창문이 활짝 열려 있었다. 열어 놓은 건 바로 그녀였다. 가서
살살 창문을 닫았다. 무슨 일이 있어도 아래층까지 내려오지 않
는 옥타비아지만 창문이 열려 있었다는 걸 알았다면 그녀를 절
대 용서하지 않았을 것이다. 옥타비아의 생각에 비와 태양은 황
폐화를 의미했다. 클라이티는 집 안 전체를 돌아다니며 모든 게
안전한지 살폈다. 옥타비아에게 고통스러운 것은 황폐화 자체
가 아니었다. 황폐화든 침해든, 심지어 가난한 살림에 너무나 귀
중한 보물들에 그런 일이 생길지라도 그 때문에 그녀가 겁을 집
어먹지는 않았다. 그저 밖에서 어떤 식으로든 엿보는 일, 그것을
용서하지 못하는 것이었다. 그것이 그녀의 얼굴에 오롯이 드러
났다.

클라이티는 난로 위에서 세 사람의 식사를 지어 세 개의 쟁반
에 놓았다. 세 사람이 각기 다른 걸 먹었기 때문이다. 적절한 순
서대로 위층으로 하나씩 가지고 가야 했다. 올드리시가 했던 대
로 모든 음식을 제대로 준비해서 끝까지 제대로 만드는 일은 매
우 힘들었으므로 집중을 하느라 미간에 주름이 졌다. 아버지가
처음 뇌졸중으로 쓰러졌던 그 옛날에 이미 요리사는 내보내야
했다. 올드리시는 아버지가 어렸을 때 유모였으므로 아버지는
그녀를 무척 좋아했고, 아버지가 위독하시다는 얘기를 듣고 아
버지를 보러 시골에서 일부러 올라왔었다. 올드리시가 와서 뒷
문을 두드렸다. 그리고 앞에서든 뒤에서든 무슨 소리라도 나면

늘 하던 대로 옥타비아가 닫힌 커튼 사이로 내다보며 소리를 질렀다. "저리 가! 가란 말이야! **여긴** 뭐 하러 온 거야?" 만나 보게 해 달라고 올드리시와 아버지가 함께 간청했지만 옥타비아는 늘 그랬듯이 소리를 고래고래 지르며 침입자를 쫓아 보냈다. 클라이티는 여느 때처럼 입을 꼭 닫고 부엌에 서 있다가, 결국 언니가 하는 대로 따라 할 수밖에 없었다. "리시, 저리 가." 하지만 아버지는 돌아가시지 않았다. 대신 사지가 마비되고 눈이 멀어, 할 수 있는 건 알아들을 수 없는 소리로 사람을 부르고 유동식을 삼키는 일뿐이었다. 리시는 여전히 이따금 뒷문으로 찾아왔지만 그들은 절대 그녀를 들이지 않았고, 노인네는 이제 들리는 것도 아는 것도 없어서 그녀를 만나게 해 달라고 애원할 수도 없었다. 그의 방에 들어갈 수 있는 사람은 딱 한 사람뿐이었다. 일주일에 한 번씩 약속을 잡아 이발사가 면도를 해 주러 왔던 것이다. 이때는 누구도 절대 입을 여는 법이 없었다.

클라이티가 먼저 아버지 방으로 가서 침대 옆 작은 대리석 탁자에 쟁반을 내려놓았다.

"내가 먹여 드릴게." 옥타비아가 그릇을 그녀에게서 건네받으며 말했다.

"지난번에 언니가 했잖아." 클라이티가 말했다.

그릇을 그냥 내주고는 베개 위의 뾰족한 얼굴을 내려다보았다. 내일은 이발사가 오는 날이었고, 피폐한 뺨에 온통 날카로운 검은 수염 끝이 바늘처럼 비죽비죽 나와 있었다. 노인네의 눈은 반쯤 감겨 있었다. 그가 어떤 기분일지는 절대 알 수 없었다. 그냥 방치되어 정말 멀리로 떠나 자유로워진 것처럼 보였다……옥타비아가 수프를 떠먹이기 시작했다.

아버지의 얼굴에 그대로 시선을 고정한 채 클라이티가 불현듯 언니에게 독한 소리를, 떠오르는 가장 거친 말들을 정신없이 쏟아 내기 시작했다. 그러다가 곧 큰 애들에게 떠밀려 물에 빠진 어린아이처럼 꺽꺽거리며 울기 시작했다.

"그만하면 됐어." 옥타비아가 말했다.

하지만 클라이티는 수염이 덥수룩한 아버지의 얼굴과 여전히 벌어진 그 입에서 눈을 뗄 수 없었다.

"그리고 내가 원하면 내일도 내가 먹여 드릴 거야." 옥타비아가 말하고는 일어섰다. 아프고 난 후 다시 자라기 시작한, 거의 보라색으로 물들인 숱 많은 머리카락이 이마 위로 흘러내렸다. 목에서부터 시작해 끝자락까지 이어진 잠옷의 잔주름이 그녀가 숨을 쉴 때마다 벌어졌다 닫혔다 했다. "제럴드는 잊어버린 거야?" 그녀가 말했다. "그리고 나도 배고파."

클라이티는 다시 부엌으로 가서 언니의 저녁을 가져다주었다. 그러고 나서 제럴드의 식사를 가져왔다.

제럴드의 방은 어두웠고 여느 때처럼 앞을 막아 놓은 것들을 치워야 했다. 위스키 냄새가 진동했다. 등에 불을 붙이려고 성냥을 그으니 심지어 불꽃이 일었다.

"밤이야." 클라이티가 이내 말했다.

제럴드는 침대에 누워 그녀를 쳐다보고 있었다. 침침한 불에서 보니 아버지랑 닮았다.

"부엌에 커피 더 있어." 클라이티가 말했다.

"커피 좀 이리 갖다줄 수 있어?" 제럴드가 물었다. 진이 빠진, 심각한 분위기로 그녀를 빤히 보았다.

그녀가 몸을 구부려 그를 일으켰다. 그녀가 눈을 감고 그렇게 몸을 숙인 채 가만히 있는 동안 그가 커피를 마셨다.

곧 그가 그녀를 밀쳐 내고는 다시 침대에 누웠고, 자신이 로즈메리와 결혼해서 길 아래쪽의 작은 집에 살았을 때, 완전히 새집에 가스레인지니 전깃불이니 온갖 편의 시설들이 다 갖춰진 그 집에 살았을 때가 얼마나 좋았는지 늘어놓기 시작했다. 로즈메리, 그녀는 나와 결혼하기 위해 옆 마을에서 다니던 직장까지 그만두었는데. 그런데 어쩌다가 그렇게 금방 나를 버리고 떠나 버린 거지? 가끔씩 총으로 쏴 버리겠다고 위협한 건 사실 별 뜻 없이 한 일이었고, 가슴에 총부리를 갖다 댄 것도 정말이지 전혀 아무것도 아니었다. 그녀가 잘 이해를 못 해서 그랬던 거다. 만족감을 맛보고 싶었던 것뿐이었는데. 그냥 장난을 좀 치고 싶어서 그런 거였는데. 어떤 면에서는 자신이 삶과 죽음을 초월할 정도로 그녀를 사랑한다는 걸 보여 주고 싶었던 거다.

"삶과 죽음을 초월해서." 그가 눈을 감으며 되풀이했다.

클라이티는 아무런 응대를 하지 않았다. 옥타비아는 제럴드가 이렇게 나오면 꼭 응대를 했고 결국은 제럴드가 우는 것으로 끝났다.

닫힌 창문 밖에서 지빠귀가 울기 시작했다. 클라이티는 커튼을 열고 창문에 귀를 갖다 댔다. 비는 그쳐 있었다. 칠흑같이 새까만 나무와 밤공기를 뚫고 뚝뚝 떨어지는 물방울 사이로 새소리가 들려왔다.

"꺼져." 제럴드가 말했다. 베개 아래 머리를 묻고 있었다.

그녀는 쟁반을 들고 얼굴을 묻은 제럴드를 두고 나왔다. 그들 누구의 얼굴도 굳이 볼 필요가 없었다. 사이사이에 나타나는 게 그 얼굴들이었으니까.

서둘러 부엌으로 가서 그녀는 그제야 저녁을 먹었다.

그들의 얼굴은 그녀와 다른 얼굴 사이에 나타났다. 오래전에 그녀를 마주 바라보던 어떤 얼굴을 감추기 위해 그 사이로 밀고 들어온 것이 그들의 얼굴이었다. 그래서 이제는 그 얼굴이 어떻게 생겼는지, 처음으로 본 건 언제였는지를 기억해 내기도 어려웠다. 분명 젊을 때였을 것이다. 그래, 덩굴시렁 아래에서, 그녀가 웃었던 것 같은데, 몸을 앞으로 숙이며…… 그러면서 나타나는 하나의 얼굴—약간은 다른 얼굴들과 비슷했다. 의심 없는 아이나 순진한 늙은 여행객의 얼굴, 심지어 욕심 많은 이발사나 리시의 얼굴, 혹은 문이란 문은 다 두들겨도 아무 대답을 듣지 못하는 떠돌이 행상의 얼굴처럼. 그러면서도 달랐다, 훨씬. 이 얼굴은 그녀의 얼굴과 아주 가까이 있었다. 거의 친숙하고 거의 닿을 수 있을 만큼. 그러다가 옥타비아의 얼굴이 불쑥 끼어들었고, 또 다른 때는 뇌졸중에 걸린 아버지의 얼굴이, 제럴드의 얼굴과 총알이 이마를 관통한 동생 헨리의 얼굴이…… 파 조면 공장의 거리에서 마주친 내밀하고 신비로운, 그리고 다시 나타나지 않는 얼굴들을 면밀히 살펴보는 것도 순전히 그 환영과 닮은 얼굴을 찾기 위해서였다.

하지만 늘 뭔가 끼어들어 방해했다. 누가 말이라도 걸면 그녀는 줄행랑을 쳤다. 거리에서 누군가와 마주칠 것 같으면 그 사람이 지나갈 때까지 덤불 뒤로 뛰어 들어가 숨어 있거나 작은 나뭇가지로 얼굴을 가리고 있다는 건 다들 알았다. 누군가 이름이라도 부르면 얼굴이 처음엔 빨개졌다가 다음엔 하얘졌다가, 그러고는 가게에 있는 여자가 표현한 바에 따르면 어쩐지 **실망한** 기색이 되었다.

게다가 그렇게 겁을 집어먹는 정도가 갈수록 심해졌다. 이제는 옷을 멋지게 차려입은 적이 없었기 때문에 알 수 있었다. 수년 동안 그녀는 이따금 소위 '정장'을 차려입고 나왔는데, 항상 사냥꾼들이 입는 녹색을 입었다. 양동이처럼 얼굴 아래까지 내려오는 모자나 녹색 실크 드레스나 앞이 뾰족한 녹색 신발처럼. 날이 화창하고 좋으면 그 옷을 하루 종일 입고는, 다음 날이면 그게 모두 꿈이었다는 듯이 다시 턱 아래로 끈을 잡아맨 낡은 모자에 색 바랜 점퍼스커트로 돌아가는 것이었다. 클라이티가 그렇게 잔뜩 차려입어서 멀리에서도 그녀를 알아볼 수 있었던 건 이제 아주 오래전 일이었다.

간혹 친절을 보일 셈으로, 혹은 그냥 궁금해서 이웃 사람이 뭔가—예를 들어 코바늘 뜨개질의 문양 같은—에 대해 그녀의 의견을 물을 때 그녀는 도망가지 않았다. 짓다 만 옅은 미소를 보이며 "멋있네요"라고 아이 같은 목소리로 말하곤 했다. 하지만 그다음에 여자들이 늘 덧붙이는 말은, 이미 오래전부터 파 집안 주변에 멋있는 거라고는 하나도 없다는 것이었다.

"멋있네요." 옆집 할머니가 새로 심은 장미 덤불에 활짝 핀 장미를 보여 주자 클라이티가 말했다.

하지만 한 시간도 되지 않아 그녀는 집 밖으로 뛰쳐나와 이렇게 고래고래 소리 질렀다. "옥타비아 언니가 그 장미 당장 치우래! 옥타비아 언니가 그 장미 당장 우리 담장 멀리로 치워 버리래! 안 그러면 죽여 버릴 거야! 저리 치우라고."

파 집안의 다른 쪽 이웃집에는 어린 남자아이가 있었고, 그 아이는 늘 마당에 나와 놀았다. 옥타비아의 고양이가 울타리 아래를 지나 그쪽으로 넘어가면 아이는 고양이를 품에 안곤 했다. 그러고는 파 집안 고양이에게 노래를 불러 줬다. 클라이티는 집 안에서 마구 뛰어나와 열을 내며 옥타비아의 말을 전해 주었다. "그런 거 하지 마! 하지 말라고!" 그러고는 몹시 괴로워하며 외쳤다. "또다시 그런 일을 하면 널 죽여 버려야 할 거야!"

그러고는 채소밭으로 다시 뛰어가 욕을 하기 시작했다.

욕하는 습관은 새로 생긴 것인데, 가수가 어떤 노래를 처음으로 부를 때처럼 나지막했다. 하지만 아무리 해도 그만둘 수가 없었다. 처음엔 스스로도 질겁했던 말들이 목에서 물이 줄줄 넘쳐흐르듯 흘러나왔고, 그러고 나면 어쨌든 기이하게도 긴장이 풀리고 마음이 편해졌다. 그녀는 평온한 채소밭에서 혼자 욕을 했다. 사람들이 못마땅하게 말하는 바로는 그녀가 언니 흉내를 낼 뿐이라는 것이었는데, 그 언니가 수년 전에 똑같은 채소밭에 나와서 그렇게 똑같이 욕을 했다는 것이다. 단지 무지막지하게 크고 고압적인 목소리라 우체국에서도 들릴 정도였다는 점만 빼고.

이따금 클라이티는 그렇게 중얼거리다가 창가에 서서 내려다보는 옥타비아를 올려다보곤 했다. 옥타비아가 마침내 커튼을 치면 클라이티는 말을 잃고 그 자리에 붙박여 있었다.

결국 두려움과 피로함과 사랑, 압도적인 사랑이 한데 뒤섞인 다정한 태도로 슬슬 걸어서 대문을 나서 읍내로 갔고, 갈수록 점점 걸음이 빨라지면서 나중에는 어처구니없을 정도로 바삐 걸음을 옮겼다. 똑같이 출발하면 이 동네에서 미스 클라이티를 따라 잡을 사람이 하나도 없을 거라고 사람들이 말하곤 했다.

지금처럼 부엌에서 혼자 먹을 때면 그녀는 먹기도 빨리 먹었다. 묵직한 은포크로 고기를 찍어 맹렬하게 물어뜯고 닭 뼈에 살점 하나 붙어 있지 않을 때까지 싹싹 발라 먹었다.

계단을 반쯤 올라가다가 제럴드가 커피를 더 달라고 했던 게 기억이 나서 그걸 가지러 다시 돌아갔다. 위층에서 쟁반을 다 가지고 내려와 설거지를 하고 난 뒤 모든 창문과 문이 완전히 꼭꼭 닫혀 있는지 확인하는 것도 잊지 않았다.

다음 날 아침, 클라이티는 아침을 차리다가 자기도 모르게 미소가 떠오르는 입술을 깨물었다. 몰래 열어 둔 창문 너머 저 멀리 햇살 아래로 화물열차가 다리 위를 지나갔다. 흑인 몇이 고기를 잡으러 줄지어 길을 따라 내려갔고, 함께 가던 톰 베이즈 보이 씨가 고개를 돌려 창문 안쪽의 그녀를 쳐다보았다.

제럴드가 외출 차림에 안경을 쓰고 나타나 오늘 가게에 나가 보겠다고 선언했다. 오래된 파 가구점은 이제 찾는 손님이 별로 없었고 제럴드가 없다고 아쉬워하는 일도 거의 없었다. 사실 그가 있는지 알 수도 없었는데, 철사에 커다란 장화를 줄지어 걸어 놔 새장 같은 사무실이 거의 보이지 않기 때문이다. 고등학교에 다니는 여학생이 오는 손님은 다 상대할 수 있었다.

이제 제럴드가 식당으로 들어섰다.

"오늘 아침엔 기분이 어때, 클라이티?" 그가 물었다.

"괜찮아, 제럴드. 넌?"

"가게에 나가 보려고." 그가 말했다.

그가 뻣뻣하게 식탁에 앉았고, 그녀가 그의 앞에 식사를 놓았다.

위층에서 옥타비아가 꽥 소리를 질렀다. "도대체 내 골무 어디 간 거야? 클라이티 파, 네가 훔쳐 갔지? 내 귀여운 은색 골무 네가 가져간 거지!"

"또 시작이군." 제럴드가 격하게 내뱉었다. 뒤틀리며 양옆으로 벌어지는 섬세하고 얇은, 거의 거무죽죽한 입술을 클라이티가 바라보았다. "이렇게 여자들에 둘러싸여서 남자가 어떻게 살 수 있겠어? 도대체 어떻게?"

그가 벌떡 일어나더니 냅킨을 정확히 이등분으로 찢었다. 아침 식사에는 손도 대지 않은 채 식당을 나갔다. 다시 위층 자신의 방으로 올라가는 소리가 들렸다.

"내 골무!" 옥타비아가 다시 소리를 빽 질렀다.

클라이티는 잠시 기다렸다. 위층으로 올라가기에 앞서 작은 다람쥐처럼 몸을 구부리고 가스레인지에 놓인 자신의 아침 일부를 열심히 먹었다.

9시에 이발사인 보보 씨가 현관문을 두드렸다.

두드려 봐야 대답해 주는 사람은 아무도 없기 때문에 기다리지 않고 바로 문을 열고 들어가 작달막한 장교처럼 현관 앞 복도를 따라갔다. 오래된 오르간이 있었고, 장례식 때 외에는 연주는 물론 덮개를 걷은 적도 없었는데 장례식 때는 아무도 부르지 않았다. 까치발을 하고 선 남성 조각상의 팔 아래쪽을 지나 어둑한 계단을 올라갔다. 계단 꼭대기에 줄지어서 그들이 서 있었고, 모두들 혐오감을 내보이며 그를 바라보았다. 보보 씨는 그들 모두 제정신이 아니라고 믿었다. 심지어 제럴드는 아침 9시밖에 안 된 그 시간에 이미 술에 취해 있었다.

보보 씨는 작달막했는데, 일주일에 한 번씩 이 집에 드나들기 전까지는 자신의 키에 대해 자부심이 없지 않았다. 하지만 그는 파 집안 사람들의 길고 물렁한 목과 혐오감에 찬 냉랭한 그 도드라진 얼굴을 아래쪽에서 올려다보는 게 전혀 즐겁지 않았다. 자신이 무슨 수작이라도 걸면(마치 그럴 생각이 있기라도 한 것처럼!) 그 자매가 자신을 어떻게 할지는 상상만 할 수 있을 뿐이었다. 그가 층계를 다 올라가자마자 그만 남겨 놓고 다들 자리를 떴다. 그는 턱을 치켜들고 다리를 넓게 벌리고 서서 주변을 둘러보았다. 위층 복도에는 아무것도 없었다. 앉을 의자 하나 없었다.

"한밤중에 가구를 다 팔아 버렸든지 너무 인색해서 쓸 생각을 안 하는 거야." 보보 씨가 파 조면 공장 사람들에게 말했다.

보보 씨는 거기 서서 자신을 불러 주길 기다리면서, 애초에 파

씨 면도를 하러 이 집에 드나들지 말았어야 했는데, 하는 생각을 했다. 하지만 처음 우편으로 편지를 받았을 때 그는 너무나 놀랐다. 편지지가 오래되어 얼마나 누리끼리해졌는지 처음에 그는 한 천 년 전에 쓴 편지가 지금까지 배달되지 않은 줄 알았다. '옥타비아 파'라고 서명이 되어 있었고, '보보 씨에게'라는 의례적인 호명도 없이 본론으로 들어갔다. '추후 통지가 있을 때까지 금요일마다 아침 9시에 이 집으로 와서 제임스 파 씨에게 면도를 해 주십시오.'

그는 딱 한 번만 가리라 마음먹었다. 그리고 갔다 온 후에는 절대 다시 가지 않겠다고 다짐했다. 특히 돈을 언제 줄 건지 전혀 알 수 없었기 때문에 더욱 그랬다. 물론 파 조면 공장 마을에서 유일하게 그 집 안에 들어갈 수 있는 사람이라는 게 대단한 일이긴 했다. (그 외에는 젊은 헨리가 자살을 했을 때 갔던 장의사가 유일했는데, 그는 그때까지도 거기에 대해 입도 벙긋하지 않았다.) 또한 파 씨처럼 상태가 좋지 않은 사람을 면도하는 일도 쉽지 않았다. 시체나 심지어 술김에 달려드는 농장 노동자를 면도하는 게 차라리 나을 것이었다. 당신이 이런 상태라고 가정해 봐요. 보보 씨가 그렇게 말하곤 했다. 얼굴을 못 움직여요. 턱을 올릴 수도 없고 턱에 힘을 줄 수도 없고, 심지어 면도날이 가까이 오는데 눈을 깜짝거리지도 못해. 파 씨 면도할 때 문제는 얼굴이 면도날에 맞설 만한 힘이 없다는 거예요. 축 늘어지니까.

"다시는 안 가." 보보 씨가 손님들에게 마지막으로 하는 말은 늘 그랬다. "돈을 줘도 안 갈 거야. 이젠 신물이 나."

하지만 그는 다시 여기 환자 방 앞에서 기다리며 서 있었다.

"이번이 마지막이야." 그가 말했다. "하늘에 맹세코!"

그러면서 저 노인네가 왜 죽지 않는지 의아해했다.

바로 그때 클라이티가 방에서 나왔다. 그녀는 우스꽝스럽게 게걸음을 쳤고, 가까워질수록 더 천천히 움직였다.

"들어가요?" 보보 씨가 초조하게 물었다.

클라이티가 미심쩍어하는 그의 작은 얼굴을 보았다. 그 작은 초록 눈에 어쩌면 그렇게 공포감이 빠르게 스쳐 지나가는지! 욕심 많은 불쌍한 작은 얼굴, 그 얼굴이 길고양이처럼 얼마나 구슬 퍼 보였는지. 이 욕심 많은 작은 인간이 그렇게 절실하게 필요로 하는 게 도대체 뭘까?

클라이티가 이발사 앞에 와서 멈췄다. 그런데 이제 들어가 아버지 면도를 해도 된다는 말을 하는 게 아니라 손을 뻗어 숨이 턱 막힐 정도로 다정하게 그의 옆얼굴을 만졌다.

그래서 잠시 그녀가 호기심을 보이며 그를 바라보고 그는 헤르메스 조각상처럼 가만히 서 있는 장면이 연출되었다.

그러다가 둘이 동시에 절망적인 외마디 소리를 내질렀다. 보보 씨는 몸을 돌려 면도기를 빙빙 돌리며 계단을 뛰어 내려가 현관 밖까지 단숨에 도망쳤다. 클라이티는 유령처럼 창백한 얼굴로 휘청거리며 난간에 몸을 기댔다. 베이럼 향수와 양모제의 끔찍스러운 냄새와 눈에 띄지 않는 거슬거슬한 수염의 흉측한 느낌, 툭 튀어나온 뿌연 초록색 눈—도대체 손으로 뭘 만졌단 말인가! 그 얼굴을 생각만 해도 참을 수가 없었다.

닫혀 있는 환자 방문 너머로 옥타비아의 고함 소리가 들려왔다.

"클라이티! 클라이티! 아빠에게 빗물을 안 갖다드렸잖아! 면도하실 때 쓸 빗물은 도대체 어디 있는 거야?"

클라이티가 순순히 계단을 내려갔다.

제럴드가 방문을 벌컥 열더니 그녀 등에 대고 소리쳤다. "이젠 또 뭐야? 이건 완전히 정신병원이야! 내 방문 앞을 누가 뛰어갔지? 다 들었다고. 남자들을 어디다 감춰 두고 있는 거야? 꼭 집에까지 끌어들여야겠어?" 그러고는 다시 문을 요란스럽게 닫았고, 바리케이드를 쌓는 소리가 들렸다.

클라이티는 아래층 복도를 지나 뒷문으로 갔다. 오래된 빗물받이 통 곁에 서 있다가 문득 이것이야말로 지금, 적절한 순간에 친구가 되어 줄 수 있겠다는 기분이 들면서 고마운 마음이 북받쳐 거의 양팔로 끌어안을 뻔했다. 빗물받이 통엔 빗물이 가득 담겨 있었다. 얼음과 꽃과 밤이슬 같은 묵직하고 어둑한 향내가 코를 찔렀다.

클라이티가 몸을 약간 숙여 미세하게 흔들리는 물을 들여다보았다. 거기서 얼굴이 보였다는 생각이 들었다.

당연하지. 그건 그녀가 찾던 얼굴, 지금껏 떨어져 있던 얼굴이었다. 신호를 보내기라도 하듯, 한 손의 집게손가락이 검은 볼에 닿았다.

이발사의 얼굴을 만지기 전에 그랬던 것처럼 클라이티가 몸을 더 숙였다.

흔들리는 그 얼굴은 헤아릴 수가 없었다. 고통스러운 듯 미간을 잔뜩 좁히고 있었다. 커다란 눈은 거의 탐을 내듯이 골몰해 있고, 못생긴 코는 울어서인지 얼룩덜룩하고, 나이 든 입은 말이라고는 안 할 것처럼 굳게 닫혀 있었다. 머리 양쪽으로 짙은 색 머리카락이 봐 줄 수 없게 엉망으로 흘러내려 있었다. 기다림과 고통의 신호를 보내는 그 얼굴 어디를 보든 그녀는 충격을 받고 겁을 먹었다.

그날 아침 두 번째로 클라이티는 흠칫 놀라며 몸을 움츠렸는데 상대방 역시 똑같이 따라 했다.

너무 늦었다. 이미 그 얼굴을 알아봤으니까. 반쯤 기억나기 시작한 별 볼 일 없는 형상이 결국 그녀를 저버리기라도 한 듯 그녀는 완전히 상심하여 서 있었다.

"클라이티! 클라이티! 물 어떻게 됐어! 물!" 무지막지한 옥타비아의 목소리가 들려왔다.

자신이 할 수 있는, 생각할 수 있는 일은 단 하나밖에 없었고, 클라이티는 그 일을 했다. 앙상한 몸을 더욱 구부려 머리를 통

속으로 집어넣었고, 반짝이는 물 표면을 지나 특색 없는 상냥한 깊은 곳까지 쑥 내려가 머물렀다.

올드리시가 발견했을 때 그녀는 검은색 스타킹을 신은 숙녀다운 다리를 거꾸로 집게처럼 벌린 채 통 속에 고꾸라져 있었다.

쏙독새
The Whip-Poor-Will

제임스 서버
오세원 옮김

쏙독새가 울기 시작했을 때는 밤의 가장자리가 희미하게 밝아올 무렵이었다. 들판과 그 뒤쪽의 좁은 숲을 바라보는 1층 뒷방에서 잠들었던 킨스트레이는 눈먼 사람이 문을 두들기는 소리, 뿔나팔을 부는 소리, 어떤 여인이 "도와주세요! 경찰을 불러 줘요!"라고 외치는 소리를 들었다. 회색 군복을 입은 상사는 대검으로 편지를 뜯고 있었다. "거기 그냥 있어, 거기 그냥 있어, 거기 그냥 있어!" 그가 킨스트레이에게 노래를 하듯 말했다. "거기 그냥 있어, 목을 칼로 그어, 목을 칼로 그어, 휩푸어윌,• 휩푸어윌, 휩푸어윌!" 킨스트레이는 잠에서 깨어났다.

- whip-poor-will. 쏙독새의 영어명으로, 이 새의 울음소리를 본떠 이름이 지어졌다.

몇 분 동안 눈을 뜬 채로 그는 몸을 움직이지 않고 꿈속에 나왔던 어수선한 상징들과 소리들로부터 새로 맞은 하루의 활기찬 시작을 구별해 내려 했다. 방 안에 희미한 여명이 스며들었다. 킨스트레이는 헝클어진 머리카락 사이로 눈을 찌푸리며 손목시계를 쳐다봤다. 바늘이 4시 10분을 가리키고 있었다. "휩푸어윌, 휩푸어윌, 휩푸어윌!" 새소리가 아주 가까운 데서 들렸다. 창밖의 풀숲에서 들리는 소리일지도 몰랐다. 킨스트레이는 자리에서 일어나 맨발 바람으로 창문으로 가서 밖을 내다봤다. 놈이 어디에서 울고 있는지 분간할 수가 없었다. 새의 울음소리는 사방에서 들려왔다. 믿을 수 없을 만큼 크면서도 절절하게 폐부를 파고드는 소리였다. 킨스트레이는 이제껏 쏙독새의 울음을 이렇게 가까이에서 들어 본 적이 없었다. 어릴 때 오하이오주의 시골에서 들어 보았던 쏙독새의 울음은 언덕과 들판 어디쯤 먼 곳에서 희미하고 애처롭게 울다가 이내 그치곤 했다. 생각해 보니 그나마 오하이오에서는 쏙독새가 자주 보이지도 않는 새였고 울타리 어디쯤에 앉아 사람들의 잠을 설치게 하는 저놈처럼 배짱이 두둑하게 인가나 외양간 근처까지 내려와 우는 법도 없었다. "휩푸어윌, 휩푸어윌, 휩푸어윌!" 침대에 다시 몸을 누인 킨스트레이는 새의 울음소리를 세기 시작했다. 새는 스물일곱 번을 한 번도 쉬지 않고 울었다. 놈의 폐는 아마도 펠리컨의 부리 주머니로 만들어졌거나 펭귄, 바다오리, 또는 페미컨°이나 전사戰士 같을 것이다……

환한 아침이 되어서야 킨스트레이는 다시 잠에 빠져들었다.

아침 식사 시간에 흰색 실내복 차림의 매지 킨스트레이는 숙면을 취한 듯 개운한 모습으로 기품 있게 잔에 커피를 따랐다. 킨스트레이가 두 번째로 쏙독새를 언급하자 그녀는 신기하다는 듯 조금 눈썹을 올렸다(그녀는 그가 처음 쏙독새에 대해 이야기할 때 길고 예민한 손가락으로 커피 잔에 보이는 미세한 금을 살피느라 건성으로 들었다).

"쏙독새라고요?" 그녀가 말했다. "아니, 나는 듣지 못했어요. 내 방이 집 앞쪽에 있으니까 분명 새소리를 들어야 했을 텐데. 아마 당신이 푹 자고 난 후 일어날 때가 되어서 새소리가 들린 거겠죠. 그렇지 않았더라면 듣지 못했을 거예요."

"일어날 때가 되었었다고? 새벽 4시에? 채 세 시간도 잠을 자지 못했을 때였어."

"어쨌거나 나는 못 들었어요." 킨스트레이 부인이 말했다. "나는 밤에 나는 소리들을 잘 못 들어요. 귀뚜라미나 개구리 소리조차 못 듣는걸요."

"그건 나도 마찬가지야." 킨스트레이가 말했다. "하지만 이번엔 다르다고. 이놈은 거의 화재 경보 소리만큼이나 시끄러워.

● 북미 원주민의 요리로, 말린 소고기를 과실과 지방과 섞어 빵처럼 굳힌 것.

1~2킬로미터 밖에서도 소리를 들을 수 있을 거야."

"어쨌든 나는 새소리를 듣지 못했어요." 얇게 구운 식빵에 버터를 바르며 그녀가 말했다.

킨스트레이는 더 이상 대화하고 싶지 않아 인상을 찌푸리고 어제 날짜 《헤럴드 트리뷴》의 제목들로 눈길을 돌렸다. 하지만 그의 아내가 네 귀퉁이에 기둥과 천장이 있는 우아한 침대에서 숙면을 취하는 모습이 신문의 음울한 제목들에 겹쳤다. 매지는 언제나 거의 몸을 뒤척이지 않고 얌전히 잠을 잤다. 이불 위로 똑바로 내놓은 양손의 손가락들조차도 긴장을 푼 것처럼 보였다. 그녀는 사람들이 자면서 몸을 뒤척이는 것을 이해할 수 없다는 태도였다. "다 마음의 문제예요." 그녀가 킨스트레이에게 말했다. "불안감에 지면 안 돼요. 의지를 굳게 하라고요."

"음, 음." 킨스트레이는 건성으로 크게 대답을 했다.

"예, 나리?" 킨스트레이의 흑인 집사인 아서가 블루베리 머핀 접시를 내려놓으며 물었다.

"아무것도 아니네." 킨스트레이가 아서를 쳐다보며 말했다. "아서, 어젯밤 쏙독새가 우는 소리를 들었나?"

"아뇨, 나리. 못 들었습니다." 아서가 대답했다.

"마거릿은 혹시 들었으려나?"

"제 생각엔 아닌 것 같습니다만. 그런 얘기는 없었습니다."

다음 날 새벽, 쏙독새는 전날과 같은 시간에 밝아 오는 날을 가로지르는 메아리의 동심원을 그리기라도 하듯 다시 울기 시작했다. 킨스트레이는 꿈속에서 자신을 향해 굴렁쇠를 굴려 보내려는, 턱수염이 무성한 세 명의 사내에게 시달림을 당했다. 그는 거대한 대관람차에 올라타려 했는데 흔들리는 객실의 좌석은 헝클어진 침대들이었다. 발 대신 바퀴가 달린 뚱뚱한 경찰관이 그를 향해 굴러오면서 소리를 질렀다. "윌파워윌, 윌파워윌, 휩푸어윌!"

눈을 뜬 킨스트레이는 천장을 바라보며 새의 울음을 세기 시작했다. 한번은 쉰세 번을 쉬지 않고 새가 울어 댔다. 물방울이 똑똑 떨어지는 소리나 눈을 뜰 수 없을 만큼 환한 빛처럼 쏙독새의 울음소리에는 사람을 미치게 만드는 구석이 있었다. 그 소리를 계속 듣느니 무슨 고백이라도 다 할 수 있을 것 같았다. 몇 년 동안 생각하지 않았던 것들이 갑자기 떠올랐다. 엄마의 지갑에서 25센트를 훔쳤던 일, 아버지에게 온 편지에 증기를 쐬어 몰래 뜯어보았던 일. 8학년 때 선생님에게서 온 편지였다. 선생님 이름이― 그러니까― 미스 윌풀, 미스 휩푸어, 미스 윌파워, 미스 윌모트― 맞다. 윌모트.

그가 20대에 저질렀던 부끄러운 행동들에까지 생각이 미쳤을 무렵 갑자기 새 울음소리가 멈추었다. 그것도 '윌'이 아니라 '푸어'에서. 무엇인가 새를 놀라게 한 게 틀림없었다. 킨스트레이는 침대가에 앉아서 담배에 불을 붙인 채 귀를 기울였다. 분명 오늘은 울기를 다 한 모양이었다. 하지만 그는 다시 잠을 청할 수가 없었다. 이미 환하게 날이 밝아 버렸기 때문이다. 그는 일어나서 옷을 입었다.

"나는 당신이 식전에 담배를 태우는 일은 진작 그만둔 줄 알았어요." 나중에 매지가 말했다. "침실 재떨이에 보니까 꽁초가 네 개 있더군요."

잠들기 전에 피운 담배들이라고 말해 봤자 매지에게는 통하지 않을 것이다. 매지를 속일 수는 없었다. 그녀는 언제나 그를 꿰뚫고 있었다. "그 망할 놈의 새 때문에 또 잠을 설쳤어." 그가 말했다. "이번에는 다시 잠들 수도 없었다고." 그는 아내에게 빈 커피 잔을 건네주었다. "오늘 아침에는 쉰세 번을 한 번도 쉬지 않고 울더군. 어떻게 숨은 쉬는지 몰라."

커피 잔을 건네받은 그의 아내가 잔을 소리 나게 내려놓았다. "커피를 세 잔씩이나 마시면 안 돼요. 그렇게 잠도 제대로 자지 못하면서 말이에요."

"물론 당신은 새가 우는 소리를 못 들었겠지?" 그가 말했다.

매지는 자신의 잔에 커피를 좀 더 따르며 대답했다. "네. 못 들었어요."

마거릿도 듣지 못했지만 아서는 새소리를 들었다. 킨스트레이는 아침 식사 후 설거지를 하는 그들 부부에게도 같은 질문을 했다. 하지만 아서는 잠에서 깨었다가 곧바로 다시 곯아떨어졌다고 했다. 아마도 요새 바다에서 불어오는 바람 때문인 모양이라고 그는 말했다. 마거릿은 원래 잠이 들면 업어 가도 모를 정도라고 했다. 난리 법석을 떠는 사람들이 근처에 있다면 모를까 그녀의 잠을 방해하는 것이란 존재하지 않았다. 마거릿은 자신이 새소리를 듣지 못한 것이 다행이라고 말했다. 그녀가 자란 고향에서는 인가 근처에서 쏙독새가 울면 초상이 난다고 했다. 아서도 그런 말을 들어 본 적이 있다고 했다. 아마도 그의 할머니에게서였던 것 같지만 아닐 수도 있었다.

킨스트레이는 만약 쏙독새가 집 근처에서 우는 것이 초상이 날 징조라면 그 소리를 듣건 못 듣건 무슨 차이가 있겠느냐고 말했다. "사다리 밑을 지날 때 그것을 깨닫는 것이나 모르고 지나치는 것이나 결국 아무 차이가 없듯이 말이지."• 그가 담배에 불을 붙이며 자신의 말이 마거릿에게 어떤 반응을 불러일으킬지 짐짓 지켜보았다. 접시들을 찬장에 올리던 그녀가 눈이 휘둥그레져서 뒤를 돌아다보고는 눈알을 굴렸다.

"주인님이 당신을 놀리는 거야, 매그." 아서가 웃으며 말했다. 그는 미신 따위는 전혀 두렵지 않은 눈치였다. 저 친구는 꽤 똑똑한 것 같아, 킨스트레이가 생각했다. 약간 불필요할 정도로 말

• 사다리 밑을 지나면 불운이 따른다는 미신을 이야기하고 있는 것.

이지. 그는 자기들 부부가 대화를 나누는 방을 드나들던 아서가 아내의 말을 주워듣고는 입꼬리를 슬며시 올리던 것을 떠올렸다. 가령 "새 때문에 잠을 못 자는 마당에 커피를 세 잔씩이나 마시면 안 돼요"처럼 그가 해야 할 일과는 전혀 상관이 없는 말들이었다. 가만, 그녀가 그렇게 말했던가?

"커피 더 없어?" 그가 좀 짜증이 난 목소리로 말했다. "벌써 다 쏟아 버리기라도 한 거야?" 그는 그들이 이미 남은 커피를 버렸다는 것을 알고 있었다. 아침 식사가 끝난 지 벌써 한 시간은 지난 참이었다.

"새로 끓여 드릴까요?" 아서가 물었다.

"됐네." 그가 말했다. "그렇게 모든 걸 다 알고 있는 것처럼 굴지 말라고. 인생이란 그런 게 아니니까."

오전 중에 그가 우체국을 가기 위해 문을 나서는 순간 매지가 2층에서 그를 불렀다. "어디 가요?" 꽤나 다정한 목소리였다. 그는 인상을 찌푸리고 그녀를 올려다봤다. "박제 가게!" 대답을 마치고 그는 길을 나섰다.

따뜻한 햇볕을 등에 받으며 걸어가자니 자기가 방금 했던 못난 행동이 마음에 걸렸다. 잠을 좀 못 잤기로서니, 아니 어쩌면 커피를 원하는 만큼 마시지 못했다고 그런 짓을 하다니. 하지만 그건 그의 잘못이 아니었다. 모두가 그 망할 놈의 새 때문에 빚어진 일이었다. 몇백 미터쯤 길을 걷던 그는 쏙독새의 울음이 그의 마음속에서 집요하게 되풀이되고 있다는 것을 깨달았다. 그런데 노래의 리듬은 같았지만 내용은 좀 달랐다. 페이탈벨, 페이탈벨, 페이-탈벨. 어디서 그런 가사가 떠오른 걸까? 그는 한참 후에야 답을 찾아낼 수 있었다. 그것은 『맥베스』에 나오는 말이었다. 그 작품에는 죽음을 알리는 야경꾼*이 밤에 우는 내용이 나온다. '그 죽음을 알리는 야경꾼이 밤을 새워 울었다'라는 식의 문장이었다. 던컨왕이 살해되던 밤에 울던 것도 부엉이였다. 책을 읽은 지 한참 지난 후 이런 생각이 떠오르다니 희한한 일이었다. 그는 그 책을 대학교 때 읽었다. 어리석은 마거릿이 쏙독새가 집에 와서 울면 초상이 난다는 미신을 말한 탓이다. 1942년이 된 지금도 그런 것을 믿는 사람들이 있다니.

다음 날 새벽, 쏙독새의 울음이 불러온 꿈들은 더욱 길고 더욱 고통스러웠다. 알 수 없는 위험들과 짙은 절망감이 가득한 악몽이었다. 비명을 지르려다가 그는 잠에서 깼다. 숨을 헐떡이며 자리에 누워 그는 새의 울음소리를 세었다. 하나, 둘, 셋, 넷, 다섯……

어느 순간 그는 침대에서 벌떡 일어나 창가로 달려가서는 고함을 지르며 유리창을 두들기기 시작했다. 블라인드까지 올렸다

● fatal bellman. 부엉이를 뜻함.

내렸다 하며 그는 목이 쉴 때까지 소리를 지르고 욕을 퍼부어 댔다. 하지만 새는 아무 관심도 없다는 듯 그동안에도 계속 울음을 멈추지 않았다. 그가 창문을 부서져라 닫고 몸을 돌리자 아서가 문간에 서 있었다.

"무슨 일이시죠, 주인님?" 아서는 낡은 잠옷 자락 끝을 만지작거리며 졸음을 쫓기 위해서인 듯 눈을 껌뻑거렸다. "무슨 일이 생겼나요?"

킨스트레이는 그를 노려보고는 소리를 질렀다. "어서 이 방에서 나가게. 가서 커피나 좀 끓여 오라고. 아님 브랜디나 뭐 마실 것을 가져오든가."

"커피를 불에 올려놓겠습니다." 아서가 아직도 잠이 깨지 않은 걸음으로 슬리퍼를 끌며 주방으로 갔다.

"지금은 짜증을 다 부린 다음이라면 좋겠네요." 아침 식사 시간에 매지 킨스트레이가 커피를 마시며 남편에게 말했다. "버릇없는 아이가 떼를 쓰기라도 하듯 고래고래 소리를 지르고. 그런 장관은 처음이에요."

"장관을 어떻게 귀로 들었다는 거지?" 킨스트레이가 냉랭하게 말을 받았다. "장관은 눈으로 볼 때 하는 말이야."

"무슨 말을 하는지 모르겠어요." 아내가 말했다.

물론 모르겠지, 킨스트레이는 생각했다. 한 번도 그래 본 적이, 본 적이, 본 적-이, 본 적-이 없지. 이 지랄 같은 리듬을 머리에서 몰아낼 수는 없을까? 어쩌면 매지는 의식이란 게 없을지도 모른다는 생각이 갑자기 그의 머리를 스쳤다. 바닥에 등을 기대면 눈이 감기고 일어나면 저절로 눈이 뜨이는 인형처럼. 그녀의 마음이 작동하는 방식은 열려 있거나 닫혀 있거나 둘 중 하나인 시가 상자처럼 간단할지 모른다. 그 외에는 그녀의 마음에는 아무것도, 아무것도, 아무것도……

모든 문제가 아주 사소한 것에 달려 있는지도 몰라. 그날 밤, 잠자리에 든 킨스트레이는 침대 머리를 손가락으로 두드리며 생각에 잠겼다. 그가 겪고 있는 것이 윌리엄 제임스°나 그의 동생인 헨리 제임스도 흥미를 지닐 만한 문제인 것처럼 보였다. 난 이 문제를 무시하고, 이 문제에 적응하고, 무감각해져야 해. 이 문제와 싸움을 하고 문제를 부풀려선 안 돼. 이 문제에 소리를 지르기 시작하면 나는 곧 맨발로 이슬에 젖은 들판을 가로질러 뛰어가서는 마치 독일군의 참호로 뛰어들듯 새에게로 돌을 던지며 함성을 외치면서 돌진하려 할 거야. 이 문제를 계속 부풀려선 안 돼. 새 울음이 생각날 때마다 나는 다른 것을 생각할 거야. 다저스 팀의 내야수들 이름을 반복해서 생각하자. 카밀리, 허먼, 리

● 윌리엄 제임스(1842~1910). 미국의 심리학자. 실제 결과가 진리를 판단하는 기준이라고 주장하는 프래그머티즘 철학의 확립자이며, 『나사의 회전』의 작가 헨리 제임스의 형이다.

스, 보건, 카밀리, 허먼, 리스……

킨스트레이는 쏙독새의 울음소리에 둔감해지는 데 성공하지 못했다. 새벽에 시작된 놈의 울음소리는 마치 심장을 쪼는 독수리처럼 그의 꿈을 쪼아 대었고 그의 꿈속에 반복되는 악몽을 새겨 놓았다. 꿈속에서 킨스트레이는 우산으로부터 공격을 받았는데 그가 손잡이를 잡으려 할 때마다 오히려 그의 손을 잡아채려 했다. 다시 자세히 보면 그것은 우산이 아니라 갈까마귀였다. 그의 마음의 황량한 통로를 따라 놈의 슬픈 울음소리가 퍼져 갔다. 네버모어,* 네버모어, 네버모어, 휩푸어윌, 휩푸어윌……

어느 날, 킨스트레이는 우체국에서 일하는 텟포드에게 시간이 지나면 쏙독새가 어디론가 떠나가는지 물어보았다. 텟포드는 눈을 가늘게 뜨고 그를 쳐다보며 말했다. "자네는 햇볕에 전혀 타지 않은 것 같구먼. 글쎄, 그놈들이 사라지는지 아닌지는 모르겠네. 여기저기 마음대로 옮겨 다니는 새지. 나는 쏙독새 소리가 좋던데. 금방 익숙해지는 소리거든."

"그건 그렇죠." 킨스트레이가 말했다. "하지만 할머니들이나 환자들처럼 쉽게 그 새들의 울음소리에 적응을 못 하는 사람들

---

* nevermore. 에드거 앨런 포의 시 「갈까마귀」에서 갈까마귀가 반복하는 말.

이라면 어떨까요?"

"내가 알기로는 새소리를 싫어한 사람은 퍼디 양이 유일했지. 그녀가 자기 집 근처 수풀에서 새를 쫓아낸다며 불을 지른 통에 섬 전체가 다 탈 뻔했었네. 총을 몇 방 놓아 주면 딴 데로 도망을 가지 싶네만 덫을 놓아 잡기도 어렵지 않을 걸세. 다른 곳에다 풀어 주면 되지. 하지만 보통은 몇 밤 지나면 대부분 익숙해진다네."

"그렇겠죠." 킨스트레이가 말했다. "분명히 그럴 거예요."

그날 저녁 거실에서 아서가 쟁반에 가져온 찻잔을 집어 드는 순간 킨스트레이의 손이 떨려 받침 접시에서 요란한 소리가 났다.

매지 킨스트레이가 웃음을 터뜨렸다. "당신 손이 마치 나뭇잎처럼 떨리네요."

커피를 단숨에 들이켠 킨스트레이가 사나운 얼굴로 그녀를 올려다보았다. "하룻밤 푹 자고 나면 괜찮아질 거야. 망할 놈의 새. 할 수만 있으면 목을 비틀어 버리고 싶군."

"웃기지 마요." 매지가 조롱하듯 말했다. "당신은 파리 한 마리도 죽이지 못하는 사람이에요. 웨스트포트의 집에서 쥐를 잡았을 때 기억나요? 당신이 쥐를 마당에 가지고 가서 풀어 주었던 거 말이에요."

"당신의 문제는 말이야—" 그는 말을 멈추었다. 그는 시가 상자 뚜껑을 열었다가 닫은 후 다시 뚜껑을 열었다가 반사적으로 다시 닫았다. "이 정도로 단순하다고."

그녀는 우습다는 표정을 바로 거두고 쏘아붙이듯 말했다. "당신은 저 멍청한 새를 놓고 아이처럼 굴고 있어요. 아니, 아이보다도 못해요. 오후에 배리 씨 집에 갔는데 그 집 아기 앤도 그렇게 난리 법석을 치지는 않더라고요. 첫날은 쏙독새 울음소리를 듣고 무서워했지만 지금은 아예 새가 우는지도 모른대요."

"나는 무서워서 이러는 게 아니라고!" 킨스트레이가 소리를 질렀다. "무서워하는 게 아니면 용기 있는 거고, 자지 않으면 깨어 있는 거고, 열려 있지 않으면 닫혀 있는 거고— 당신에겐 모든 게 흑백이야."

"글쎄요." 그녀가 말했다. "나는 그게 좋아요."

"내 생각엔 새 울음소리를 듣고 모두 잠에서 깼을 거야. 아서와 마거릿까지 모두."

"그러면 우리가 거짓말을 한다는 거예요?" 그녀가 물었다. "도대체 무엇 때문에 우리가 그런 짓을 해요?"

"뭔가 잘난 척을 하고 싶은 걸지도 모르고. 아니면, 글쎄, 나도 잘 모르겠어."

"나를 하인들과 같이 취급하지 않으면 고맙겠어요." 그녀가 냉랭한 목소리로 말했다. 그는 담배에 불을 붙여 문 채 아무 말도 하지 않았다. "당신이 지금 얼마나 유치하고 어이없는지 알아요?" 그녀가 다시 말했다. "마치 휠체어에 앉아 있는 사람처럼 아무것도 아닌 일에 난리 법석을 치고 말이에요."

"아무것도 아니라니." 자리에서 일어나 방을 나서려는 그녀의 등에 대고 킨스트레이가 말했다.

그녀가 문가에서 그를 향해 몸을 돌렸다. "테드 배리가 테니스 게임에 당신을 데려가겠대요, 물론 당신 새가 너무 당신 진을 빼놓지만 않으면 말이죠." 그녀가 계단을 올라간 후 방문을 닫고 들어가는 소리가 들렸다.

그는 울적한 얼굴로 혼자 앉아 한참 동안 담배를 태우다가 「갈까마귀」에 나오는 남자의 부인이 남편처럼 침실 문 바로 위에 놓인 창백한 아테나의 흉상에 내려앉아 있는 것을 보기나 했을까 하는 엉뚱한 생각에 빠져들었다. 아마 아닐 것이다. 잠자리에 든 그는 오랫동안 눈을 뜬 채 「갈까마귀」의 마지막 줄을 떠올리려 노력했다. 하지만 '꿈꾸는 악마처럼'이라는 구절만이 머릿속에서 끝없이 반복될 뿐 그 밖에는 아무것도 더 이상 생각해 낼 수가 없었다. "미치광이 같으니." 그가 마침내 자기도 모르게 큰 소리로 말했다. 하지만 마치 자신이 아닌 다른 사람이 그 말을 한 것 같은 이상한 기분이 들었다.

킨스트레이는 매지가 머리를 양 갈래로 묶은 운동복 차림의 계집아이로 나타났지만 놀랍지가 않았다. 길고 칙칙한 색의 병실은 휠체어를 탄 채 길고 섬세한 손가락으로 빈 커피 잔의 테두리를 잡고 있는 딱한 남자들로 가득했다. "푸어윌, 푸어윌." 매지가 손가락으로 그를 가리키며 노래를 불렀다. "자 당신 안경, 자당신 안경." 환자들 중의 한 명은 아서였다. 킨스트레이를 향하여 활짝 미소를 짓던 아서는 한 손으로 그를 붙들어서 팔과 다리를 꼼짝 못 하도록 만들었다. "파릴 죽여 봐요, 파릴 죽여 봐요." 매지가 노래했다. "그를 때려 줘요, 그를 때려 줘요!" 그녀가 소리를 질렀다. 그녀는 머리 위로 검은 우산을 쓴 채 코트 옆의 높은 심판 의자에 앉아 있었다. 러브서티, 러브포티, 포티원, 포티투, 포티스리, 포티포. 그는 네트의 이쪽 편, 굳히는 중인 콘크리트에 발이 빠진 채 서 있었고 매지는 네트 건너편에서 라켓 대신 프라이팬을 들고 그가 있는 쪽을 쳐다보았다. 아서가 그를 누르고 있었다. 지금 그는 머리에서 발끝까지 콘크리트에 빠져 있다. 매지가 웃으며 그를 향해 카운트다운을 시작했다. 레퍼스리, 레퍼포, 레퍼파이브, 레퍼윌, 레푸어윌, 휩푸어윌, 휩푸어윌, 휩푸어윌······

맨발에 파자마 바람으로 주방에 서서 자신이 무엇 때문에 그곳에 온 것인지 의아해하는 킨스트레이의 마음에 간밤의 꿈이 거미줄처럼 남아 있었다. 그는 수도를 틀어 차가운 물을 한 잔 받았지만 한 모금만 마시고 내려놓았다. 그는 수돗물을 튼 채로 내버려 두고는 빵 상자에서 기름종이로 싼 빵 반 덩어리를 꺼냈다. 서랍을 열어서 빵 칼을 꺼낸 그는 다시 집어넣고 길고 날카로운 스테이크용 칼을 꺼냈다. 한 손에 빵을, 다른 손에는 칼을 들고 멍하니 서 있을 때 식당 문이 열렸다. 아서였다. "누구를 먼저 할까?" 킨스트레이가 잠긴 목소리로 중얼거렸다.

해변으로 가기 위해 스테이션왜건을 타고 집 앞을 나서던 배리의 가족들은 10시 45분이 되었는데도 킨스트레이의 하인들이 우유를 들여가지 않은 것을 보고 깜짝 놀랐다. 집 뒤쪽 작은 현관에 놓여 있던 우유병은 배리의 손에 따뜻하게 느껴졌다. 문을 두드리고 이름을 불러도 아무 대답이 없자 그는 지하실 입구 문을 타고 올라가 부엌 창문을 들여다보았다. 그가 아내를 향해 빨리 차 안으로 돌아가라고 날카롭게 일렀다……

지역과 주 경찰이 하루 종일 그 집을 들락거렸다. 아침부터 삼중 살인과 자살 사건으로 출동하는 것은 흔히 있는 일이 아니었다.

주 경찰 소속인 베어드와 레넌이 그 집의 현관을 나와 집 앞 도로에 주차한 그들의 차로 향했을 때는 벌써 날이 어두워지고 있었다. 레넌 생각에는 집 뒤쪽에서, 아마도 작은 숲에서 들리는 것 같았는데, 쏙독새가 울기 시작했다. 레넌은 새소리에 잠시 귀를 기울였다. "옛날 노인들이 쏙독새가 집 근처에서 울면 초상이 난다고 하던 말 들어 본 적 있나?" 그가 물었다.

베어드가 별 싱거운 소리를 다 듣는다는 듯 콧소리를 내고는 운전석에 올랐다. 레넌이 그 옆에 자리를 잡고 앉았다. "저런 끔찍한 일이 고작 쏙독새 때문에 생긴다고?" 베어드가 차에 시동을 걸며 말했다.

불 피우기

To Build a Fire

잭 런던

고정아 옮김

하루가 차갑고 침침하게, 몹시 차갑고 침침하게 밝았을 때 남자는 유콘강의 큰 들길을 벗어나 높은 흙둑을 올랐다. 그곳에는 어둡고 인적 드문 들길이 울창한 가문비나무 숲을 뚫고 동쪽으로 뻗어 있었다. 둑은 가팔랐고, 그는 꼭대기에서 숨을 고르려고 멈췄다가 멈춘 것을 정당화하기 위해 시계를 보았다. 9시였다. 하늘에 구름은 없었지만 해도 없고, 해의 기미도 없었다. 맑은 날이었는데도 모든 것의 표면에 아련한 장막이 씌워진 듯했다. 아침에 드리워진 이 미묘한 어둠은 해가 없기 때문이었다. 남자는 해가 없는 것이 걱정되지 않았다. 그는 해 없는 하늘에 익숙했다. 해를 본 지 여러 날이 지났고, 그 유쾌한 천체가 정남향의 지평선 위로 살짝 떠올랐다가 사라지는 모습도 며칠이 더 지나야 볼수 있었다.

남자는 자신이 온 길을 돌아보았다. 폭이 1.5킬로미터가 넘는 유콘강은 1미터 두께의 얼음 아래 숨어 있었다. 얼음 위에는 눈이 몇 미터 높이로 쌓였고, 그 순수한 흰색은 초겨울에 생겨난 유빙 더미 위로 부드러운 곡선을 이루어 오르내렸다. 눈이 닿는 한 남쪽도 북쪽도 오직 흰색뿐이었고, 예외라면 가문비나무에 덮인 남쪽 어느 섬의 옆을 돌아가는 가늘고 구불구불한 검은 선뿐이었다. 그 선은 북쪽으로 구불구불 뻗어서 다른 가문비나무 섬 뒤로 사라졌다. 그 검은 선은 들길, 큰 들길이었다. 남쪽으로 칠쿳 고개, 다이아를 지나 바다까지 800킬로미터를 가고, 북쪽으로 도슨까지 100킬로미터를 가고, 그곳에서 다시 북쪽으로 눌라토까지 1,600킬로미터를 가고, 또 2,500킬로미터를 더 가서 마침내 베링해의 세인트마이클스에 이르는.

하지만 이 모든 것—까마득히 뻗은 미지의 들길, 해 없는 하늘, 지독한 추위, 이 모든 낯설고 기이한 것들—은 남자에게 아무 영향을 미치지 않았다. 오래전부터 거기에 익숙해서가 아니었다. 그는 '체차코', 즉 그 땅이 초행길인 자였고, 당연히 이곳에서 겨울을 보내기도 이번이 처음이었다. 그의 문제는 상상력이 없다는 것이었다. 그는 인생의 여러 가지 일에 빠르고 빈틈없었지만, 일에만 그렇고 그 의미에는 그렇지 못했다. 섭씨 영하 45도는 화씨로는 빙점 아래로 80도도 더 내려간 온도다.* 이런 사실은 그에게는 그저 추위와 불편함일 뿐 그 이상은 아니었다. 그것 때문에 항온동물인 자신의 연약함에 대해, 좁은 기후대에서만 살 수 있는 인간 일반의 연약함에 대해 사유하지는 않았다. 여기에서 더 나아가 불멸의 영역을 상상하거나 인간이 우주에서 차지하는 위치를 추론하지도 않았다. 영하 45도는 뼛속을 파고드는 혹한이라 장갑, 귀마개, 따뜻한 모카신, 두꺼운 양말로 막아야 하는 대상이었다. 그에게 영하 45도는 정확히 영하 45도였다. 그 이상의 어떤 것이 있다는 생각은 머리에 떠오르지 않았다.

그는 다시 길을 가려고 돌아서서 침을 퉤 뱉었다가 쩍 하는 소리에 깜짝 놀랐다. 다시 침을 뱉어 보았다. 침은 다시 한번 공중에서 쩍 소리를 내며 얼어붙어서 눈 위에 떨어졌다. 그는 영하 45도에서는 눈 위에 뱉은 침이 금세 언다는 사실을 알았지만 이 침은 공중에서 얼었다. 기온이 영하 45도보다 더 낮은 것이 분명했다. 정확히 얼마인지는 몰랐다. 하지만 기온은 중요하지 않았다. 그는 헨더슨 천의 왼쪽 지류에 있는 금광으로 가고 있었고, 그곳에는 친구들이 있었다. 그들은 인디언 천의 분수령을 넘어갔고, 그는 봄에 유콘강 섬들에서 통나무를 구할 수 있을지 알아보기 위해 둘러 가는 길이었다. 그는 6시에 야영지에 도착할 것이다. 어둠이 살짝 내린 뒤겠지만 그곳에 가면 친구들이 있고 불

● 섭씨 영하 45도는 화씨 영하 50도이고, 화씨 온도의 빙점은 영상 32도이다.

이 있고 따뜻한 식사가 있을 것이다. 그는 재킷 속 셔츠 안쪽에 볼룩 튀어나온 꾸러미를 손으로 눌러서 점심을 확인했다. 손수건에 싸서 맨살에 얹어 둔 것이다. 비스킷이 어는 것을 막으려면 그러는 수밖에 없었다. 그는 비스킷을 생각하면서 혼자 빙긋이 웃었다. 가운데를 하나하나 갈라서 베이컨 기름에 적신 뒤 튀긴 베이컨 조각으로 두툼하게 감싼 것이었다.

그는 키 큰 가문비나무 숲으로 들어갔다. 길은 희미했다. 마지막 썰매가 지나간 뒤 눈이 다시 30센티미터 내렸고, 그는 자신이 썰매 없이 가볍게 이동하는 것을 다행으로 여겼다. 사실 그의 짐은 손수건에 싼 비스킷뿐이었다. 하지만 이렇게 추울 줄은 몰랐다. 그는 손에 낀 엄지장갑으로 마비된 코와 광대뼈를 문지르며 정말로 추운 날씨라고 생각했다. 그의 얼굴에는 구레나룻이 따뜻하게 났지만, 그것은 높은 광대뼈와 찬 공기 속으로 돌진하듯 튀어 나간 코를 보호해 주지는 못했다.

남자의 뒤에 개가 한 마리 따라왔다. 북극 태생인 진정한 늑대개로, 회색 털가죽도, 그 안쪽의 기질도 형제인 야생 늑대와 차이가 없었다. 개도 강추위에 움츠러들어 있었다. 놈은 지금이 길을 갈 때가 아니라는 것을 알았다. 놈의 본능은 인간의 판단력보다 현실을 더 잘 알았다. 기온은 실제로 영하 45도를 밑도는 정도에 그치지 않았다. 영하 50도도, 55도도 아닌 영하 60도였다. 화씨 온도로는 빙점 아래로 107도였다. 개는 온도계 같은 것은 몰랐다. 놈의 머리는 극한의 추위에 대해 남자처럼 예리하게 인식하지 못할 것이다. 하지만 개에게는 본능이 있었다. 그래서 막연하지만 깊은 공포를 느끼고 얌전히 남자의 뒤를 따라오게 되었고, 남자가 예기치 못하게 움직일 때마다 의문을 보였다. 개는 남자가 야영지에 들어가거나 어딘가에 자리를 잡고 불을 피우기를 기대하는 것 같았다. 개는 불을 알았고 불을 원했다. 아니면 눈속에 기어들어서 찬 공기를 피하고 싶어 했다.

놈의 입김이 얼음 가루가 되어 털가죽, 특히 턱과 주둥이 주변에 내려앉았고, 눈썹도 언 입김으로 하얘졌다. 남자의 붉은 수염도 하얬지만, 이쪽의 얼음은 더 단단했고 매번 내쉬는 따뜻하고 축축한 숨결로 계속 커졌다. 남자는 담배도 씹었는데, 얼음이 입술을 어찌나 단단하게 재갈 물렸는지 담뱃진을 내뱉을 때 턱을 움직이기가 힘들었다. 그 결과 그의 턱에는 호박琥珀 같은 강도와 색의 수정 수염이 길게 자랐다. 그가 넘어지면 그것은 유리처럼 산산조각이 날 것이다. 하지만 그는 신경 쓰지 않았다. 그 지역에서 씹는담배를 하는 사람들은 모두 그런 고충을 겪었고, 그는 두 차례에 걸쳐 극심한 추위를 겪어 보았다. 두 번 다 이토록 춥지는 않았지만 식스티마일의 알코올 온도계는 영하 45도와 50도를 기록했다.

그는 평탄한 숲 몇 킬로미터를 지난 뒤 유콘강 유역 특유의 검은 초목 지대를 지나고 둑을 내려가서 얼어붙은 개울 바닥에 이르렀다. 이곳이 헨더슨 천이고, 15킬로미터만 더 가면 그 지류였다. 시계를 보니 10시였다. 그는 한 시간에 6.5킬로미터를 가고 있었기 때문에 12시 반이면 그곳에 도착하리라는 계산이 섰다. 그는 그곳에 도착하면 기념으로 거기서 점심을 먹기로 마음먹었다.

남자가 개울 바닥으로 돌아들자 낙심한 개가 꼬리를 늘어뜨린 채 다시 그의 발치에 쓰러졌다. 썰매 자국은 뚜렷했지만 마지막 자국 위로 눈이 10여 센티미터 쌓여 있었다. 한 달 동안 누구도 이 조용한 개울 길을 오가지 않았다. 남자는 꾸준히 걸었다. 생각이 많은 사람도 아니었지만, 지류 분기점에서 점심을 먹을 것이고 6시에는 야영지의 친구들을 만날 것이라는 생각 말고 달리 할 생각도 없었다. 대화 상대도 없었다. 하지만 있었다 해도 입의 얼음 재갈 때문에 대화를 할 수 없었을 것이다. 그래서 그는 단조롭게 담배만 씹으며 황갈색 수염을 늘려 갔다.

아주 춥다는 생각과 이런 추위는 처음이라는 생각이 반복적으로 들었다. 길을 걸으며 그는 장갑 긴 손등으로 광대뼈와 코를 문질렀다. 기계적으로 손을 바꿔 가며 문질렀지만 아무리 해도 손을 멈춘 순간 광대뼈가 다시 마비되고 다음 순간 코끝이 마비되었다. 그는 뺨이 얼 것을 확신하며 버드가 혹한 속에 나갈 때 쓰는 코 덮개 같은 물건을 만들어 오지 않은 것을 후회했다. 그런 덮개는 뺨도 가려 주었다. 하지만 어쨌건 그것은 별일 아니었다. 뺨이 어는 게 무슨 문제인가? 약간 아플 뿐, 그것이 전부다. 전혀 중요하지 않았다.

남자는 머릿속에 생각은 별로 없었지만 눈으로는 사방을 예리하게 관찰해서 개울의 변화, 만곡과 굽이와 폐목 더미를 눈여겨보았고 내내 발밑을 조심했다. 한번은 굽이를 돌다가 놀란 말처럼 옆으로 피하면서 서너 걸음 뒤로 물러섰다. 그가 아는 그 개울은 바닥까지 꽝꽝 얼어 있었지만—극지의 그 겨울에 물이 흐르는 개울은 없었다—그는 언덕 기슭에서 시작되어 눈 밑을 지나고 개울의 얼음 위로 흐르는 샘물이 있다는 것을 알았다. 그런 샘물은 아무리 강한 추위에도 얼지 않았고, 그래서 위험했다. 그것은 덫이었다. 그리고 10센티미터, 또는 1미터 깊이의 눈 밑에 물웅덩이를 만들었다. 때로는 그 위로 1센티미터 두께의 살얼음이 얼고 그 위에 다시 눈이 쌓일 때도 있었다. 때로는 물과 살얼음이 번갈아 층을 이루어서 한번 잘못 디디면 몇 개의 층을 뚫고 내려가 허리까지 적시는 일도 일어났다.

그가 그렇게 놀라서 뒷걸음질을 친 것은 그 때문이었다. 발밑이 꺼지는 느낌 속에 눈 밑에서 살얼음이 깨지는 소리가 들렸다. 그리고 그런 날씨에 발이 젖는 것은 엄청나게 고생스럽고 위험한 일이었다. 다른 피해는 없다 해도 어쨌건 이동이 늦어졌다. 걸음을 멈추고 불을 피워야 하기 때문이다. 불 앞에 맨발을 드러내고 양말과 모카신을 말려야 했다. 그는 개천 바닥과 강둑을 살펴보았고, 물이 오른쪽에서 흘러온다고 판단했다. 그는 잠시 코와 뺨을 비비며 생각해 보다가 발밑을 조심 또 조심하면서 왼쪽으로 둘러 갔다. 그리고 위험에서 벗어나자 다시 담배를 씹으며 시속 6.5킬로미터의 걸음을 재개했다.

그 뒤로 두 시간 동안 그는 그런 덫과 몇 번 더 마주쳤다. 웅덩이를 숨긴 눈은 대개 아래쪽으로 약간 꺼져 있어서 위험을 솔직하게 예고했다. 하지만 한번은 아주 위험할 뻔했다. 그리고 한번은 위험이 의심되어 개를 먼저 보냈다. 개는 가려고 하지 않았다. 남자가 밀 때까지 버티다가 아무런 발자국도 없는 흰 공간을 재빨리 건너갔다. 그러다 얼음이 꺼져서 버둥거리며 좀 더 단단한 곳으로 물러갔다. 앞발과 앞다리가 젖었고, 즉시 얼어붙었다. 놈은 얼른 다리에 생긴 얼음을 핥아 먹으려 했고, 이어 눈 위에 엎드려 발톱 사이에 생긴 얼음을 깨물었다. 그것은 본능이었다. 얼음을 그냥 두면 발이 다쳤다. 놈은 그 사실을 몰랐다. 그저 존재의 깊은 곳에서 솟아오르는 알 수 없는 명령에 따를 뿐이었다. 하지만 남자는 그것을 알았기에 오른손에서 장갑을 벗어 함께 얼음 조각을 떼 주었다. 손가락을 노출하고 1분도 지나지 않았는데 마비감이 급속도로 밀어닥쳐서 그는 놀랐다. 정말로 추운 날씨였다. 그는 서둘러 장갑을 끼고 손으로 가슴팍을 맹렬히 문질렀다.

12시는 하루 중 가장 밝은 시간이었다. 하지만 겨울 해는 남쪽으로 너무도 멀리 있어서 지평선 위로 떠오를 수가 없었다. 해와 헨더슨 천 사이에는 두두룩한 땅이 솟아 있었지만, 그는 맑은 정오의 하늘 아래 그림자 없이 걸었고, 12시 반에 헨더슨 천의 지류 분기점에 도달했다. 그는 자신의 속도에 만족했다. 그대로 가면 6시에는 틀림없이 친구들을 만날 수 있을 것이다. 그는 재킷과 셔츠를 풀고 점심을 꺼냈다. 그 일을 하는 데는 15초 이상이 걸리지 않았지만, 그 짧은 시간에도 맨살을 드러낸 손가락이 곧장 마비되려고 했다. 하지만 그는 다시 장갑을 끼지 않고 손가락을 다리에 대고 여남은 번 세게 때렸다. 그런 뒤 비스킷을 먹으려고 눈 덮인 통나무에 앉았다. 손가락으로 다리를 때린 통증은 놀라울 만큼 금세 사라졌고, 그는 비스킷을 한 입도 깨물지 못했다. 그는 손가락을 반복해서 때린 뒤 장갑을 끼고, 먹기 위해 다른 손의 장갑을 벗었다. 그리고 비스킷을 베어 물려고 했지만 얼음 재갈 때문에 그러지 못했다. 불을 지피고 몸을 녹여야 하는 걸 잊은 것이다. 그는 자신의 어리석음에 웃었고, 그러면서도 밖으로 드러난 손가락이 마비되는 것을 확인했다. 또 자리에 앉을 때 느꼈던 발가락의 고통도 이미 사라지고 있었다. 발가락이 따뜻해진 것인지 마비된 것인지 생각했다. 그는 발가락을 모카신 안쪽으로 오그려 보고 마비된 것이라고 판단했다.

그는 서둘러 장갑을 끼고 일어섰다. 겁이 났다. 통증이 돌아올 때까지 발을 쿵쿵 굴렀다. 정말로 추운 날씨라고 그는 생각했다. 설퍼 천의 노인이 추위에 대해 한 말은 사실이었다. 그때 그는 그 말에 웃었다! 그걸 보면 사람은 무슨 일이건 너무 장담하면 안 된다. 날씨가 **몹시** 춥다는 것은 명확했다. 발을 구르고 팔을 휘두르며 제자리를 서성거리자 마침내 온기가 돌아왔다. 그는 이어 성냥을 꺼내 불을 피우기 시작했다. 지난봄에 개울이 불어나면서 밀려온 잔가지들이 잔뜩 엉켜 있는 덤불에서 땔감을 구했다. 조심조심 불을 키워서 곧 불이 이글거리자 그는 얼굴에 얼어붙은 얼음을 녹이고 그 온기 아래에서 비스킷을 먹었다. 한순간 추위는 힘을 쓰지 못했다. 개도 만족해서 불에서 온기는 언 되 그슬리지는 않을 만한 거리에서 몸을 폈다.

식사를 마치자 그는 파이프에 담배를 채워 피우며 잠시 쉬었다. 그런 뒤 엄지장갑을 끼고 귀에 모자의 귀마개를 확실히 대고 왼쪽 지류를 따라 개천가를 걸었다. 개는 안타까워하며 불로 돌아가고 싶어 했다. 남자는 추위를 몰랐다. 어쩌면 그의 조상은 대대손손 추위를, 강추위를, 영하 60도의 추위를 몰랐는지도 모른다. 하지만 개는 알았다. 개의 조상은 모두 알았고, 개도 그 지식을 물려받아서 그런 혹한에 돌아다니는 것은 좋은 일이 아님을 알았다. 눈 속 구멍에 들어가, 이런 추위를 보내는 우주 공간 앞에 구름의 장막이 드리워지기를 기다려야 했다. 하지만 개와 남자 사이에는 이렇다 할 유대가 없었다. 한쪽이 다른 한쪽의 노예였고, 놈이 받은 대접이라고는 채찍질과 채찍질을 하겠다는 으름장뿐이었다. 그래서 개는 남자에게 자신의 두려움을 전달하려 하지 않았다. 놈은 남자의 안녕을 걱정하지 않았다. 놈이 불로 돌아가고 싶어 한 것은 자신의 안녕을 위해서였다. 하지만 남자가 휘파람을 불고 채찍질 같은 소리로 말하자 개는 얼른 달려서 그 뒤를 따라갔다.

남자가 담배를 씹자 다시 수염이 황갈색으로 변하기 시작했다. 습기 찬 숨은 금세 다시 콧수염, 눈썹, 속눈썹에 흰 가루를 뿌렸다. 헨더슨 천의 왼쪽 지류에는 샘물이 별로 없는 듯했고, 남자는 30분 동안 샘물의 기미도 보지 못했다. 그때 그 일이 일어났다. 아무 기미도 없는 곳, 눈이 부드럽고 균열 없이 쌓여 그 아래 지반이 단단해 보이는 곳에서 남자의 발밑이 꺼졌다. 깊지는 않았다. 정강이 절반까지 물에 젖었을 때 그는 단단한 얼음 위로 허우적거리며 나왔다.

그는 화가 났고 불운을 욕했다. 6시에 야영지의 친구들을 만나려고 했지만 이 일 때문에 한 시간은 지체될 것이다. 불을 피우고 신발과 양말을 말려야 하기 때문이다. 이렇듯 낮은 기온에서는 그렇게 하지 않을 수 없었다. 그도 그만큼은 알았다. 그는 돌아서서 둑을 올랐다. 둑 위 가문비나무들 주변에는 개울물이 불었을 때 실려 온 나뭇가지들이 덤불 속에 엉켜 있었다. 주로 막대기와 잔가지였지만 단단한 가지와 마른 풀도 많았다. 그는 눈 위에 큰 나무토막 몇 개를 던졌다. 그것이 불의 토대가 되고,

어린 불길이 눈에 닿아 꺼지는 것을 막아 주었다. 불은 주머니에 넣어 온 자작나무 껍질에 성냥을 대서 만들었다. 그것은 종이보다 더 잘 탔다. 그것을 토대 위에 놓고, 그 여린 불꽃에 마른 풀과 아주 작은 가지들을 얹었다.

그는 위험을 예리하게 의식하며 조심조심 작업했다. 차츰 불꽃이 강해졌고, 그는 점점 더 큰 가지를 넣었다. 눈 속에 쪼그려 앉은 채로 덤불에서 가지들을 빼서 불에 넣었다. 실패하면 끝이었다. 영하 60도에서는 불을 피우는 데 한 번에 성공해야 했다. 그러니까 발이 젖었을 경우에는 말이다. 발이 젖지 않았다면 불을 피우는 데 실패해도 몇백 미터쯤 달려가면 곧 혈액이 순환되었다. 하지만 영하 60도에서 발이 젖으면 달리는 방법으로는 혈액순환을 회복시킬 수 없다. 아무리 빨리 달려도 더 빨리 얼 뿐이다.

남자는 이 모든 것을 알았다. 그리고 지난가을 설퍼 천의 노인이 해 준 충고가 이제 소중하게 느껴졌다. 그의 발은 이미 모든 감각을 잃었다. 불을 피우기 위해 엄지장갑을 벗었더니 손가락이 금세 마비되었다. 시속 6.5킬로미터로 걸을 때는 심장이 몸의 표면과 모든 말단 부위까지 피를 펌프질 해 보냈다. 그러나 걸음을 멈춘 순간 펌프질은 느려졌다. 우주의 추위는 행성의 보호막 없는 극지를 때렸고, 그는 극지에서 온몸으로 그 충격을 받았다. 그의 피는 그 충격에 움츠러들었다. 피는 개처럼 살아 있었고, 개처럼 이 혹한을 피하고 싶어 했다. 시속 6.5킬로미터로 걷는 한 그는 좋든 싫든 피부 표면까지 피를 펌프질 해 보낼 수 있었다. 하지만 이제 피는 사라져서 몸 구석구석으로 가라앉았다. 말단 부위들이 그것을 가장 먼저 느꼈다. 젖은 발이 가장 빨리 얼었고, 노출된 손가락은 아직 얼지는 않았지만 가장 먼저 마비되었다. 코와 뺨은 이미 얼어 갔고, 피부 전체도 곧바로 차가워졌다.

그러나 그는 안전했다. 발가락과 코와 뺨은 큰 피해가 없을 것이다. 불이 이미 힘을 얻었기 때문이다. 그는 불 속에 손가락 굵기의 잔가지를 넣었다. 1분만 지나면 손목만 한 가지를 넣을 수 있을 테고, 그러면 젖은 양말과 신발을 벗고 그것들이 마르는 동안 맨발을 녹일 수 있을 것이다. 물론 처음에는 눈으로 발을 문질러야 한다. 불은 잘 타올랐고, 그는 안전했다. 그는 설퍼 천의 노인을 떠올리고 미소를 지었다. 노인은 기온이 영하 45도 아래로 떨어지면 클론다이크 지역을 혼자 다니지 못하게 법으로 막아야 한다고 주장했다. 어쨌건 그는 이렇게 왔다가 사고를 당했고, 또 혼자였다. 그래도 위험은 면했다. 어떤 노인들은 좀 여자 같다는 생각이 들었다. 남자는 어떤 상황에서도 냉정만 잃지 않으면 되고, 그는 무사했다. 남자다운 남자라면 당연히 혼자서 다닐 수 있다. 하지만 뺨과 코가 어는 속도는 놀라웠다. 그는 손가락이 그렇게 빨리 생명을 잃을 줄은 몰랐다. 그것들은 정말로 생명을 잃었다. 그 손가락을 움직여 나뭇가지를 집어 들기도 힘들었고, 손가락 전체가 자기 몸에서 멀리 떨어져 있는 것 같았기 때문이다. 손으로 가지를 잡아도 눈으로 보지 않고는 그것을 잡았다는 사실을 알 수 없었다. 그와 손끝을 연결하는 선은 거의 끊어져 있었다.

그런 일은 중요하지 않았다. 불이 있었다. 타닥타닥 타오르는 그 불은 춤추는 불꽃 하나하나가 생명을 약속했다. 그는 모카신을 풀었다. 모카신은 얼음에 덮였고, 무릎 중간까지 오는 두꺼운 양말은 무쇠 장화 같았다. 모카신 끈은 큰 화재에 휘어진 철근 같았다. 그는 잠시 마비된 손으로 씨름하다가 잘못을 깨닫고 칼집에서 칼을 꺼냈다.

하지만 신발 끈을 자르기 전에 사고가 일어났다. 그것은 그의 실수 또는 잘못이었다. 가문비나무 밑에 불을 피운 것이 문제였다. 불은 뻥 뚫린 공간에 피워야 했다. 나무 밑에 불을 피운 것은 덤불에서 가지를 가져다 넣기가 편해서였다. 불 위로 가지를 벌린 나무에는 눈이 잔뜩 쌓여 있었다. 몇 주일 동안 바람 한 점 없었기에 가지들은 최대치의 눈을 안고 있었다. 그가 가지를 더 넣을 때마다 나무는 조금씩 떨렸다. 그 떨림은 그가 알아차리기에는 너무 작았지만 재난을 불러오기에는 충분했다. 높은 가지 하나가 눈을 쏟았다. 그것이 아래쪽 가지에 떨어져서 그 가지의 눈을 떨구었다. 이 과정이 온 나무로 퍼지며 산사태처럼 커져서 남자와 불을 덮쳤고, 불은 그 즉시 꺼졌다! 불이 타오르던 자리에는 어지러운 눈 더미뿐이었다.

그는 충격을 받았다. 사형선고를 들은 것 같았다. 그는 잠시 가만히 앉아서 불이 타오르던 자리를 바라보았다. 그런 뒤 아주 차분해졌다. 설퍼 천의 노인이 옳았는지도 모른다는 생각이 들었다. 그가 동료와 함께 길을 나섰다면 위험에 빠지지 않았을 것이다. 동료가 불을 피울 수 있었을 것이다. 하지만 불을 다시 피우는 일도 그가 해야 했고, 두 번째 시도는 절대 실패하면 안 되었다. 성공한다 해도 발가락 몇 개는 잃을 것이다. 그의 발은 이제 심하게 얼었을 테고 두 번째 불을 피우는 데는 시간이 좀 걸릴 것이다.

그런 생각들이 떠올랐지만 그는 가만히 생각만 하고 있지는 않았다. 머릿속에 생각들이 스쳐 지나가는 내내 바삐 움직였다. 이번에는 어떤 괘씸한 나무가 불을 꺼뜨리지 못하도록 뻥 뚫린 곳에 불을 피울 자리를 새로 만들었고, 개울에 실려 온 마른 풀과 잔가지를 모았다. 손가락이 곱아서 그것들을 잡아 뜯을 수는 없었지만, 한 움큼 정도를 모을 수 있었다. 썩은 가지와 푸른 이끼들도 모았다. 바람직한 땔감은 아니지만 그가 구할 수 있는 최선이었다. 그는 체계적으로 작업했다. 심지어 불이 힘을 얻으면 쓸 용도로 굵은 가지들도 한 아름 모았다. 그러는 내내 개는 가만히 앉아서 그를 지켜보았다. 개의 눈에는 열망이 담겨 있었다. 놈에게 그는 불을 피우는 사람이었고, 불은 천천히 생겨났다.

모든 것이 준비되자 그는 자작나무 껍질을 꺼내려고 주머니에 손을 넣었다. 그는 그 안에 나무껍질이 있다는 것을 알았고, 손에 닿는 감각은 없었지만 그것이 손끝에서 바스락거리는 소리는 들었다. 하지만 아무리 노력해도 집을 수가 없었다. 그러는 가운데 그의 의식은 매 순간 발이 얼고 있음을 자각했다. 이 생각은 그를 공황 상태로 몰아넣었지만 그는 애써 이를 물리치고 냉정을 유지했다. 그는 이빨로 손에 엄지장갑을 끼고, 두 팔을 앞뒤로 흔들며 온 힘을 다해 두 손을 옆구리에 두드렸다. 처음에는 앉아서 하다가 잠시 후에는 일어서서 했다. 개는 계속 눈 속에 앉아 있었다. 늑대 같은 꼬리는 앞발을 따뜻하게 감쌌고, 늑대 같은 귀는 남자를 지켜보듯 쫑긋 서 있었다. 남자는 두 팔과 두 손을 휘두르고 두드리다가 따뜻한 자연의 방한복을 입은 동물에게 강렬한 질투가 솟는 것을 느꼈다.

그렇게 손가락을 두드리자 얼마 후 감각이 희미하게 돌아왔다. 그 감각은 점점 커져서 엄청난 통증으로 변했지만 그는 통증을 기쁘게 환영했다. 그는 오른손 장갑을 벗고 자작나무 껍질을 꺼냈다. 노출된 손가락은 다시 감각을 잃기 시작했다. 다음으로 그는 유황성냥을 꺼냈다. 하지만 추위는 이미 그의 손가락에서 생명을 빼앗아 갔고, 그는 성냥 하나를 떼어 내려고 하다가 성냥 전체를 눈에 떨구었다. 그것을 주워 올리려는 노력은 실패했다. 죽은 손가락은 그것을 느끼지도, 집어 들지도 못했다. 그는 신중에 신중을 기했다. 얼어 가는 발, 코, 뺨에 대한 생각을 밀어내고 온 영혼을 성냥에 바쳤다. 손가락의 감각으로 느끼는 대신 손가락이 성냥 뭉치에 닿는 것을 눈으로 보면서 그것들을 모았다. 그것은 의지의 힘을 통해서였다. 연결은 끊어지고, 손가락은 말을 듣지 않았기 때문이다. 그는 오른손에 장갑을 낀 뒤 무릎에 대고 맹렬히 두드렸다. 그리고 장갑 낀 두 손으로 성냥 뭉치를 눈과 함께 퍼내서 무릎에 올렸다. 하지만 사정은 나아지지 않았다.

얼마간의 사투 끝에 그는 손바닥 끝부분으로 성냥 뭉치를 잡을 수 있었다. 그런 뒤 그것을 입으로 가지고 갔다. 그가 격렬한 노력으로 입을 벌리자 얼음이 요란하게 부서져 내렸다. 그는 아래턱을 안으로 당기고 윗입술을 위로 말아 올린 뒤 성냥을 떼어 내려고 윗니로 긁었다. 마침내 성냥 하나를 떼어 내서 무릎에 떨구었다. 하지만 사정은 나아지지 않았다. 그것을 주워 들 수 없었기 때문이다. 그는 방법을 고안했다. 성냥을 이로 물고 다리에 대고 긁은 것이다. 스무 번쯤 긁자 불이 붙었다. 그는 불붙은 성냥을 입에 물고 자작나무 껍질에 가져다 댔다. 하지만 타오르는 유황불은 콧구멍을 통해 폐로 들어와서 격렬한 기침을 일으켰고, 성냥은 눈 위에 떨어져서 꺼졌다.

설퍼 천 노인의 말이 옳다고, 그는 그 뒤로 이어진 차분한 절망 속에 생각했다. 기온이 영하 45도 이하일 때 사람은 동료와 함께 다녀야 한다. 손을 두드렸지만 아무런 감각도 없었다. 그는 갑자기 이빨로 엄지장갑을 벗어 두 손을 모두 노출했다. 그리고 성냥 뭉치 전체를 양 손바닥 끝으로 잡았다. 팔근육은 아직 얼지 않아서 성냥을 꽉 잡을 수 있었다. 그런 뒤 그것을 다리에 대고 긁었다. 그것은 환하게 타올랐다. 70개의 성냥이 동시에! 그 불을 끌 바람은 없었다. 그는 연기를 피해 고개를 한쪽으로 기울이고 타오르는 성냥을 자작나무 껍질에 댔다. 그러는 동안 손에 감각이 느껴졌다. 살이 타고 있었다. 살 타는 냄새가 났다. 표피 아래 깊은 곳에서 그것이 느껴졌다. 그 감각은 지독한 고통으로 변했다. 그래도 그는 참고 성냥불을 자작나무 껍질에 댔지만 불은 얼른 붙지 않았다. 그의 두 손이 성냥불과 자작나무 껍질 사이를 가로막고 대부분의 불꽃을 흡수하고 있었기 때문이다.

더는 참을 수 없게 되었을 때 그는 두 손을 떼었다. 성냥불은 지글거리며 눈 속에 떨어졌지만 자작나무 껍질은 불이 붙었다. 그는 마른 풀과 작은 가지를 불꽃 속에 넣었다. 재료를 가릴 수는 없었다. 양 손바닥 끝으로 그 일을 해야 했기 때문이다. 잔가지들에는 썩은 목재와 녹색 이끼가 달라붙어 있었고, 그는 이빨로 그것들을 최대한 물어뜯었다. 불을 다루는 그의 동작은 신중하면서도 서툴렀다. 불은 생명을 의미했고 꺼지면 안 되었다. 몸의 표피에서 핏기가 가시면서 떨림이 시작되었고, 그의 동작은 더 서툴러졌다. 작은 불 위로 커다란 녹색 이끼 뭉치가 정통으로 떨어졌다. 그는 손으로 그것을 집어내려고 했지만, 몸이 떨리는 바람에 손이 너무 크게 움직여서 작은 불의 중심이 흔들리고 불붙은 풀과 잔가지가 흩어졌다. 그는 그것을 다시 모으려고 했지만, 아무리 신경을 곤두세우고 노력해도 떨리는 몸이 말을 듣지 않아서 잔가지들은 대책 없이 흩어졌다. 가지 하나하나가 연기 속에 꺼졌다. 불 피우기는 실패했다. 무감각하게 주변을 둘러보는데, 불의 잔해 맞은편에 앉은 개가 보였다. 개는 안타까운 눈길로 불안하게 어깨를 굽히며 앞발을 차례로 들었다 내리고, 무게 중심을 이리저리 옮기고 있었다.

개를 보자 그의 머리에 거친 생각이 떠올랐다. 눈보라에 갇혔을 때 사슴을 죽이고 그 시신 속에 들어가 목숨을 건졌다는 남자의 이야기를 들은 적이 있었다. 개를 죽여서 그 따뜻한 몸에 두 손을 녹이면 불을 다시 피울 수 있을 것이다. 그는 개를 불렀지만, 그 목소리에 담긴 이상한 어조가 개를 긴장시켰다. 놈은 그가 그런 말투로 자신을 부르는 것을 들은 적이 없었다. 무언가 이상했고, 놈의 의심 많은 성격은 위험을 감지했다. 어떤 위험인지는 몰라도 놈의 머리 어딘가에서 두려움이 일었다. 놈은 그의 목소리에 귀를 납작 내렸고, 불안하게 어깨를 굽히는 동작과 앞발을 차례로 들어 올리는 동작이 더욱 커졌다. 그러면서도 놈은 남자에게 오지 않았다. 남자는 두 손 두 발로 개에게 기어갔다. 이 이상한 자세는 다시 의심을 일으켰고, 개는 잰걸음으로 옆으로 물러났다.

남자는 눈 속에 잠시 앉아서 냉정을 되찾으려고 했다. 그런 뒤 이빨로 엄지장갑을 끼고 두 발로 일어섰다. 자신이 정말로 서 있는지 확인하려고 아래를 내려다보았다. 발에 아무런 감각이 없어서 몸이 땅과 분리되었기 때문이다. 그가 꼿꼿하게 서자 개는 차츰 의심을 떨쳤다. 그리고 그가 채찍 같은 목소리로 단호하게 부르자 개는 동맹의 습관을 되살려서 그에게 왔다. 놈이 손에 닿을 만한 거리에 오자 남자는 중심을 잃었다. 그는 개를 향해 팔을 뻗었지만 그 손이 개를 잡을 수 없다는 사실, 그 손가락에 힘도 느낌도 전혀 없다는 사실에 진정으로 놀랐다. 그는 잠시 자기 손가락이 얼었고 갈수록 더 얼고 있다는 사실을 잊었다. 이 모든 일은 순식간에 일어났고, 그는 개가 피하기 전에 놈의 몸뚱이를 두 팔로 끌어안았다. 그리고 개를 안은 자세로 눈 속에 앉았다. 개는 으르렁거리다 낑낑거리다 버둥거렸다.

하지만 그가 할 수 있는 일은 그것이 전부였다. 개를 두 팔로 감싸고 앉아 있는 것. 그는 자신이 개를 죽일 수 없다는 사실을 깨달았다. 그럴 방법이 없었다. 이런 대책 없는 손으로는 칼집에서 칼을 꺼낼 수도 잡을 수도 없었고, 개의 목을 조를 수도 없었다. 그가 개를 놓자 개는 다리 사이에 꼬리를 늘어뜨린 채 으르렁거리며 황급히 달아났다. 그리고 12미터 정도 떨어지자 그 자리에 멈춰 서서 귀를 쫑긋 세우고 호기심에 찬 눈으로 그를 살펴보았다. 남자가 자기 손이 어디에 있는지 보려고 눈길을 내리니 손은 팔 끝에 달려 있었다. 자기 손이 어디에 있는지 알기 위해 눈을 사용해야 한다는 사실이 어이없었다. 그는 팔을 앞뒤로 흔들며 장갑 낀 두 손을 옆구리에 탕탕 쳤다. 5분 동안 격렬하게 그 일을 하자 심장이 피부로 피를 충분히 펌프질 해 보내서 떨림이 멈추었다. 그러나 손의 감각은 돌아오지 않았다. 그는 손이 팔 끝에 추처럼 매달려 있는 듯한 인상을 받았지만, 실제로 그것을 느낄 수는 없었다.

둔하고 먹먹한 죽음의 공포가 다가왔다. 이제 문제는 손가락 발가락이 얼거나 손발을 잃는 정도가 아니라 생사가 걸린 문제이며, 자신의 상황이 매우 불리하다는 사실을 깨닫자 공포는 빠른 속도로 커졌다. 그는 공황 상태에 빠졌고, 돌아서서 희미한 길의 자취를 따라 개울 바닥을 달렸다. 개가 그 뒤를 따라왔다. 그는 난생처음 경험하는 공포 속에 아무런 생각 없이 맹목적으로 달렸다. 그렇게 눈을 헤치며 가는데 천천히 그의 눈에 무언가가 다시 들어오기 시작했다. 개울둑, 폐목 더미, 이파리 없는 사시나무와 하늘이었다. 달렸더니 조금 나아졌다. 그는 떨지 않았다. 계속 달리면 발이 녹을지도 몰랐다. 그리고 어쨌건 계속 달리면 야영지에도 일찍 도착해서 친구들을 만날 것이다. 물론 손발가락 몇 개를 잃고 얼굴 일부도 망가질 것은 분명했다. 하지만 그곳에 도착하면 친구들이 그를 돌봐 주고 남은 몸을 살려 줄 것이다. 동시에 그의 머릿속에는 다른 생각도 들었다. 야영지와 친구들에게 이르지 못하리라는 생각, 그곳은 너무 멀다는 생각, 추위는 자신보다 너무 강하다는 생각, 곧 뻣뻣하게 얼어 죽으리라는 생각이었다. 그는 이 생각들은 밀어내고 더는 거기 관심을 주지 않았다. 때로 그것이 앞으로 비집고 나와 관심을 촉구했지만, 그는 다시 뒤로 밀치고 다른 생각을 하려고 했다.

발이 꽁꽁 얼어서 땅을 밟는 감각이 전혀 없는데도 자신이 그 발로 달릴 수 있다는 사실이 신기했다. 그는 표면을 사뿐사뿐 스치고 지나가는 것 같았고, 땅과는 아무 관련이 없는 것 같았다. 예전에 날개 달린 메르쿠리우스 신을 본 적이 있었다. 메르쿠리우스도 땅을 스치고 다닐 때 이런 느낌일까 싶었다.

계속 뛰다 보면 친구들이 있는 야영지에 도착하리라는 그의 이론에는 한 가지 결함이 있었다. 그는 지구력이 없다는 것이었다. 그는 몇 차례 넘어졌고, 비틀거리다 결국 털썩 쓰러졌다. 일어나려고 했지만 실패했다. 그는 앉아서 쉬어야 한다고, 그런 다음에 일어나서 걸어야겠다고 생각했다. 앉아서 숨을 고르는 동안 따뜻하고 편안한 느낌이 들었다. 떨리지 않았고, 따뜻한 빛이 가슴과 몸통으로 들어오는 느낌마저 들었다. 하지만 코나 뺨을 만져 보면 여전히 감각이 없었다. 그것들은 달려도 녹지 않을 것이다. 손도 발도 녹지 않을 것이다. 그의 몸에서 언 부분이 점점 늘어나리라는 생각이 들었다. 그는 그 생각을 억누르고 다른 생각을 하려고 했다. 그것에 따르는 공황을 알았고 그 느낌이 두려웠다. 하지만 그 생각은 물러나지 않고 지속되어서 마침내 자신의 온몸이 꽁꽁 언 모습이 눈앞에 떠올랐다. 그것은 끔찍했고, 그는 다시 들길을 맹렬하게 달렸다. 한 번 걸음을 늦추었지만 언 부위가 점점 퍼져 가고 있다는 생각에 다시 달렸다.

개도 계속 그와 함께 달렸다. 그가 두 번째로 쓰러졌을 때 개는 꼬리로 앞발을 감고 남자의 앞에 앉아서 호기심 어린 눈길로 그를 바라보았다. 그는 개가 그토록 따뜻하고 안전하게 있다는 데 화가 나서, 개가 사과하듯 귀를 내릴 때까지 개에게 욕을 했다. 이번에는 떨림이 더 빨리 닥쳤다. 그는 추위에 지고 있었다. 추위는 사방에서 그의 몸속으로 파고들었다. 그는 그 생각에 다시 앞으로 나아갔지만, 30미터도 가지 못해 고꾸라졌다. 그것은 그의 마지막 공황이었다. 숨과 통제력이 돌아왔을 때 그는 일어나 앉아서 위엄 있게 죽음을 맞이하는 일을 생각했다. 하지만 그 생각은 그런 표현으로 떠오르지 않았다. 그의 머리에 떠오른 생각은 지금껏 자신이 머리 잘린 닭처럼 뛰어다닌 것은―그 순간 그의 머리에 떠오른 비유였다―바보 같은 짓이었다는 것이었다. 자신은 어쨌건 곧 얼어 죽을 테니 그런 운명을 점잖게 맞는 것도 좋을 듯했다. 그렇게 마음의 평화를 얻었더니 졸음이 찾아왔다. 자다가 죽는 것은 좋은 일이라고 그는 생각했다. 그것은 마취제를 맞는 것과 같았다. 얼어 죽는 것은 사람들의 생각만큼 나쁘지 않았다. 그보다 끔찍한 죽음도 많았다.

친구들이 다음 날 자기 시신을 발견하는 모습이 떠올랐다. 문득 그는 친구들과 함께 들길을 걸어오고 있었다. 그리고 여전히 그들과 함께 길 굽이를 돌아서 자신이 눈 속에 누워 있는 모습을 보았다. 그는 더 이상 자기 몸속에 있지 않았다. 이미 자기 바깥으로 나가서 친구들과 함께 눈 속의 자신을 바라보고 있었다. 그는 날씨가 정말로 춥다고 생각했다. 미국에 돌아가면 사람들에게 진짜 추위에 대해 말해 줄 수 있을 것이다. 그의 생각은 설퍼 천의 노인에게로 흘러갔다. 노인이 따뜻하고 편안하게 파이프를 피우는 모습이 눈앞에 생생히 떠올랐다.

"영감님 말씀이 맞았어요." 남자가 설퍼 천의 노인에게 중얼거렸다.

그런 뒤 남자는 졸음에 빠졌고, 그 잠은 평생 가장 편안하고 만족스러운 잠처럼 느껴졌다. 개가 그를 바라보며 기다렸다. 짧은 하루는 길고 느린 땅거미 속으로 저물었다. 불의 기미도 없었고, 게다가 개는 일평생 사람이 불도 피우지 않고 이렇게 눈 속에 가만히 앉아 있는 것을 본 적이 없었다. 땅거미가 다가왔을 때, 개는 불 생각이 너무도 간절해져서 앞발을 높이 들고 칭얼거렸다가 남자의 꾸지람을 예상하고 귀를 납작 내렸다. 하지만 남자는 말이 없었다. 얼마 후 개는 큰 소리로 울었다. 다시 얼마 후 남자에게 갔다가 죽음의 냄새를 맡았다. 놈은 그 냄새에 털을 쭈뼛 세우고 물러났다. 그리고 잠시 어물쩍거리면서 별들이 춤추며 반짝이는 차가운 하늘 아래 웅웅 울었다. 그런 뒤 돌아서서 자신이 아는 야영지를 향해 달려갔다. 그곳에서는 다른 사람들이 자신에게 먹을 것을 주고 불을 피워 줄 것이다.

호텔 게으른 달

The Hotel of the Idle Moon

윌리엄 트레버

이선혜 옮김

댄커스 부인이라고 불리는 여인이 끝이 분홍색인 담배를 입에 물더니 시가 잭으로 불을 붙였다. 한순간 피어오른 불빛에 그녀의 길고 잘생긴 얼굴이 드러났다. 그 얼굴에서 느껴지는 날카로움 앞에서 끝의 날을 떠올린 사람이 제법 많았을 것 같았다. 그녀의 콧구멍에서 뿜어져 나온 두 줄기 연기가 어둠 속에서 흩어졌고, 그녀는 만족스러운 듯 작게 한숨을 내쉬었다. 차는 런던에서 북쪽으로 300킬로미터 남짓 떨어진, 풀이 나 있는 길가에 멈춰 서 있었다. 거센 바람에 차가 가볍게 흔들렸다. 그칠 줄 모른채 거세게 퍼붓는 빗속에서 라디오는 1930년대에 유행했던 노래를 아무런 감정 없이 나지막하게 들려주고 있었다. 2분만 지나면 자정이었다.

"어떻게 됐어요?"

차 문이 쾅 소리를 내면서 닫혔고 댄커스는 다시 그녀 옆에 앉았다. 그에게서 비 냄새가 났다. 그의 몸에서 떨어진 빗물이 그녀의 따뜻한 무릎을 적셨다.

"어떻게 됐어요?" 댄커스 부인이 또다시 물었다.

댄커스가 시동을 걸었다. 차는 살살 기듯 천천히 움직여서 좁은 도로에 들어섰다. 와이퍼는 쉴 새 없이 빗물을 닦아 냈고, 전조등의 강렬한 불빛은 겁이 날 정도로 가까이에서 흔들리는 나뭇잎을 비추었다. 댄커스는 앞 유리를 팔로 닦았다. "가 봐도 될 것 같아." 그는 중얼거리는 소리로 대답하면서 천천히 차를 몰았다. 바람과 비 그리고 나지막한 음악과 바쁘게 움직이는 와이퍼 소리가 한데 뒤섞여서 엔진 소리를 삼켜 버렸다.

"가 봐도 된다니요? 그 집이 맞아요?" 댄커스 부인이 물었다.

댄커스는 차선을 따라서 운전대를 이리저리 돌렸다. 줄지어 늘어선 기둥과 대문이 전조등 불빛에 모습을 드러내더니 차가 구불구불 이어진 길을 따라가는 동안 바짝 다가섰다가 모습을 감추었다.

"그래, 그 집이 맞아."

그 집에서 꼿꼿한 자세로 침대에 누워 있던 노인은 현관 초인종이 울리자 때아닌 소리에 얼굴을 찌푸렸다. 그는 처음에는 바람 때문에 소리가 난 모양이라고 생각했다. 그러나 그 순간 초인종이 날카롭고 위압적인 소리를 내면서 또다시 울렸다. 집 안의 유일한 하인인, 크로닌이라고 불리는 노인은 침대에서 빠져나온 뒤 잠옷 위에 외투를 걸쳤다. 그러고서 그는 한숨을 쉬면서 계단을 내려갔다.

문밖에 서 있는 댄커스 부부는 현관에 불이 켜지는 것을 보았다. 뒤이어 크로닌의 발소리와 빗장을 푸는 소리가 들렸다. 댄커스는 담배를 던진 뒤 계획된 얼굴 표정을 지었다. 그의 아내는 빗속에서 몸을 떨고 있었다.

"너무 늦었습니다." 여행자들이 사정 이야기를 마치자 잠옷 차림의 노인이 대답했다. "마스턴 내외분을 깨워서 지시를 따라야겠군요. 제가 결정할 수 있는 일이 아니라서요."

"궂은 날씨에 춥기까지 하네요." 댄커스는 노인을 향해 콧수염이 난 부위가 늘어날 정도로 활짝 웃으면서 중얼거렸다. "바깥을 돌아다닐 만한 밤이 아니랍니다. 저희의 어려운 처지를 이해해주세요."

"계단에 서 있을 만한 밤도 아니죠. 잠깐 들어가기라도 할 수 있을까요?" 댄커스 부인이 덧붙여 말했다.

댄커스 부부는 집 안으로 들어왔고, 크로닌은 두 사람을 거실로 안내했다. "기다리십시오. 불이 완전히 꺼지지는 않았습니다. 몸을 녹이는 동안 마스턴 내외분께 여쭤보고 오겠습니다."

댄커스 부부는 아무런 대답도 하지 않았다. 두 사람은 크로닌이 나간 뒤에도 꼼짝 않고 서서 거실을 뚫어질 듯 둘러보았다.

그들이 서로를 대하는 태도에는 어딘가 적의가 어려 있었다. 댄커스 부부는 세상을 의심하듯 자기들 둘 사이의 관계마저도 못 미더워하는 것 같았다.

"자일스 마스턴 경입니다. 여행 중에 어려운 일을 만나셨다지요?" 또 다른 노인이 말했다.

"차가 고장 났습니다. 아마도 빗물이 흘러든 모양이에요. 차는 일단 대문 옆에 세워 두었습니다. 자일스 경, 저희는 당신의 처분만 기다리고 있답니다. 제 이름은 댄커스입니다. 이 사람은 제 아내고요." 댄커스가 집주인을 향해 팔을 뻗었다. 그 모습을 누가 본다면 자일스 경이 아니라 그가 방문객을 맞고 있다고 믿을 만했다.

"저희한테 필요한 것은 간단합니다. 하늘을 가려 줄 지붕만 있으면 돼요." 댄커스 부인이 말했다.

"별채 정도면 되겠네요." 댄커스는 주제넘게 이렇게 제안했다. 그러고서 그는 소리 내어 웃더니 말을 이었다. "한두 시간 동안 몸을 웅크리고 있을 만한 곳이면 어디라도 좋습니다. 어차피 이것저것 따질 형편이 못 되니까요."

"저는 의자가 좋아요. 의자 하나하고 담요 한 장이면 충분합니다." 댄커스 부인이 날카로운 목소리로 요청했다.

"그것보다는 좀 더 편히 쉬게 해 드릴 수 있을 겁니다. 침대 두 개를 준비하게, 크로닌. 그리고 손님방에 불을 피워 드리게."

자일스 마스턴 경이 거실의 한가운데로 걸음을 옮겼다. 댄커스 부부는 조금 전보다 환한 곳에 선 자일스 경의 모습을 보았다. 자일스 경은 작은 키에 등이 굽었고, 그의 얼굴은 평생 당겨져 있다가 갑자기 느슨해진 가죽이라도 되는 것처럼 주름투성이였다.

"아, 그렇게 수고하실 필요는 없습니다. 깊이 주무시는 중이었을 텐데, 이렇게 깨운 것만으로도 폐를 끼쳤는걸요." 댄커스가 부드러운 목소리로 사양했다.

"시트가 있어야 할 텐데요. 시트와 베개 말입니다. 어디에 있는지 전혀 모르겠습니다, 나리." 크로닌이 말했다.

"브랜디나 한잔하시죠." 자일스 경이 제안했다. "댄커스 부인, 강한 술이 이런 때는 조금이나마 위로가 되지 않겠습니까?"

크로닌은 혼잣말을 하면서 거실에서 나갔고, 자일스 경은 브랜디를 따랐다. "내 나이 아흔입니다. 하지만 손님을 푸대접하는 것이 부끄러운 죄라는 것은 지금도 압니다. 그럼 편히 주무십시오."

"뭐 하는 사람들이죠?" 이튿날 아침 남편에게서 간밤에 있었던 일을 전해 들은 마스턴 부인이 물었다.

"평범한 사람들이에요. 이름이 그다지 듣기 좋지는 않더군요. 그 이상은 알고 싶은 마음이 없어요."

"하늘을 보니 날씨가 좋은 것 같네요. 손님들은 지금쯤 아침 식사를 끝내고 떠났겠군요. 조금 아쉽기도 하네요. 새로운 사람을 만나고 다른 생각을 들어 볼 기회를 놓쳤으니 말이에요. 우리는 너무 조용한 삶을 살고 있어요, 자일스. 우리 둘이서 너무 서로만 보면서 살고 있죠. 죽을 날을 준비해야 하는데 이런 식으로 사는 건 바람직하지 않아요."

자일스 경이 바지를 올려 입으면서 미소를 지었다. "당신도 그 사람들을 봤다면 우리 인생에 도움이 될 만한 이들이 아니라는 걸 한눈에 알았을 거예요. 남자는 과하게 콧수염을 길렀고, 여자는 약아 보이더군요."

"당신은 너그럽지 못해요. 그렇게 거리를 두었으니 그 사람들이 왜 왔는지조차 알아내지 못했겠군요."

"그 사람들이 온 건 꼼짝할 수 없는 처지가 됐기 때문이에요. 차가 고장 났다더군요."

"혹시 우리 집 물건을 다 들고 간 건 아닐까요? 사람을 너무 믿으면 안 돼요, 자일스!"

자일스 경은 침실에서 나와 아래층으로 내려간 뒤 식당에서 여전히 식사 중인 댄커스 부부를 발견했다.

"귀댁에서 일하는 분이 어찌나 후하게 대접해 주던지요. 포리지, 커피, 베이컨, 달걀. 저희가 마치 대식가라도 되는 것처럼 먹여 대더군요. 저는 달걀 두 알, 아내는 한 알을 먹었죠. 거기다 구

운 빵하고 마멀레이드도 먹었고요. 아, 그리고 이 맛있는 버터도
요."

"필요한 무언가가 부족하다고 얘기하고 싶으신 건가요? 그렇
다면 좀 더 정확하게 말씀하셔야 할 겁니다. 이 집에 사는 사람
들은 말을 잘 알아들을 나이가 지났답니다."

"당신이 쓸데없는 말을 한 거예요. 낯선 불청객 두 명이 방금
뭘 먹었는지 알고 싶은 사람이 어디 있겠어요?" 댄커스 부인이
남편에게 말했다.

"죄송합니다. 죄송해요." 댄커스가 중얼거렸다. "자일스 경, 용
서하십시오. 저는 배운 건 없지만 나쁜 사람은 아니랍니다."

"괜찮습니다. 식사를 마쳤다면 나 때문에 지체하지 마십시오.
서둘러 출발하고 싶으실 테니까요."

"남편이 차를 손볼 거예요. 어쩌면 정비소에 도움을 요청해야
될지도 모르지만요. 괜찮다면 그동안 제가 말동무를 해 드릴게
요."

댄커스가 식당을 나섰다. 그는 식당 문 앞에서 나이 든 여자와
마주쳤지만 그녀가 누구인지 모르는 것처럼 보이기를 바라면서
인사를 하지 않았다.

"어젯밤에 우리 집에 온 분이에요." 자일스 경이 아내에게 말
했다. "남편분은 곧 출발할 수 있도록 차를 손보고 있어요. 댄커
스 부인, 내 아내인 마스턴 부인입니다."

"정말 너무나 감사합니다, 마스턴 부인. 두 분이 아니셨더라면 정말 끔찍한 밤을 보낼 뻔했어요."

"크로닌이 편한 잠자리를 마련해 드렸어야 할 텐데요. 나는 밤새 아무것도 모르고 잠만 잤네요. '여보, 손님 두 분이 계셔.' 남편이 아침에 이렇게 말하더군요. 내가 얼마나 놀랐을지 짐작하실 수 있겠죠?"

크로닌이 식당에 들어와 자일스 경과 마스턴 부인 앞에 음식이 담긴 접시를 내려놓았다.

대화를 이으려는 듯 댄커스 부인이 말했다. "집이 참 좋네요."

"춥고 크죠." 자일스 경이 대답했다.

마스턴 부부는 아침 식사를 시작했고, 댄커스 부인은 이야깃거리를 찾지 못한 채 잠자코 있었다. 마스턴 부부는 그녀가 뿜어내는 담배 연기가 언짢았지만 이 또한 손님의 일부로 여기고 받아들인 채 아무 말도 하지 않았다. 식당으로 돌아온 댄커스가 아내 옆에 앉았다. 그는 잔에 커피를 따르더니 이렇게 말했다. "저는 기술자가 아니랍니다, 자일스 경. 댁의 전화기로 도움을 청해야겠습니다."

"우리 집에는 전화기가 없어요."

"없다고요?" 댄커스는 짐짓 놀란 체하면서 중얼거렸다. 그는 마스턴 부부의 집에 전화기가 없다는 사실을 이미 알고 있었다. "그럼 가장 가까운 마을까지는 얼마나 가야 되죠? 거기에 정비소는 있나요?"

"5킬로미터 정도 가야 합니다. 정비소가 있는지는 관심을 가져 본 적이 없어서 모르겠군요. 하지만 전화기는 있을 겁니다."

"자일스, 나도 인사시켜 줘요. 이분이 댄커스 부인의 남편인가요?"

"그렇게 말하더군요. 댄커스 씨, 내 아내 마스턴 부인입니다."

"안녕하세요?" 댄커스는 마스턴 부인이 내민 손을 잡고서 악수를 하려고 자리에서 일어섰다. "문제 해결이 쉽지 않을 것 같아 걱정이네요."

"한 시간이면 걸어갈 수 있습니다." 자일스 경이 알려 주었다.

"소식을 전할 방법은 없나요?"

"없습니다."

"우편배달부는요?"

"거의 안 온다고 봐야죠. 아주 드물게 광고지를 한두 장 가져오기는 하지만요."

"그럼 혹시 댁에서 일하는 분은?"

"크로닌은 이제 헤르메스처럼 소식을 전하러 갈 나이가 지났어요. 댁도 봐서 알 텐데요?"

"그렇다면 제가 터벅터벅 걸어가는 수밖에 없겠군요."

모두가 댄커스가 내린 결론에 침묵으로 동의했다.

"걸어가세요, 댄커스 씨." 마스턴 부인이 침묵을 깨뜨리며 말하더니 남편이 놀랄 말을 덧붙였다. "그리고 다시 여기로 와서 점심을 드세요. 그다음에는 언제든 편할 때 떠나시면 돼요."

"정말 친절하시네요." 댄커스 부부는 입을 모아 대답했고 동시에 미소를 지었다. 그러고서 두 사람은 자리에서 일어나 밖으로 나갔다.

크로닌은 모든 것을 지켜보았고 귀 기울여 들었다. "침대 두 개를 준비하게." 그는 주인이 이렇게 말하던 순간부터 신경을 곤두세우고 있었다. 그는 댄커스 부부에게 아침을 준비해 주면서 식사를 마치고 나면 두 사람이 떠나기를 바랐다. 댄커스 부부는 여기저기 떠돌아다니면서 그때마다 다른 곳에서 밤을 보내는 것에 익숙한 사람들 같았고, 크로닌은 그런 모습을 보면서 그들이 외판원일 거라고 생각했다. "집이 참 좋네요." 댄커스 부인이 마스턴 부부에게 이렇게 말하던 순간, 크로닌은 눈을 가늘게 떴다. 그는 그녀가 왜 그런 말을 했는지, 마스턴 부부가 아침 식사를 하는 동안 그녀가 왜 담배를 피우면서 여기에 앉아 있는지 궁금했다. 크로닌은 대문 밖에 서 있는 자동차를 살펴보고는 댄커스 부부 같은 사람들이 몰고 다닐 전형적인 차라고 생각했다. 크로닌은 또 댄커스 부부가 대시보드에 달린 온갖 손잡이와 장치를 어떻게 다루어야 하는지 잘 알고 있는 사람들일 거라고, 오리가 헤엄치는 법을 배우듯 대시보드 조작법을 쉽게 익힐 수 있는 사람들일 거라고 생각했다.

크로닌은 이 집에서 48년을 살면서 마스턴 부부의 시중을 들었다. 한때는 다른 하인들도 있었는데, 젊은 시절에 그는 집 안에서 일하는 모든 사람들을 감독했으며 물론 집도 관리했다. 그러나 이제는 마스턴 부부를 보살피는 것으로 만족했다. "별채 정도면 되겠네요." 댄커스는 이렇게 말했고, 크로닌은 그 남자가 별채에 대해서 아는 것이 없는 사람이라고 생각했다. 크로닌은 댄커스 부부가 영화관에 연결된 카페에 함께 앉아 있는 모습을 상상했다. 그 역시도 20여 년 전에 그런 곳에 가 본 적이 있지만 마음에 들지는 않았었다. 그의 귓가에 댄커스의 목소리가 들리는 듯했다. 카페에 앉은 댄커스는 아내에게 무엇을 주문하겠느냐고 물으면서 자기는 모둠 구이와 감자튀김 그리고 진한 차 한 주전자와 얇게 썰어 버터를 바른 빵을 먹겠다고 말했다. 크로닌은 댄커스 부부를 주의 깊게 지켜보았고 그들이 하는 말을 거의 다 기억해 두었다.

"정말로 저희 둘 다 컨디션이 안 좋네요. 아니면 댁의 너무나 멋진 과수원에 반했기 때문인지도 모르겠군요." 댄커스가 점심 식사를 하면서 말했다.

"마을에 다녀오지 않았다는 얘기인가요?" 자일스 경이 살짝 조바심을 내면서 물었다.

"도시에서 온 저희를 용서해 주십시오." 댄커스가 큰 소리로 대답했다. "솔직히 말씀드리자면 근처에도 못 갔습니다."

"그럼 어쩔 작정이죠? 오늘 오후에 다시 갈 계획인가요? 물론 가는 길에 집이 여러 채 있습니다. 아마 그중에는 전화기가 있는 집도 있을 겁니다."

"댁의 과수원을 보고 너무나 신이 났었죠. 그런 나무들은 본 적이 없거든요."

"영국에서 가장 좋은 과일나무들이죠."

"그렇게 관리가 안 돼 있다니 보는 것만으로도 안타깝더군요." 댄커스 부인이 포크로 찍어 든 생선을 야금야금 먹으면서 말했다.

댄커스는 아랫입술을 내밀어 콧수염 쪽으로 입김을 불더니 미소를 지었다. "돈이 좀 될 것 같던데요. 과수원 말입니다."

자일스 경은 댄커스를 차가운 시선으로 바라보았다. "네, 돈이 되는 과수원이죠. 자, 시간이 흐르고 있습니다. 이렇게 얘기를 나누면서 낭비할 시간이 없어요. 어서 차를 고치셔야죠."

폭풍우에 사과가 떨어졌다. 길게 자란 풀 위에 떨어진 수천 개의 사과는 촉촉하게 젖은 채 오후의 햇살 아래, 엄청나게 굵은 흔치 않은 보석처럼 반짝였다. 댄커스 부부는 과수원을 누비고 다니면서 사과를 자세히 들여다보았고, 나무들을 살피면서 수확량을 가늠했다. 두 사람은 아예 작정하고서 불투명한 비닐로 만들어진 비옷을 입고 왔고, 차에 있던 웰링턴 장화도 챙겨 왔다. 그들은 말을 하지 않았지만 이따금 마음에 드는 나무를 발견하고는 고개를 끄덕였다.

"할 수 있는 일이 많아요." 댄커스가 저녁 식탁에서 설명했다. "정말 훌륭한 과수원입니다. 몇 주만 공을 들이면 수익과 영광을 가져다줄 겁니다."

"영광을 가져다줬죠. 아마 수익도 가져다줬을 겁니다. 하지만 이제는 과수원도 운명을 받아들여야 합니다. 나는 과수원을 더 이상 관리할 수 없어요." 자일스 경이 대답했다.

"아, 정말 안타까운 일이로군요! 과수원을 저런 상태로 놔두다 니 너무나 안타까운 일이에요. 자일스 경, 원한다면 큰돈을 버실 수도 있습니다."

"마을에는 안 가셨나요?" 마스턴 부인이 물었다.

"과수원을 그냥 지나칠 수 없었습니다!"

"그럼 하룻밤을 더 여기서 지내겠다는 뜻인가요?" 자일스 경 이 물었다.

"참으실 수 있겠어요?" 댄커스 부인이 희미한 미소를 지었다. "저희가 여기에 또 있는 것을 참으실 수 있겠어요?"

"물론입니다, 물론이에요. 내일은 좀 더 힘이 나시겠죠. 기운이 없는 것을 이해합니다. 달갑지 않은 일을 당한 다음에는 그러는 것도 당연하죠." 마스턴 부인이 대답했다.

"어쩌면……" 댄커스가 조심스럽게 말을 시작했다. "내일 아침 에 우편배달부가 올지도……"

"친척 중에 살아 있는 사람이 없어요." 자일스 경이 댄커스의 말을 잘랐다. "친구들도 대부분 세상을 떠났죠. 광고지는 한 달에 한 번 정도밖에 안 온답니다."

"그럼 식료품은요?"

"식료품 주문이라면 벌써 크로닌한테 시켰죠. 어제 배달됐어요. 다음 주에나 다시 배달이 올 겁니다."

"날마다 배달되는 우유는 진입 도로 끝에 두고 가기로 돼 있어요. 크로닌이 걸어가서 가져오죠. 거기에 메시지를 남겨 둘 수 있어요." 마스턴 부인이 알려 주었다. "의사를 불러야 할 때처럼 급한 일이 생길 때를 대비해서 약속해 둔 방법이죠."

"의사요? 하지만 의사가 도착할 때쯤이면……"

"더 급한 일이 있을 때는 우리 셋 중 한 명이 가장 가까운 집으로 걸어갑니다. 우리는 다리를 번갈아 내딛는 것이 그렇게 힘든 일이라고 생각하지 않아요. 이렇게 나이는 들었지만 말입니다." 자일스 경이 덧붙였다.

"우유가 좋은 방법이 될 수 있겠네요." 마스턴 부인이 말했다.

"아, 아닙니다. 누가 되었든 그렇게 귀찮게 할 수는 없어요. 그건 말도 안 돼요. 내일은 저희가 두 발로 걸어갈 수 있을 겁니다."

그러나 이튿날은 여느 때와 전혀 다른 날로 다가왔다. 배 속에서 무언가가 문제를 일으키는 바람에 자일스 경이 밤새 유명을 달리하고 말았다. 자일스 경은 심장에 발작적인 날카로운 통증을 연거푸 느꼈고, 결국 그의 심장은 경련을 이기지 못했다.

"잠시 곁에서 살펴 드릴게요." 댄커스 부인이 장례식이 끝난 뒤 말했다. "부인의 방을 자주 들여다보겠습니다. 그리고 크로닌이 부족함이 없도록 시중을 들 거예요. 상을 당하셨는데 그 고통을 혼자 감당하도록 부인을 남겨 두고 떠날 수는 없죠. 저희한테 그렇게 잘해 주셨는데요."

마스턴 부인은 고개를 위아래로 움직였다. 장례식은 그녀가 감당하기 힘든 일이었다. 댄커스 부인은 그녀를 침실까지 팔을 잡아 부축해 주었다.

"흠, 결국 이런 일이 벌어졌군요." 크로닌과 단둘이 남은 댄커스가 말했다.

"저는 48년 동안 주인님을 모셨습니다."

"그랬군요, 그랬어요. 이제 마스턴 부인한테 온 정성을 기울이면 되겠네요. 침실로 식사를 가져다드려요, 크로닌. 그리고 가끔 침실에 머물면서 얘기 상대가 돼 드리고요. 외로우실 겁니다."

"저도 외로울 겁니다."

"그렇겠죠. 그럼 마스턴 부인과 더더욱 좋은 말동무가 돼야겠군요. 게다가 당신은 나이 든 사람의 심정을 나보다 더 잘 이해하겠죠. 그리고 무슨 말을 해야 할지, 어떻게 위로하는 마음을 전해야 할지 본능적으로 알겠죠."

"차는 고치셨나요? 오늘 보니까 어찌 됐든 움직이던데요. 이제 떠나실 건가요? 샌드위치를 좀 싸 드릴까요?"

"이런, 이런, 크로닌. 우리가 어떻게 외로운 두 사람을 저버리고 떠나겠어요? 행운의 여신이 우리를 도움이 필요한 이 시기에 당신들 곁으로 보낸 거예요. 우리는 여기에 남아서 우리가 할 수 있는 일을 할 겁니다. 게다가 자일스 경이 소망하시던 일도 있고요."

'무슨 소리지?' 크로닌은 밤에 불쑥 나타났다가 결국 이곳에 남아, 그가 섬기던 주인이 땅에 묻히는 모습을 지켜본 남자의 눈을 뜯어보면서 이렇게 생각했다. 그것은 그가 전혀 갖고 싶지 않은 눈이었다.

"주인님이 소망하시던 일이라니요?" 크로닌이 물었다.

"과수원을 다시 옛 모습으로 되돌리는 일 말입니다. 나무를 손보고 가지치기도 해야겠죠. 과일은 제값을 받고 팔아야 하고요. 나이 든 사람의 유언을 외면하면 안 돼요."

"하지만 그러려면 할 일이 너무 많습니다. 과수원이 보통 넓지가 않거든요."

"맞아요, 크로닌. 정확한 지적이에요. 정리할 건 정리하고 버릴 건 버리면서 예전의 과수원처럼 만들려면 일손이 많이 필요할 겁니다. 할 일이 많죠."

"자일스 경이 이 일을 바라셨다고요?" 크로닌은 자일스 경이 댄커스에게 유언을 남겼을 리 없다는 것을 알면서도 시치미를 떼면서 이렇게 물었다. "과수원에 대해서 생각하셨다니 주인님 답지 않군요. 주인님은 과수원이 망가져 가는 것을 그냥 지켜보셨거든요."

"자일스 경은 과수원을 되살리기를 원하셨어요, 크로닌. 정말 원하셨죠. 그리고 또 다른 많은 일들이 이뤄지기를 원하셨어요. 당신은 지금까지 살아오면서 여러 가지 변화를 목격했을 겁니다. 앞으로 한두 가지 변화를 더 보게 될 거예요. 자, 이제 그 맛 좋은 브랜디를 한잔 마시는 것도 나쁘지 않을 것 같군요. 지금 같은 때에는 기운을 차리려고 노력해야 하죠."

댄커스는 거실에서 난로 앞에 앉은 채 브랜디를 홀짝거리며 수첩에 무언가를 열심히 적었다. 잠시 후 그의 아내가 들어왔고, 댄커스는 자신의 계획을 설명하려고 이따금 수첩에서 종이를 뜯어내 그녀에게 보여 주었다. 두 사람은 자정이 지났을 때 자리에서 일어선 뒤 집 안을 구석구석 돌아다니면서 노련한 눈으로 방의 크기를 재서 수첩에 적었다. 그들은 부엌과 별채도 꼼꼼히 살펴보았고 달빛 아래에서 정원을 한쪽 끝에서 반대쪽 끝까지 걸었다. 크로닌은 그들의 행동을 숨어서 낱낱이 지켜보았다.

"크로닌의 방 옆에 작고 예쁜 방이 하나 있더군요. 햇빛이 훨씬 잘 들던데요." 댄커스 부인이 말했다. "더 아늑하고 따뜻하더군요. 부인의 물건들을 그 방으로 옮겨야겠어요. 이 방은 추억이 남아 있어서 을씨년스러워요. 방을 옮기면 크로닌과 가까이 있어서 더 의지가 될 거예요."

마스턴 부인은 고개를 끄덕였지만 금세 마음을 바꾸었다. "나는 이 방이 좋아요. 넓고 아름다워요. 전망도 좋고요. 나는 이 방에 정이 들었어요."

"자, 그러지 마세요. 음울하게 지내면 안 돼요. 우리는 무엇이 최선의 선택인지 모를 때가 있어요. 행복을 느끼면서 사는 건 좋은 일이에요. 방을 옮기면 더 행복해지실 거랍니다."

"더 행복할 거라고요, 댄커스 부인? 내 물건들을, 그리고 자일스의 물건들을 두고 다른 곳으로 가서 더 행복할 거라고요?"

"물건들도 옮겨 드릴 거예요. 자, 그러지 말고 좋은 쪽으로 생각하세요. 과거에 집착하지 말고 미래도 생각하셔야죠."

크로닌이 와서 짐을 옮겼다. 그러나 모든 것을 다 옮기지는 못했다. 침대와 옷장 그리고 묵직한 화장대는 마스턴 부인의 새로운 거처에 들어가지 않았다.

과수원에서는 여섯 명의 일꾼이 엉망이 된 밭을 정리하기 시작했다. 그들은 나무를 손질하고 치료했으며 다시 길을 냈고, 허물어진 담을 복구했다. 창고는 깨끗이 치운 뒤 이듬해 수확을 대비해 빈 과일 상자로 채워 두었다.

"사악한 일이 벌어지고 있습니다." 크로닌이 마스턴 부인에게 알렸다. "부엌에는 요리사가 있고, 댄커스 부부의 시중을 드는 사람도 있습니다. 저한테는 마님께 식사를 가져다드리고 마님의 방을 치우기만 하면 된다고 했습니다."

"그리고 자네 자신도 돌봐야겠지, 크로닌. 걱정을 떨쳐 버리고 자네의 류머티즘에도 신경을 쓰도록 해. 카드나 가져오게."

크로닌은 저택의 옛 모습을 떠올렸다. 마스턴 부부의 집은 주말이 되면 찾아온 손님들로 생기가 넘쳐흘렀으며 새 벽지로 자주 단장을 했다. 그러나 세월이 흘러 저택은 쇠퇴의 길로 접어들었고 서서히 그 빛을 잃었다. 그랬던 저택에 지금 전혀 다른 종류의 생기가 감돌고 있었다. 하루 이틀 시간이 흐르면서 저택은 완전히 생기를 되찾았다. 댄커스 부인은 달라진 세상과 조화를 이룬 채 이 방 저 방으로 바쁘게 돌아다녔다. "이렇게 활기 넘치는 당신 모습을 보니 좋군요, 크로닌. 날씨가 지내기에 좋죠? 게다가 우리가 별것 아니지만 몇 가지 변화를 주었으니 살기가 편해졌을 겁니다." 댄커스가 말했다. 크로닌은 할 일이 줄어든 것은 물론 사실이라고 대답했다. "당연히 일을 줄여야죠. 현실을 받아들여야 해요. 당신 나이에, 젊은이들이 해야 할 일을 하겠다고 덤비는 건 욕심이에요." 댄커스는 가시 돋친 말을 뱉어 내면서 미소를 지었다.

크로닌은 마스턴 부인의 소극적인 태도가 걱정스러웠다. 마스턴 부인은 거실 겸 침실로 쓰이는 작은 방에 틀어박힌 채 어린양처럼 가만히 있었다. 그녀는 방을 옮긴 뒤로 아래층에 내려가 본 적이 없었고, 집 안에서 벌어지고 있는 일에 대해서도 크로닌이 이야기해 주는 것을 제외하고는 전혀 알지 못했다.

"건축업자들이 왔습니다." 크로닌이 말했다. 그러나 마스턴 부인은 한창 카드놀이를 하다 말고 이따금 고개를 갸우뚱하고는 희미한 망치 소리에 귀를 기울였다. "건축 인부들이 내는 소리입니다." 크로닌은 마스턴 부인에게 다시 한번 말해 주었다. 그러면 그녀는 카드를 탁자에 내려놓고는 이렇게 이야기했다. "자일스 경이 인부들을 불렀는지 몰랐어." 마스턴 부인은 아침에는 정신이 맑았지만 시간이 흐를수록 자일스 경에 대해서, 자일스 경이 과수원과 저택을 위해 계획한 일에 대해서 점점 더 말을 많이 했다. 크로닌은 마스턴 부인이 노망들고 있는 것 같아서 두려웠다. 심지어 그가 걱정하고 있는 동안에도 그녀가 맑은 정신을 보이는 아침 시간은 끊임없이 짧아지고 있었다.

어느 날 오후, 다리를 펴기 위해서 진입 도로 끝까지 걸어 나간 크로닌은 기둥에 단단히 고정된 작은 푯말 하나를 발견했다. 고상하게 페인트칠된 푯말은 지나가는 사람들이 읽을 수 있도록 길 쪽을 향하고 있었다. 푯말에 적힌 내용을 읽은 크로닌은 분을 참지 못한 채 말도 안 된다고 소리쳤고, 방금 읽은 글자들을 투덜대며 되뇌면서 집으로 돌아왔다.

"마님, 이건 말도 안 됩니다. 그 사람들이 마님의 저택을 호텔로 만들었습니다."

마스턴 부인은 크로닌을 바라보았다. 크로닌은 오랜 세월 동안 그녀를 알아 왔고, 저택에 변화를 주거나 보수공사가 진행될 때면 그녀를 비롯해 그녀의 남편과 함께 세세한 과정을 지켜보았다. 마스턴 부인은 그런 그가 지금 흥분해 있음을 알 수 있었다. 그의 숱 없는 흰머리는 빗질이 안 된 듯 보였다. 크로닌답지 않은 일이었다. 그의 볼은 화를 이기지 못해 빨갛게 달아 있었고, 그의 눈에는 잘 훈련된 하인에게 어울리지 않는 난폭함이 어려 있었다.

"무슨 소리지, 크로닌?"

"대문에 '호텔 게으른 달'이라고 적힌 푯말이 붙어 있습니다."

"그래?"

"댄커스 부부가……"

"아, 댄커스 부부. 자네는 댄커스 부부에 대해서 너무 말을 많이 해, 크로닌. 하지만 내가 기억하기로는 그 사람들은 이야깃거리가 될 가치도 없어. 자일스 경이 그러시더군. 그 남자가 아침식사로 뭘 먹었는지 시시콜콜 다 얘기했다고 말이야. 결국 자일스 경은 그 부부를 매몰차게 대하셔야 했지."

"아뇨, 아닙니다……"

"맞아, 크로닌. 그 부부는 자일스 경의 인내심을 바닥나게 했어. 자일스 경은 그 사람들한테 밤이지만 날씨도 좋고 달도 환하니 떠나라고 말씀하셨지. 우리 사이에는 냉기가 돌았어. 나는 자일스 경이 너무 심했다고 생각했거든."

"아뇨, 아닙니다. 잘 기억해 보세요. 댄커스 부부는 아직 여기에 있습니다. 과수원을 깔끔하게 정돈했고 이제는 마님의 저택을 호텔로 만들었어요."

마스턴 부인은 짜증스럽다는 듯 머리를 살짝 흔들었다. "물론이지, 물론이야. 크로닌, 내가 사과하지. 자네한테도 내가 짜증스러울 거야."

"호텔 게으른 달이라니요, 말도 안 됩니다. 마님, 이 이름이 언젠가는 우리한테 의미심장한 말이 될 수도 있어요."

마스턴 부인은 쾌활하게 웃었다. "이 세상에 의미 있는 것은 별로 없어, 크로닌. 모든 것에 의미를 두려는 건 너무 큰 욕심이야."

두 사람은 카드놀이를 세 판 하면서 댄커스 부부에 대해서는 더 이상 말하지 않았다. 그러나 그날 밤 마스턴 부인이 크로닌의 침대 옆으로 와서 그의 어깨를 흔들었다. "자네한테 들은 얘기 때문에 화가 나. 이건 옳지 않아. 잘 듣게, 크로닌. 내일 자일스 경한테 반드시 사실을 알려야 해. 우리가 무엇을 걱정하는지 말씀드려. 그리고 다시 한번 고려해 달라고 간청하게. 나는 나서서 무언가를 하기에는 너무 늙었어. 자네한테 다 맡기는 수밖에 없지."

저택은 손님들로 붐볐고, 진입 도로 위로는 쉴 새 없이 차가 오갔다. 저택은 과수원과 더불어 번창했다. 크로닌은 다시 한번 지난날을 떠올렸다.

"아, 크로닌." 댄커스 부인이 어느 날 저택의 뒤쪽 계단에서 걸음을 멈추며 말했다. "가엾은 마스턴 부인은 좀 어떠세요? 아래층에 전혀 내려오시지를 않네요. 우리는 일이 너무 많아서 위층에 올라갈 틈이 없답니다."

"마스턴 부인은 잘 지내고 계십니다."

"언제든지 휴게실에 내려오시라고 해요. 언제든 환영이니까요. 내 말 전해 줄 거죠, 크로닌?"

"그렇게 하겠습니다."

"그리고 부탁인데 마스턴 부인한테서 눈을 떼지 마세요. 손님들을 당황하게 하는 건 싫거든요. 무슨 말인지 알겠죠?"

"네, 압니다. 제 생각에 마스턴 부인은 휴게실을 사용하실 것 같지 않군요."

"하긴 계단을 오르내리는 게 힘드시겠네요."

"네. 힘들어하실 겁니다."

크로닌은 많은 계획을 세웠다. 그는 댄커스가 없는 날, 자일스 경의 소총을 들고 과수원에 가서 일꾼들에게 나무를 모조리 베라고 명령할까도 생각했다. 그렇게 하면 적어도 슬픔의 한 조각을 떼어 버릴 수 있을지 몰랐다. 크로닌은 눈앞에서 펼쳐질 광경을 생생히 그려 볼 수 있었다. 그는 나무들이 연달아 쓰러지는 모습을 보았다. 나무가 넘어가면서 이제 막 생겨난 그루터기 위로 가지들이 허공에서 뒤엉켰다. 그러나 크로닌은 아무리 뒤져도 총을 찾지 못했다. 그는 카펫을 태우고 소파의 천을 벗겨 버리면서 저택에 막대한 손상을 입힐까도 생각했다. 그러나 그는 계획을 실행에 옮길 만한 기회를 얻지 못했고 그럴 힘도 없었다. 어느 날 아침 그는 면도날을 갈다가 더할 수 없이 좋은 방법을 생각해 냈다. 댄커스 부부의 침실에 몰래 들어가서 두 사람의 목을 따는 거였다. 한때 그가 섬긴 주인이 쓰던 침실은 댄커스 부부의 차지가 되었다. 이것은 복수를 더 달콤하게 만들 것이 분명했다. 크로닌은 48년 동안 하루도 빠짐없이 찻잔과 얼그레이가 담긴 찻주전자를 쟁반에 받쳐서 주인의 침실로 가져갔다. 그는 이제 날이 선 면도칼을 그 방으로 가져갈 작정이었다. 그리고 죽는 날까지 이 칼로 수염을 깎으면서 면도날이 피부 위를 미끄러져 가는 매 순간을 즐기리라 결심했다. 크로닌은 생각만으로도 즐거웠다. 자일스 경은 댄커스 부부의 마지막 순간을, 자신의 집과 땅 위를 헤매고 다니는 사람들 모두의 마지막 순간을 보고 싶어 할 것이 분명했다. 자일스 경은 또한 과수원이 그가 세상을 떠나던 순간의 모습으로 되돌아가는 것을 보고 싶어 할 것이 분명했다. 크로닌은 고인이 된 자일스 경의 살아 있는 대리인이 아니던가. 그리고 지금은 자일스 경의 아내에게 벗이 되어 주고 있지 않던가. 그녀는 이따금 정신이 흐려질 때면 자신의 남편이 살아 있는 것처럼 그에게 말했다. 그러나 그녀는 크로닌이 계획을 털어놓았을 때 찬성하지 않았다.

"복수를 했다고 치게. 그냥 내버려 둬."

"하지만 그 사람들은 죗값을 치러야 합니다. 자일스 경을 죽였을 수도 있어요."

"그랬을 수도 있지. 하지만 이러나저러나 마찬가지야. 어차피 살날이 얼마 안 남았었는데 뭐가 달라졌겠어?"

크로닌은 그녀의 말이 사리에 맞지 않는다고 생각했다. 그는 그녀에게 연민을 느끼고는 결심을 더욱 굳혔다.

"이런 말을 해서 미안합니다, 크로닌. 하지만 이런 식으로 집안을 마음대로 돌아다니는 건 용납할 수 없어요. 손님들의 항의가 있었습니다. 당신한테는 당신 방이 있어요. 말동무로 삼을 마스턴 부인도 있고요. 우리가 당신을 위해서 따로 마련한 공간 안에서 지낼 수는 없나요?"

"알겠습니다."

"크로닌, 요즘 들어 하고 다니는 모습이 단정치 못해요. 부스스하고 가끔은…… 좋아요, 솔직히 말하죠, 크로닌. 더러워요. 그건 영업에도 방해가 돼요. 전혀 도움이 안 되죠."

'달은 게으르지 않아.' 크로닌은 생각했다. '달은 보고 싶어서 조바심을 낼 거야. 달은 하늘에서 구름을 걷어 낼 거고, 별들은 피범벅이 된 베개를 보면서 생각에 잠길 거야.'

"댄커스 씨, 이곳을 게으른 달이라고 부르는 이유가 뭐죠?"

댄커스가 소리 내어 웃었다. "아내의 묘한 취향 때문이죠. 그 어감이 좋다는군요. 제법 인상적인 이름 아닌가요?"

"맞습니다." 달은 그녀의 소리를 좋아할 것이 분명했다. 잘린 목에서 나오는 날카로운 소리를, 고통에 겨운 울부짖음을.

"내가 당부한 말 잊지 말아요, 알겠죠?"

"네, 알겠습니다."

크로닌은 그의 방에 틀어박혀 지냈고, 자신과 마스턴 부인의 식사를 가지러 갈 때만 밖으로 나와서 뒤쪽 계단으로 내려갔다. 이렇게 여러 주가 흘러가는 동안 그는 스스로에게 부여한 임무에 점점 더 도취되었다. 그러나 이따금 술에 취하기라도 한 것처럼 그 임무의 정확성을 의심하기도 했다. 그런 순간은 그가 피로를 느낄 때, 작은 창 앞에 앉아서 하늘을 바라보며 아래층에서 희미하게 들려오는 콧노래를 듣다가 깜빡 잠이 들었을 때 찾아왔다.

그러던 어느 날 아침, 크로닌은 자다가 숨을 거둔 마스턴 부인을 발견했다. 그들은 시신을 아래로 옮겼고, 크로닌은 카드를 치웠다.

"우리 모두한테 슬픈 날이네요." 댄커스가 이렇게 말하는 순간 크로닌의 귀에, 멀리서 하인에게 지시를 내리는 댄커스 부인의 딱딱한 목소리가 들려왔다. 크로닌은 자신의 방으로 돌아갔다. 그는 한 순간 머릿속이 이상해지는 기분을 느꼈고, 슬픈 날이라고 말한 사람은 자일스 경이었다고 생각했다. 그러나 이내 그는 자일스 경 역시 저세상 사람이 되었으며 남은 것은 자기뿐임을 기억했다.

그날 이후로 여러 달 동안 크로닌은 계획을 실천에 옮길 자세한 방법과 절차에 온 신경을 모으느라 자신을 제외하고는 아무와도 대화를 나누지 않았다. 계획과 관련된 세부 사항은 끊임없이 흐트러졌고, 그는 이를 바로잡느라 점점 더 애를 먹었다.

크로닌이 면도칼을 눈앞에 두고 있는 순간에도 베개에 누운 얼굴은 흐릿했고 텅 비어 있었다. 그는 계획 속의 인물이 누구여야 하는지 기억할 수 없었다. 달빛 무늬와 이부자리를 적신 붉은 얼룩이 떠올랐지만 이제 크로닌은 이 모든 것이 무엇을 의미하는지 알 수 없을 때가 많았다. 번거로운 이 일에 대해서 생각하는 것은 크로닌을 피곤하게 했다. 결국 계획의 단편이 다시 그에게로 흘러올 때면 크로닌은 깜짝 놀라면서 미소를 짓게 되었고, 삶을 정리해야 할 나이에 자신이 세상과 맞서 싸울 수 있다고, 세상을 정복한 자와 맞서 싸울 수 있다고 생각했다니 얼마나 터무니없는 상상이었는가를 뼈저리게 느끼게 되었다.

늙은이

Le Vieux

기 드 모파상

최정수 옮김

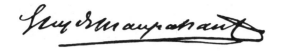

포근한 가을 햇볕이 도랑의 키 큰 너도밤나무 너머로 농장 뜰에 내리쬐었다. 암소들이 뜯어 먹은 풀밭 아래의 흙은 최근에 내린 빗물에 젖어 있어서 발로 밟으면 푹푹 빠지며 절벅거리는 소리를 냈다. 사과나무들은 흐릿한 초록색의 열매들을 짙은 초록색의 풀밭 위에 뿌려 놓았다.

암송아지 네 마리가 줄에 묶여 지나가며 이따금씩 집 쪽을 향해 음매 하고 울었다. 가금류들은 축사 앞 퇴비 위에서 활기 넘치는 몸짓을 했다. 몸을 문지르고, 움직이고, 꼬꼬댁거렸다. 수탉 두 마리는 쉬지 않고 울어 대며 지렁이를 찾고는, 힘차게 꽥꽥거리면서 암탉들을 불렀다.

나무 울타리는 열려 있었다. 남자 하나가 들어왔다. 마흔 살쯤이었지만 겉모습은 예순 살쯤으로 보였다. 주름이 많고 몸이 굽었으며, 밀짚이 가득 든 무거운 나막신의 무게 때문에 둔하고 느린 걸음으로 걸었다. 몸 양쪽에는 지나치게 긴 팔이 달려 있었다. 그가 농장으로 다가가자, 개집으로 사용되는 작은 통 옆 커다란 배나무에 묶여 있는 노란 발바리가 반갑게 꼬리를 흔들며 낑낑 대기 시작했다. 남자가 외쳤다.

"앉아, 피노!"

개가 잠잠해졌다.

농부 아낙네 한 명이 집에서 나왔다. 널찍하고 평평한 골격이 허리를 죄는 모직 윗도리에 감추어져 있었다. 회색 치마는 파란 스타킹에 감싸인 정강이 절반까지 내려왔다. 그녀 역시 밀짚이 가득 든 나막신을 신고 있었다. 누렇게 되어 버린 하얀 두건이 정수리에 달라붙은 머리카락을 덮고 있었고, 야위고 못생기고 이가 빠진 갈색 얼굴은 농부들에게서 많이 볼 수 있는 야만적이고 교양 없는 생김새를 보여 주었다.

남자가 물었다.

"그래, 어쩌고 계셔?"

여자가 대답했다.

"신부님이 그러시는데 이제 끝일 거래요. 오늘 밤을 넘기지 못할 거라네요."

부부는 집 안으로 들어갔다.

그들은 부엌을 통과한 뒤, 나지막하고 컴컴하며 유리창 하나를 통해 겨우 빛이 들어오는 방 안으로 들어갔다. 방 앞에는 노르망디 옥양목 천 한 장이 떨어져 있었다. 세월의 흐름과 연기로 거무스름해진 천장의 커다란 들보가 다락의 얇은 바닥을 지탱해 주고 있었다. 다락에는 밤낮으로 쥐들이 돌아다녔다.

흙바닥은 울퉁불퉁하고 축축하고 끈적끈적해 보였다. 방에는 희미한 하얀 얼룩처럼 보이는 침대가 놓여 있었다. 침대에는 농부 아낙네의 아버지인 늙은이가 누워 있었다. 규칙적이고 거친 소음, 힘겹게 몰아쉬는 헐떡임이 망가진 펌프에서 나는 듯한 꾸르륵거리는 소리와 함께 암흑에 감싸인 침대에서 흘러나오고 있었다.

부부는 침대로 다가가 온화하고 체념한 눈으로 빈사 상태의 병자를 바라보았다.

남편이 말했다.

"이번엔 정말 끝일 거야. 밤까지 가지도 않을 거야."

아내가 말했다.

"점심때부터 저렇게 숨을 몰아쉬시네요."

그리고 그들은 입을 다물었다. 눈을 감고 있는 늙은이는 얼굴이 흙빛이었다. 너무나 메말라서 마치 나무로 된 것처럼 보였다. 반쯤 열린 입으로 그의 힘겨운 숨결이 찰랑거리며 드나들었다. 회색 이불은 병자가 호흡할 때마다 가슴 위에서 오르락내리락했다.

긴 침묵 뒤에 남편이 말했다.

"이제 장인어른과 헤어져야 해. 우리는 아무것도 할 수 없어. 게으른 사람들에겐 성가신 일이지만, 날씨가 좋으니 오늘부터 슬슬 시작해야 할 거야."

그의 아내는 그 생각에 염려하는 듯했다. 그녀는 잠시 곰곰이 생각하다가 말했다.

"돌아가신다 해도 토요일 전에는 아버지를 매장하지 않을래요. 그리고 게으른 사람들에게는 내일이 있잖아요."

농부는 심사숙고한 뒤 대답했다.

"그래, 하지만 장례 전 모임은 내일 해야 할 거야. 그러니 나는 대여섯 시간 동안 투르빌에서 만토까지 사람들 집을 돌아다니며 알려야 해."

여자가 2~3분 동안 깊이 생각한 뒤 말했다.

"세 시간도 걸리지 않을 거예요. 그 시간 동안 아버지가 돌아가실 거라는 소식을 충분히 알릴 수 있어요."

남자는 당황해서 잠시 가만히 서서, 그 생각의 논리적 귀결과 이점들을 헤아려 보았다. 마침내 그가 말했다.

"그래도 지금 가 봐야 해."

그는 밖으로 나갔다. 그리고 잠시 망설인 뒤 다시 돌아와서 말했다.

"당신은 할 일이 없을 테니 사과를 따. 그리고 그 사과로 두용• 네 다스를 만들어 장례 전에 오는 사람들에게 대접하도록 해. 압착기 창고 아래에 있는 나뭇단으로 화덕에 불도 피우고. 나뭇단이 잘 말랐을 거야."

그는 방에서 나가 부엌으로 가서 찬장을 열어 6파운드짜리 빵을 꺼내 조심스럽게 자르고, 선반에서 떨어진 빵 부스러기들을 손에 담아 입안에 털어 넣었다. 그러고는 갈색 사기 단지에서 가염 버터를 조금 떼어 내 빵에 펴 바른 뒤 매사에 그러듯 천천히 빵을 먹었다.

그런 후 뜰로 나갔다. 개가 낑낑댔지만, 그는 개를 진정시킨 후 도랑을 따라 길게 이어진 길을 나섰다. 그는 투르빌 방향으로 멀어져 갔다.

혼자 남은 여자는 일을 시작했다. 밀가루 상자를 찾아내 두용 반죽을 준비했다. 뒤집고 다시 뒤집으며 짓누르고 으깨면서 오랫동안 반죽을 했다. 그 노르스름한 기가 감도는 하얗고 커다란 공 모양의 반죽 여러 개를 탁자 한구석에 놓아두었다.

그런 다음 사과를 따러 갔다. 나무에 상처를 내지 않기 위해 발판을 이용해 올라갔다. 그리고 잘 익은 사과만 골라 앞치마에 담았다.

길에서 누가 그녀를 불렀다.

●　밀가루 반죽에 사과나 배를 넣어 익힌 노르망디 지방의 과자.

"여어, 시코 부인!"

그녀는 뒤를 돌아보았다. 이웃에 사는 이장 오심 파베 영감이었다. 그는 자기 땅에 비료를 주러 가는 길이었다. 비료 화차 위에 다리를 늘어뜨리고 앉아 있었다. 그녀는 그에게 말했다.

"일은 잘되어 가나요, 오심 영감님?"

"아버님은 상태가 어떠세요?"

"거의 가시려고 해요. 토요일 7시에 장례 전 절차를 치르려고요. 게으른 사람들은 그 시간에 맞춰 우리 집에 오려면 분주하겠지만요."

오심 영감이 대꾸했다.

"알았소. 행운을 빌어요! 잘 지내고요."

그녀는 공손하게 대답했다.

"고마워요. 영감님도요."

그런 다음 다시 사과를 따기 시작했다.

집에 돌아오자마자 그녀는 돌아가셨기를 기대하며 아버지를 보러 갔다. 하지만 문가에서 시끄럽고 단조로운 숨소리를 듣자마자 아버지의 침대로 갈 필요가 없겠다고 판단하고 두용을 준비하기 시작했다. 시간을 낭비하기 싫었다.

얇은 밀가루 반죽으로 과일을 하나하나 감싼 뒤 탁자 가장자리에 줄지어 얹어 놓았다. 그렇게 마흔여덟 개의 반죽을 만들어 열두 개씩 나란히 놓은 뒤, 저녁 식사를 준비했다. 냄비에 감자를 삶았다. 오늘 화덕에 불을 피우는 것은 쓸데없는 일이라고 생각하면서.

5시경에 그녀의 남편이 돌아왔다. 그는 문지방을 넘자마자 물었다.

"돌아가셨어?"

그녀가 대답했다.

"아직 아니에요. 계속 꾸르륵거리는 소리만 나요."

그들은 노인을 보러 갔다. 노인은 확실히 똑같은 상태였다. 시계처럼 규칙적인 거친 숨소리가 더 빨라지지도, 더 느려지지도 않았다. 숨소리는 톤만 조금 달리하면서 시시각각 계속되었고, 노인의 가슴 속으로 공기가 들어갔다 나왔다 했다.

남편이 장인을 바라보다가 말했다.

"우리가 눈치채지 못하는 사이에 돌아가실 거야. 마치 촛불처럼 말이야."

그들은 부엌으로 돌아갔고, 말없이 저녁을 먹기 시작했다. 수프를 마신 다음 버터 바른 빵을 먹었고, 즉시 설거지를 한 뒤 다시 병자의 방으로 갔다.

여자는 심지에서 연기가 나는 작은 램프를 손에 들고 가서 아버지의 얼굴 앞에 비추어 보았다. 병자가 숨을 쉬지 않는다면 그것으로 병자의 숨이 완전히 끊어진 것을 확인할 수 있을 터였다.

부부의 침대는 방 다른 쪽 끝에, 움푹 들어간 공간에 숨겨져 있었다. 그들은 한 마디도 하지 않고 침대에 누워 불을 끄고 눈을 감았다. 얼마 지나지 않아 두 사람의 코 고는 소리가 들려왔다. 한 사람의 소리는 더 깊숙하고, 다른 사람의 소리는 더 날카로웠다. 그 소리들이 죽어 가는 병자의 끊임없는 헐떡임 소리와 어우러졌다.

다락에서는 쥐들이 뛰어다녔다.

아침이 밝자마자 남편이 깨어났다. 장인은 아직 살아 있었다. 그는 노인의 저항에 걱정이 되어 아내를 흔들어 깨웠다.

"맙소사, 페미. 장인어른이 도무지 가질 않으시네. 어떻게 하지?"

그는 그녀에게서 훌륭한 조언을 기대했다.

그녀가 대답했다.

"오늘 낮에는 가지 않으실 것 같아요. 하지만 걱정할 건 전혀 없어요. 내일 시신을 매장하는 것을 이장님이 반대하지만 않는다면 레나르 영감님에게 매장을 부탁할 수 있을 거예요."

그는 그 추론의 명확함에 설득되었고, 이내 밭으로 나갔다.

그의 아내는 두용을 굽고 농장의 온갖 일거리를 해치웠다.

정오에도 노인은 죽지 않았다. 매장을 돕기로 한 일꾼들이 무리 지어 와서, 시간을 끌면서 아직 세상을 뜨지 않고 있는 병자를 살펴보았다. 그들은 각자 하고 싶은 말을 하고는 다시 밭으로 떠났다.

6시에 일꾼들이 다시 왔을 때도 노인은 아직 숨을 쉬고 있었다. 남편이 마침내 두려워하며 말했다.

"이 시간까지 그대로 계셔. 어떻게 하면 좋지, 페미?"

아내도 해결책을 알지 못했다. 그들은 이장을 만나러 갔다. 이장은 노인이 오늘 안에 눈을 감기만 하면 내일 매장하는 것을 허락해 주겠다고 약속했다. 그들은 보건소 소장도 만나러 갔다. 그역시 망자의 사망 증명서를 실제 날짜보다 앞당겨 쓰도록 조치해 주겠다고 약속했다. 부부는 조용히 집으로 돌아왔다.

그들은 잠자리에 들었고, 전날처럼 노인의 약해진 숨소리와 그들의 잘 울려 퍼지는 숨소리가 섞였다.

다음 날 그들이 잠에서 깨어났을 때도, 노인은 여전히 죽지 않고 있었다.

그들은 당황하여 노인의 침대 머리맡에 우두커니 서서 마치 그가 그들에게 몹쓸 장난이라도 친 것처럼, 그들을 속이기라도 한 것처럼, 재미로 그들을 언짢게 하기라도 한 것처럼 경계하는 눈초리로 살펴보았다. 특히 그들의 시간을 허비하게 한 것 때문에 그를 원망했다.

남편이 물었다.

"이제 어떻게 해야 하지?"

아내도 알 수가 없었다.

"이것 참 난처하네요!"

지금 손님들에게 사실을 알릴 수는 없었다. 손님들은 정시에 도착할 것이다. 두 사람은 그들을 기다리고 있다가 그들이 오면 상황을 설명하기로 했다.

7시 10분 전쯤 손님 몇 명이 처음 모습을 드러냈다. 여자들은 검은 옷을 입고 머리에 커다란 베일을 드리운 채 슬픈 표정으로 왔다. 남자들은 나사羅絲 재킷을 입고 난처한 표정으로 두 명씩 짝을 지어 상황에 대해 이야기를 나누며 결연한 몸짓으로 다가왔다.

시코 씨와 그의 아내는 겁에 질려 가슴 아파 하면서 그들을 맞이했다. 두 사람은 맨 처음에 들어온 무리에게 동시에 다가가 울기 시작했다. 상황을 설명하면서 자기들이 느끼는 당황스러움을 이야기했다. 의자를 권하고, 몸을 움직이고, 변명했다. 누구라도 그들처럼 했으리라는 걸 증명하고 싶어서 갑자기 수다스러워져 끊임없이 말을 했지만 아무도 그들에게 대꾸하지 않았다.

손님들은 서로에게 다가가 수군거렸다.

"난 저 말을 믿지 않아요. 저 늙은이가 그렇게 시간을 끌었다는 건 믿어지지 않아요!"

손님들은 기다렸던 절차가 진행되지 않는다는 것을 알고는 당황하거나 실망한 채 어찌해야 할지를 몰라서, 가만 앉아 있거나

서 있었다. 몇몇 사람들은 자리를 뜨고 싶어 했다. 시코 씨가 그들을 만류했다.

"그래도 식사 대접을 할게요. 두용을 좀 만들어 놓았어요. 꼭 먹고 가세요."

그러자 사람들의 얼굴이 환해졌다. 사람들은 낮은 목소리로 이야기를 나누기 시작했다. 뜰이 차츰 가득 찼다. 먼저 온 사람들이 새로 도착한 사람들에게 소식을 말해 주었다. 모든 사람들이 두용 생각에 흥겨워져서 쑥덕거리며 이야기를 나누었다.

여자들이 병자를 보려고 방으로 들어갔다. 그녀들은 침대 옆에서 성호를 긋고 기도문을 읊조린 뒤 다시 나왔다. 남자들은 그 장면을 보는 것이 꺼려져서 열린 창문 쪽으로 눈길을 돌렸다.

시코 부인이 설명했다.

"이 상태가 되신 지 더도 덜도 아니고, 더하지도 빼지도 않고 이틀이 되었어요. 더 이상 물을 퍼낼 수 없는 펌프 같지 않아요?"

죽어 가는 병자를 보고 나오자 사람들은 간식 생각이 났다. 하지만 부엌에서 간식을 먹기에는 사람 수가 너무 많아서 문 앞으로 탁자를 내왔다. 커다란 접시 두 개에 놓인 금빛이 도는 먹음직한 두용 네 다스가 눈길을 끌었다. 두용의 양이 충분하지 못할까 봐 모두가 팔을 뻗어 두용을 집어 들었다. 하지만 네 개가 남았다.

시코 씨가 두용이 가득 찬 입으로 말했다.

"장인어른이 우리 모습을 보면 안타까워하실 거예요. 두용을 좋아하시거든요."

몸집이 뚱뚱하고 유쾌한 농부 한 명이 선언했다.

"어차피 지금 그분은 드시지 못해요. 각자 자기 차례가 있는 거죠."

그 생각은 손님들을 슬프게 하기는커녕 즐겁게 만드는 것 같았다. 지금은 그들 차례, 그들이 두용을 먹을 차례였다.

시코 부인이 비용 지출을 안타까워하며 지하 저장고에 가서 연거푸 사과술을 가져왔다. 잔들이 차례로 비워졌다. 이제 사람들은 웃고, 큰 소리로 이야기하고, 평소 식사 때 하는 것처럼 큰 소리로 외치기 시작했다.

병자 옆에 머물러 있던 늙은 농부 아낙네가 자기에게도 곧 닥쳐올 그 상황에 대한 탐욕스러운 두려움에 사로잡혀 창가에 나타나 날카로운 목소리로 외쳤다.

"이분이 돌아가셨어요! 돌아가셨다고요!"

모두들 입을 다물었다. 여자들이 벌떡 일어나 병자를 보러 갔다.

노인은 정말로 죽어 있었다. 거칠었던 숨결이 멎어 있었다. 남자들은 마음이 불편해져서 서로를 바라보고 눈을 내리깔았다. 그들은 두용을 계속 씹어 먹던 참이었다. 불한당 같은 망자가 시간을 잘못 고른 것이다.

시코 부부는 울지도 않았다. 이제야 다 끝난 것이다. 그들은 고요했다. 오늘 밤 안으로 돌아가실 것을 알았다면 이 모든 성가신 일이 일어나지 않았을 것을.

그러나 어쨌든 다 끝났다. 망자는 월요일에 매장될 것이다. 더 이상의 말은 필요 없었다. 그리고 사람들은 다시 두용을 먹을 것이다.

손님들은 어쨌거나 망자를 본 것에 대해, 그리고 간단한 식사를 한 것에 대해 만족해하며 자리를 떴다.

부부 두 사람만 남게 되자, 시코 부인이 불안한 얼굴로 말했다.

"그래도 두용 네 다스를 다시 구워야 하지 않을까요? 아버지가 오늘 밤에 돌아가실 것을 알았다면 좋았을 텐데!"

그러자 남편이 체념한 얼굴로 대꾸했다.

"꼭 그래야 하는 건 아니야."

교회의 승인 없이
Without Benefit of Clergy

조지프 러디어드 키플링

이종인 옮김

나의 봄이 오기도 전에 나는 가을의 수확을 거두어들였네.
내 들판은 때에 어울리지 않게 곡식으로 하얗게 되었네.
그 한 해는 나의 슬픔에 세월의 비밀을 알려 주었네.
각각의 병든 계절은 강요당하고 능욕당한 채로 누웠어라.
증감과 쇠퇴의 신비 속에.
나는 사람들이 새벽을 보기 전에 석양을 보았네.
나는 알지 말았어야 할 것을 너무 잘 아네.

「위험한 강물」

1

"만약 아이가 여자애라면?"

"내 생명의 주인님, 그럴 리가 없어요. 나는 무수히 많은 밤에 기도를 올렸고 또 셰이크 바들의 사원에 자주 선물을 보냈기 때문에 하느님이 우리에게 아들을 내려 주시리라는 것을 알아요. 사나이로 자라날 남자아이를. 그리 생각하고 기쁜 마음을 가지세요. 내가 그 아이를 다시 데려올 때까지 우리 어머니가 그 애의 임시 엄마가 될 거예요. 파탄 모스크의 물라*는 그 아이의 탄생 천궁도天宮圖를 점쳐 줄 거고요. 하느님이 그 아이가 상서로운

● 이슬람교국의 율법학자.

시간에 태어나도록 축복을 주실 거예요! 그러면 당신은 나를 절대로 지겨워하지 않을 거예요. 이 당신의 노예를."

"언제부터 노예였나요, 나의 여왕이여?"

"처음부터. 이 자비가 나에게 오기까지. 내가 은을 주고 사들인 노예라는 걸 아는데 어떻게 내가 당신의 사랑을 확신할 수 있나요?"

"아니, 그건 지참금이었어. 내가 당신 어머니에게 지불했지."

"어머니는 그 돈을 묻어 두고 그 위에 하루 종일 암탉처럼 앉아 있지요. 아, 당신의 지참금 얘기라니! 나는 어린아이가 아니라 러크나우의 무희인 양 돈을 주고 거래가 되었지요."

"당신은 그 거래를 슬퍼하나?"

"슬퍼했지요. 하지만 오늘은 기뻐요. 이제 당신은 나를 사랑해 주는 것이 지겹지 않겠지요? 대답해요. 나의 왕이여."

"절대로, 절대로 지겹지 않을 거야."

"**멤로그**─당신과 같은 피인 백인 여자들─가 당신을 사랑할 때에도 그리하겠지요? 나는 그들이 저녁에 마차를 타고 나서는 걸 보았어요. 그들은 아주 아름다워요."

"나는 열기구를 수백 개는 보았지. 그러다가 진짜 달을 보았어. 그때부터는 더 이상 열기구를 보지 않아."

아미라는 손뼉을 치며 웃음을 터트렸다. "아주 멋진 말이에요." 그녀는 아주 근엄한 표정을 지으며 계속 말했다. "그거면 충분해요. 당신은 이제 가도 좋아요. 당신이 원한다면."

남자는 움직이지 않았다. 그는 방 안의 붉은 옻칠을 한 장의자에 앉아 있었다. 방에는 푸른색과 흰색의 바닥 천, 몇 장의 양탄자 그리고 완벽한 전통 방석 한 쌍이 놓여 있었다. 그의 발치에는 열여섯 살의 여자가 앉아 있었는데 그의 눈에는 온 세상이나 다를 바 없었다. 모든 규칙과 법률로 따져 볼 때 그녀는 그처럼 소중한 존재가 될 수 없는 여자였다. 그는 영국인이었고 그녀는 2년 전에 그가 그녀의 어머니에게 돈을 주고 사들인 무슬림의 딸이었기 때문이다. 돈이 한 푼도 없던 그 어머니는 가격만 적당하다면 안 가겠다고 울부짖는 아미라를 어둠의 왕자에게도 팔아넘겼을 것이다.

그것은 가벼운 마음으로 체결한 계약이었다. 그 소녀가 완숙한 여성이 되기 전에도 그녀는 존 홀든의 생활에서 상당히 큰 부분을 차지했다. 그녀와 쭈글 할멈인 그 어머니를 위하여 그는 붉은 벽 대도시가 내려다보이는 곳에 자그마한 집을 지었다. 금송화가 안뜰의 우물 옆에서 피어나고, 아미라가 자신이 생각하는 안락함의 기준에 맞추어 자리를 잡고, 그 어머니가 불편한 주방, 멀리 떨어진 시장, 집 안의 전반적인 운영에 대하여 더 이상 불평하지 않게 되자 그 집은 그에게 가정이나 다름없게 되었다. 그의 독신자 숙소는 아무나 밤낮없이 드나들었고 그리하여 별로 사랑스러울 것도 없었다. 시내에 있는 그의 집은 달랐다. 바깥마당에서 여인들의 방으로 건너가기만 하면 되었다. 거대한 목제 대문이 그의 등 뒤에서 닫히면 그는 자신의 영토에 들어선 왕이었고 아미라는 왕비였다. 그리고 이 왕국에 세 번째 인물이 등장할 예정이었는데 홀든은 그의 도착을 다소 짜증스럽게 여겼다. 그것은 그의 완벽한 행복을 방해했다. 그 자신만의 집에 깃든 저 질서 정연한 평화를 흩어 놓았다. 그러나 아미라는 그 생각만 해도 기뻐서 어쩔 줄 몰랐고 그건 그녀의 어머니도 마찬가지였다. 남자의 사랑, 그것도 백인 남자의 사랑은 기껏해야 한때의 일이었으나, 이제 두 여인은 아기의 양손으로 그 사랑을 단단히 붙잡아 둘 수 있다고 생각했다. "그렇게 되면," 아미라는 언제나 그렇게 말했다. "그는 백인 **멤로그**를 더 이상 사랑하지 않을 거예요. 나는 그 여자들을 증오해요. 정말 싫어요."

"그는 언젠가는 그 자신의 사람들에게 돌아갈 거야." 어머니가 말했다. "하지만 하느님의 축복으로 그 시간이 아주 멀리 떨어지게 되었어."

홀든은 아무 말 없이 장의자에 앉아 미래를 생각했는데 그 생각은 그리 유쾌하지 않았다. 이중생활의 단점은 한두 가지가 아니었다. 정부는 유례없이 그에게 2주간의 특별 업무를 부여했다. 주재소에서 출장을 나가서, 병든 아내를 병상에서 간호하고 있는 다른 사람의 업무를 대신 맡으라고 했다. 구두로 이루어진 그 인사 발령에는 쾌활한 논평이 추가되었다. 타 지역으로 출장 명령을 받았지만 그가 총각이고 자유인이라는 사실이 얼마나 행운이냐는 것이었다. 그는 아미라에게 그 소식을 알렸다.

"좋지 않은 소식이군요." 그녀가 천천히 말했다. "하지만 그리 나쁜 것도 아니에요. 여기 어머니가 있으니 내게 무슨 일이 벌어지지는 않을 거예요. 내가 너무 기뻐서 죽어 버리지 않는다면. 당신은 출장을 나가서 불길한 생각만 하지 마세요. 그리고 날짜가 다 차면 내 생각에, 아니 나는 확신해요. 그러면 **아이**를 당신 품에 안길 수 있을 테고 당신은 나를 영원히 사랑할 거예요. 기차가 오늘 밤 자정에 떠나지요? 이제 가세요. 나 때문에 당신의 마음을 무겁게 하지 마세요. 하지만 서둘러서 돌아올 거지요? 도중에 대담한 백인 **멤로그**와 대화를 나누기 위해 멈추지 않을 거지요? 내 목숨, 나에게로 빨리 돌아와 줘요."

안뜰을 가로질러 기둥에 매어 둔 말 쪽으로 걸어가던 홀든은 그 집을 경비하는 백발의 노집사에게, 만약 집에 무슨 일이 있으면 재빨리 소식을 전하라며 전보 양식을 건네주었다. 그리고 자신의 장례식에 참석하는 사람처럼 우울한 심정으로 야간 우편 열차를 타고 유배지로 갔다. 그는 날이면 날마다 두려운 마음으로 전보의 도착을 기다렸고, 밤이면 밤마다 아미라의 죽음을 상상했다. 따라서 정부를 위한 그의 근무 태도는 1급의 것은 되지 못했고 동료들에 대한 태도 또한 상냥한 것은 아니었다. 2주의 기간은 집에서 아무런 기별 없이 끝났고, 걱정 때문에 초주검이 된 홀든은 도시로 돌아와서도 클럽의 저녁 식사 때문에 귀중한 두 시간을 허비해야 되었다. 그는 클럽에서 마치 기절한 사람이 남의 목소리를 듣는 것처럼, 그가 남의 임무를 대신 맡아 잘 수행했고 또 그곳 동료들에게도 잘 대해 주었다는 의례적인 칭찬의 목소리들을 들었다. 이어 그는 심장이 입에 올라온 채 밤공기를 가르며 집으로 말을 달렸다. 처음에는 대문을 두드리는 그의 소리에 아무런 응답이 없었다. 그가 말에게 발길질을 시키려고 막 말을 돌리는데 피르 칸이 등을 들고 나타나 말의 등자를 잡았다.

"무슨 일이 있었나?" 홀든이 물었다.

"가난한 자들의 보호자여, 그 소식은 제 입에서 나오지 않습니다. 그러나ー" 그는 좋은 소식을 전하여 보상을 받을 자격이 있는 사람처럼 흔들리는 손을 내밀었다.

홀든은 안뜰을 가로질러 갔다. 위쪽 방에는 불이 켜져 있었다. 그의 말이 문 쪽에서 가볍게 히힝거렸고 이어 그는 자그마한 새된 울음소리를 듣고서 목젖까지 피가 솟구치는 것을 느꼈다. 그것은 새로운 목소리였으나 아미라가 살아 있다는 것을 증명해 주지는 못했다.

"거기 누가 있나?" 그가 비좁은 벽돌 계단 위로 소리쳤다.

아미라가 즐거워서 소리쳤고, 노년과 자부심으로 떨리는 그 어머니의 목소리가 들렸다. "우리 두 여인과 저 사내아이ー당신의 아들은ー"

홀든은 액운을 피하기 위해 문턱에 놓아둔 칼집 없는 단검을 밟았고, 그의 허둥대는 발꿈치는 그 칼의 손잡이 부분을 부러트렸다.

"하느님은 위대하시도다!" 아미라가 반광 속에서 나지막이 속삭였다. "당신이 이 아이의 불운을 모두 당신 머리에 거두어 가야 해요."

"알았어. 하지만 당신은 어때, 내 생명 중의 생명? 어머니, 그녀는 좀 어떻습니까?"

"저 애는 아이가 태어났다는 즐거움에 고통을 모두 잊어버렸어요. 아무런 위험도 없어요. 이제 부드럽게 말하세요." 어머니가 말했다.

"나를 안전하게 만들기 위해서는 당신만 있으면 돼요." 아미라가 말했다. "나의 왕이여, 당신은 오랫동안 외지에 나가 있었습니다. 나를 위해 어떤 선물을 가져오셨나요? 아, 아! 이번에 선물을 가져온 사람은 나예요. 봐요, 내 생명, 보세요. 세상에 이런 아이가 있었나요? 아, 나는 너무 허약해서 이 아이를 내 팔에서 치우지도 못해요."

"그럼, 쉬어. 말하지 말고. 내가 돌아왔어, **바차리**[어린 여인]."

"잘 말했어요. 이제 우리 사이에는 그 어떤 것도 깨트릴 수 없는 유대 관계와 이인삼각의 연결 줄[**피차리**]이 생겼어요. 보세요. 이 흐린 불빛 아래에서도 볼 수 있죠? 이 아이는 얼룩이나 흠집이 없어요. 이런 아이는 일찍이 없었어요. **야 일라!** 그는 훌륭한 학자가 될 거예요. 아니, 여왕의 군인이 될 거예요. 나의 생명, 내가 힘없고 병들고 피곤해도 당신은 여전히 나를 사랑할 건가요? 진실하게 대답해 주세요."

"그럼. 지금껏 그래 왔던 것처럼 내 온 영혼을 다하여 당신을 사랑해. 나의 진주여, 조용히 누워서 휴식을 취하도록 해."

"그럼, 가지 마세요. 여기 내 옆에 앉아요. 어머니, 이 집의 주인이 방석을 필요로 해요. 그걸 가져오세요." 아미라의 양팔에 안겨 있던 새 생명은 거의 알아보기 힘든 미세한 동작을 해 보였다. "아하!" 그녀가 사랑이 가득한 목소리로 말했다. "이 아이는 태어날 때부터 전사예요. 강력한 발길질로 내 옆구리를 얼마나 여러 번 찼는지 몰라요. 일찍이 이런 아이를 본 적이 있나요? 이제 이 아이는 우리의 것이에요. 당신의 것 그리고 나의 것. 아이의 머리를 한번 만져 보세요. 하지만 조심스럽게 해요. 갓난아이인 데다 남자들은 이런 일에 서투르니까."

홀든은 손가락 끝으로 아주 조심스럽게 솜털이 나 있는 아이의 머리를 만졌다.

"이 아이는 신앙심이 깊을 거예요." 아미라가 말했다. "밤중에 여기 누워서 나는 아이의 귀에다 기도문과 신앙의 맹세를 읽어 주었어요. 나의 생명, 아이를 조심스럽게 다루세요. 아이가 두 손으로 잡기도 해요."

홀든은 아이의 작은 손이 그의 손가락을 힘없이 잡고 있는 것을 알아차렸다. 그 느낌은 그의 전신으로 퍼져 나가다가 마침내 그의 심장에서 멈추었다. 이전에 그의 생각에는 오로지 아미라 뿐이었다. 그는 이 세상에 다른 사람도 있다는 것을 느끼기 시작했으나 그것이 영혼을 가진 진짜 아들이라는 느낌은 아직 들지 않았다. 그는 앉아서 생각에 잠겼고 아미라는 가볍게 졸았다.

"사히브, 가서 쉬세요." 그녀의 어머니가 나지막이 말했다. "당신이 여기서 밤을 새우는 것은 그녀에게도 좋지 않아요. 그녀는 정양을 해야 돼요."

"알았습니다." 그가 순종적으로 말했다. "여기 루피가 있습니다. 나의 **바바**가 살이 찌도록 보살펴 주고 또 필요한 물건을 사들이세요."

은화의 짤랑거리는 소리가 아미라를 깨웠다. "나는 아이의 어머니고 고용된 사람이 아녜요." 그녀가 허약한 목소리로 말했다. "내가 돈 때문에 저 아이를 보살펴야 할까요? 어머니, 그 돈을 돌려주세요. 나는 주인님에게 아들을 낳아 드렸어요."

그녀가 말을 마치기도 전에 깊은 졸음이 다시 그녀를 덮쳤다. 홀든은 마음이 편안해진 채로 아주 조용히 안뜰로 내려갔다. 노집사인 피르 칸이 즐거워서 껄껄거렸다. "이 집은 이제 완성되었습니다." 그리고 아무런 논평도 없이 홀든의 손아귀에 군도軍刀의 손잡이를 쥐어 주었다. 그 칼은 여러 해 전 피르 칸이 경찰관으로 여왕을 위해 복무하던 시절에 차고 다닌 것이었다. 매인 염소의 울음소리가 우물의 연석에서 울려 왔다.

"이건 왜?" 홀든이 당황하며 물었다.

"탄생의 희생 제의를 위한 것이지, 다른 게 뭐가 있겠습니까? 그러지 않으면 아이는 운명으로부터 보호받지 못하고 죽을 수 있습니다. 가난한 자들의 보호자는 이런 때에 하는 말을 알고 계시지요?"

홀든은 과거에 그 말을 진지하게 사용할 것이라는 생각은 전혀 하지 못한 채 외웠었다. 그의 손에 쥐어진 차가운 군도의 느낌은 갑자기 아까 저 방 안에서 그의 손가락을 잡던 아이—그의 아들—의 손가락 힘으로 바뀌었고 그러자 상실의 두려움이 그를 휩쌌다.

"치세요!" 피르 칸이 말했다. "생명에 대한 대가를 지불하지 않고는 생명이 이 지상에 오지 못합니다. 보세요, 염소들이 대가리를 쳐들었습니다. 지금입니다! 한 번에 베어 버리세요!"

홀든은 자신이 무엇을 하는지 잘 모르는 상태로 염소의 목을 두 번 내리치면서 무슬림 기도를 중얼거렸다. "전능하신 이여! 내 아들을 대신하여 생명을 위한 생명, 머리를 위한 머리, 뼈를 위한 뼈, 머리카락을 위한 머리카락, 껍질을 위한 껍질을 바칩니다." 말뚝에 매인 채 기다리고 있던 말은 홀든의 승마화 위로 번지는 생피의 냄새를 맡고 씩씩거렸다.

"잘 쳤습니다!" 피르 칸이 군도를 닦으며 말했다. "당신에게는 칼잡이 정신이 어려 있습니다. 저는 당신의 하인이고 또 당신의 아들의 하인입니다. 당신께서 앞으로 천 년을 사시기를…… 염소 고기는 제가 가져도 되겠습니까?" 피르 칸은 한 달 봉급만큼 더 부자가 되어 물러났다. 홀든은 안장 위에 올라타고서 저녁 무렵에 공중에 낮게 걸리는 나무 연기 사이로 말을 달렸다. 그는 과격한 흥분에 휩싸였다가 동시에 어떤 특정한 대상이 없는데도 아주 막연히 부드러운 감정을 느꼈다. 그런 교차되는 감정으로 인해 그는 숨이 막혀 와서 불안하게 달리는 말의 목덜미에 상체를 수그렸다. '나는 평생 이런 감정을 느껴 본 적이 없어.' 그는 생각했다. '클럽에 가서 좀 진정해야 되겠는걸.'

당구 게임이 시작되었고 방 안에는 남자들이 가득했다. 불빛 환한 곳과 친구들이 있는 곳으로 어서 들어가고 싶었던 홀든은 목청껏 노래를 부르며 클럽에 들어섰다.

"볼티모어에서 걸어가다가 나는 한 여자를 만났네!"

"그랬나?" 클럽 서기가 한구석에 앉아 있다가 물었다. "그 여자는 자네의 부츠가 젖어서 번들거린다고 말해 주었나? 아니, 이런. 여보게, 이건 피인데!"

"바보 같은 소리!" 홀든이 선반에서 큐를 꺼내며 말했다. "좀 끼어도 되겠나? 이건 이슬이야. 곡식 들판을 달려왔어. 이런! 내 부츠는 진짜 엉망이군!"

"만약 그게 딸이라면 그 애는 결혼반지를 낄 것이요,
만약 아들이라면 그 애는 왕을 위해 싸우겠지.
그의 단검, 그의 모자, 그의 자그마한 푸른색 상의,
그는 후갑판을 걷게 될 거야—"

"청색에 황색. 녹색이 다음 칠 차례." 게임 진행자가 단조로운 목소리로 말했다.

"'그는 후갑판을 걷게 될 거야'—내가 녹색인가, 진행자? '그는 후갑판을 걷게 될 거야'—이런 잘못 쳤군. '그 애의 아버지가 그랬던 것처럼!'"

"당신이 그렇게 기뻐할 만한 건수가 없다고 생각하는데요." 한 하급 공무원이 꼴사나운지 신랄하게 말했다. "당신이 샌더스를 대신하여 한 일에 대해 정부는 그리 만족하지 않고 있어요."

"본부에서 질책이 내려올 거라는 얘긴가?" 홀든이 멍한 미소를 지으며 말했다. "난 그 정도는 견딜 수 있다고 생각해."

그 얘기는 각자의 사무에 관한 새로운 이야기보따리를 풀게 했고 홀든을 진정시켰다. 그리하여 그가 어둡고 텅 빈 독신자 숙소로 돌아가자 그의 일을 잘 아는 집사가 그를 맞이했다. 홀든은 거의 뜬눈으로 밤을 보냈으나 그의 꿈은 유쾌한 것이었다.

2

"이제 이 애는 몇 살이지?"

"**야 일라!** 무슨 질문이 그래요! 이 애는 이제 겨우 6주 되었어요. 오늘 밤 나의 생명인 당신과 함께 지붕으로 올라가 별들을 헤아릴 거예요. 그건 상서로운 일이에요. 이 아이는 금요일에 태양궁 아래에서 태어났어요. 우리 두 사람보다 더 오래 살고 큰 부를 누릴 거라고 내게 말해 주더군요. 내 사랑, 그보다 더 좋은 일을 우리가 바랄 수 있겠어요?"

"그보다 더 좋은 일은 없지. 그럼 지붕으로 올라가서 당신은 별을 헤아리도록 해요. 하지만 하늘에 구름이 많아서 별들을 많이 헤아리지는 못할 거야."

"겨울 장마가 늦어지고 있어요. 어쩌면 계절과 안 맞게 올지도 모르지요. 자, 별들이 다 숨어 버리기 전에 어서 올라가요. 나는 가장 좋은 보석들을 찼어요."

"당신은 그중에서도 가장 좋은 걸 잊어버렸군."

"**아이!** 우리의 보석. 이 애도 같이 갈 거예요. 이 애는 아직 하늘을 본 적이 없어요."

아미라는 비좁은 계단을 타고 올라가 옥상으로 향했다. 그녀의 오른팔에 안긴 아이는 머리에 자그마한 모자를 쓰고 은으로 가장자리를 두른 모슬린을 입고 있어서 아주 화려했다. 아미라는 그녀가 소중하게 여기는 것들을 모두 걸치고 있었다. 서양의 코 화장에 해당하는, 아름다운 콧방울을 더욱 돋보이게 하는 다이아몬드 코 장식, 수지 방울 같은 에메랄드와 금 간 루비가 박힌, 이마 한가운데에 놓인 황금 장식, 부드러운 금속으로 목 주위에 고정시킨 금박 장식 고리, 장미 같은 발목뼈 위에 낮게 걸려서 짤랑대는 만곡 무늬의 발찌 등이었다. 그녀는 신앙의 딸에 어울리는 녹색의 모슬린 옷을 입었고 어깨에서 팔꿈치까지, 그리고 팔꿈치에서 손목까지 명주실로 묶은 은제 팔찌가 찰랑거렸다. 팔찌의 가녀린 유리 조각 장식들은 손목 위를 가볍게 넘나들면서 그녀의 손이 아주 작다는 것을 증명했다. 그것은 그녀 나라의 장식 스타일과는 무관한 무거운 황금 팔찌였다. 그것은 홀든의 선물로서, 교묘한 유럽식 고정쇠로 고정되어 있기 때문에 더욱 그녀를 기쁘게 했다.

그들은 옥상의 낮은 백색 난간 옆에 앉아서 도시와 그 불빛을 내려다보았다.

"저기 저 아래에 있는 사람들은 행복해요." 아미라가 말했다. "하지만 우리처럼 행복하다고는 생각하지 않아요. 또 백인 **멤로그**도 행복하지 않아요. 당신은 어떻게 생각하세요?"

"행복하지 않다고 생각해."

"당신이 그걸 어떻게 알죠?"

"그들은 아이를 유모에게 맡겨."

"난 그런 건 보지 못했어요." 아미라가 한숨을 내쉬며 말했다. "또 보고 싶지도 않아요. **아히!**" 그녀는 홀든의 어깨에 머리를 기댔다. "별을 마흔 개나 세었더니 피곤해요. 내 생명이신 내 사랑, 이 아이를 좀 보세요. 아이도 별을 세고 있어요."

아이는 동그란 눈으로 어두운 하늘을 올려다보고 있었다. 아미라는 아이를 홀든의 양팔에 내려놓았고 아이는 울지도 않고 조용히 있었다.

"이제 우리끼리 이 아이를 부를 때 뭐라고 부를까요?" 그녀가 말했다. "봐요! 이 아이를 쳐다보는 게 지겨워지는 때가 있을까요? 이 아이는 당신의 눈을 그대로 닮았어요. 하지만 입은—"

"여보, 입은 당신을 닮았어. 그걸 나보다 더 잘 아는 사람이 있을까?"

"저건 너무 약하게 생긴 입이에요. 아, 너무 작아요! 하지만 저 자그마한 입술 사이에 내 가슴을 꽉 잡고 있어요. 이제 아이를 내게 주세요. 너무 오래 엄마 품을 떠나 있었어요."

"아니야, 그냥 여기 있게 놔둬. 아직 울지도 않잖아."

"애가 울면 돌려준다고요? 아 당신이란 사람은! 애가 울면 나는 애가 더 귀여워져요. 아무튼, 나의 생명, 이 아이에게 어떤 작은 이름을 붙여 줄 거예요?"

자그마한 아이는 홀든의 가슴에 딱 달라붙었다. 아주 힘이 없고 부드러운 아기였다. 그 아이를 짓누를까 봐 숨도 제대로 쉴 수가 없었다. 대부분의 현지인 가정에서 일종의 가정 수호신으로 여겨지는 조롱 속의 녹색 앵무새가 횃대 위에서 몸을 움직이더니 졸린 날개를 퍼드덕거렸다.

"저기에 답이 있네." 홀든이 말했다. "미안 미투가 방금 말했어. 이 애는 앵무새가 될 거야. 이 애는 준비가 되면 멋지게 말을 할 거고 주위를 활발히 돌아다닐 거야. 미안 미투는 당신의 말, 무슬림의 말로 앵무새를 가리키는 거지?"

"왜 나를 그렇게 멀리 두려고 해요?" 아미라가 초조한 목소리로 말했다. "좀 영어 비슷한 이름이면 좋겠어요. 하지만 아주 영어식 이름은 말고요. 이 애는 내 것이니까."

"그럼 토타라고 하지. 상당히 영어 비슷하네."

"아, 토타. 그것도 앵무새라는 뜻이지요. 나의 주인님, 아까 내가 한 말을 용서하세요. 사실 이 애는 너무 작아서 미안 미투라는 말의 무게를 전부 감당할 수 없어요. 하지만 토타는 좋군요. 우리의 토타. 얘야, 이 자그마한 것아, 듣고 있니? 작은 아기야, 이제 너는 토타란다." 그녀는 아이의 뺨을 어루만졌고 아이는 잠에서 깨면서 울었다. 이제 아이를 엄마 품에 돌려주어야 했고 아미라는 〈아레 코코, 야레 코코!〉라는 멋진 동요를 부르며 그 아이를 달랬다.

아, 까마귀! 가라, 까마귀야! 아이가 자고 있지 않니,
그리고 밀림에서는 야생 자두나무가 자란다, 지천으로.
지천으로 널려 있네, **바바**, 아주 지천으로 널려 있네.

야생 자두가 값이 없을 정도로 많이 널려 있다는 사실에 안도
를 느낀 토타는 엄마의 품을 파고들며 다시 잠에 빠져들었다. 안
뜰에 매인 두 마리의 살진 흰색 황소가 저녁 식사인 꼴을 끊임없
이 씹고 있었다. 늙은 피르 칸은 홀든의 말 머리 옆에 쪼그려 앉
아 있었고 그의 경찰 군도는 무릎에 걸쳐져 있었다. 칸이 커다란
물파이프를 빨자 연못 속의 황소개구리가 우는 것 같은 소리가
났다. 아미라의 어머니는 아래층 베란다에 앉아서 실을 잣고 있
었고, 나무 문은 닫혔고 또 빗장이 질러졌다. 도시의 부드러운 소
음을 뚫고서 결혼 행렬의 음악 소리가 옥상까지 올라왔고, 한 무
리의 큰 박쥐들이 낮게 걸린 달의 얼굴을 스쳐 지나갔다.

"나는 기도를 올렸어요." 아미라가 오래 뜸을 들이다가 말했
다. "이렇게 두 가지를 빌었어요. 첫째, 죽음이 필요하다면 당신
대신에 내가 죽게 해 달라고요. 둘째, 아이 대신에 내가 죽게 해
달라고요. 예언자와 비비 미리암[성모 마리아]에게 기도를 올렸
어요. 두 분이 내 기도를 들어주리라 생각하세요?"

"당신의 입술에서 나오는 기도를 누가 들어주지 않을까?"

"나는 직언을 요구했는데 당신은 돌려서 말했어요. 내 기도를 들어주실까요?"

"내가 어떻게 알 수 있겠어. 하지만 하느님은 아주 좋은 분이야."

"그 점에 대해서 나는 확신하지 못해요. 자, 들어 보세요. 내가 죽거나 아이가 죽을 때 당신의 운명은 뭐예요? 살아 있다면 당신은 대담한 백인 **멤로그**에게 돌아갈 거예요. 같은 것은 같은 것을 부르니까."

"늘 그런 건 아니야."

"여자들은 안 돌아가요. 하지만 남자들은 달라요. 당신은 나중에 이승에서 당신네 여자에게로 돌아갈 거예요. 난 그걸 거의 참을 수 있어요. 그때 난 죽은 사람일 테니까. 하지만 당신이 죽는다면 당신은 내가 알지 못하는 어떤 낯선 곳 혹은 천국으로 가게 될 거예요."

"그게 천국일까?"

"그럼요. 누가 당신에게 해를 끼치겠어요? 하지만 우리 둘—나와 아이—은 다른 곳에 있어서 당신에게 가지 못해요. 당신 또한 우리에게 오지 못해요. 아직 아이가 태어나지 않았던 옛날에 나는 이런 걸 생각하지 않았어요. 하지만 이제는 늘 생각해요. 이건 매우 어려운 얘기예요."

교회의 승인 없이

"벌어질 일은 벌어지게 되어 있어. 우리는 내일은 모르지만 오늘과 우리의 사랑은 알고 있어. 우리는 지금 이렇게 행복해."

"너무 행복해서 우리의 행복을 단단히 단속하는 게 좋아요. 그리고 당신의 비비 미리암은 내 말을 들어주어야 해요. 그분 또한 여자니까. 하지만 그분은 나를 부러워할 거예요! 남자들이 여자를 숭배한다는 것은 어울리지 않아요."

홀든은 아미라의 자그마한 질투 발작에 웃음을 터트렸다.

"어울리지 않는다고? 그럼 내가 당신을 숭배하는 것도 그런가?"

"당신이 숭배하는 사람이라고요! 그것도 나를? 나의 왕이시여, 당신의 자상한 말에도 불구하고 내가 당신의 하인, 노예, 당신 발밑의 먼지라는 걸 잘 알아요. 나는 다른 얘기는 듣고 싶지 않아요. 보세요!"

홀든이 말리기도 전에 그녀는 몸을 앞으로 수그려서 그의 발을 만졌다. 그녀는 가볍게 웃으며 다시 몸을 세우더니 토타를 가슴에 꼭 끌어안았다. 그리고 아주 야수적인 어조로 말했다.

"대담한 백인 **멤로그**가 내 목숨보다 세 배는 더 산다는 게 사실인가요? 그들이 늙은 여자가 되기 전에는 결혼을 하지 않는다는 게 사실인가요?"

"그들은 남들과 비슷하게 결혼을 해. 여자로 성숙했을 때."

"그건 나도 알아요. 하지만 그들은 스물다섯이 되어야 결혼한다면서요? 그게 사실인가요?"

"사실이야."

"**야 일라!** 스물다섯에! 제정신이 박힌 남자라면 열여덟 여자도 안 데려가려 하는데. 여자는 시간이 갈수록 나이를 먹어요. 스물다섯! 나는 그 나이가 되면 노파가 될 거예요. 게다가 저 **멤로그**는 늙지도 않아요. 나는 정말 그들이 미워요!"

"그 여자들이 우리와 무슨 상관이야?"

"알 수 없어요. 하지만 이건 알아요. 이 지구상에 나보다 열 살 많은 여자가 살고 있어요. 그 여자는 10년 뒤 당신에게 다가와 당신의 사랑을 나로부터 가져갈 거예요. 머리가 센 노파인 데다 토타 아들의 유모가 되어 버린 나에게서. 그건 불공평하고 사악한 거예요. 그들도 죽어야 마땅해요."

"이봐, 당신은 나이를 먹었다고 하지만 아직도 어린아이고 지금도 양팔에 번쩍 들고 계단을 내려갈 수 있을 정도야."

"토타! 나의 주인님, 토타를 돌봐 주세요! 당신은 다른 어린아이 못지않게 어리석은 사람이에요." 아미라는 토타를 품 안에 잘 간수하고 홀든의 팔에 안겨 웃으면서 계단을 들려 내려갔다. 그러자 토타는 눈을 동그랗게 뜨고서 어린 천사처럼 미소를 지었다.

그는 말이 없는 아이였다. 그 아이가 세상에 나왔다는 것을 홀든이 깨닫기도 전에, 아이는 그 도시를 내려다보는 집 안에서 황금빛 어린 신 혹은 질문을 불허하는 독재자가 되었다. 홀든과 아

235　　교회의 승인 없이

미라는 몇 달 동안 절대적인 행복을 누렸다. 그것은 세속으로부터 멀리 떨어져 있었고, 피르 칸이 지키는 나무 문 뒤에 꼭 갇힌 행복이었다. 낮 동안에 홀든은 자신처럼 운이 좋지 못한 사람들에게 한없는 연민을 느꼈고 주재소 모임에 나오는 많은 어머니를 즐겁게 하는 어린아이들에 대해서 깊이 공감했다. 밤이 되면 그는 아미라에게 돌아왔다. 그녀는 토타가 한 멋진 귀여운 짓들을 말해 주기 바빴다. 양손으로 박수를 쳤으며 어떤 의도와 목적을 가지고 손가락을 움직였는데 기적이나 다름없다는 것이었다. 아이는 나중에 자발적으로 낮은 침대에서 바닥으로 내려와 양발로 서서 몸을 흔들어 댔는데 숨을 세 번 쉴 정도로 오래 버텼다고 했다.

"애가 아주 오래 서 있어서 내 가슴은 너무 기뻐 멈추는 것 같았어요." 아미라가 말했다.

이어 토타는 동물들을 그의 친구로 삼기 시작했다. 안뜰의 살진 황소, 자그마한 회색 다람쥐, 우물 근처의 구멍에 사는 몽구스, 앵무새 미안 미투 등이었다. 특히 앵무새는 토타가 너무나 열심히 꽁지를 잡아당겨 미안 미투는 아미라와 홀든이 도착할 때까지 소리를 질러 댔다.

"오, 악당! 힘이 넘치는 아이! 이게 지붕에 사는 네 친구에게 할 짓이니? **토바, 토바!** 못 써, 못 써! 하지만 나는 그를 술레이만과 아플라툰[솔로몬과 플라톤]만큼이나 현명하게 만들 마법을 알고 있어. 자, 봐." 아미라는 잘 장식된 가방에서 한 줌의 아몬드를 꺼냈다. "봐! 우리는 일곱을 헤아렸어. 하느님의 이름으로!"

그녀는 아주 화가 나고 기분 나쁜 미안 미투를 조롱의 꼭대기에다 올려놓고 어린아이와 그 새 사이에 앉아서 그녀의 이보다는 덜 하얀 아몬드의 껍질을 벗겼다. "나의 생명, 이게 진정한 마법이니까 웃지 말아요. 봐요! 내가 앵무새에게 절반을 주고 토타에게 절반을 주었어요." 미안 미투는 조심스럽게 부리를 움직여서 아미라의 입술 사이에 있는 자기 몫을 가져갔고 이어 그녀는 아이의 입술에 키스하면서 나머지 절반을 아이 입에 넣어 주었다. 아이는 의아한 눈빛을 지으며 그 절반을 씹어 먹었다. "나는 이걸 일주일에 일곱 번씩 매일 할 거고, 그러면 우리의 것인 이 아이는 대담한 웅변가와 학자가 될 거예요. 자, 토타, 네가 어른이 되고 내가 백발의 노파가 될 때, 너는 무엇이 될 거니?" 토타는 통통한 다리를 귀엽게 오므렸다. 그는 기어갈 수 있었으나 한가한 얘기를 하면서 청춘의 샘을 낭비하고 싶지 않았다. 그는 미안 미투의 꽁지를 잡아당기고 싶었다.

그가 은제 혁대―은 위에 새겨진 마법의 네모꼴인데 그의 목에 매달려 있었고 그가 입은 옷의 대부분을 차지했다―의 위엄을 성취하게 되었을 때, 토타는 안뜰까지 비틀거리며 위태로운 여행을 했고 홀든의 말을 한 번만 타 보자고 하면서 자신이 가진 모든 보물을 피르 칸에게 제시했다. 마침 어머니의 어머니는 베란다에서 상인과 흥정을 하는 중이었다. 피르 칸은 눈물을 흘렸고 충성의 표시로 그 어린 발을 자신의 회색 머리 위에 올려놓은 뒤, 그 대담한 모험꾼을 어머니의 품에 다시 돌려주면서, 토타가 수염이 자라기도 전에 사람들의 지도자가 될 것이라고 장담했다.

어느 무더운 저녁, 그는 옥상에서 아버지와 어머니 사이에 앉아 도시의 소년들이 날리는 연의 끝없는 싸움을 지켜보다가, 그 자신만의 연을 요구했다. 그는 자기보다 큰 물건에 대해서는 두려움을 느꼈기 때문에 피르 칸이 대신 날려 주면 좋겠다고 했다. 홀든이 그 아이를 '불꽃'이라고 부르자, 아이는 벌떡 일어서서 그 자신의 새로이 발견된 개성을 옹호하면서 천천히 대답했다. "**훔 파르크 나힘 하이. 훔 아드미 하이.**[나는 불꽃이 아니라 남자예요.]"

그 항의는 홀든을 숨 막히게 했고 그리하여 토타의 장래에 대하여 곰곰 생각하게 되었다. 하지만 그는 그런 수고를 할 필요가 없었다. 그 생활의 즐거움은 너무 완벽해서 오래갈 수가 없었다. 따라서 그것은 인도의 많은 것이 그러하듯이 그들로부터 박탈되었다. 갑자기 예고도 없이. 피르 칸이 집안의 작은 주인이라고 불렀던 그 아이는 갑자기 슬퍼졌고 그동안 고통이라고는 몰랐는데 고통을 호소했다. 겁에 질려 제정신이 아니게 된 아미라는 밤새 아이를 보살폈다. 그러나 두 번째 날에 아이의 생명은 고열로 인해 몸에서 빠져나갔다. 그것은 가을이면 찾아오는 고열병이었다. 아이가 죽을 수 있다는 것은 생각조차 할 수 없는 것이었다. 아미라도 홀든도 처음에는 침대 위에 누워 있는 어린아이의 시신을 믿을 수가 없었다. 이어 아미라는 벽에다 머리를 마구 부딪치더니 안뜰의 우물 속으로 투신하려 했고 홀든이 완력을 사용하여 간신히 제지했다.

홀든에게는 오로지 하나의 자비만 허용되었다. 그는 훤한 대낮에 사무실로 말 타고 달려가서 엄청나게 많은 우편물을 발견했다. 모두 그가 집중적으로 신경을 쓰면서 열심히 처리해야 할 일들이었다. 그러나 그는 신들의 이런 자상함을 별로 고맙다고 생각하지 않았다.

3

총탄의 첫 번째 충격은 한 번 재빨리 찌르는 것에 지나지 않았다. 파괴된 신체는 10~15초가 지나서야 비로소 영혼에 항의의 신호를 보내왔다. 홀든은 그의 행복을 천천히 깨달았던 것처럼 고통도 천천히 깨달았고 그 흔적을 반드시 감추어야 할 필요가 있었다. 처음에 그는 가정 내에 상실이 있었고 아미라에게는 위로가 필요하다는 생각을 했다. 그녀는 미안 미투가 지붕에서 **토타! 토타! 토타!** 하고 부를 때 머리를 치켜세운 무릎에 대고 온몸을 떨면서 앉아 있었다. 나중에 그의 모든 세계와 그 속에서 영위되는 일상생활이 일제히 그를 아프게 했다. 자신의 아이는 죽어 버렸는데, 저녁때 야외에서 뛰노는 아이들은 그 누가 되었든 그에게는 아픔이었다. 그런 아이들 중 하나가 그를 만지면 고통 이상의 감정이 몰려왔고 자식들의 최근 행동을 자랑하는 자상한 아버지의 이야기는 홀든의 급소를 찔러 댔다. 그는 자신의 고통을 공개적으로 선언할 수가 없었다. 그는 도움, 위로, 동정을 얻지 못했다. 아미라는 피곤한 하루의 끝에 도달하면 그를 데리고 그녀 자신을 질책하는 지옥으로 들어갔다. 그것은 아이를 잃어버린 부모에게 정해진 수순이었다. 그들은 조금만—조금만 더—주의를 했더라면 아이를 구할 수 있었으리라고 생각한 것이다.

"어쩌면," 아미라는 말하곤 했다. "내가 충분한 주의를 기울이지 못한 탓일 거예요. 그렇지 않아요? 그날 아이가 옥상에 올라가서 혼자 놀 때 햇볕이 아주 따가웠어요. 그런데 아히! 나는 머리를 땋고 있었어요. 어쩌면 태양이 아이에게 열병을 가져온 건지도 몰라요. 내가 아이에게 태양을 조심시켰더라면 아이는 살았을지도 몰라요. 아, 나의 생명, 나에게 죄가 없다고 말해 주어요! 내가 당신을 사랑하는 것 못지않게 당신도 그 애를 사랑했다는 것을 알아요. 내게 잘못이 없다고 말해 줘요. 안 그러면 나는 죽어요. 죽어 버릴 거예요!"

"아무런 잘못도 없어, 하느님 앞에서. 그 일은 이미 그렇게 되기로 기록되어 있었는데 우리가 어떻게 구제할 수 있었겠어? 벌어진 일은 이미 벌어진 거야. 여보, 그냥 흘려보내."

"그 애는 나의 심장이었어요. 매일 밤 내 두 팔이 그 애가 여기 없다고 말하는데 어떻게 그 애 생각을 그냥 흘려보내겠어요? **아 히! 아히!** 오, 토타, 내게로 돌아와. 다시 돌아와, 예전처럼 함께 있자!"

"조용, 조용! 당신을 위해서나, 나를 위해서나. 만약 당신이 나를 사랑한다면 이제 안정을 취해야 돼."

"이걸 보면 당신이 신경 쓰지 않는다는 것을 알 수 있어요. 당신은 어떻게 그리할 수 있어요? 백인은 돌의 심장과 철의 영혼을 가지고 있어요. 아, 내가 동족의 남자와 결혼했더라면─비록 그가 나를 때리기는 하겠지만─외국인의 빵을 먹지는 않았을 텐데!"

"내가 외국인인가, 내 아들의 어머니?"

"그럼 뭐예요─사히브? ……오, 용서하세요, 용서하세요. 아이의 죽음 때문에 내가 미쳐 버렸나 봐요. 당신은 내 심장의 생명이고 내 눈의 빛이며 내 목숨의 숨결이에요. 그런 당신을 비록 잠시이기는 하지만 내게서 떼어 놓았군요. 만약 당신이 가 버린다면 내가 누구에게 도움을 청하겠어요? 화내지 마세요. 분노가 발언한 것이지 당신의 종이 말한 게 아니랍니다."

"알아, 알아. 우리는 전에 셋이었다가 이제 둘이 되었지. 그러니 이제 우리가 하나 되어야 할 필요는 더 커졌어."

그들은 평소처럼 옥상에 앉아 있었다. 이른 봄이라 밤은 따뜻했고 멀리 떨어진 곳에서 울리는 천둥의 깨어진 곡조에 따라 막전幕電이 지평선 위에서 춤추고 있었다. 아미라는 홀든의 품 안을 파고들었다.

"가문 땅이 비를 바라면서 암소처럼 낮게 울고 있어요. 나는 두려워요. 우리가 별을 헤아릴 때만 해도 나는 이렇지 않았어요. 비록 연결 고리는 사라졌지만 당신은 여전히 나를 전처럼 사랑하는가요? 대답하세요!"

"우리가 함께 나눈 슬픔으로부터 새로운 연결 고리가 생겨나기 때문에 나는 당신을 전보다 더 사랑해. 그건 당신도 알고 있어."

"예, 그건 나도 알아요." 아미라가 아주 나지막하게 속삭였다. "나의 생명, 아주 힘차게 도와주는 당신에게서 그런 말을 들으니 정말 좋아요. 나는 더 이상 아이 노릇은 하지 않겠어요. 성숙한 여인이 되어 당신을 도와드리겠어요. 들으세요! 내게 **시타르**를 주세요. 씩씩하게 노래를 불러 드릴 테니."

그녀는 가벼운 은박 **시타르**를 잡고서 위대한 영웅 라자 라살루의 노래를 부르기 시작했다. 줄을 잡은 손이 실수를 했고 곡조가 흔들리더니 멈추었다. 이어 낮은 목소리는 사악한 까마귀를 꾸짖는 동요의 곡조로 바뀌었다.

그리고 밀림에서는 야생 자두나무가 자란다, 지천으로.

지천으로 널려 있네, **바바**, 아주……

이어 눈물이 쏟아졌고 운명에 대한 처량한 반항이 이어지다가 그녀는 마침내 잠이 들었다. 잠자는 중에도 가벼운 신음을 내지르면서 오른팔을 밖으로 쭉 내밀었는데 마치 거기에 없는 어떤 것을 보호하려는 듯한 자세였다. 이 밤 이후에 홀든의 삶은 약간 편안해졌다. 늘 근처에서 어른거리는 상실의 고통은 그를 업무에 열중하게 만들었고 일은 하루 아홉에서 열 시간을 채워 줌으로써 그에게 보답했다. 아미라는 집 안에 홀로 앉아 깊은 생각에 잠겼으나 홀든의 마음이 편안해졌다는 것을 알고서 여인의 관습에 따라 점점 더 행복해졌다. 그들은 다시 행복의 손을 잡았지만 이번에는 아주 조심했다.

"토타가 죽은 것은 우리가 그 애를 사랑했기 때문이에요. 하느님의 질투가 우리에게 내린 거예요." 아미라가 말했다. "나는 우리에게서 액운을 물리치기 위해 창문에다 커다란 검은 항아리를 내걸었어요. 우리는 즐겁다는 주장을 해서는 안 돼요. 별들 아래에서 조용히 움직여야 해요. 하느님이 우리를 발견하지 못하도록. 이건 좋은 말이 아닌가요, 쓸데없는 사람?"

그녀는 자신의 의도가 진지하다는 것을 증명하기 위해 '사랑하는 사람'을 그렇게 바꾸어 말하면서 그 말을 힘주어 발음했다. 그러나 그런 새로운 세례식에 뒤이은 키스는 아주 사랑스러운 것이어서 그 어떤 신도 질투할 만했다. 그들은 계속 "그건 아무것도 아니야, 아무것도 아니야" 하고 말했고 모든 천상의 힘이 그 말을 들어주기를 희망했다.

그러나 그 힘들은 다른 일에 바빴다. 그들은 3천만 명의 주민들에게 4년간 풍년을 내려 주어, 사람들은 잘 먹었고 풍작은 확실했으며 출생률은 해마다 높아졌다. 행정구역들은 인구 조밀한 땅의 평방 마일당 900명에서 2천 명까지 다양한 농업인구가 활동하고 있다고 보고했다. 한 하원 의원은 중산모에 연미복을 입고 인도 전역을 방문하면서 영국 통치의 혜택을 크게 선전했고 합법적인 절차로 제정된 선거제도와 투표권의 전면적인 부여만이 유일하게 남아 있는 한 가지 필요 사항이라고 말했다. 오래 고통을 받아 온 지역 주인들은 미소를 지었고, 그 의원이 말을 멈추고 붉은 **다크** 나무의 꽃망울을 아주 세련된 말로 찬탄하자, 전보다 더 활짝 미소 지었다. 하지만 그 꽃망울은 어울리지 않는 시기에 피어, 다가올 것을 미리 예고하고 있었다.

코트 쿰하르센의 행정 차관은 그날 클럽에 나와 있었는데 그가 가볍게 한 말을 홀든은 한구석에서 엿듣고서 온몸의 피가 얼어붙는 듯했다.

"그는 남의 말은 전혀 신경 쓰지 않았어. 내 평생 그처럼 경악스러운 사람은 본 적이 없어. 정말, 그는 하원에 나가서 그 질문을 하려는 것 같았어. 그의 배에 같이 탄 동료 승객—그의 바로 옆에서 식사한 사람—은 콜레라로 자리에 눕더니 열여덟 시간 만에 사망했어. 이봐, 친구들, 웃지 말라고. 하원의 의원은 그 사실에 대해서 아주 화를 냈어. 하지만 실제로는 겁먹은 거야. 나는 그가 이제야 현실을 제대로 깨닫고 인도를 떠날 거라고 생각해."

"그가 제대로 깨달았으면 좋겠구먼. 그러면 그이 마음에 드는 몇몇 교구 위원들이 그들 교구에서 자리를 지키겠지. 하지만 이 콜레라는 무슨 소리야? 그런 질병이 나돌기에는 시기가 너무 이른데." 이익을 내지 못하는 함염지含鹽地의 감독관이 말했다.

"모르겠어." 행정 차관이 생각에 잠기며 말했다. "우리한텐 이미 메뚜기 떼가 날아왔어. 북부 전역에서 산발적으로 콜레라가 나돌고 있어. 의례상 그걸 산발적이라고 말할 뿐이야. 다섯 군데 지역에서 춘계 곡식이 실적 미달이 났어. 그리고 아무도 장마가 언제 올지 아는 것 같지 않아. 이제 거의 3월이잖아. 사람들을 겁 줄 생각은 없지만, 내가 볼 때 자연이 올해 여름에 커다란 붉은 연필을 들고 계정을 적자 처리할 것 같아."

"아, 그게 내가 휴가를 떠날 때였으면 좋겠는데!" 방 저쪽에서 어떤 목소리가 말했다.

"올해에 휴가는 별로 없고 진급이 많이 될 거야. 나는 정부를 상대로 기근 구제 작업의 목록에다 내가 추진하는 운하 사업을 올려놓아 달라고 계속 설득하고 있어. 불길한 걸 가져오는 건 나쁜 바람이거든. 그러니 빨리 운하를 완성해야 돼."

"그럼 예전의 오래된 그 절차입니까?" 홀든이 말했다. "기근, 열병, 콜레라?"

"아니, 아니야. 일부 지역의 흉작에다 계절병이 이상하게 창궐하는 것뿐이야. 자네가 내년까지 살아 있다면 그걸 모든 보고서에서 발견할 걸세. 자네는 운이 좋은 친구야. **자네는** 피해를 우려하여 타 지역으로 보내야 할 아내도 없지 않은가. 올해 언덕의 주재소에는 여자들이 가득하게 될 거야."

"**바자**에서 떠도는 얘기를 너무 과장하시는 게 아닌지요." 사무국의 젊은 공무원이 말했다. "제가 보기로는—"

"물론 본 것도 있겠지." 행정 차관이 말했다. "하지만, 여보게 좀 더 많이 살펴봐야 할 걸세. 그런데 나는 자네에게 할 말이—" 차관은 그를 한쪽 구석으로 데려가서 그가 소중히 여기는 운하 공사에 대하여 논의했다. 홀든은 숙소로 돌아가서 자신이 더 이상 이 세상에서 혼자가 아니라는 사실을 깨달았고 동시에 다른 사람을 위해 자신이 두려워한다는 것을 알았다. 그것은 남자의 영혼을 가장 잘 충족시켜 주는 두려움이었다.

두 달 뒤 차관이 예측한 대로, 자연이 커다란 붉은 연필을 들고 계정을 적자 처리하기 시작했다. 춘계 수확이 끝나자마자 빵을 달라는 외침이 터져 나왔고 식량 부족으로 굶어 죽는 사람이 있어서는 안 된다고 선언했던 정부는 밀을 보내왔다. 이어 동서남북의 모든 방위에서 콜레라가 찾아왔다. 그것은 성지에 모여든 50만의 순례자 모임을 덮쳤다. 많은 사람이 그들의 하느님의 발치에서 사망했다. 다른 사람들은 멀리 떨어진 땅으로 도망치면서 그 전염병의 균을 함께 가지고 갔다. 그것은 성벽 도시를 덮쳐서 하루에 200명을 죽였다. 사람들은 기차에 몰려들어 승하차 발판에 매달리거나 차량의 지붕에 쪼그리고 앉았다. 하지만 콜레라가 그들을 따라왔다. 그리하여 각 역에서는 죽었거나 죽어 가는 사람들을 끌어 내려야 했다. 그들은 길가에서도 죽었으며 영국인들이 탄 말들은 풀 속의 시체들을 보고서 뒷걸음질 쳤다. 장마는 오지 않았고, 땅은 사람들이 그 속으로 숨어서 죽음을 피하지 못하도록 쇳덩어리가 되었다. 영국인들은 아내들을 산속으로 보냈고, 근무를 하던 도중에 전선에서 사망으로 결원이 나면 그 자리를 채우라는 명령을 받았다. 홀든은 이 세상에서 가장 소중한 보물을 잃을까 봐 거의 병이 날 지경이었고, 아미라에게 어머니와 함께 히말라야산맥으로 대피하라고 최선을 다해 설득했다.

"내가 왜 가야 해요?" 어느 날 저녁 그녀가 옥상에서 말했다.

"전염병이 돌아서 사람들이 죽어 나가고 있어. 백인 **멤로그**는 이미 다 대피했어."

"그들 모두가?"

"모두가. 물론 죽음을 각오하고 뒤에 남아 남편의 부아를 돋우는 일부 바보들만 빼고."

"아니에요. 뒤에 남은 여자는 나의 자매예요. 당신은 그 여자를 욕해서는 안 돼요. 나도 바보니까. 모든 대담한 **멤로그**가 다 가 버렸다니 기뻐요."

"내가 여인에게 말하는 거야, 아니면 아기에게 말하는 거야? 산간지대로 가. 당신이 여왕의 딸처럼 갈 수 있도록 편의를 봐줄 테니까. 생각 좀 해 봐, 이 어린애야. 붉은 옻칠을 한 황소 수레에 베일과 커튼을 드리우고, 놋쇠 공작을 기둥에 붙이고, 또 붉은 천을 휘날리면서 가게 해 줄 테니까. 경비원으로 두 명의 심부름꾼을 붙여 줄게. 그리고—"

"조용히 하세요! 그렇게 말하는 당신이야말로 어린아이예요. 그런 장난감들이 내게 무슨 소용이에요? **그 애라면** 황소의 등을 두드리고 말 장식을 가지고 놀았겠지요. 그 애 때문이라면—당신은 나를 아주 영국인으로 만들었어요—나는 산속으로 갔을 거예요. 하지만 이제는 가지 않겠어요. **멤로그**나 가라고 하세요."

"여보, 남편들이 아내들을 산속으로 보내고 있다니까."

"아주 좋은 얘기네요. 당신이 언제부터 내 남편이 되어 나한테 이래라저래라 하게 되었어요? 난 당신에게 아이를 딱 하나 낳아 주었을 뿐이에요. 당신이 내 영혼이 바라는 전부예요. 악이 이 조그마한 손톱—정말 작지요?—정도의 숨결로 당신에게 죽음을 내릴지 모르고, 또 설사 내가 천국에 있더라도 그걸 알아내고 말

텐데 내가 어떻게 떠나겠어요? 그리고 여기에서 당신은 이번 여름에 죽을지도—**아이, 야니, 죽을지도!**—몰라요. 만약 당신이 죽어 간다면 그들은 백인 여자를 불러서 당신을 간호하라고 할 거예요. 그 여자는 마지막 순간에 내 사랑을 빼앗아 갈 거라고요!"

"하지만 사랑은 순간적으로 생겨나거나 죽음의 침상에서 생겨나는 것이 아니잖아!"

"돌 같은 심장이여, 당신이 사랑에 대하여 무엇을 알아요? 그여자는 적어도 당신의 감사 인사를 받을 것이고, 그러면 나는 하느님, 예언자, 예언자의 어머니인 비비 미리암의 이름으로 그런 꼴을 봐주지 못해요. 나의 주인이며 나의 사랑인 분이여, 피신하라는 어리석은 얘기는 더 이상 하지 마세요. 당신이 있는 곳에 나도 있는 거예요. 그거면 충분해요." 그녀는 그의 목에 팔을 두르고 그의 입을 손으로 가렸다.

칼의 그늘 아래에서 몰래 훔쳐 낸 행복의 순간처럼 더 완벽한 순간은 없다. 그들은 함께 앉아 웃음을 터뜨렸고 서로 아주 사랑스러운 별명으로 불렀는데 그것은 신들의 분노를 자아내기에 충분했다. 그들의 발아래에 있는 도시는 그 나름의 고뇌 속에 꽁꽁 갇혀 있었다. 거리에서는 유황불이 타올랐다. 힌두 사원들의 반원형 지붕에서는 비명과 탄식이 터져 나왔다. 이 당시 신들은 무관심했기 때문이다. 거대한 이슬람 사원에서 사람들이 예배를 올렸고 뾰족탑에서는 쉴 새 없이 기도 소리가 흘러나왔다. 사람들은 사자의 집들에서 흘러나오는 곡소리를 들었고 어떤 어머니는 잃어버린 아들의 이름을 부르며 아들을 돌려 달라고 소리쳤다. 회색빛 새벽이 오면 사람들은 죽은 자들이 도시의 성문을 통하여 밖으로 운송되는 것을 보았고, 각각의 들것에는 애도하는 사람 몇몇이 달라붙어 있었다. 그들은 서로 키스하며 몸을 떨었다.

그것은 붉은 연필로 해치우는 대규모 손실 처리였다. 땅은 크게 병들어 있었고 다소의 숨 쉴 여유가 있어야만 값싼 생명의 홍수가 다시 그 땅 위를 범람할 수 있을 것이었다. 미숙한 아버지들과 덜 발달된 어머니들의 자식들은 아무런 저항도 하지 않았다. 그들은 겁먹고 가만히 앉아서 11월이 되어 그 칼이 스스로 칼집에 도로 들어가기만을 기다렸다. 영국인들 사이에서도 결원이 발생했고 그것은 곧 채워졌다. 기근 구제, 콜레라 대피소, 의약품 분배, 약간의 위생 시설 등을 감독하는 작업이 계속 진행되었다. 상부에서 그렇게 하라고 명령이 내려왔던 것이다.

홀든은 다음번 결원이 발생할 경우 그 자리를 채울 준비를 하고 있으라는 지시를 받았다. 그는 하루에 열두 시간이나 아미라를 보지 못했다. 그녀는 세 시간 이내에 죽을 수도 있었다. 그는 석 달이나 그녀를 보지 못하거나 그녀가 죽을 때 옆에 있지 못하는 고통을 생각하고 있었다. 그는 그녀가 죽을 것이라고 확신했다. 어느 정도 확신했는가 하면, 그가 전보에서 고개를 쳐들고 문턱에 숨을 죽이고 서 있는 피르 칸을 보는 즉시 웃음을 터트릴 정도였다. "그래서?" 그가 말했다.

"밤중에 곡소리가 나고 정신이 목구멍 속에서 퍼덕거릴 때, 누가 그것을 회복시킬 마법을 갖고 있습니까? 빨리 오십시오, 하늘에서 태어난 분이여! 검은 콜레라입니다."

홀든은 말을 달려 그의 집으로 갔다. 하늘에는 구름이 낮고 무겁게 깔려 있었다. 오래 지연된 장마가 가까이 다가왔고 더위는 숨 막힐 지경이었다. 아미라의 어머니가 그를 안뜰에서 만나서 슬프게 속삭였다. "그녀는 죽어 가고 있어요. 죽음의 품 안으로 다가가고 있다고요. 그녀는 거의 죽은 사람이나 다름없어요. 난 어떻게 해야 하지요, 사히브?"

아미라는 토타가 태어난 방에 누워 있었다. 홀든이 들어가도 아미라는 아무런 표시도 하지 않았다. 인간의 영혼은 아주 외로운 것이어서, 아주 멀리 떠날 준비가 되었을 때에는 안개 같은 경계지에 그 자신을 감추기 때문에 살아 있는 사람은 그곳까지 따라갈 수가 없다. 검은 콜레라는 그 일을 조용히 아무런 설명도 없이 해치웠다. 죽음의 천사가 그녀의 이마에 손을 얹은 것처럼, 아미라는 생명으로부터 밀려 나가고 있었다. 가쁜 호흡은 그녀가 두려워하거나 고통스러워한다는 것을 보여 주었지만, 눈과 입은 홀든의 키스에 반응하지 않았다. 말해 줄 수도 뭔가 해 줄 수도 없었다. 홀든은 기다리면서 고통받을 뿐이었다. 장마의 첫 빗방울이 옥상에 떨어졌고 그는 건조한 도시에서 내지르는 기쁨의 외침 소리를 들을 수 있었다.

영혼은 잠시 돌아왔고 입술이 움직였다. 홀든은 몸을 숙이면서 귀를 기울였다. "내 것은 아무것도 남기지 마세요." 아미라가 말했다. "내 머리에서 머리카락을 잘라 내지 마세요. **그 여자는** 나중에 당신에게 그걸 태우라고 할 거예요. 그 불길을 나는 느낄수 있어요. 낮추세요! 몸을 좀 더 낮추세요! 내가 당신의 것이었고 당신에게 아들을 낳아 드렸다는 걸 기억하세요. 설령 당신이내일 백인 여자와 결혼한다고 해도, 당신의 두 팔에 첫아들을 안아 보는 기쁨은 영원히 당신에게서 사라진 거예요. 당신의 아이가 태어나면 나를 기억하세요. 모든 사람 앞에서 당신의 이름을이어 갈 그 아들. 그 아들의 불운은 모두 내가 대신 맡을 거예요. 나는 맹세해요—맹세해요." 그녀의 입술은 그의 귀 가까운 곳에서 움직였다. "내 사랑이여, 당신이 없으면 하느님도 없어요."

이어 그녀는 죽었다. 홀든은 아무 생각도 하지 못한 채 가만히앉아 있었다. 그때 아미라의 어머니가 커튼을 들어 올리는 소리가 들렸다.

"그녀는 죽었습니까, 사히브?"

"죽었어요."

"그러면 나는 곡을 해야겠군요. 그다음에는 이 집의 가구 목록을 작성할 겁니다. 그건 나의 것이니까. 사히브는 그걸 다시 가져갈 생각은 아니지요? 사히브, 이건 몇 가지 안 됩니다. 게다가 나는 늙은 여자입니다. 나는 부드럽게 눕고 싶습니다."

"제발 잠시만 조용히 있어 주세요. 밖으로 나가서 내가 안 듣는 곳에서 곡을 하세요."

"사히브, 그녀는 네 시간 안에 매장을 해야 합니다."

"나는 관습을 알고 있어요. 그녀를 데려가기 전에 내가 먼저 갈 겁니다. 그 문제는 당신이 알아서 하세요. 그런데 저 침대, 그녀가 누워 있는 저 침대는—"

"아하! 붉은 옻칠을 한 아름다운 침대 말이군요. 나는 그걸 오랫동안 소망—"

"그 침대는 여기 그대로 놔둬서 내가 치우게 해 주세요. 집 안의 나머지 것들은 모두 당신 것입니다. 수레를 임차해서 모든 걸 다 가져가세요. 해 뜨기 전에 내가 놔두라고 한 것 외에는 모두 다 치워 버리세요."

"나는 늙은 여자입니다. 적어도 며칠간은 여기 있으면서 애도를 해야 돼요. 게다가 장마가 방금 시작되었습니다. 내가 어디로 갈 수 있겠어요?"

"그게 나와 무슨 상관입니까? 나는 모든 걸 다 치우라고 말했습니다. 집 안의 가구들은 1천 루피는 됩니다. 오늘 밤 내 심부름꾼을 시켜서 당신에게 100루피를 갖다드리겠습니다."

"그건 아주 작은 돈이에요. 수레 빌리는 값을 생각해 보세요."

"당신이 지금 즉시 재빨리 가 버리지 않는다면 아무것도 없게 될 겁니다. 오, 어머니, 어서 여길 떠나서 내가 망자와 함께 있게 해 주세요!"

어머니는 계단 아래로 걸어 내려갔고 집 안의 가구들을 챙기느라고 장례 절차 같은 것은 잊어버렸다. 홀든은 아미라 곁에 머물렀고 비가 지붕을 두드려 댔다. 그는 조리 있는 생각을 해 보려고 애썼으나 소음 때문에 그렇게 할 수가 없었다. 이어 네 명의 하얀 천을 두른 자들이 빗방울을 뚝뚝 흘리며 방 안으로 들어와 그들의 베일을 통하여 그를 쳐다보았다. 그들은 망자를 씻어 주는 염습하는 자들이었다. 홀든은 방에서 나와 매어 둔 말 쪽으로 향했다. 그는 아까 발목 깊이의 먼지를 밟으며 괴괴하고 숨막히는 정적 속에서 방까지 올라왔었다. 이제는 안뜰에 빗물로 물웅덩이가 만들어져 거기서 개구리들이 노는 광경이 보였다. 노란 물의 분류가 대문 아래로 흘러내렸고 노호하는 바람은 사냥용 산탄처럼 빗줄기를 몰고 가 흙벽을 때렸다. 피르 칸은 대문 옆의 자그마한 오두막에서 떨고 있었는데 매어 둔 말은 빗속에서 불안하게 뛰어오르고 있었다.

"사히브의 명령을 전해 들었습니다." 피르 칸이 말했다. "그건 아주 좋습니다. 이 집은 이제 황폐합니다. 저 또한 가야 합니다. 제 원숭이 얼굴이 지금까지 있었던 일을 상기시킬 테니까. 침대는 내일 아침에 저 너머에 있는 주인님의 숙소에 운반해 드리겠습니다. 하지만 사히브, 기억하십시오. 그건 주인님의 초록색 상처를 후벼 파는 칼이 될 겁니다. 저는 순례를 갈 예정이어서 돈은 받지 않겠습니다. 저는 주인님의 보호 아래 살이 쪘고 이제 주인님의 슬픔은 곧 제 슬픔입니다. 저는 마지막으로 주인님의 등자를 잡습니다."

그는 양손으로 홀든의 발을 만졌고, 말은 삐걱거리는 대나무들이 하늘을 때리고, 개구리들이 일제히 울어 대는 도로로 달려 나갔다. 홀든은 비 때문에 피르 칸의 얼굴을 볼 수가 없었다. 그는 눈앞으로 손을 내밀면서 중얼거렸다.

"홀든, 이 짐승! 이 순전한 짐승!"

그의 비보는 이미 독신자 숙소에 퍼졌다. 그는 아흐메드 칸이 식사를 가지고 들어올 때 집사의 눈빛을 보고서 그 사실을 알았다. 그는 평생 동안 처음이자 마지막으로 주인의 어깨에 손을 얹고서 말했다. "사히브, 어서 드십시오. 고기는 슬픔을 이기는 좋은 보약입니다. 저 또한 슬픔을 알고 있습니다. 사히브, 더욱이 유령들은 오고 갑니다. 이건 카레를 바른 달걀입니다."

홀든은 먹을 수도 잠잘 수도 없었다. 하늘은 그날 밤 8인치의 비를 내려보내어 땅을 깨끗이 씻어 냈다. 장맛비는 벽을 허물었고, 도로를 파괴했으며, 무슬림 매장지에 있는 얕은 무덤들을 파헤쳤다. 다음 날 내내 비가 왔다. 홀든은 그의 집에 조용히 앉아서 그의 슬픔을 생각했다. 사흘째 되는 날 아침에 그는 '리케츠, 민도니가 죽어 가고 있음. 홀든 즉시 교대 요망'이라고 적힌 전보를 받았다. 그는 떠나기 전에 그가 주인이요 남편이었던 집을 한 번 둘러보겠다고 생각했다. 비가 잠시 멈추었고 축축한 땅에서는 증기가 피어올랐다.

그는 장맛비가 대문의 흙기둥을 파괴하고, 그의 생활을 지켜 주었던 무거운 목제 대문이 경첩에서 빠져서 너덜거리는 광경을 목도했다. 안뜰에는 풀이 3인치 높이로 자라 있었다. 피르 칸의 작은 방은 비어 있었고, 물에 젖은 이엉이 들보들 사이로 축 처져 있었다. 그 집이 지난 사흘만 비어 있었던 것이 아니라 30년 동안 비어 있었던 것처럼, 베란다에서 회색 다람쥐가 뛰놀았다. 아미라의 어머니는 곰팡이가 핀 돗자리 외에는 모든 것을 치워 버렸다. 바닥을 황급히 기어가는 작은 전갈의 **틱-틱** 하는 소리가 집 안에서 나는 유일한 소리였다. 아미라의 방과 토타가 살았던 다른 방에는 곰팡이가 가득했다. 옥상으로 올라가는 비좁은 계단은 비에 실려 온 진흙으로 줄무늬와 얼룩이 져 있었다. 홀든은 이 모든 것을 둘러보고 집에서 나오다가 땅 주인 두르가 다스를 길에서 만났다. 뚱뚱하고 상냥하고 하얀 모슬린을 입은 다스는 C자형 스프링이 달린 1인승 마차를 몰고 있었다. 그는 지붕들이 어떻게 최초의 장맛비 충격을 견디어 냈는지 살펴보기 위해 그 일대의 땅을 둘러보는 중이었다.

"내 듣기로," 그가 말했다. "당신은 여기를 더 이상 사용하지 않을 거지요, 사히브?"

"당신은 여길 어떻게 할 생각입니까?"

"글쎄요. 다시 세를 놓을 수도 있고요."

"그렇다면 출장 나가 있는 동안 계속 빌리고 싶습니다."

두르가 다스는 잠시 말이 없었다. "사히브, 여기를 더 이상 사용할 수 없습니다. 젊은 시절에는 나 또한……, 하지만 나는 오늘날 시청의 위원입니다. 하! 하! 아니, 새들이 떠나간 다음에 둥지를 그대로 유지하면 뭐 합니까? 나는 저 집을 철거할 겁니다. 목재는 언제나 제값을 받고 팔 수가 있으니까. 저 집을 철거하면 시청은 원했던 대로 여길 가로질러 길을 낼 겁니다. 저기 불태우는 고갯길에서 도시의 성벽까지 이어지는 길 말입니다. 그러면 아무도 이 집이 어디에 서 있었는지 알지 못할 겁니다."

거미줄

The Cobweb

사키

김석희 옮김

그 농가 부엌은 아마 우연히 또는 무턱대고 선택한 결과로 지금 그 자리에 세워졌을 테지만, 어쩌면 농가 건축의 뛰어난 전략가가 그 위치를 계획했을지도 모른다. 낙농장과 닭장과 허브 정원, 그리고 농가에서 사람·왕래가 잦은 곳은 모두 농가의 안식처인 부엌과 편리하게 이어져 있는 듯했다. 돌바닥이 깔린 넓은 부엌에는 무엇이든 놓아둘 수 있는 공간이 있었고, 진흙 묻은 장화가 흔적을 남겨도 쉽게 청소할 수 있었다. 하지만 부엌은 분주한 인간 활동의 중심부에 자리 잡고 있으면서도, 커다란 벽난로 너머의 격자 창문 밑에 설치된 넓은 의자에서는 언덕과 히스 그리고 나무 우거진 산허리의 골짜기가 펼쳐진 풍경을 내다볼 수 있었다. 창문이 있는 구석은 그 자체가 작은 방 하나를 이루고 있었고, 위치와 특성에서 보자면 농가에서 가장 쾌적한 방이었다.

남편이 이 농가를 유산으로 물려받았기 때문에 얼마 전에 이곳으로 이사 온 젊은 래드브럭 부인은 이 아늑한 구석에 탐나는 눈길을 던졌고, 사라사 커튼과 꽃병, 오래된 도자기를 장식한 선반 한두 개로 그곳을 밝고 안락하게 꾸미고 싶어서 손가락이 근질거렸다. 높고 밋밋한 담벼락 안에 갇힌 살풍경하고 음산한 정원이 내다보이는 곰팡내 나는 농가 거실은 안락하거나 아름답게 꾸미기에 쉬운 방은 아니었다.

"좀 더 생활이 안정되면 부엌을 살기 좋게 꾸며서 사람들을 깜짝 놀라게 해 줄 거예요." 젊은 여자는 이따금 찾아오는 손님들에게 말했다. 그 말 속에는 말로 표현되지 않은, 아니 말로 표현되지 않을 뿐만 아니라 그녀 자신도 명백하게 깨닫지 못하는 소망이 담겨 있었다. 에마 래드브럭은 농가의 안주인이었다. 그녀는 남편과 더불어 최종 결정권을 가질 수 있었고, 어느 정도는 자기 마음대로 농가의 일을 조정할 수 있었다. 하지만 그녀가 부엌의 주인은 아니었다.

낡은 찬장 선반 위에 이 빠진 그릇과 백랍 물병, 치즈 강판, 지불한 청구서와 함께 낡아서 누덕누덕한 성경이 놓여 있었다. 성경의 앞장에는 빛바랜 잉크로 94년 전의 세례식이 기록되어 있었는데, 누렇게 바랜 그 페이지에 적힌 이름은 '마사 크레일'이었다. 뭐라고 연신 중얼거리며 절뚝 걸음으로 부엌을 돌아다니는 주름살투성이의 노파, 겨울바람에 이리저리 휘둘리는 가을 낙엽처럼 연약해 보이는 노파가 옛날에는 마사 크레일이었고, 그 후 70여 년 동안은 마사 마운트조이였다. 아무도 기억할 수 없을 만큼 오랫동안 그녀는 화덕과 세탁실과 낙농장 사이를 오고 갔고, 양계장과 텃밭에 나가 투덜거리고 중얼거리고 잔소리를 하면서도 끊임없이 일을 했다. 에마 래드브럭이 농가의 안주인으로 들어왔지만 마사는 어느 여름날 창문으로 벌 한 마리가 날아들기라도 한 것처럼 그녀를 무시했다. 그런 마사를 에마는 처음에는 두려움과 호기심이 섞인 눈으로 지켜보곤 했다. 마사는 너무 늙었고 이제는 완전히 이 집의 일부가 되어서, 그녀를 살아 있는 존재로 생각하기는 어려웠다. 코끝이 하얗고 다리가 뻣뻣해진 채 죽을 날만 기다리는 콜리 개 셉이 쭈글쭈글 말라비틀어진 노파에 비하면 더 인간처럼 보일 정도였다. 마사가 이미 비틀거리고 절뚝거리며 걷는 노파였을 때 셉은 삶의 기쁨에 들떠서 활기차게 뛰어다니던 강아지였다. 지금 셉은 앞도 보이지 않는 숨 쉬는 송장일 뿐이었지만, 마사는 약한 힘으로나마 여전히 일을 계속했다. 여전히 쓸고 닦고 빵을 굽고 빨래를 하고 이런저런 물건을 가져오고 가져갔다. 마사가 키우고 먹이고 돌봐 주고 그 낡은 부엌에서 마지막 작별 인사를 해 준 그 늙은 개들에게 죽음과 함께 죽지 않는 무언가가 있다면, 몇 대에 걸친 개들의 영혼이 그 언덕 위를 헤매 다니고 있을 게 분명하다고 에마는 속으로 생각하곤 했다. 그리고 마사는 평생 동안 대대로 이 세상을 떠난 사람들에 대해서도 많은 추억을 갖고 있을 게 분명했다. 하지만 마사한테서 지난 시절의 이야기를 끌어내기는 어려웠고, 하물며 에마 같은 이방인이라면 더 말할 나위도 없었다. 마사가 새되고 떨리는 목소리로 하는 말이라고는 잠그지 않고 내버려 둔 문, 엉뚱한 곳에 잘못 놓인 양동이, 사료를 줄 시간이 지나 버린 송아지들, 그 밖에 농가의 일상에 변화를 주는 다양하고 사소한 실수와 착오에 대한 잔소리뿐이었다. 이따금 선거철이 다가오면 마사는 지난 시절에 선거전을 치른 저명인사들에 대한 기억을 풀어놓곤 했는데, 티버턴 쪽에 살았던 파머스턴*이라는 인사도 그 중 하나였다. 티버턴은 직선거리로는 별로 멀지 않았지만 마사에게는 거의 외국이나 마찬가지였다. 나중에는 노스코트와 애클랜드, 그 밖에 마사가 기억하지 못하는 새 이름들이 많이 나왔다. 이름은 계속 바뀌었지만 자유당과 토리당, 색깔로 표현하면 노란색과 파란색은 항상 있었다. 그리고 그들은 항상 누가 옳고 그른지에 대해 언쟁을 벌이고 고함을 질러 댔다. 그들의 가장 격렬한 말다툼거리가 된 것은 성난 표정을 짓고 있는 훌륭한 노신사였다. 마사는 벽에 걸린 그 노신사의 초상화를 본 적이 있었다. 마사는 그 초상화가 마룻바닥에 내동댕이쳐져 있고 그 위에 썩

● 제3대 파머스턴 자작(1784~1865). 영국의 정치가. 영국 남서쪽 데번 주에 있는 소도시인 티버턴 출신의 하원 의원(1831~1865)으로 총리 직을 두 차례(1855~1858, 1859~1865) 역임했다.

은 사과가 던져져 으깨진 것도 본 적이 있었다. 농장주들이 지지하는 정당이 이따금 바뀌었기 때문이다. 마사는 어느 쪽 편도 든 적이 없었다. '그들' 가운데 농장에 조금이라도 도움이 된 사람은 아무도 없었기 때문이다. 바깥세상에 대한 농민의 불신을 고려할 때 마사의 포괄적인 평결은 그러했다.

반쯤 두려움이 섞인 호기심이 차츰 사라지자 에마 래드브럭은 노파에 대한 또 다른 감정을 의식하고 불쾌해졌다. 마사는 언제까지나 이 집에 머무른 채 떠나지 않는 기묘하고 오랜 전통이었다. 마사는 농장 자체의 본질적인 부분이었고, 애처로우면서도 당당했다. 하지만 그녀는 지독하게 방해가 되었다. 에마는 사소한 개혁과 개량에 대한 계획을 잔뜩 품고 농장에 왔다. 그것은 그녀가 최신 유행과 방식을 배운 결과이기도 했고, 그녀 자신의 발상과 취미의 결과이기도 했다. 하지만 늙어서 가는귀먹은 마사를 설득하여 부엌 개조 계획을 들려주었다 해도 마사는 건성으로 듣고 비웃으며 퇴짜를 놓았을 것이고, 낙농장 일과 시장에 내다 팔 농축산물을 처리하는 일을 비롯하여 집안일의 태반이 부엌 일대에서 이루어졌다. 늙은 마사가 80년 가까이 해 온 대로 시장 진열대에 내놓을 죽은 닭의 다리와 날개를 모두 몸통에 묶어서 가슴이 보이지 않도록 처리하는 동안, 닭을 쉽게 처리하는 최신 기술을 알고 있는 에마는 구경꾼으로 무시당하면서 옆에 앉아 있었다. 그리고 젊은 에마는 효율적인 청소 방법이나 일

할 때 힘이 덜 드는 방법, 위생에 도움이 되는 방법에 대한 수많은 힌트를 기꺼이 나누어 주거나 실행할 준비가 되어 있었지만, 그녀의 말에 전혀 주의를 기울이지 않고 투덜대기만 하는 그 병약한 노파 앞에서는 그것도 아무 소용이 없었다. 무엇보다도 에마가 탐낸 그 창문 구석, 황량한 낡은 부엌에서 고상하고 쾌적한 오아시스가 될 수 있었던 그곳은 지금 온갖 잡동사니가 어수선하게 쌓여서 막혀 있었지만, 에마는 명목상의 권한을 갖고 있으면서도 감히 그 잡동사니를 치울 용기도 없었고 그러고 싶지도 않았다. 그 잡동사니 위에는 인간 거미줄 같은 보호막이 쳐져 있는 것 같았다. 결정적으로 마사가 그것을 방해했다. 그 용감한 노파의 수명이 몇 달 단축되는 걸 보고 싶어 하는 것은 무의미하고 비열한 짓이었을 것이다. 하지만 날이 갈수록 에마는 그녀의 책임이 아닐 수도 있지만 그 소망이 마음속에 숨어 있는 것을 의식했다.

그녀는 어느 날 부엌에 들어갔다가 평소에는 분주한 부엌이 여느 때와 다른 상태인 것을 발견했을 때, 그 비열한 소망이 양심의 가책과 함께 밀려오는 것을 느꼈다. 마사 할멈이 일을 하고 있지 않았던 것이다. 옥수수가 담긴 양동이는 그녀 옆의 바닥에 놓여 있었고, 마당에서는 닭들이 모이를 먹을 시간이 지난 데 항의하며 와글와글 떠들어 대고 있었다. 하지만 마사는 창가 의자에 몸을 웅크리고 앉아서, 가을 풍경보다 이상한 무언가를 보는 것처럼 침침한 눈으로 밖을 내다보고 있었다.

"무슨 일이에요, 마사?" 젊은 마님이 물었다.

"죽음이…… 죽음이 다가오고 있어요." 마사가 떨리는 목소리
로 대답했다. "죽음이 오리라는 건 알고 있었죠. 알고 있었어요.
늙은 셉이 아무 이유도 없이 아침 내내 처량한 소리로 울부짖은
건 아니었어요. 그리고 어젯밤에는 헛간 올빼미가 죽음의 외침
소리를 지르는 걸 들었어요. 어제는 무언가 하얀 것이 마당을 가
로질러 달려갔지요. 그건 고양이도 담비도 아니고 무언가 중요
한 거였어요. 닭은 그게 중요하다는 걸 알고 있었죠. 그래서 모두
한쪽으로 피했지요. 아아, 경고가 있었어요. 나는 그게 다가오리
라는 걸 알았어요."

젊은 마님의 눈이 연민으로 흐려졌다. 거기에 웅크리고 앉아
있는 창백하고 쭈글쭈글한 노파도 한때는 시골길과 건초 더미와
농가 다락방에서 시끄럽게 뛰놀던 쾌활한 소녀였다. 그게 80여
년 전이었고, 이제 마사는 마침내 그녀를 데리러 오고 있는 죽
음의 냉기 앞에서 잔뜩 움츠러든 연약한 노파일 뿐이었다. 그녀
를 위해 할 수 있는 일이 그렇게 많을 것 같지는 않았지만, 에마
는 도움과 조언을 얻기 위해 서둘러 밖으로 나갔다. 남편이 조금
멀리 떨어진 곳으로 나무를 베러 갔다는 것을 그녀는 알고 있었
지만, 어느 정도 판단력이 있고 노파를 그녀보다 잘 아는 사람을
찾을 수 있을 터였다. 농가 마당은 밭에서 일하는 사람을 모두

삼켜서 아무도 보이지 않게 되는 경우가 흔하다. 그녀는 자기 농장도 그런 능력을 갖고 있다는 것을 곧 알게 되었다. 닭들은 흥미를 느낀 듯 그녀를 졸졸 뒤따라왔고, 돼지들은 우리 안에서 무슨 일이냐고 묻는 듯이 꿀꿀거렸지만, 헛간 마당과 건초 마당, 과수원과 마구간, 낙농장을 다 찾아보아도 사람은 눈에 띄지 않았다. 그녀가 왔던 길을 되짚어 부엌 쪽으로 돌아가다가, 사람들이 모두 짐 씨라고 부르는 남편의 사촌과 갑자기 마주쳤다. 짐 씨는 비전문적으로 말을 거래하고 토끼를 사냥하고 농장 하녀들과 농탕치는 데 시간을 골고루 분배하며 살고 있는 젊은이였다.

"아무래도 마사가 죽을 것 같아요." 에마가 말했다. 짐은 부드럽게 소식을 전할 필요가 있는 상대가 아니었다.

"말도 안 돼요." 짐이 말했다. "마사는 100살까지 살 작정이에요. 나한테 그렇게 말했고, 분명 100살까지 살걸요."

"실은 지금 이 순간에도 죽어 가고 있을지 몰라요. 아니면 그건 붕괴의 시작일 수도 있죠." 에마는 젊은이의 아둔함과 둔감함을 경멸하면서 고집스럽게 말했다.

짐의 선량한 얼굴에 웃음이 번졌다.

"그런 것 같진 않은데요." 그는 마당 쪽을 턱으로 가리키며 말했다. 에마는 그 말의 의미를 파악하려고 고개를 돌렸다. 늙은 마사가 닭 무리 한복판에 서서 모이를 주위에 한 줌씩 뿌리고 있었다. 청동빛으로 번쩍이는 깃털과 진홍빛 육수●를 가진 수컷 칠면

조, 동양풍 깃털이 강렬한 금속성 광택을 띠고 있는 싸움닭, 황토색과 담황색과 황갈색 깃털에 진홍색 볏을 가진 암탉들, 그리고 암녹색 머리를 가진 수컷 오리들이 화려한 색깔의 혼합체를 이루었고, 그 한복판에 서 있는 노파는 화려한 색깔의 꽃들 속의 시들어 버린 꽃자루처럼 보였다. 하지만 그녀는 사나운 부리들 한복판에서 능숙하게 모이를 뿌렸고, 그녀의 떨리는 목소리는 그녀를 지켜보고 있는 두 사람한테까지 들려왔다. 그녀는 아직도 농장에 다가오는 죽음에 대해 같은 말을 되풀이하고 있었다.

"죽음이 다가오고 있다는 걸 난 알았어. 조짐과 경고가 있었지."

"그럼 누가 죽었나요, 할머니?" 젊은이가 외쳤다.

"젊은 래드브럭 씨야." 마사는 새된 목소리로 대답했다. "방금 사람들이 시신을 가져왔어. 쓰러지는 나무를 피해 달아나다가 쇠기둥에 충돌했대. 사람들이 발견했을 때는 이미 죽은 뒤였지. 아아, 나는 죽음이 다가오는 걸 알고 있었어."

그리고 마사는 돌아서서, 뒤늦게 그녀를 향해 달려오고 있는 뿔닭 한 무리에게 모이 한 줌을 던져 주었다.

그 농장은 집안의 재산이었기 때문에, 토끼를 사냥하는 사촌

● 칠면조나 닭 따위의 목 부분에 늘어져 있는 붉은 피부.

동생이 제일 가까운 친척으로 농장을 물려받았다. 에마 래드브럭은 열린 창문으로 들어온 벌이 다시 창밖으로 휙 날아가듯 농장의 역사에서 빠져나갔다. 어느 춥고 흐린 날 아침, 그녀는 농장 달구지에 자기 짐을 다 실어 놓고, 시장에 내다 팔 축산물이 준비되기를 기다리고 서 있었다. 그녀가 탈 기차는 시장에 내다 팔 닭고기와 버터와 달걀보다 덜 중요했기 때문이다. 그녀가 서 있는 곳에서는 길쭉한 격자 창문의 모서리가 보였다. 커튼을 쳐서 아늑하게 꾸미고 꽃병을 놓아서 화려하게 꾸미려 했던 그 창문이었다. 저 격자 창문으로 멍하니 밖을 내다보는 창백한 얼굴은 앞으로 몇 달 동안, 아니 어쩌면 몇 년 동안, 그녀가 까맣게 잊힌 뒤에도 오랫동안 사람들 눈에 보일 것이고, 힘없이 중얼거리는 떨리는 목소리가 포석이 깔린 그 길을 오르내리는 것이 사람들 귀에 들릴 거라는 생각이 문득 에마의 마음속에 떠올랐다. 그녀는 농장의 식료품 저장실로 통하는 좁은 여닫이문으로 다가갔다. 문에는 빗장이 걸려 있었다. 마사는 탁자 앞에 서서 거의 80년 동안 해 온 대로 시장 진열대에 내놓을 닭의 날개와 다리를 몸통에 묶고 있었다.

우렛소리
A Sound of Thunder

레이 브래드버리

조호근 옮김

벽에 붙은 광고 문구는 미지근한 물의 막 아래에서 일렁이는 것처럼 보였다. 간판을 바라보는 에켈스의 눈꺼풀이 깜빡였고, 찰나의 어둠 속에서 간판의 글씨가 각인되어 빛났다.

시간 사파리 주식회사

과거

어느 때로든 갈 수 있는 사파리.

동물의 종류를 말씀해 주십시오.

저희가 그곳으로 데려다드립니다.

당신은 총만 쏘시면 됩니다.

에켈스의 목구멍에 뜨뜻한 가래가 고였다. 그는 가래를 삼켜

배 속으로 넘겼다. 천천히 허공으로 손을 내미는 그의 입 근육이 미소를 만들었고, 바로 그 손에는 책상 너머에 앉은 남자에게 내미는 1만 달러짜리 수표가 들려 있었다.

"이 사파리 상품이 무사 귀환까지 보장해 주나?"

"저희는 아무것도 보장하지 않습니다." 사무원이 말했다. "공룡을 제외하고는요." 그리고 그는 몸을 돌렸다. "이쪽은 트래비스 씨입니다. 손님의 과거 사파리 안내자죠. 무엇을, 어디를 쏴야 할지를 알려 드릴 겁니다. 만약 이 사람이 쏘지 말라고 말하면 쏘지 않으셔야 합니다. 지시에 불응하실 경우, 추가로 1만 달러의 벌금이 부과되며, 돌아오신 후에 정부 측에서 움직일 수도 있습니다."

에켈스는 난장판에 가까운 널찍한 사무실 안을 한번 훑어보았다. 온갖 전선과 강철 상자들이 뒤얽힌 채로 웅웅대고, 그 위로는 오로라가 노란색, 은색, 푸른색으로 번갈아 바뀌며 깜빡이고 있었다. 모든 시간을 모아들여 태우는 듯한 거대한 모닥불 타는 소리가 들렸다. 모든 연도와 모든 양피지 달력들, 모든 시간을 높이 쌓아 올려 불을 붙인 듯한 소리였다.

손으로 한번 건드리기만 하면, 그 순간 이 모닥불은 아름답게 되돌아갈 것이다. 에켈스는 우편 광고에 적혀 있던 문구를 떠올렸다. 숯과 잿더미 속에서, 먼지와 석탄 속에서, 금빛 샐러맨더* 처럼, 옛 시절, 푸르른 시절이 다시 살아난다. 장미 향기가 공기

중에 퍼지고, 백발이 윤기 흐르는 흑발로 변하며, 주름살이 사라진다. 모든 것들이 씨앗으로 돌아가고, 죽음을 피하여 자신의 시초로 돌아가며, 태양은 서쪽 하늘에서 떠올라 노을 가득한 동쪽으로 사라지고, 달은 익숙한 모습과 반대 방향으로 이울어 가며, 모든 것들이 중국 상자처럼 서로의 안으로 되돌아가고, 토끼가 모자 속으로 들어가며, 모든 것들이 새로운 죽음으로 아물어 버린다. 씨앗의 죽음으로, 푸르른 죽음으로, 시초 이전의 시간으로. 손으로 건드리기만 하면 이런 일이 벌어진다. 그저 손으로 건드리기만 하면.

"믿을 수 없군." 에켈스는 여윈 얼굴에 타임머신의 불빛을 받으며 숨을 몰아쉬었다. "진짜 타임머신이라니." 그는 고개를 저었다. "이런 생각이 드는군. 어제 선거 결과가 나쁜 쪽으로 돌아갔다면, 나는 그 결과를 회피하려고 여기에 있을 거라고. 키스가 승리했기에 망정이지. 그 친구는 미국 대통령의 직무를 훌륭하게 수행할 거야."

"그렇죠." 책상 너머에 앉아 있는 남자가 말했다. "우리는 운이 좋은 겁니다. 도이처가 백악관에 들어갔더라면 우리는 가장 끔찍한 독재를 겪게 됐을 겁니다. 모든 것의 적이라고 할 수 있는

● 도마뱀의 형상을 한 서양의 전설상의 동물. 불 속에 살면서 불을 끄는 힘이 있으며, 동물 중에서 가장 강한 독을 가지고 있다고 전해진다.

사람이지요. 군국주의자, 반기독교, 반인본주의, 반지성주의. 사람들이 농담 섞인, 하지만 농담만은 아닌 문의 전화를 해 오더군요. 만약 도이처가 대통령이 된다면 1492년으로 돌아가 살고 싶다는 겁니다. 물론 저희 일은 망명을 주선하는 것이 아니라 사파리 여행을 하는 것이라서요. 어쨌든 이제 키스가 대통령이 되지 않았습니까. 걱정하셔야 하는 일은,"

"내 몫의 공룡을 쏘아 넘기는 것뿐이지." 에켈스가 그의 말을 받아 마무리했다.

"**티라노사우루스 렉스**를 말이죠. 폭군 도마뱀, 역사상 가장 놀라운 괴수를 말입니다. 여기 포기 각서에 서명해 주십시오. 손님께 무슨 일이 벌어지더라도, 그건 저희 책임이 아닙니다. 그 공룡들은 굶주려 있거든요."

에켈스는 화가 나서 얼굴을 붉혔다. "나를 겁주려는 모양이군!"

"솔직히 말씀드려서 그렇습니다. 첫 발을 쏘자마자 겁에 질려 날뛰는 손님들을 원하지는 않으니까요. 작년에만도 사파리 안내자 여섯과 사냥꾼 열둘이 목숨을 잃었습니다. 저희는 지금 손님께 **진짜** 사냥꾼이 원할 만한 최고의 스릴을 제공해 드리려는 겁니다. 6000만 년을 거슬러 올라가, 모든 시간 속에서 가장 큰 사냥감을 처리하는 일이죠. 손님의 개인 수표가 아직 여기에 있습니다. 찢어 버리셔도 좋습니다."

에켈스는 수표를 바라보았다. 그의 손가락이 움찔거렸다.

"행운을 빕니다." 책상 너머에 앉아 있는 남자가 말했다. "트래비스 씨, 이분을 맡아 주세요."

그들은 아무 말 없이 방을 가로질렀다. 총을 든 채로, 타임머신을 향해서, 은빛 금속과 일렁이는 빛을 향해서.

낮이 오고 밤이 오고 낮과 밤이 오고 낮-밤-낮-밤-낮이 찾아왔다. 한 주가, 한 달이, 1년이, 10년이 흘러갔다! 서기 2055년, 서기 2019년. 1999년! 1957년! 그대로 흘러갔다! 기계가 괴성을 울렸다.

그들은 산소 헬멧을 쓰고 내부 통신기를 점검해 보았다.

에켈스는 창백하고 딱딱하게 굳은 얼굴로 완충재를 댄 자리에 앉아 이리저리 흔들리고 있었다. 팔이 떨리는 것이 느껴졌고, 아래를 내려다보자 자신의 손이 신형 라이플을 단단히 붙들고 있다는 것을 알게 되었다. 타임머신 안에는 다른 남자 네 명이 있었다. 사파리 안내자인 트래비스, 그의 조수인 레스퍼런스, 그리고 사냥꾼 빌링스와 크레이머. 그들은 서로를 바라보며 앉아 있었고, 밖에서는 시간이 내달려 사라지고 있었다.

"이 총으로 공룡을 잡을 수 있는 건가?" 에켈스는 자기도 모르게 물었다.

"정확하게 맞히기만 한다면야." 트래비스의 대답 소리가 헬멧에 장착된 통신기를 통해 들려왔다. "어떤 공룡들은 뇌가 두 개 있소. 하나는 머리에, 다른 하나는 척수를 타고 한참 아래쪽에 있지. 우리는 그런 놈들은 취급하지 않소. 너무 위험하거든. 가능하다면 처음 두 발을 눈에 맞히시오. 눈이 멀게 되고, 타격이 뇌로 들어가니까."

기계가 비명을 질렀다. 시간은 거꾸로 돌아가는 영화 필름 같았다. 태양이 정신없이 달려가고, 그 뒤를 따라 수천만 개의 달이 흘러갔다. "생각해 보게." 에켈스가 말했다. "인류 역사 속의 모든 사냥꾼들이 오늘 우리를 부러워할 거라고. 이건 뭐, 아프리카가 일리노이의 전원 풍경으로 보일 지경이군."

기계가 속도를 줄였다. 높은 괴성이 웅얼거림으로 변하며 잦아들었다. 타임머신이 멈추었다.

태양이 하늘 위에서 움직임을 멈추었다.

타임머신을 뒤덮고 있던 안개는 씻은 듯이 사라졌고, 그들은 과거에 도착했다. 매우 오랜 과거 속에, 세 명의 사냥꾼과 두 명의 사파리 안내자가, 무릎 위에 푸른색 금속으로 만든 총을 올려놓은 채로.

"그리스도는 아직 태어나지 않았소." 트래비스가 말했다. "모세도 신과 대화를 하기 위해 산을 오르지 않았지. 피라미드는 대지 속에 잠든 채로, 언젠가 누군가 잘라서 끌어 올려 주기만을 기다리고 있소. 그 점을 **기억하시오.** 알렉산드로스, 카이사르, 나폴레옹, 히틀러, 그 모두가 아직 존재하지 않는 시대요."

남자들은 고개를 끄덕였다.

트래비스 씨가 한쪽을 가리켰다. "저것이 바로 키스가 대통령이 되기까지 6000만 하고도 2052년이 남은 시대의 정글이오."

그는 녹색의 정글 속으로, 거대한 양치류와 야자나무를 헤치며 흘러가는 늪지대 위로 뻗어 있는 금속 통로를 가리키고 있었다.

"그리고 저 통로는 시간 사파리사에서 여러분을 위해 설치한 것이오. 땅에서 15센티미터 위에 떠 있지. 풀잎 하나, 꽃 한 송이, 나무 한 그루도 건드리지 않게 되어 있소. 반중력금속으로 만들어져 있으니까. 저 통로의 목적은 당신들이 과거의 세계와 일절 접촉하지 못하게 하기 위한 것이오. 반드시 통로 위에만 있어야 하오. 벗어나지 마시오. 다시 말하지. 무슨 일이 있어도 **통로를 벗어나지 마시오. 무슨** 이유가 있더라도! 떨어지면 벌칙이 가해질 거요. 그리고 우리가 허가하지 않은 동물들을 쏘아서는 안 되고."

"그건 왜인가?" 에켈스가 물었다.

그들은 고대의 울창한 정글 속에 앉아 있었다. 바람 소리를 타고 멀리서 새 울음소리가 들려왔고, 타르와 옛적의 소금 바다, 축축한 풀잎, 핏빛 꽃들의 냄새가 전해져 왔다.

"미래를 바꾸고 싶지 않기 때문이오. 우리는 여기 과거에 속한 존재가 아니오. 당국에서는 우리가 이곳에 와 있는 것을 **좋아하지**

않지. 우리 사업을 계속하기 위해서는 꽤나 많은 돈을 뿌려야 했소. 타임머신을 다루는 일은 꽤나 까다롭거든. 알지 못하는 사이에 중요한 동물을 죽일 수도 있소. 작은 새 한 마리, 바퀴벌레 한 마리, 심지어는 꽃 한 송이를 꺾는 일만으로도, 이후 태어날 종의 중요한 연결 고리를 파괴할 수가 있는 거요."

"이해가 잘 안 되는데." 에켈스가 말했다.

"좋소." 트래비스는 말을 이었다. "우리가 여기에서 실수로 생쥐 한 마리를 죽였다 칩시다. 그렇다면 그 특정 생쥐의 후손들이 모두 사라진다는 말이지. 이해가 되시오?"

"이해했네."

"그리고 그 한 마리 생쥐의 모든 후손과 후손과 후손들까지도! 그 시조를 발로 밟아서 죽이는 행동만으로도, 수천, 수백만, **수조** 마리의 생쥐들이 모두 사라지게 되는 거요!"

"그래서, 생쥐가 좀 죽었다고 뭐가 문제인데?" 에켈스가 말했다.

"뭐가 문제냐고?" 트래비스가 슬쩍 코웃음을 쳤다. "글쎄, 생존하기 위해 그 쥐를 필요로 하는 여우들은 어떻게 되겠소? 열 마리의 생쥐가 부족하면 여우 한 마리가 목숨을 잃지. 열 마리의 여우가 부족하면 사자 한 마리가 굶주리게 되고. 사자 한 마리가 사라지면, 온갖 종류의 곤충과 대머리수리와 수조 마리의 생명체가 혼돈과 사멸의 운명을 맞이하는 거요. 그 결과 이런 일이 벌어지겠지. 5900만 년 후에, **이 세상**에 열 명 정도밖에 안 되는 원시인 중 하나가 멧돼지나 검치호를 사냥하러 갈 거요. 그러나 애석하게도 바로 당신이 그 지역의 모든 호랑이를 **밟아 죽여** 버린 거지. 그 생쥐 **한** 마리를 밟아 죽여서. 그래서 그 원시인은 굶어 죽는 거요. 그리고 잘 생각해 보시오. 그 원주민은 그냥 **쉽사리** 죽게 놔둘 수 있는 존재가 아니란 말이오! **훗날에는 나라 하나**가 될 수 있는 원시인이오. 그의 사타구니에서 열 명의 아들이 태어날 테니까. **그들의** 사타구니에서 100명의 아들이 태어나고, 그렇게 문명을 향해 나아가게 되겠지. 그 한 사람을 죽이면, 당신은 하나의 종족을, 하나의 민족을, 생명의 역사 가운데 하나를 완전히 파괴하는 거요. 아담의 손자 몇 명을 살해하는 일과 비견할 수 있겠지. 그 생쥐 한 마리를 밟아 죽임으로써, 당신은 지진을 일으킬 수도 있는 거요. 그 효력이 우리의 지구를 뒤흔들고 그 운명이 시간을 타고 따라 내려가서, 모든 것의 기초를 파괴할 수 있는 지진 말이오. 그 원시인 한 명이 죽으면, 아직 태어나지 않고 자궁 속에서 꿈틀대는 수조 명의 다른 원시인들도 죽는 거요. 어쩌면 로마가 일곱 언덕 위에 일어나지 않을 수도 있겠지. 어쩌면 유럽은 영원히 어두운 숲으로 남아 있고, 아시아만이 건강하게 살아 숨 쉬게 될 수도 있겠지. 생쥐 한 마리를 밟으면 피라미드를 밟아 부수는 거요. 생쥐 한 마리를 밟으면, 자신의 흔적을 영원 속에 그랜드캐니언처럼 새기게 되는 거요. 엘리자베스 여왕이 태어나지 못할 수도 있소. 워싱턴이 델라웨어를 횡단하지 못할 수도, 미국이 존재하지 못하게 될 수도 있소. 그러니 주의하시오. 반드시 통로를 따라 걸어가시오. **절대** 벗어나지 마시오!"

"잘 알겠네." 에켈스가 말했다. "그렇다면 **풀잎** 하나를 건드리기만 해도 곤란하다는 말이지?"

"바로 그렇소. 특정 식물을 짓밟는 사소한 일도 결과적으로는 무한대로 부풀어 오를 수 있으니까. 여기에서 저지르는 사소한 실수 하나가 6000만 년이 흐르는 동안 계속 배로 불어나서, 터무니없이 커다란 규모로 변할 수도 있소. 물론 우리의 이론이 틀릴 수도 있을 거요. 어쩌면 우리는 시간을 바꿀 수 **없을지도** 모르지. 아니면 그저 작고 미묘한 방식으로만 변할 수도 있을 테고. 생쥐 한 마리가 죽으면 한쪽에서 곤충 종의 불균형을 일으키고, 그것이 나중에는 생물 종의 불균형으로 이어지고, 그를 이어 머나먼 나라에서 흉작이 이어지고, 불황을, 대기근을, 그리고 마침내 **사회** 경향성의 변화를 촉발할지도 모르지. 그렇게 아주 미묘한 문제가 생길 수도 있다는 거요. 어쩌면 가벼운 숨결, 속삭임, 머리카락, 공기 중의 꽃가루와 같은, 자세히 관찰하지 않으면 목격하기 힘든 것들로도 이런 변화가 생길 수도 있을 거요. 누가 알겠소? 그걸 안다고 말할 수 있는 사람이 누가 있겠소? 적어도 우리는 모르지. 그저 추측을 할 뿐이오. 하지만 우리가 시간을 건드리는 일이 역사에서 큰 반향을 **일으킬지** 작은 소란을 **일으킬지** 확실히 알게 될 때까지는, 우리는 주의를 기울여야만 하오. 아시겠지만, 이 타임머신, 이 통로, 당신들의 옷과 육체는 모두 여행 전에 세심하게 소독을 한 상태요. 산소 헬멧을 쓰는 것은 우리의 박테리아가 고대의 대기 속으로 침입하지 못하게 하기 위해서고."

"어떤 동물을 쏘아도 되는지는 어떻게 아는 거지?"

"붉은 페인트로 표시를 해 놓았소." 트래비스가 말했다. "오늘 우리의 여행을 시작하기 전에, 우리는 먼저 레스퍼런스를 타임머신에 태워 이곳에 보냈소. 저 친구가 이 시대를 조사하고 특정 동물들을 추적했지."

"연구를 했다는 건가?"

"그렇죠." 레스퍼런스가 말했다. "저는 그 동물들의 평생을 추적하면서, 어느 놈이 가장 오래 사는지를 확인합니다. 오래 사는 놈은 얼마 안 돼요. 몇 번이나 교미를 하는지도 확인하죠. 대개는 몇 번 안 됩니다. 인생은 짧은 법이거든요. 나무가 쓰러지는 바람에 깔려 죽거나 타르 웅덩이 안에서 익사할 놈을 찾으면, 저는 그 정확한 시간, 분, 초를 기록해 놓지요. 그리고 페인트 폭탄을 쏩니다. 그러면 옆구리에 붉은 자국이 남게 되지요. 놓칠 리가 없을 정도로 큰 자국이에요. 그런 다음에 저는 우리가 과거에 도착하는 시간을 조작해서, 그 짐승이 정해진 죽음을 맞이하기 2분 정도 전에 도착하게 만듭니다. 이렇게 하면 더 이상 미래가 없는 동물들만, 더 이상 교미를 할 리가 없는 동물들만 잡게 되는 거지요. 저희가 얼마나 **조심하고** 있는지 아시겠죠?"

"하지만 자네가 오늘 아침에 이곳에 왔다면," 에켈스가 열정적으로 말했다. "바로 **우리**와, 우리 사파리 일행과 마주쳤을 것 아닌가! 어떻게 됐나? 사냥은 성공했나? 우리 모두가 살아서 여기를 떠나게 되었나?"

트래비스와 레스퍼런스는 서로를 마주 보며 눈빛을 교환했다.

"그러면 패러독스가 일어나겠죠." 레스퍼런스가 말했다. "시간은 그런 종류의 난장판이 벌어지는 것을 용납하지 않습니다. 자기 본인과 만날 수는 없어요. 그런 사태가 벌어질 위험이 생기면, 시간이 한 발짝 물러섭니다. 마치 에어포켓과 충돌하는 비행기처럼요. 우리가 멈추기 직전에 타임머신이 덜컹거린 것을 느끼셨겠죠? 그게 바로 미래로 돌아가는 길에 오른 우리였던 겁니다. 우리는 아무것도 보지 못했어요. 이번 원정이 성공하게 **될지**, 우리 목표인 괴수를 쓰러트릴 수 **있을지**, 또는 우리 모두가—에켈스 씨 **당신**을 포함해서 말입니다—여기에서 살아 나가게 될지는 아무도 알 수 없습니다."

에켈스가 창백한 얼굴로 웃음을 지었다.

"이제 그만." 트래비스가 날카롭게 말했다. "모두 출발 준비를 하시오!"

그들은 타임머신에서 나갈 채비를 마쳤다.

정글은 드높았고 드넓었고 온 세계를 영원하고 영원하게 뒤덮고 있는 것만 같았다. 음악 같은 소리와 천막이 날아가는 소리가 하늘을 가득 채웠다. 그 소리의 정체는 밤의 광증을 불러오는 거대한 박쥐 같은 프테로닥틸루스가 거대한 잿빛 날개를 퍼덕이며 날아오르는 소리였다. 좁은 통로 위에서 중심을 잡으며 걸어가던 에켈스는 장난삼아 라이플을 조준했다.

"멈추시오!" 트래비스가 말했다. "장난삼아서라도 겨누면 안 된다고, 빌어먹을! 실수로 총이 발사되기라도 하면."

에켈스는 얼굴을 붉혔다. "우리 **티라노사우루스**는 어디에 있는 건데?"

레스퍼런스는 손목시계를 확인했다. "이 앞입니다. 60초 안에 놈의 경로를 가로지르게 될 겁니다. 붉은 페인트를 확인하세요! 저희가 허락하기 전까지는 쏘시면 안 됩니다. 통로 위에 계세요. **벗어나시면 안 됩니다!**"

그들은 아침 바람을 뚫고 움직였다.

"묘하군." 에켈스가 중얼거렸다. "6000만 년 후에는 선거가 끝나 있는데. 키스가 대통령이 됐지. 모두 축하를 하고 있어. 그런데 우리는 머나먼 과거에, 그 모든 것이 존재하지 않는 곳에 있단 말이야. 우리가 몇 달 동안, 아니 평생 걱정해 오던 것들은 아직 태어나지도, 생각해 내지도 못한 거라고."

"전원 안전장치 해제!" 트래비스가 명령을 내렸다. "에켈스, 당신이 첫 사수요. 두 번째, 빌링스. 세 번째, 크레이머."

"나는 호랑이에, 멧돼지에, 들소에, 코끼리까지 사냥해 봤지. 하지만 이건 **진짜배기**인데. 지금 꼬맹이처럼 손이 떨리고 있다고." 에켈스가 말했다.

"아." 트래비스가 말했다.

모두가 걸음을 멈추었다.

트래비스가 손을 들어 올렸다. "이 앞이오." 그가 속삭였다. "안개 속에. 저기 있군. 저게 우리 위대하신 폐하요."

드넓은 정글은 조잘거리고 술렁이고 버석대고 한숨 쉬는 소리로 가득했다.

갑자기 누군가가 문을 닫기라도 한 것처럼, 그 모든 소리가 멈추었다.

정적이 흘렀다.

우렛소리가 들렸다.

안개를 뚫고, 100미터 밖에서, **티라노사우루스 렉스**가 다가오고 있었다.

"저게." 에켈스가 중얼거렸다. "저게⋯⋯"

"쉿!"

거대하고 번들거리는, 탄력 있는 다리가 그들 쪽으로 다가왔다. 절반 정도의 나무들보다 10미터는 더 높게 서 있는 그 모습은 마치 강대하고 사악한 신과도 같았고, 섬세한 시계공의 손처럼 보이는 앞발의 발톱은 번들거리는 파충류의 가슴팍에 찰싹 달라붙어 있었다. 뒷다리는 한쪽 한쪽이 피스톤처럼 움직였다. 450킬로그램 무게의 하얀 골격이 밧줄처럼 두꺼운 근육 안에 파묻혀 있었고, 그 위를 조약돌처럼 번쩍이는 비늘이 박힌 피부가 잔혹한 전사의 갑주와도 같이 뒤덮고 있었다. 각각의 허벅지는 1톤의 살점, 상아, 강철 그물로 만들어져 있었다. 그리고 상체의 거대한 갈빗대에는 한 쌍의 작은 팔이 앞으로 매달려 있었다. 뱀처럼 목을 꼬면서, 인간을 장난감처럼 집어 들어 관찰할 수 있는 손이 달린 앞발이. 또 돌을 쪼아 조각한 것만 같은 1톤의 거대한 머리는 쉽사리 하늘을 향해 움직였다. 입을 벌리자 단검처럼 보이는 이빨의 울타리가 드러났다. 타조 알만큼이나 커다란 눈이 움직였다. 단 하나의 감정, 굶주림만을 제외하고 아무것도 떠올라 있지 않은 공허한 눈이었다. 놈은 입을 다물어 죽음의 미소를 지었다. 놈이 달리기 시작했다. 골반이 나무와 수풀을 밀치며 쓰러트렸고, 거대한 발톱이 달린 뒷발은 축축한 대지를 헤집으며, 어디로 발길을 옮기든 15센티미터 깊이의 발자국을 남겼다. 놈은 미끄러지는 발레리나처럼 걸음을 옮겼다. 10톤의 무게치고는 너무 우아하고 균형 잡힌 모습이었다. 놈은 사방에 주의를 기울이며 햇빛이 비치는 지역으로 들어왔다. 파충류답게 아름다운 앞발이 공기를 느끼고 있었다.

"세상에, 세상에." 에켈스의 입매가 일그러졌다. "몸을 뻗으면 달을 잡을 수도 있겠는데."

"쉿!" 트래비스가 분노하여 몸을 뒤틀었다. "아직 저놈은 우리를 알아채지 못했소."

"저걸 죽일 수 있을 리가 없어." 에켈스가 재론의 여지도 없다는 양, 조용히 선언했다. 이미 모든 증거를 확인하고, 숙고 끝에 내린 결론이었다. 손에 들린 라이플이 장난감 딱총처럼 느껴졌다. "여기에 오다니 어리석은 짓이었어. 이건 불가능한 일이야."

"좀 닥쳐!" 트래비스가 속삭였다.

"악몽이야."

"돌아서 조용히 타임머신으로 걸어가. 당신이 지불한 금액의 절반을 되돌려 줄 테니까." 트래비스가 명령했다.

"저렇게 **클** 거라고는 상상도 못 했어." 에켈스가 말했다. "그냥 계산을 틀린 것뿐이야. 그게 다라고. 그러니까 이제 나가고 싶어."

"이쪽을 **본다**!"

"가슴에 붉은 페인트 자국이 있습니다!"

폭군 도마뱀이 몸을 곧추세웠다. 갑주를 두른 육체가 천 개의 녹색 동전처럼 반짝였다. 점액으로 뒤덮인 동전들에서 김이 뿜어져 나왔다. 점액 속에서는 작은 곤충들이 꿈틀거렸고, 그 때문에 괴물 자신은 움직이지 않는데도 몸이 떨리고 물결치는 것처럼 보이는 효과를 낳았다. 놈이 숨을 내쉬었다. 날고기의 악취가 사방의 자연 속으로 퍼져 나갔다.

"날 여기에서 내보내 줘." 에켈스가 말했다. "예전에는 이렇지 않았어. 확실하게 살아 돌아갈 거라고 알고 있었다고. 훌륭한 안내원에, 훌륭한 사파리에서, 안전도 확실했어. 그런데 이번에는 내 생각이 틀렸어. 내 호적수를 만났다고 인정할게. 이건 내가 버티기에는 너무 끔찍한 일이야."

"뛰지 마세요." 레스퍼런스가 말했다. "몸을 돌리세요. 타임머신 안에 숨으세요."

"알겠네." 에켈스는 온몸이 마비된 듯했다. 그는 발을 움직이게 하려는 듯 아래를 내려다보았다. 그리고 무력하게 신음했다.

"에켈스!"

그는 눈을 깜빡이고 발을 끌면서 몇 발짝을 내디뎠다.

"**그쪽**이 아니야!"

괴물의 첫 반응은 끔찍하게 울부짖으며 앞으로 돌진해 오는 것이었다. 놈은 고작 6초 만에 100미터를 주파했다. 라이플이 허공으로 불을 내뿜었다. 야수의 입에서 뿜어져 나오는 돌개바람이 점액과 눌어붙은 피 냄새로 그들을 휘감았다. 괴물이 태양 빛에 이빨을 번뜩이며 포효했다.

에켈스는 뒤도 돌아보지 않은 채, 정신없이 통로의 가장자리로 나가서, 감각 없는 손으로 라이플을 움켜쥔 채, 자각도 없이 통로를 벗어나 정글로 들어갔다. 그의 발이 녹색 이끼 안에 박혔다. 다리가 혼자서 움직였고, 그는 뒤에서 벌어지는 사건과 아무런 관계 없이 홀로 남은 느낌을 받았다.

다시 라이플 소리가 들렸다. 그리고 그 소리는 비명과 도마뱀의 발소리에 묻혀 사그라졌다. 도마뱀의 거대한 꼬리가 허공으로 치솟더니 통로 옆을 때렸다. 나무 몇 그루가 나뭇잎과 나뭇가지의 구름을 남기며 터져 나갔다. 괴물은 보석 세공사 같은 섬세한 앞발을 뻗어 인간들을 어루만지고, 비틀어 둘로 찢고, 딸기처럼 으깨고, 입으로 가져가 비명이 새어 나오는 목구멍으로 넘기려 했다. 바윗돌 같은 눈이 그들과 나란히 섰다. 사람들은 괴물의 눈에 비친 자신의 모습을 보았다. 그들은 금속성의 눈꺼풀과 이글거리는 검은 홍채에 대고 총을 쏘았다.

돌로 만든 우상처럼, 산사태처럼, **티라노사우루스**가 쓰러졌다. 놈은 우레처럼 소리를 지르며 나무를 붙들었고, 붙잡힌 나무들은 함께 뽑혀 올라갔다. 놈은 금속으로 만든 통로를 우그러트리고 찢어 버렸다. 사람들은 뒤로 서둘러 물러났다. 놈의 육체가, 10톤의 차가운 육체와 암석이 땅으로 쓰러졌다. 사람들은 총을 쏘아 댔다. 괴물은 갑주를 두른 꼬리를 휘두르고, 뱀 같은 입을 움찔거리더니, 이내 조용히 땅 위에 누웠다. 목구멍에서 피가 분수처럼 솟구쳤다. 내부 어딘가에서 체액이 든 주머니가 터진 모양이었다. 구역질 나는 액체가 사냥꾼들을 흠뻑 적셨다. 그들은 붉은 액체에 젖어 번들거린 채 서 있었다.

우렛소리가 멎었다.

정글은 고요했다. 산사태가 지나가고 난 후 녹색의 평화가 찾아왔다. 악몽이 끝나고 아침이 찾아왔다.

빌링스와 크레이머는 통로에 주저앉아 토하고 있었다. 트래비스와 레스퍼런스는 연기가 피어오르는 라이플을 들고 서서 계속 욕설을 내뱉었다.

타임머신에는 에켈스가 얼굴을 묻고 앉아 몸을 떨고 있었다. 어떻게든 다시 통로로 돌아와, 타임머신에 올라탄 모양이었다.

트래비스는 타임머신으로 다가와, 에켈스를 힐끗 쳐다보고는, 금속 상자에서 면으로 만든 거즈를 꺼내 통로에 주저앉아 있는 다른 이들에게 돌아갔다.

"닦으시오."

그들은 헬멧에서 피를 닦아 냈다. 그들 역시 욕설을 내뱉기 시작했다. 괴물은 이제 육중한 살점의 산이 되어 누워 있었다. 놈의 내부 구역이 하나씩 죽어 가며, 기관이 하나씩 오작동하며, 체액이 마지막으로 흉강을 나와 비장으로 흘러 들어가며, 모든 것이 닫히고 영원히 종말을 맞이하면서 내는 한숨과 중얼거림이 들려왔다. 사고가 난 기관차나 작업을 끝내는 증기 삽 옆에 서 있는 것과 흡사했다. 모든 밸브를 열거나 꽉 조여 닫는 것과 같았다. 뼈가 부서지는 소리가 들렸다. 육체의 무게가 균형을 잃자, 섬세한 앞발이 부러져서 그 아래 깔린 것이다. 사냥감의 고깃덩이가 떨리면서 천천히 땅 위에서 움직임을 멈추었다.

다시 부러지는 소리가 들렸다. 머리 위에서 거대한 나뭇가지가 굵직한 둥치에서 부러져 나와 떨어지는 모습이 보였다. 가지는 죽은 짐승에게 마지막 선고를 내리듯 떨어져 내렸다.

"다 됐군요." 레스퍼런스는 손목시계를 확인했다. "정각입니다. 원래는 저 커다란 나무가 넘어지면서 저 동물이 죽게 될 예정이었습니다." 그는 두 명의 사냥꾼을 바라보았다. "전리품 사진을 찍고 싶으신가요?"

"뭐요?"

"전리품을 미래로 가지고 돌아갈 수는 없습니다. 저 시체는 원래 죽었어야 하는 장소에 그대로 남아 있어야 합니다. 그래서 곤충, 새, 박테리아가 원래 그러했듯이 저 시체를 처리할 수 있도록 말입니다. 모든 생물들은 균형을 이루지요. 시체는 여기 놔두고 가야 합니다. 하지만 저 근처에 서 있는 여러분의 사진을 찍어 **줄 수는** 있습니다."

두 남자는 생각을 가다듬으려 노력했지만, 곧 고개를 저으며 포기했다.

그들은 안내자들을 따라 금속 통로를 걸어갔고, 곧 타임머신의 쿠션 위에 힘겹게 몸을 던졌다. 그들은 망가진 괴물을 보고, 부패하기 시작하는 무더기를 보았다. 그 위에는 이미 괴상한 익룡들과 금빛 곤충들이 김이 피어오르는 갑옷을 바쁘게 물어뜯고 있었다.

타임머신 바닥에서 들리는 소리에 그들은 모두 흠칫 긴장했다. 에켈스가 그곳에 몸을 떨며 앉아 있었다.

"미안하오." 그가 마침내 말했다.

"일어나!" 트래비스가 소리쳤다.

에켈스는 자리에서 일어섰다.

"혼자서 통로로 나가." 트래비스가 말했다. 라이플을 겨눈 채였다. "네놈은 타임머신을 타고 돌아갈 수 없어. 여기 놔두고 가겠다!"

레스퍼런스가 트래비스의 팔을 붙들었다. "잠깐만요."

"끼어들지 마!" 트래비스가 그의 손을 떨쳐 냈다. "저 머저리가 우리 모두를 죽일 뻔했어. 하지만 중요한 것은 **그게** 아니야. 절대 아니지. 저놈의 **신발**! 신발을 보라고! 저놈이 통로에서 벗어났어. 우리 모두를 **망쳤다고**! 영업권을 박탈당할 거야! 수천 달러의 보증금도! 누구도 통로를 떠나지 못하게 하겠다고 보증했는데. 저놈이 그냥 나가 버렸어. 아, 저 한심한 놈! 정부에 보고를 해야 한다고. 여행 허가를 박탈당할지도 몰라. 저 자식이 시간에, 역사에 **무슨 일**을 했는지 누가 알겠어!"

"진정 좀 하세요. 저 사람 발에 흙이 좀 묻은 것뿐이잖아요."

"어떻게 **아는데**?" 트래비스가 소리쳤다. "우리는 아무것도 모른다고! 전부 수수께끼란 말이야! 당장 여기에서 나가, 에켈스!"

에켈스는 셔츠를 뒤적거렸다. "뭐든 내겠소. 10만 달러라도!"

트래비스는 에켈스의 수표책을 노려보더니 침을 뱉었다. "당장 밖으로 나가. 그 괴물은 통로 옆에 있다. 놈의 입에 네놈 팔을 팔꿈치까지 집어넣어. 그러면 우리와 함께 돌아갈 수 있을 거다."

"그건 말도 안 되는 소리요!"

"저 괴물은 죽었어, 이 머저리 자식. 총탄 말이다! 총탄을 남겨 두고 갈 수는 없다고. 과거에 속한 물건이 아니니까. 뭐든 변화시킬지도 몰라. 여기 내 칼이 있다. 가서 총탄을 파내!"

정글은 다시 살아나서, 고대의 진동과 새 울음소리로 가득 차 있었다. 에켈스는 천천히 몸을 돌려 원시의 쓰레기 더미를, 악몽과 공포의 무더기를 바라보았다. 한참이 지난 후, 그는 몽유병자처럼 비틀대며 통로를 따라 걸어갔다.

5분 후, 그는 몸을 사시나무처럼 떨면서, 팔꿈치까지 붉게 젖어서 돌아왔다. 그는 양손을 내밀었다. 각각의 손에 하나씩 금속 총탄이 들려 있었다. 그리고 그는 쓰러졌다. 그는 쓰러진 자리에서 미동도 하지 않고 누워 있었다.

"그런 일까지 시킬 필요는 없었잖아요." 레스퍼런스가 말했다.

"그랬다고 생각하나? 아직 확신하기에는 너무 이를 텐데." 트래비스가 에켈스의 움직이지 않는 몸을 찔러 보았다. "살아 있기는 하군. 이제 다시는 이런 사냥놀이에 끼어들지 않겠지." 그는 레스퍼런스를 보며 지친 표정으로 엄지를 치켜들었다. "스위치 올려. 집으로 가자고."

1492. 1776. 1812.

그들은 손과 얼굴을 닦았다. 피가 엉겨 붙은 셔츠와 바지를 갈아입었다. 에켈스는 정신을 차리고 자리에서 일어났으나, 아무 말도 하지 않았다. 트래비스는 꼬박 10분 동안 그를 노려보고 있었다.

"그렇게 쳐다보지 말게." 에켈스가 소리쳤다. "나는 아무것도 하지 않았다고."

"누가 알겠어?"

"그냥 통로에서 잠깐 벗어났을 뿐이잖나. 신발에 진흙이 좀 묻은 것뿐이라고. 내가 뭘 했으면 좋겠나. 엎드려서 기도라도 할까?"

"그럴 필요가 있을지도 모르지. 경고하겠는데, 에켈스, 나는 아직 당신을 죽일 수 있어. 총은 준비되어 있으니까."

"나는 무죄라고. 아무것도 하지 않았어!"

1999. 2000. 2055.

타임머신이 멈추었다.

"내리시오." 트래비스가 말했다.

방은 그들이 떠났을 때의 모습이었다. 그러나 그들이 떠났을 때와 똑같지는 않았다. 같은 사람이 같은 책상 뒤에 앉아 있었다. 그러나 그 같은 사람이 정확하게 같은 책상 뒤에 앉아 있는 것이 아니었다.

트래비스는 서둘러 주변을 둘러보았다. "여기 다 괜찮은 거야?" 그가 쏘아붙였다.

"아무 문제도 없습니다. 잘 돌아오셨습니다!"

트래비스는 긴장을 풀지 않았다. 그는 공기의 원자 하나하나를 살펴보고, 높은 창문을 통해 어떤 식으로 햇살이 쏟아져 들어오는지를 관찰하는 듯했다.

"좋아, 에켈스, 이제 나와. 두 번 다시 돌아오지 마."

에켈스는 움직일 수 없었다.

"내 말 들었을 텐데." 트래비스가 말했다. "뭘 **쳐다보고** 있는 거야?"

에켈스는 그 자리에 서서 공기 냄새를 맡고 있었다. 대기 중에 뭔가가 있었다. 너무 가볍고 너무 미묘한, 그의 훌륭한 감각으로도 희미한 흔적밖에는 감지할 수 없는 화학적인 흔적이 느껴졌다. 색깔도, 흰색, 회색, 파란색, 오렌지색, 벽에서, 가구에서, 창문 너머로 보이는 하늘에서, 그 안에…… 안에는…… 그리고 그 **느낌**이 있었다. 그의 육체가 흠칫 떨렸다. 손이 씰룩거렸다. 그는 온몸의 모공으로 기묘함을 들이켜며 서 있었다. 어디선가, 누군가가 예의 개만이 들을 수 있다는 소리 없는 호각을 불고 있는 것 같았다. 그의 육체도 거기에 답하듯 소리 없이 비명을 질렀다. 방 너머에, 방의 벽 너머에, 예전과 완전히 같지 않은 책상 너머에 앉아 있는, 예전과 완전히 같지 않은 사람 너머에…… 거리와 사람으로 가득한 세계가 놓여 있었다. 그 세계가 이제 어떤 모습일지는 알 도리가 없었다. 벽 너머에서 움직임이 느껴졌다. 체스 말들이 마른바람에 휩쓸려 날아가는 것 같은 소리가……

그러나 당장 눈에 띄는 것은 사무실 벽에 걸려 있는 간판이었다. 그가 오늘 아침 처음 들어왔을 때 보았던 그 간판이었다.

어째서인지는 모르지만, 간판은 이렇게 바뀌어 있었다.

시감 새파리 쥬식헤사

가거

언느 떼로등 갈 쑤 인는 새파리.

돔물의 존류를 말슴헤 주십써오.

저히가 그고스로 대려다드림미다.

당씬은 총만 쏘씨면 됨미다.

에켈스는 자신이 의자로 쓰러지는 것을 느꼈다. 그는 다급하게 부츠 바닥에 묻은 두터운 진흙을 긁어 댔다. 그는 떨리는 손으로 진흙 덩어리를 들어 올렸다. "아냐, 그럴 **리가 없어**. 이렇게 **작은** 것 하나로. 안 돼!"

진흙 속에는, 녹색과 금색과 검은색으로 반짝이는 나비 한 마리가 붙어 있었다. 매우 아름답고 완벽하게 죽은 상태로.

"**이런** 하찮은 것 하나 때문에! 고작해야 나비 한 마리인데!" 에켈스가 울부짖었다.

나비가 바닥으로 떨어졌다. 훌륭한 곤충이었다. 작은 동물이지만, 균형을 흐트러트려 작은 도미노의 줄을 무너트리고, 이어서 큰 도미노를, 그리고 마침내 거대한 도미노까지, 시간의 물결 속에서 모든 것을 무너트릴 수 있는 존재였다. 에켈스의 머릿속이 빙빙 돌기 시작했다. 이런 놈이 모든 것을 바꿀 수 **있을 리가 없어**. 나비 한 마리를 죽이는 일이 **이렇게** 큰 영향을 끼쳤을 리가 없어! 그게 가능한 일인가?

그의 얼굴에서 핏기가 가셨다. 그리고 떨리는 입으로 질문을 하나 뱉었다. "어제, 어제 대통령 선거에서 누가 승리했지?"

책상 너머에 앉은 남자가 웃었다. "농담하세요? 아주 잘 아실 텐데요. 당연히 도이처가 이겼죠! 아니면 누가 이겼겠어요? 그 한심한 약골 키스로는 턱도 없지요. 우리는 이제 강철의 지도자를 가지게 된 겁니다. 배짱이 두둑한 사나이를요!" 사무원은 말을 멈추었다. "왜 그러십니까?"

에켈스는 신음했다. 그는 무릎을 꿇고는, 떨리는 손가락으로 금빛 나비를 더듬거렸다. "어떻게든," 그는 세계에, 자기 자신에게, 사무원들에게, 타임머신에게 애원했다. "어떻게든 이걸 **물러서**, 다시 **살아나게** 할 수는 없겠소? 다시 시작할 수는 없는 거요? 어떻게든."

그는 움직임을 멈추었다. 눈을 감은 채로 몸을 떨면서 기다릴

뿐이었다. 방 안에 울려 퍼지는 트래비스의 거친 숨소리가 들렸다. 트래비스가 라이플을 내리는 소리, 안전장치를 푸는 소리, 그리고 총을 들어 올리는 소리가 들렸다.

　우렛소리가 울렸다.

세미양트호의 최후

L'Agonie de la Sémillante

알퐁스 도데

임희근 옮김

간밤에 불어 대던 미스트랄이 우리를 코르시카섬 해안에 던져 놓았기에, 이제부터 그곳 어부들이 밤새울 때면 자주 하는 무서운 이야기를 들려드릴 테니 들어 보세요. 이 사연에 대해 아주 희한한 정보를 듣게 된 건 우연이랍니다.

……지금부터 2~3년 전 일입니다.

나는 세관 선원 일고여덟 명과 함께 사르데냐해를 항해하고 있었습니다. 신참에겐 참 힘든 항해였지요! 3월 한 달 내내 하루도 날씨 좋은 날이 없었으니까요. 동풍이 우리를 따라다니며 악착스레 불어왔고, 바다는 노여움을 가라앉힐 줄 몰랐습니다.

마주친 폭풍우를 피해 달아나듯 항해하던 어느 저녁, 우리 배는 보니파시오 해협 입구, 작은 섬들이 여럿 모여 있는 한복판으로 폭풍을 피해 들어갔습니다. 섬들의 모양새를 보자니, 전혀 마음을 끄는 구석이 없습니다. 커다란 민둥 바위들은 새들로 빼곡히 뒤덮였고, 몇몇 압생트 덤불, 유향나무 숲들 그리고 여기저기 썩어 들어가는 나무토막들―하지만 정말이지 밤을 지내려면 이 을씨년스러운 바위들이, 갑판이 반쪽만 남아 파도가 마음대로 들이치는 낡은 우리 배의 선실보다는 나았기에 우리는 그걸로 만족했지요.

배에서 뭍으로 내리자마자, 선원들이 부야베스를 끓이려고 불을 피우는 동안 선장이 나를 부르더니 섬 한쪽 끄트머리, 안개 속에 덩그러니 버려져 있는 작고 하얀 석조 울타리를 가리키며 말했습니다.

"묘지에 가 보실래요?"

"리오네티 선장님, 묘지라니요! 대체 지금 여기가 어디죠?"

"라베치 군도지요. 세미양트호에 탔던 600명이 묻힌 곳이 여깁니다. 10년 전 그들의 전함이 난파한 바로 거기요…… 가엾은 사람들! 무덤을 찾는 사람도 많지 않지요. 이왕 여기까지 온 바에야 최소한 가서 인사라도 챙기는 게 도리가 아닐까 하여……"

"기꺼이 가지요, 선장님."

세미양트호의 묘지는 얼마나 쓸쓸하던지! ……지금도 눈앞에 삼삼합니다. 아직도 그 묘지의 나지막하고 작은 담장, 녹슬어 열기 힘든 철문, 적막하고 작은 부속 성당, 잡초에 덮여 숨어 있던 수백 개의 십자가들…… 이런 것들이 눈에 선해요. 묘지에 으레 놓여 있게 마련인 영혼 불멸을 기원하는 조화 화환도, 추모 장식물 같은 것도 하나 없었지요! 아무것도요…… 아! 버림받은 가엾은 고인들, 대충 마련된 저 무덤 속에서 얼마나 추울까요!

우리는 거기 잠시 무릎을 꿇고 머물러 있었습니다. 선장은 큰 소리로 기도했습니다. 엄청나게 큰 갈매기들, 이 묘지의 유일한 지킴이인 그들만이 우리 머리 위를 빙빙 돌며 바다의 탄식에다가 깩깩 쉰 목소리를 섞어 넣고 있었습니다.

기도를 마치고 우리는 침울하게, 아까 배를 매어 둔 섬 모퉁이로 돌아갔습니다. 우리가 없는 동안 선원들은 시간을 허투루 보내지 않았더군요. 바위가 바람막이 노릇을 하는 곳에 커다란 모닥불이 활활 타오르고 냄비에선 김이 무럭무럭 오르고 있었습니다. 다들 둥그렇게 둘러앉아 불길에 발을 쬐었고, 곧 각자의 무릎 위에는 포도주에 흠뻑 적셔진 검은 빵 두 쪽이 담긴 불그죽죽한 토기 사발이 놓였지요. 식사는 아무 말 없이 이루어졌습니다. 우리는 흠뻑 젖어 있었고, 배가 고팠고, 게다가 옆에 묘지까지 있었으니…… 하지만 사발에 담긴 음식을 비우고 나자, 우리는 담배 파이프에 불을 붙이고서 얘기를 좀 나누기 시작했죠. 당연히 세미양트호 얘기를 하게 되었습니다.

"그런데 참, 그 일은 어떻게 된 겁니까?" 내가 선장에게 물었고, 선장은 두 손으로 머리를 싸쥔 채 생각에 잠긴 모습으로 불길을 바라보았습니다.

"어떻게 된 거냐고요?" 사람 좋은 리오네티 선장이 한숨을 푹 내쉬었다. "아이고! 세상천지에 그걸 말해 줄 수 있는 사람은 없을 겁니다. 우리가 아는 건 오직, 크리미아로 향하는 군인들을 실은 세미양트호가 전날 저녁 악천후 속에 툴롱에서 출발했다는 것뿐이지요. 밤이 되자 날씨는 더 나빠졌지요. 바람이 불고, 비가 쏟아지고, 바다는 생전 처음 보는 모습으로 엄청나게 풍랑이 마구 일고…… 아침이 되자 바람은 조금 잦아들었지만, 바다는 여전히 요란하게 출렁대었고 게다가 망할 놈의 안개까지 끼어 코앞에 있는 등대 불빛조차 안 보일 지경이었지요…… 그 안개란 게 말이죠, 얼마나 사람을 속이는 흉악한 놈인지 사람들은 상상도 못 한다니까요…… 아무튼 간에, 그건 그래도 괜찮아요. 내 생각인데 세미양트호는 그날 오전 중에 틀림없이 키를 잃어버린 것 같아요. 아무리 지독한 안개라도 언제까지나 끼어 있는 법은 없으니까, 배가 부서진 게 아니고서야 그 배의 선장이 여기까지 떠내려와 납작 엎어질 일은 절대 없었을 테니 말입니다. 그는 아주 억센 뱃사람이었지요. 우리가 다 아는 그런 뱃사람요. 3년 동안 코르시카에서 정박소를 이끌던 사람이니까, 다른 건 몰라도, 나만큼이나 이 해안이라면 속속들이 잘 알고 있었단 말입니다."

"그럼 세미양트호가 난파한 건 몇 시쯤이라고 생각되는 거죠?"

"정오쯤일 겁니다. 그렇죠, 딱 정오쯤…… 하지만 제기랄! 당시는 바다에 안개가 잔뜩 끼었으니 정오라 해도 늑대 아가리같이 캄캄한 밤보다 나을 게 전혀 없었지요…… 해안의 세관원이 말해 준 건데, 그날 11시 반쯤 자기 오두막집 덧문을 닫으러 밖으로 나왔다가 바람이 불어서 모자가 날려 갔는데, 자신도 큰 파도에 휩쓸려 날아갈 위험을 무릅쓰고 그 모자를 잡으러 해안을 따라 엉금엉금 네발 자세로 달리기 시작했다는 겁니다. 그래요! 세관원은 워낙 형편이 넉넉지 않고 모자 하나 값도 비싸니까요. 그런데 한 순간 이 세관원이 고개를 들어 보니 바로 가까이, 안개 속에 커다란 배 한 척이 돛을 팽팽히 단 채 라베치섬 쪽으로 바람에 떠밀려 가는 모습을 본 것 같았다는 거예요. 그 배가 아주 빨리, 어찌나 빨리 사라져 버렸던지 세관원이 제대로 배를 볼 겨를도 없었대요. 하지만 모든 상황으로 미뤄 볼 때 그 배가 세미양트호였던 것 같아요. 왜냐하면 반 시간 뒤 이 섬에 사는 양치기가 이 바위 위에서 소리를 들었다고…… 그 사람이 바로 여기 있네요. 저 사람이 그 일을 직접 얘기해 줄 겁니다. ……잘 있었소, 팔롱보! ……여기 와서 불 좀 쬐지. 무서워 말고."

두건을 쓴 남자가 얼마 전부터 우리가 피워 놓은 불 주위를 서성거리는 게 눈에 띄기에 나는 선원 중 하나인가 보다 했는데—이 섬에 양치기가 있다는 걸 몰랐으니까요—그가 두려워하면서 우리에게 다가왔습니다.

그는 나병에 걸린 늙은이였고, 괴혈병인지 뭔지 내가 잘 모르는 병에 걸려 퉁퉁 부은 입술이 툭 튀어나와 쳐다보기도 끔찍한, 거의 백치에 가까운 사람이었죠. 그에게 우리가 지금 무슨 얘기를 하고 있는지를 아주 힘들게 설명했습니다. 그러자 노인은 손가락으로 자신의 아픈 입술을 가리키며 말하기를, 사실은 바로 당일 정오쯤에 자기 거처인 양치기의 오막살이집에서 꽝 하고 무언가가 바위에 부딪쳐 무너지는 끔찍한 소리를 들었다는 것입니다. 섬에 온통 물이 들어차 그는 집에서 나올 수가 없었고, 겨우 다음 날에야 문을 열고 내다보니 바다에서 밀려온 배의 잔해와 시체들이 해변에 즐비하더라고요. 겁먹은 그는 자기 배가 있는 쪽으로 허겁지겁 달려가 보니파시오로 가서 사람들을 불렀답니다.

이렇게 말을 많이 하고 나니 기운이 다 빠져 양치기 노인은 바닥에 털썩 주저앉았고, 선장이 말을 이어받았습니다.

"그래요, 이 가엾은 노인이 우리에게 알려 주러 왔더란 말이죠. 겁에 질려 반미치광이 같았지요. 그리고 이 사건으로 아예 머리가 이상해져 버렸고요. 사실 그럴 만도 하지요…… 모래사장에 시신이 600구나 첩첩이 쌓여 목재 파편이며 산산이 부서진 돛 조각들과 마구 섞여 있다고 생각을 좀 해 보세요…… 가련한 세미양트호! ……바다가 그 배를 한 번에 부숴 버렸고, 어찌나 산산조각이 났던지, 그 수많은 잔해 속에서 팔롱보 영감이 자기 오두막 주변에 기둥 삼을 만한 것 하나조차도 겨우겨우 찾아냈다니 말이지요…… 사람들로 말하자면, 거의 모두가 형체를 알아볼 수 없이 끔찍하게 훼손된 상태였고…… 서로를 꽉 부여잡고 매달려 있는 모습이 얼마나 딱하던지…… 우리는 제복 차림의 선장 그리고 영대를 목에 두른 군종신부를 찾아냈지요. 또 바위와 바위 사이에 어린 견습 선원이 눈을 번히 뜬 채로 누워 있더군요. 아직 목숨이 붙어 있나 싶을 정도였다니까요. 하지만 웬걸요! 단 한 사람도 살아남지 못했다고 전해지지요……"

여기서 선장은 말을 끊었습니다.

"조심해, 나르디!" 그가 소리쳤고 불이 꺼졌습니다.

나르디가 잉걸불 위에 타르 칠이 된 널판 조각 두세 개를 던져 넣자, 다시 불이 확 붙었습니다. 그러자 리오네티 선장은 하던 말을 계속했습니다.

"이 이야기에서 가장 슬픈 대목은 바로 이겁니다…… 사고 나기 3주 전, 세미양트호처럼 크리미아반도로 가던 작은 군함 한 척이 똑같은 방식으로, 거의 똑같은 장소에서 난파했는데, 다만 그때는 우리가 배에 탄 승무원들과 스무 명의 수송병들을 구조할 수 있었다는 점이 달랐죠…… 그 가엾은 수송병들은 바다를 잘 모르잖습니까.* 그렇지 않겠어요! 우리는 그들을 보니파시오로 데려가서 이틀 동안 **항구**에서 함께 있었지요. ……젖었던 몸을 잘 말리고 회복이 되자 '안녕히 계십시오! 행운을 빕니다!' 하면서 그들은 툴롱으로 돌아갔고, 얼마 후 다시 크리미아로 가는 배를 타라는 명령을 받았어요…… 그게 어떤 배였겠는지 맞혀 보시오! ……바로 세미얗트호였단 말입니다…… 그러니까 우리는 그 병사들 모두를 이 사고로 다시 보게 된 거죠. 스무 명이 전부 사망자들 틈에 누워서 바로 우리가 지금 앉은 이 자리에…… 내 손으로 직접, 그 섬세한 콧수염을 기른 예쁘장한 기병하고 파리 출신 금발 병사—우리 집에 재웠던 친구인데 내내 재미있는 이야기로 우리를 웃겼답니다—를 수습해서 일으켜 세웠지요. ……그를 거기서 보게 되다니, 가슴이 찢어지더군요…… 아! 산타 마드레!●●"

이 말을 하면서 사람 좋은 리오네티 선장은 가슴이 꽉 메어, 피우던 파이프의 담뱃재를 들쑤시더니 내게 잘 자라고 인사하면서 두건 달린 긴 방수 외투를 그대로 걸친 채 몸을 옹크렸습니다. 그러고도 얼마 동안 선원들은 자기들끼리 나지막한 소리로 얘기를 나누더군요…… 그러더니만 하나둘씩 파이프의 담뱃불이 꺼졌습니다…… 아무도 말하는 사람이 없었고…… 양치기 노

- 수송병들은 육군이라 바다에 적응하는 훈련은 되어 있지 않다는 말이다.
●● '성모 마리아시여!'라는 뜻의 코르시카 말.

인도 가 버렸습니다…… 나만 혼자 남아 잠든 선원들 틈에서 몽
상에 잠겼습니다.

방금 들은 으스스한 이야기의 충격에서 벗어나지 못한 채, 나
는 머릿속에서 난파한 가련한 선박과 오직 갈매기들만이 지켜
본 그 괴로운 최후의 이야기를 재구성하려 애쓰고 있었습니다.
충격적이었던 몇 가지 세부 사항을 통해 제복을 갖춰 입은 선장,
신부의 목에 걸친 영대, 수송병 스무 명, 이 극적인 사건의 갖은
곡절을 미루어 짐작할 수 있었지요…… 밤중에 툴롱을 출발한
그 배가 눈에 선했습니다. 배가 항구를 벗어납니다. 바다는 험하
고, 바람은 무섭게 불어 댑니다. 그러나 배에는 용감한 선장이 있
으니, 승선자들은 모두 태연합니다……

아침이 되자 바다에 안개가 자욱이 낍니다. 사람들은 걱정하
기 시작하고요. 선원 모두가 갑판에 올라가 있습니다. 선장은 선
미루 갑판을 떠나지 않습니다…… 병사들이 틀어박혀 있는 3등
선실은 캄캄합니다. 공기는 후덥지근하고요. 몇몇 병사는 아파
서 군장 배낭 위에 드러누워 있습니다. 배가 앞뒤로 무섭게 마구
흔들립니다. 서서 버틸 수가 없습니다. 사람들은 바닥에 삼삼오
오 앉아 의자를 부여잡고 얘기들을 합니다. 소리소리 질러야 겨
우 알아들을 수 있습니다. 슬슬 공포에 질리기 시작하는 사람들
이 있습니다. ……자, 내 말 좀 들어 보라고! 이 해역에서는 난파

가 흔한 일이야. 여기 수송병들이 증언할 수 있는데 그들이 하는 소리가 어째 안심되지를 않네. 특히 그중에 병참 하사는 늘 농담을 하는 파리 친구인데, 그가 농담하는 소리를 들으면 닭살이 쫙 돋는다고.

"조난이오! ……그런데 조난은 아주 재밌지. 얼음장 같은 물에 한번 푹 잠기면 그걸로 그만이고, 그다음에는 사람들이 우릴 보니파시오로 데려가고, 그럼 우리는 리오네티 선장 댁에서 티티새 고기를 먹는다니까 그러네."

그러면 수송병들이 깔깔 웃고……

갑자기 우지끈 소리가 납니다…… 뭐지? 무슨 일이야?

"방금 키가 떨어져 나갔어." 한 선원이 흠뻑 젖은 채 중갑판을 가로질러 뛰어가며 말합니다.

"잘 가라지 뭐!" 이 독한 병참 하사가 소리치지만 이젠 아무도 이 말에 웃지 않습니다.

갑판 위는 대소동이 벌어집니다. 안개 때문에 서로가 보이지 않습니다. 선원들은 겁에 질려 손으로 더듬거리며 갈팡질팡합니다…… 이젠 키가 없다니! 배를 조종할 수 없다는 소립니다…… 세미양트호는 표류하며, 바람 따라 흘러갑니다…… 바로 이 순간 그 세관원이 배가 지나가는 모습을 본 거죠. 11시 반. 배 앞부분에서 대포 쏘는 소리 같은 것이 들립니다…… 암초다! 암초! ……끝장났다. 이제 더 이상 희망은 없다. 배는 곧장 해변을 향해 갑니다…… 선장은 선장실로 내려갑니다…… 잠시 후 그는 선미루 갑판 위의 자기 자리로 돌아옵니다. 제복을 갖춰 입은 채로…… 제대로 죽고 싶었던 거죠.

중갑판에서는 병사들이 걱정스럽게, 아무 말 없이 서로를 쳐다봅니다…… 환자들은 몸을 일으키려 애를 씁니다…… 작달막한 그 병참 하사는 더 이상 웃지 않습니다…… 이때 문이 열리며 목에 영대를 두른 신부가 입구에 나타납니다.

"무릎을 꿇읍시다, 여러분!"

모두 신부 말에 따릅니다. 쩡쩡 울리는 음성으로 신부는 죽기 전 고통 속에 기도를 올리기 시작합니다.

갑자기 엄청난 충격, 고함 소리, 단 한 번의 고함 소리, 엄청나게 큰 고함 소리, 쭉 뻗은 두 팔, 뭔가를 움켜쥐는 손들, 죽음의 모습이 섬광처럼 스쳐 가는 혼비백산한 눈길들……

가엾어라……!

이렇게 나는 몽상 속에 밤을 꼬박 새우며 그로부터 10년이 지난 지금, 주위에 잔해가 잔뜩 널린 그 불쌍한 배의 영혼을 불러내어 보고 있었습니다…… 멀리, 해협에는 폭풍우가 기승을 떨고 있었죠. 야영지의 모닥불이 돌풍을 맞아 한풀 꺾였고, 우리 배가 바위 아래서 춤추듯 출렁이며 배를 매어 놓은 밧줄에서 크게 삐걱대는 소리가 들려왔습니다.

가족의 비밀

The Family Secret

윌키 콜린스

박산호 옮김

1

집집마다 벽장에 해골* 하나씩 감추고 있다는 말을 처음 한 사람은 영국인일까, 아니면 프랑스인일까? 나는 배움이 짧아서 그 답을 모르겠지만 그 말을 누가 했건 그 통찰력에는 경의를 표하지 않을 수 없다. 그 말은 상황에 어울리는 섬뜩한 은유를 통해 놀라운 진실을 표현하고 있다. 나 역시 실제 경험을 통해 그 진실을 발견했다. 우리 집 벽장에도 그런 해골이 하나 있었는데 그 이름은 바로 조지 삼촌이었다.

나는 우리 집에 이 해골이 존재한다는 사실을 알게 된 후로 조

---

* 남의 이목을 꺼리는 집안의 수치를 뜻한다.

금씩 그것이 숨겨진 벽장을 추적해 냈다. 처음에 우리 집에 그런 것이 있다는 의심을 품기 시작한 것은 어릴 때였는데 성인이 되어 마침내 내 의심이 맞았다는 사실을 알게 됐다.

우리 아버지는 상당히 큰 지방에서 잘나가는 의사였다. 아버지는 집안 식구들의 뜻을 거스르고 어머니와 결혼했다고 들었다. 아버지 가족은 어머니의 출신이나 성장 환경이나 성격을 이유로 들어 반대할 순 없었고, 그냥 어머니를 너무 싫어했다. 친할아버지와 친할머니, 삼촌들과 고모들은 모두 우리 어머니가 매정한 데다 가식적이라고 보고 어머니의 태도, 의견, 심지어 얼굴 표정까지 마음에 안 들어 했다. 아버지의 막냇동생인 조지 삼촌만 빼고.

조지 삼촌은 우리 친가 식구들 중에서 가장 불운한 사람이었다. 다른 식구들은 다 영리한데 삼촌만 머리가 좋은 편이 아니었다. 다른 식구들은 다 인물이 훤했지만 삼촌은 여자들이 두 번도 안 쳐다봤다. 다른 식구들은 다 성공해서 잘살았지만 삼촌은 그렇지 못했다. 조지 삼촌도 우리 아버지처럼 의사였지만 개업의로 시작하고 나서도 그다지 잘 풀리지 않았다. 의사를 고를 형편이 안 되는 가난한 사람들이 병들면 삼촌을 불렀는데 그들은 삼촌을 좋아했다. 부자, 특히 귀부인들이 병이 나서 다른 의사를 부를 수 있는 상황이라면 절대 삼촌을 부르지 않았다. 삼촌은 의사로 일하면서 무수한 경험을 쌓았지만 돈과 명성은 전혀 늘지 않았다.

겉으로 보기에 아무리 둔하고 매력이 없는 사람이라고 해도 본디 마음속에 깊은 열정과 로맨스가 없는 사람은 없을 것이다. 조지 삼촌이 마음속에 품은 모든 열정과 로맨스는 우리 아버지에 대한 사랑과 존경에 집중됐다.

조지 삼촌은 맏형인 우리 아버지를 세상에서 가장 고귀한 인간으로 우러러보고 진심으로 숭배했다. 아버지가 어머니와 약혼했을 때, 앞서 말했다시피 다른 식구들은 장남이 택한 신붓감의 성격에 대해 노골적으로 싫은 내색을 했을 때, 태어나서 단 한 번도 다른 식구들의 의견에 반대해 본 적이 없는 조지 삼촌이 놀랍게도 미래 형수를 변호하는 역을 맡았다. 그것도 아주 열성적이고 적극적으로. 조지 삼촌이 판단하기에 형의 선택은 성스럽고 반론의 여지가 없었다. 형수가 될 귀부인이 삼촌을 대놓고 경멸하고, 삼촌의 잦은 실수와 허술한 행동을 비웃고, 삼촌이 말을 더듬을 때면 초조해져서 발끈하는데도 삼촌의 생각은 변함이 없었다. 형이 선택했다는 이유만으로도 그녀는 형수가 되기에 충분했다.

아버지는 결혼하고 나서 얼마 후에 막냇동생인 조지 삼촌을 조수로 받아들여 한집에 살게 했다.

조지 삼촌이 의대 학장으로 뽑혔더라도 그 새로운 직책보다 더 뿌듯하고 행복하게 받아들이진 않았을 것이다. 유감스럽게도 아버지는 막냇동생이 형인 자기를 얼마나 사랑하는지 알아차리지 못했다. 그때부터 힘든 일은 다 조지 삼촌 몫이었다. 밤에 먼 길을 가야 하는 왕진들, 가난하고 지친 환자들에게 약을 먹이는 일, 취한 환자들, 역겨운 환자를 대상으로 하는 고되고 단조롭고 지저분한 수술들은 다 삼촌에게 넘어갔다. 그런데도 매일매일 삼촌은 단 한 번도 투덜거리지 않고 묵묵히 그 일들을 해 나갔다. 형과 형수 부부가 지방의 귀족 집안에 초대를 받아서 저녁 식사를 하러 갔을 때도 삼촌은 그 누구의 주목도 받지 못한 채 혼자 집에 남겨지는 처사에 대해 불평해야 한다는 생각조차 하지 못했다. 형 부부가 그 초대에 화답해 다른 사람들을 초대해서 만찬을 열고, 삼촌이 저녁을 먹으러 왔다가 만찬 자리 구석에 혼자 있다 해도 사람들이 그를 무시한다거나 존경하지 않는다는 생각도 하지 않았다. 삼촌은 붙박이 가구처럼 집의 일부가 됐고, 형이 그를 어디에 써먹건 자신을 불러 준다는 이유만으로 기뻐했다.

이것이 조지 삼촌에 대해 내가 다른 사람들에게 들은 이야기다. 삼촌에 대한 기억은 내가 어렸을 때 일밖에 없어서 별로 할 이야기가 없다. 하지만 먼저 우리 부모님과 누나와 나에 대해 해 둬야 할 말이 있다.

누나는 우리 집 맏이로 사랑을 가장 많이 받았다. 나는 누나와 네 살 터울이고, 우리 남매 외에 다른 자식은 없었다. 캐럴라인 누나는 어렸을 때부터 빼어나게 예쁘고 건강했다. 반면 나는 몸집도 작고 약골인 데다, 솔직히 말하면 조지 삼촌만큼이나 누나에 비해 모든 면에서 평범했다. 우리 친가가 어머니에 대해 반감을 느낄 만한 이유가 있었다고 생각한다면 그거야말로 배은망덕한 불효자의 생각일 것이다. 내가 용기를 내어 할 수 있는 말은 우리 남매는 어머니에 대해 불평할 만한 이유가 전혀 없었다는 것뿐이다.

캐럴라인 누나를 향한 엄마의 열렬한 애정, 누나의 미모에 대한 어머니의 자부심을 나는 잘 기억한다. 또한 나에 대한 어머니의 다정하고 너그러운 애정도 잘 기억하고 있다. 부모님은 나의 개인적인 결함에 대해 남몰래 괴로워하셨겠지만 단 한 번도 캐럴라인 누나와 나를 차별하는 태도를 보이지 않으셨다. 캐럴라인 누나가 선물을 받을 때면 나도 받았다. 아버지와 어머니가 누나를 번쩍 들어 올려 키스할 때면 그 후에 나도 조심스럽게 안아서 키스해 줬다. 아이 특유의 본능으로 부모님이 누나를 볼 때와 나를 볼 때 짓는 미소가 미묘하게 다르다고 느끼긴 했다. 그리고 나보다 캐럴라인 누나에게 더 따뜻하게 키스하고, 어렸을 때 울음을 터트리면 나보다 누나의 눈물을 더 다정하게 닦아 줬다고 느꼈다. 하지만 그 어떤 부모도 이렇게 작고 사소하게 한 자식을 편애하게 되는 마음을 쉽게 자제할 순 없으리라고 생각한다. 나는 당시 부모님의 그런 면을 투덜거리면서 보기보다는 그저 놀랍게 바라봤다. 그리고 지금은 아무런 쓰라린 감정 없이 그런 부모님을 회상하게 됐다. 두 분 다 나를 사랑하셨고, 두 분 다 내게 부모로서의 의무를 다했다. 내가 여기서 두 분에 대해 말할 때 좀 난감해하는 것처럼 보인다고 해도 그건 나 때문이 아니다. 그 점은 진심으로 말할 수 있다.

심지어 조지 삼촌조차 나도 예뻐했지만 어리고 천사처럼 아름다웠던 캐럴라인 누나를 더 예뻐했다.

내가 장난으로 숱도 별로 없고 볼품없이 곧게 뻗은 삼촌의 머리카락을 잡아당기면 삼촌은 부드럽게 웃으면서 내 손에서 자신의 머리카락을 빼곤 했다. 하지만 캐럴라인 누나가 그런 장난을 치면 그의 흐릿한 회색 눈동자가 깜빡거리다 아파서 눈물이 날 때까지 참았다. 삼촌이 나를 목말 태우고 정원에서 놀 때는 서투르게 말 흉내를 내며 겅중겅중 뛰었지만, 캐럴라인 누나를 태워줄 때는 절대 뛰지 않고 아주 천천히 걷곤 했다. 삼촌이 우리를 데리고 산책을 나갈 때면 캐럴라인 누나는 항상 벽 쪽에 붙어서 걷게 했다. 삼촌이 수술실에서 지저분한 일을 하고 있을 때 내가 방해하면 삼촌은 같이 놀아 줄 준비가 될 때까지 가서 놀라고 말하곤 했다. 하지만 누나가 그러면 들고 있던 약병들을 내려놓고, 입고 있는 앞치마에 손을 닦은 후에, 마치 세상에서 가장 고귀한 귀부인을 대하는 것처럼 조심스럽게 캐럴라인 누나를 데리고 나왔다. 아, 삼촌이 누나를 얼마나 사랑했던가! 그리고 고맙게도 나도 얼마나 사랑해 줬던가!

내가 여덟 살이 되고, 누나가 열두 살이 됐을 때 나는 한동안 집을 떠나 있게 됐다. 나는 그전에 여러 달 동안 병을 앓았는데 바닷가에 갔을 때 상태가 나아졌다가 우리가 사는 중부 지방의 시골로 돌아오자 재발했다. 부모님은 오랫동안 상의한 끝에 결국 내 체질이 더 튼튼해질 때까지 남쪽 해안가에 사는 이모네에 보내기로 결정했다.

내 기억에 나는 선물을 잔뜩 가지고 다시 바다를 본다는 생각에 기뻐하면서, 아이들이 다 그렇듯 미래에 대해선 아무 근심 없이 현재에만 집중해서 즐거운 마음으로 떠났다. 조지 삼촌이 나를 바닷가로 데려다줄 수 있도록 휴가를 달라고 호소했지만 진료소는 삼촌 없이는 돌아가지 않았다. 삼촌은 아주 근사한 배의 모형을 만들어서 나를 달래 줬다.

이 글을 쓰는 지금도 그 모형이 눈앞에 있다. 그것은 오래돼서 먼지가 꼈고, 거기에 칠한 페인트는 갈라졌고, 밧줄들은 엉켰고, 돛은 좀먹고 누렇게 변했다. 선체는 균형이 잘 맞지 않고, 배에 있는 각종 장치들은 선원인 동료들이 보면 다 웃을 만큼 우스꽝스럽게 만들어졌다. 하지만 낡을 대로 낡았고, 지금은 장난감 가게 진열장에서 아주 쉽게 볼 수 있는 모형이기는 해도 내가 가진 물건 중에서 조지 삼촌의 배보다 더 소중히 여기는 건 없다.

바닷가 생활은 즐겁고 행복했다. 나는 이모와 같이 1년 넘게 살았다. 내가 잘 지내는지 보려고 어머니가 종종 찾아왔다. 처음에는 누나와 같이 왔지만 내가 이모네에서 보낸 마지막 8개월 동안 누나는 한 번도 오지 않았다. 또한 같은 기간에 어머니의 태도에도 변화가 생긴 걸 눈치챘다. 어머니는 매번 올 때마다 점점 더 안색이 창백해지고 얼굴에 수심이 더 짙어졌다. 그리고 항상 이모랑 둘이서만 몰래 오랫동안 뭔가 의논하다 갔다. 결국 어머니는 더 이상 우리를 보러 오지도 않고 편지만 보내서 내 건강에 대해 묻곤 했다. 아버지도 초반에는 내가 잘 회복되고 있는지 보려고 여건이 되는 대로 자주 왔는데 금세 어머니처럼 나와 거리를 두었다. 내가 그곳에 있는 동안 단 한 번도 휴가를 받지 못해 나를 보러 오지 못한 조지 삼촌도 그때까지는 종종 편지를 쓰고 내게도 제발 답장 좀 하라고 애걸했는데 그 무렵엔 삼촌의 편지도 뚝 끊어져 버렸다.

나는 당연하게도 이런 변화에 당황하고 놀라서 이모에게 이유를 말해 달라고 졸랐다. 처음에 이모는 이런저런 변명으로 둘러대려고 애를 썼다. 그러다 우리 집에 문제가 생겼다는 사실을 인정했고, 마침내 누나가 아파서 그랬다고 실토했다. 누나에게 무슨 병이 생겼는지 물어보자 내게 그런 걸 설명하는 건 쓸데없는 짓이라고만 했다. 나는 그다음에 집에서 일하는 하인들에게 물어봤다. 그중 이모보다 신중하지 못한 하인 하나가 내 질문에 대답해 주긴 했는데 내가 이해할 수 없는 용어들을 썼다. 그래서 그가 오랫동안 설명을 한 후에야 '우리 누나의 목에 뭔가가 자라고 있으며, 그것이 누나의 미모를 영원히 망칠 것이고, 그걸 제거하지 않으면 아마도 죽게 될 것'이라는 사실을 이해하게 됐다. 그 치명적인 '뭔가!'라는 모호한 것을 상상했을 때 너무 무서워서 온몸이 덜덜 떨리던 그 느낌을 아주 잘 기억한다. 나는 누나의 목에 자란 그걸 내 눈으로 직접 보고 싶은 호기심과 누나에 대한 걱정이 겹쳐서 괴로웠다. 이모에게 집에 가서 누나의 간호를 도울 수 있게 해 달라고 애원했지만 말할 필요도 없이 거부당했다.

몇 주가 지나갔지만 여전히 집에선 누나가 계속 아프다는 것 외에 다른 소식은 오지 않았다.

어느 날 나는 몰래 조지 삼촌에게 캐럴라인 누나의 병에 대해 말해 달라고 부탁하는 편지를 썼다. 나는 어렸고 유치했다.

우체국이 어디 있는지 알던 나는 아침에 다른 사람들에게 들키지 않게 슬쩍 빠져나가서 우체통에 내가 쓴 편지를 넣었다. 그리고 정원으로 해서 살그머니 집에 들어와 1층에 있는 뒤쪽 거실 창문으로 올라갔다. 그 위쪽 방이 우리 이모 침실이었는데 집에 들어간 바로 그 순간 위에서 신음 소리와 발작하듯 크게 울음을 터트리는 소리가 들렸다. 우리 이모는 원래 대단히 조용하고 항상 침착한 숙녀였다. 그래서 이모가 저렇게 큰 소리로 통곡하리라고는 도저히 상상할 수 없어서 더럭 겁이 나 우리 이모 방에서 누가 저렇게 심하게 울고 있느냐고 하인들에게 물으려고 부엌으로 달려갔다.

부엌에 들어가자 하녀와 요리사가 심각한 얼굴로 소곤소곤 이야기하고 있었다. 그들은 게으름을 피우다 주인어른에게 딱 걸린 것처럼 날 보고 깜짝 놀랐다.

"도련님은 너무 어려서 별 느낌이 없을 거야. 도련님 입장으로 봐선 시간을 더 끄느니 이렇게 된 게 차라리 다행일지도 몰라." 한 사람이 상대에게 이렇게 말하는 소리가 들렸다.

몇 분 후에 그들은 내게 최악의 소식을 전했다. 침실에서 그렇게 큰 소리로 울던 사람은 바로 이모였다. 캐럴라인 누나가 죽었다.

나는 하인들이나 다른 사람들의 예상보다 훨씬 더 큰 충격을 받았다. 그럼에도 여전히 어렸기 때문에 정신적인 충격으로부터 회복도 빨랐다. 만약 나이가 더 많았더라면 슬픔에 빠져들어 그날 늦게 이모가 정신을 가다듬고 나를 불렀을 때 이모의 반응을 제대로 살펴보지 못했을 것이다.

나는 이모의 퉁퉁 부은 눈이나 하얗게 질린 뺨에, 그리고 나를 품에 안고 또다시 눈물을 터트렸을 때 놀라지 않았다. 하지만 그때 이모의 표정에 서린 공포를 감지하고 놀라고 당혹스러웠다. 캐럴라인 누나가 죽었기 때문에 이모가 슬퍼하고 우는 건 당연했지만 마치 또 다른 재앙이 일어난 것처럼 저렇게 겁에 질린 표정은 뭐지?

나는 집에서 캐럴라인 누나의 죽음에 대한 소식 말고 또 다른 끔찍한 소식이 왔느냐고 물었다. 이모는 기이하게 감정을 억누른 목소리로 "아니다"라고 대답하고 갑자기 나를 외면해 버렸다. 아버지가 돌아가셨나? 아니다. 어머니가? 그것도 아니다. 혹시 조지 삼촌이? 이모는 그 질문에도 아니라고 대답하면서 전신을 덜덜 떨며 더 이상 묻지 말라고 했다. 이모는 지금 그런 이야기를 나눌 상태가 아니라고 하면서 하인에게 날 방에서 데리고 나가라고 신호를 보냈다.

다음 날 장례식이 끝난 후에 집에 가게 될 거란 말을 들었다. 저녁이 가까워졌을 때 하녀와 같이 나가게 됐다. 산책도 가고 또 상복을 맞추기 위해 치수를 재러 나간다는 이유도 있었다. 양복점을 나온 후에 하녀를 설득해서 바닷가를 따라 같이 걸어가면서 세상을 떠난 누나에 관련된 사소하지만 애정 어린 일화들을 머릿속에 떠오르는 대로 하나씩 이야기했다. 하녀는 내 이야기를 듣는 데 푹 빠졌고, 나는 나대로 말하는 데 열중하느라 집에 돌아갈 생각을 하기도 전에 해가 져 버렸다.

그날 저녁은 구름이 잔뜩 끼고 날이 흐렸고 다시 마을에 가까워졌을 때는 이미 어두웠다. 하녀는 어린 나만 데리고 해변에 있으니 초조한지 집으로 가는 길에 한두 번 불안한 눈빛으로 뒤를 돌아봤다. 그러다 갑자기 내 손을 꽉 쥐면서 말했다.

"어서 빨리 저기 절벽 위로 올라가요."

하녀가 그 말을 하자마자 바로 뒤에서 발소리가 들렸다. 한 남자가 재빨리 옆으로 다가와서, 하녀의 손을 잡고 있던 나를 낚아채, 높이 들어 품에 안고, 한 마디 말도 없이 내 얼굴에 키스를 퍼부었다. 그 남자는 울고 있었다. 내 뺨이 그 남자의 눈물로 금방 흠뻑 젖어 버렸다. 하지만 날이 너무 어두워서 그 사람이 누군지, 심지어 어떤 옷을 입었는지조차 볼 수 없었다. 내 생각에 그는 나를 채 30초도 안고 있지 않았던 것 같았다. 하녀가 도와 달라고 소리를 지르자, 낯선 남자는 나를 조심스럽게 모래 위에 내려놓고 곧바로 어둠 속으로 사라져 버렸다.

이 놀라운 모험을 이모에게 말했을 때 이모는 처음에는 어리둥절한 표정이었다가, 시간이 조금 흐른 후에 갑자기 뭔가가 떠오르거나 생각난 것처럼 표정이 싹 바뀌었다. 이모는 시체처럼 창백해져서 평소답지 않게 서둘러 말했다.

"그 일은 마음에 담아 두지 말고, 다른 사람에겐 말해선 안 된다. 그건 그저 너를 겁주려는 짓궂은 장난에 불과해. 그건 다 잊어라, 아가야. 다 잊어야 한다."

그런 충고를 하긴 쉬웠지만 거기에 따르긴 쉽지 않았다. 그 후로 수많은 밤마다 내게 키스하고, 나를 안고 울었던 그 낯선 남자를 생각했다.

그 사람은 누구였을까? 나를 아주 사랑하는 사람이고, 아주 큰 슬픔에 빠져 있는 사람이었는데. 내 유치한 논리로는 거기까지밖에 생각이 미치지 못했다. 하지만 나를 아주 많이 사랑하는 신사들을 다 떠올려 보려고 하자 아버지와 조지 삼촌 말고는 생각나는 사람이 없었다.

<h2 style="text-align:center">2</h2>

나는 정해진 날짜에 집에 보내져 시련을 겪었다. 아무리 어린 나이라지만 처절하게 슬퍼하는 어머니와 절망에 빠져 아무 말도 하지 못하는 아버지를 보는 건 너무 힘들었다. 캐럴라인 누나가 죽고 나서 한 우리 가족의 첫 재회는 현명하고 사려 깊은 이모가 나를 방에서 데리고 나와 오래 지속되진 않았다. 이모는 나를 데리고 나와 방문을 닫은 후에도 내가 옆에 있길 바란 것 같았지만 나는 이모의 품에서 뛰쳐나와 계단을 달려 내려가서 진료소로 향했다. 누나와 같이 모든 놀이를 해 줬던 조지 삼촌에게 가서 누나의 죽음을 슬퍼하며 울려고 했던 것이다.

하지만 진료소 문을 열었을 때 아무도 보이지 않았다. 나는 눈물을 닦고 주위를 둘러봤지만 그곳은 텅 비어 있었다. 나는 다시 계단을 달려 올라가서 조지 삼촌이 쓰던 다락방으로 갔다. 하지만 거기에도 삼촌은 없었고, 삼촌이 쓰는 싸구려 헤어브러시와 할아버지에게 물려받은 오래된 면도기 케이스도 화장대 위에 없었다. 조지 삼촌이 방을 옮겼나? 나는 층계참으로 나와서 알 수 없는 두려움을 느끼며 무너져 가는 마음으로 조용히 삼촌을 불렀다.

"조지 삼촌!"

아무도 대답하지 않고, 이모가 급히 다락방으로 올라왔다.

"조용히 해! 이 집에서 다시는 그 이름을 입에 올려선 안 된다." 이모가 말했다.

이모는 그러다 말을 멈췄는데 마치 자기 말에 자기가 겁을 먹은 것 같았다.

"조지 삼촌이 죽었어요?" 내가 물었다.

이모는 얼굴이 빨개지면서 더듬거렸다.

나는 이모의 대답을 기다리지 않고, 이모 옆을 지나 계단을 내려갔다. 심장이 터질 것 같았고, 피부는 차갑게 느껴졌다. 나는 숨도 쉬지 않고 무작정 아버지와 어머니가 나를 맞았던 방으로 달려갔다. 두 사람은 여전히 그대로 앉아 있었다. 나는 부모님께 달려가, 두 손을 맞잡고, 눈물을 펑펑 흘리면서 소리쳤다.

"조지 삼촌 죽었어요?"

그 순간 어머니가 비명을 질러서 더럭 겁이 난 나는 즉시 입을 다물었다. 아버지는 순간 어머니를 보고, 벨을 눌러 하녀를 부른 후에, 내 팔을 거칠게 움켜잡고, 방에서 끌어냈다.

아버지는 나를 서재로 데려가서 평상시에 앉는 안락의자에 앉은 후에 나를 당신의 두 무릎 사이에 세웠다. 아버지의 입술은 하얗게 질려 있었다. 내 어깨를 꽉 움켜쥔 아버지의 두 손이 격렬하게 떨리는 게 느껴졌다.

"다시는 조지 삼촌의 이름을 입에 올리지 마라. 내게도, 네 어머니에게도, 이모에게도, 이 세상 그 누구에게도 하지 마! 절대, 절대, 절대 해선 안 돼!" 아버지는 화가 나서 떨리는 목소리로 재빨리 속삭였다.

그 말을 할 때 한껏 억누른 아버지의 격렬한 감정보다 그 말을 반복해서 하는 게 더 무서웠다. 아버지는 잔뜩 겁을 집어먹은 내 얼굴을 보고 조금 누그러진 태도로 이야기를 계속했다.

"다시는 조지 삼촌 이야기를 하지 마라. 네 어머니와 나는 너를 아주 많이 사랑하지만, 내가 지금 한 이야기를 잊어버리면 집에서 먼 곳으로 쫓아 버릴 거야. 다시는 그 이름을 말하지 마. 절대 다신 해서는 안 돼! 이제 내게 키스하고 가거라." 아버지가 말했다.

아버지의 입술이 얼마나 떨리던지, 그리고 내 입술에 닿는 그 입술의 감촉이 얼마나 차갑던지!

나는 아버지의 키스를 받고 방에서 나가서 정원에 숨었다.

"조지 삼촌은 가 버렸어. 다시는 삼촌을 볼 수 없어. 다시는 삼촌에 대해 말해서도 안 돼." 혼자가 된 순간 형언할 수 없는 공포와 혼란을 느끼며 계속 스스로에게 이렇게 되뇌었다. 항상 지켜야 한다는 말을 들은 이 미스터리에는 어린 내 마음에도 뭔가 끔찍하게 느껴지는 게 있었고, 그 미스터리는 결코 풀릴 수 없을 거라고 그때는 생각했다. 아버지와 어머니와 이모는 모두 이제 정체는 알 수 없지만 결코 통과할 수 없는 장벽에 막혀 분리된 것처럼 보였다. 캐럴라인 누나가 죽고 조지 삼촌이 떠난 집은 더 이상 집처럼 느껴지지 않았고, 절대 말해선 안 되는 금기의 화제가 나와 부모님 사이를 영원히 가로막았다.

아버지가 서재에서 내린 명령은 단 한 번도 어기지 않았지만 (아버지의 말과 표정, 어머니의 그 끔찍한 비명 소리가 아직도 내 귀에 울리는 것 같아 그 명령에 충실하게 따랐다), 조지 삼촌의 운명을 가린 그 어둠을 꿰뚫어 보고 싶은 은밀한 욕망은 결코 사라지지 않았다.

나는 2년 동안 집에서 지냈지만 아무것도 알아내지 못했다. 하인들에게 물어보면 어느 날 아침 갑자기 삼촌이 사라졌다는 말밖에 하지 않았다. 친가 친척들에게 어떻게 된 일이냐고 물어 볼 수도 없었다. 그들은 멀리 떨어져 사는 데다 우리를 보러 온 적이 한 번도 없었다. 그리고 당시 나는 어리기도 했고 내 처지에 친척들에게 편지를 쓴다는 건 불가능했다. 이모는 우리 부모님만큼이나 그 문제에 대해선 아예 말도 붙이지 못할 정도로 침묵을 지켰다. 하지만 어느 날 밤 내가 하녀와 같이 해변을 걸어서 집에 오다가 겪은 놀라운 모험을 듣고 순간적으로 뭔가를 떠올린 후에 변했던 표정을 결코 잊을 수 없었다. 이모의 표정 변화와 내가 본가에 돌아온 날 일어났던 일을 연결해서 생각하면 할수록 '내게 키스하고 날 안고 울었던 그 남자가 다름 아닌 조지 삼촌이었다'는 확신이 점점 더 커져 갔다.

집에서 지낸 지 2년이 되었을 때 내가 간절히 원해서 상선을 타고 바다로 떠나게 됐다. 나는 처음 바닷가에 있는 이모 집에서 살 때부터 선원이 되겠다고 다짐했고, 그 결심을 오랫동안 굽히지 않아서 부모님이 마침내 소원을 들어주었다.

새로운 인생을 살게 돼서 기뻤던 나는 외국에서 4년 넘게 머물렀다. 마침내 집으로 돌아왔을 때 새로운 고통이 우리 집에 그늘을 드리우고 있다는 사실을 알았다. 내가 영국으로 돌아오는 항해를 시작한 바로 그날 아버지가 돌아가셨다.

그동안 집을 떠나 있었고 여러 변화가 일어났지만 조지 삼촌의 실종에 대한 미스터리를 풀고 싶은 마음은 결코 변하지 않았다. 어머니의 건강 상태가 위태위태해서 어머니가 있는 자리에서 그 금기의 화제를 입에 올리기를 한동안 망설였다. 그러다 마침내 용기를 내서, 어렸을 때는 나를 생각해서 신중하게 입을 다물었다 해도 이제는 성인이니 그 이야기를 해 줘도 되지 않겠느냐고 넌지시 말하자 어머니는 갑자기 격렬하게 몸을 떨면서 더이상 그 이야기는 하지 말라고 단호하게 말했다. 아버지가 그 이야기는 아버지 사후에도 절대 언급해선 안 된다는 유언을 남기셨다고 어머니가 말했다. 아버지는 생전에도 그 이야기를 할 권한을 주시지 않았는데, 이제 돌아가신 마당에 어머니 마음대로 그 이야기를 할 생각은 전혀 없다고 딱 잘라 말했다. 이모에게 호소했을 때 이모도 사실상 같은 대답을 했다. 하지만 절대 굴하지 않겠다고 결심한 나는 여행을 떠났다. 표면적으로는 친가 친척들을 찾아뵈러 가는 여행이었지만 사실 조지 삼촌에 대해 알아낼 수 있는 건 다 알아내겠다는 은밀한 목적이 있었다.

거기서 조금 성과가 나오긴 했지만 만족스럽진 않았다. 친가의 아름다운 누이들과 잘사는 형제들은 조지 삼촌을 항상 무시했고, 우리 아버지가 가족의 반대를 무릅쓰고 결혼을 강행했을 때 형을 지지한 조지 삼촌의 입지는 더 좁아졌다. 가서 만나 본 친척들은 모두 삼촌을 깔보며 대수롭지 않게 이야기했다. 그들은 모두 조지 삼촌 소식은 한 번도 들은 적이 없고, 삼촌에 대해선 아무것도 모른다고 말했다. 다만 삼촌이 우리 아버지에게 아주 나쁘고 비열한 짓을 저지른 후에 외국 어딘가로 가서 정착했다는 이야기를 들었다고 했다. 삼촌의 행방을 추적해 보니 런던에 간 것이 밝혀졌고, 거기서 할아버지가 돌아가신 후 받은 얼마 안 되는 유산을 정리해서 그 돈을 가지고 그날 오후에 프랑스로 가는 배의 갑판에 서 있는 모습이 목격됐다고 했다. 그것 말고는 삼촌에 대해 알려진 게 하나도 없었다. 삼촌이 저질렀다고 하는 그 비열한 짓이 뭐였는지에 대해선 삼촌들이나 고모들이나 아무도 대답을 해 주지 못했다. 우리 아버지는 삼촌이 사라졌을 때뿐만 아니라 그 화제가 거론될 때마다 항상 자세한 언급을 피했다고 했다. 조지 삼촌은 항상 집안의 골칫덩어리였고, 자신의 비열함에 대해 잘 알고 있었을 것이라고, 그렇지 않았다면 자신의 행동이 정당했음을 밝히고 그 사정을 설명하는 편지를 쓰지 않았겠느냐고 다들 말했다.

친가 친척들을 찾아갔을 때 알아낸 정보는 그 정도였다. 내 생각에 그 정보는 삼촌의 실종에 관한 미스터리를 풀기보다 오히려 더 깊어지게 했다. 그렇게 다정하고, 온화하고, 애정이 넘치던 조지 삼촌이 그토록 좋아하고 존경하는 큰형에게 말이나 행동으로 상처를 입혔다는 것은 믿을 수 없었다. 더군다나 우리 누나가 죽어 갈 때 비열한 짓을 했다는 건 도저히 있을 수 없었다. 하지만 캐럴라인 누나가 죽고 조지 삼촌이 실종된 일이 그 한 주에 일어났다는 이해할 수 없는 사실은 엄연히 존재했다. 친가 친척들이 해 준 이야기를 들은 후에 우리 가족의 비밀에 대해 전보다 더 큰 의문에 빠져 반드시 이걸 풀어야겠다고 결심했다.

그 후 몇 년 동안 내 삶에서 일어난 사건들은 간단히 언급하고 지나가겠다.

선원으로서의 인생에 충실하다 보니 나는 항상 고국과 친구들을 떠나 있게 됐다. 하지만 어떤 일을 하고, 어딜 가건 조지 삼촌에 대한 기억과 삼촌의 실종이란 미스터리를 풀고 싶은 마음이 이제는 익숙해진 유령처럼 날 항상 따라다녔다. 종종 밤에 혼자 바다에서 불침번을 설 때면 해변의 어두운 밤, 낯선 사내가 나를 와락 껴안았던 일, 내 뺨에 느껴지던 놀라운 눈물의 감촉, 내가 숨을 돌리고 정신을 차려 입을 열기도 전에 사라져 버린 그에 대해 떠올렸다. 그리고 누나의 장례를 치른 후 내가 집으로 돌아왔을 때 일어났던 그 설명할 수 없는 사건들을 생각했고, 그보다 더 자주 지금까지 그토록 고집스럽게 입을 다물고 있는 어머니나 이모를 설득해서 비밀을 털어놓게 할 계획을 헛되이 짜 보곤 했다. 조지 삼촌에게 정말 무슨 일이 일어났는지 알 수 있는 가능성, 삼촌을 다시 볼 수 있는 유일한 희망은 나의 가장 가까운 가족이자 친지인 그들에게 달려 있었다. 어머니와 그때 그 일이 있은 후에 금기의 화제에 대해 어머니의 입을 열게 할 희망은 잃었지만 이모를 설득해서 이야기를 들을 가능성에 대해선 좀 더 낙관적으로 생각했다. 하지만 이모에 대한 내 기대는 실현되지 못할 운명이었다. 그 후에 영국에 왔을 때 이모가 마비성 발작을 일으켜서 실어증에 걸렸다는 사실을 알게 됐다. 이모는 얼마 못 가 내 품에 안겨 숨을 거뒀고, 내가 이모의 유일한 상속자가 됐다. 나는 우리 가족의 비밀에 대한 언급이 있을까 싶어 이모가 남긴 서류들을 열심히 찾아봤지만 날 이끌어 줄 단서는 하나도 없었다. 캐럴라인 누나가 병들었다가 죽을 때까지 어머니가 이모에게 보낸 편지는 한 통도 남아 있지 않았다.

그 후로 몇 년이 또 흘러갔다. 어머니가 이모를 따라 저세상으로 갔지만 여전히 조지 삼촌에 대해 어떤 새로운 사실도 알아내지 못했다. 어머니가 돌아가신 후 내 건강이 나빠져서 의사의 충고에 따라 프랑스 남쪽에 있는 온천에서 요양을 하기로 했다.

나는 목적지를 향해 천천히 가면서, 그곳으로 가는 직선 도로를 벗어나 언제든 마음이 내킬 때 멈춰서 쉬었다. 어느 날 저녁, 목적지인 온천에서 2~3일 정도 거리의 언덕 꼭대기에 있는 그림 같은 풍경의 작은 마을을 보고 첫눈에 반했다. 그래서 좀 더 가까이 가서 보고, 마음에 들면 하룻밤 묵어가기로 마음먹었다. 마을에 있는 여인숙을 찾아가 보니 깨끗하고 조용해서 방을 잡고 저녁을 먹은 후에 근처 성당을 구경하러 산책을 나갔다. 성당에 들어갔을 때 조지 삼촌에 대한 생각은 전혀 하지 않았다. 그런데도 바로 그 순간 알 수 없는 손길이 나를 이끌어 지난 오랜 세월 동안 알아내려고 그토록 노력했지만 허사였던 진실, 어머니가 돌아가신 후로 모든 희망을 포기했던 그 진실을 알아내게 됐다.

성당 안에는 볼거리가 하나도 없어서 다시 나가려다 옆문으로 아담하고 예쁜 광경이 언뜻 보여 멈춰서 감탄하며 바라봤다.

성당 묘지가 전경에 있었고, 그 밑으로 언덕의 비탈길이 완만

하게 내려가다가 평야가 나왔는데 거기에서 태양이 찬란하게 저물어 가고 있었다. 그 성당의 **퀴레**°가 성무일도를 바치면서 여러 줄로 선 무덤들 사이의 자갈길을 왔다 갔다 거닐고 있었다. 나는 선원으로 온 세상을 방랑하고 다니다 프랑스어를 배워서 영어처럼 유창하게 구사하게 됐다. 그래서 사제가 내게 가까이 왔을 때 이곳의 경관에 대해 찬사를 몇 마디 하고, 성당 묘지가 깔끔하고 아름답게 가꾸어져 있다고 칭찬했다. 그는 아주 정중하게 대답했고 우리는 대화를 나누었다.

자갈길을 따라 신부와 같이 걷는데 문득 다른 무덤들과 따로 떨어져 있는 한 무덤에 눈길이 갔다. 그 무덤에 꽂힌 십자가는 다른 십자가들과 아주 큰 차이점이 있었다. 다들 화환이 걸렸는데 이 십자가만 휑하니 아무것도 걸려 있지 않았고, 더욱 놀라운 것은 그 무덤 앞에 세워진 비석에 그 어떤 이름도 새겨져 있지 않았다는 점이었다.

사제는 내가 멈춰 서서 무덤을 바라보는 걸 보고 고개를 흔들며 한숨을 쉬었다.

"당신의 동포가 여기 묻혀 있습니다. 그분의 임종을 제가 지켰습니다. 그는 이 마을에서 아주 오랫동안 너무나 큰 슬픔의 짐을 지고 사셨죠. 이곳에서 사는 내내 바르고 선하게 행동하셔서 우

• 프랑스어로 '주임신부'를 뜻한다.

리는 그분을 존경하고 연민을 느끼게 됐습니다."

"그런데 어떻게 무덤에 이름을 새기지 않은 겁니까?" 내가 물었다.

"본인이 그렇게 원하셨습니다. 그분은 마지막 순간에 그동안 여기서 가명으로 살아왔다고 제게 털어놓으셨습니다. 제가 본명을 여쭤보자 그 이름과 함께 자신의 슬픈 사연을 소상히 이야기해 주셨죠. 그분에겐 돌아가신 후에 잊히고 싶어 하는 특별한 이유가 있었습니다. 그분이 하신 마지막 말씀이 바로 이것이었습니다. '제 이름이 저와 같이 죽게 놔두세요!' 그것이 마지막 부탁이었기 때문에 단 한 사람만 빼고 세상의 다른 모든 이에게 그분의 이름을 비밀로 하기로 했습니다." 사제는 잠시 망설이다가 설명했다.

"그 한 사람이 친척인 모양이죠?" 내가 말했다.

"그렇습니다. 조카입니다." 사제가 말했다.

그 말이 사제의 입에서 나온 순간 내 심장이 기이하게도 펄쩍 뛰었다. 내 안색도 변했는지 **퀴레**가 갑자기 관심을 가지고 내 얼굴을 자세히 바라봤다.

"그분이 자식처럼 사랑했던 조카라고 하셨습니다. 그분이 만약 조카가 자신의 무덤까지 추적해서 찾아내 그분에 대해 물어본다면 제가 아는 모든 사실을 뜻대로 알려 줘도 된다고 하셨습니다. '나의 어린 찰리가 진실을 알면 좋겠습니다. 우리가 비록

나이 차는 컸지만 찰리와 나는 오래전에 놀이 친구였답니다.' 그
분이 그렇게 말씀하셨죠."

내 심장이 더 빨리 뛰었고, 사제가 죽어 가는 남자의 마지막
말을 전해 주면서 무심코 내 세례명을 언급한 순간 나는 목이 메
었다.

나는 떨지 않고 말할 수 있게 됐을 때, 놀랐던 마음이 확실히
진정됐을 때, 내 이름을 **퀴레**에게 말해 주고 혹시 그 이야기가 그
분이 지켜 달라고 부탁한 비밀의 일부가 아니냐고 물었다.

사제는 놀라서 몇 걸음 뒤로 물러나며 두 손을 맞잡았다.

"어떻게 이런 일이?" 그는 간절한 눈빛으로 나를 보면서, 조금
두려워하는 표정으로 나직하게 말했다.

나는 그에게 내 여권을 주고 다시 고개를 돌려 무덤을 바라봤
다. 지난날의 추억들이 밀려들면서 내 눈에 눈물이 고이기 시작
했다. 나는 무의식중에 무덤 옆에 무릎을 꿇고 앉아 손으로 잔디
를 쓸어내렸다. 아, 조지 삼촌, 왜 당신의 비밀을 오래된 놀이 친
구에게 말해 주지 않았어요? 왜 친구를 떠나서 머나먼 **여기서** 삼
촌을 찾게 하셨어요?

사제는 나를 부드럽게 일으켜 세우고 자기 집에 같이 가자고
애원했다. 거기로 가는 길에 내가 바로 그 사람이 맞는다는 점을
확인시켜 주기 위해 삼촌이 말했을 만한 사람들과 장소에 대해
이야기했다. 사제의 작은 거실로 들어가 혼자만 앉았을 즈음엔

우리는 거의 오래 사귄 친구 같아졌다.

아무래도 내가 먼저 조지 삼촌과 삼촌의 실종에 관해 지금까지 여기에 했던 이야기들을 사제에게 하는 편이 좋겠다고 생각했다. 그는 아주 슬픈 얼굴로 듣고 있다가 내 이야기가 끝나자 입을 열었다.

"제 이야기를 듣고 싶은 마음이 간절한 건 이해합니다만 먼저 삼촌분의 이야기에서 나오는 상황이 당신으로서는 듣기 고통스러울 수도 있다는 점을 말씀드려야 할 것 같습니다." 그는 갑자기 입을 다물었다.

"조카로서 듣기 괴롭다는 말씀인가요?" 내가 물었다.

"아뇨." 사제는 그렇게 대답하고 나를 외면했다. "아들로서 말입니다."

나는 그렇게 나를 섬세하게 배려하고 경고까지 해 주셔서 고맙지만 동시에 더 이상 궁금하게 만들지 말고 아무리 듣기 고통스럽더라도 어서 진실을 말해 달라고 재촉했다.

"당신은 저에게 집안의 비밀에 대해 다 말해 주면서 누나의 죽음과 삼촌의 실종이 동시에 일어난 것이 기묘한 우연의 일치라는 말을 했습니다. 당신은 단 한 번이라도 누님이 죽은 원인이 뭔지 의심한 적이 있습니까?"

"전 그저 아버지가 해 주신 말, 그리고 제 친지들이 믿는 말만 알고 있습니다. 즉 누나는 목에 생긴 암 때문에 죽었다고요. 제가 들은 그대로 옮기자면 목에 생긴 암이 누나의 몸에 미친 영향 때문에 죽었다고요."

"누님은 그 암을 제거하는 수술을 받다 죽었습니다. 그 수술을 집도한 사람이 바로 당신의 조지 삼촌이었습니다." 그는 나직한 목소리로 말했다.

그 몇 마디로 모든 진상을 알게 됐다.

"삼촌분이 오랫동안 겪은 순교자적 고통이 마침내 끝났다는 사실로 마음의 위안을 삼으시길 바랍니다." 사제는 이야기를 이어 갔다. "그분은 평화롭게 영면하셨습니다. 그분과 꼬마 달링은 서로 이해하고 이제 행복하게 같이 있습니다. 그 생각이 그분을 마지막으로 숨을 거두는 순간까지 지탱해 줬습니다. 그분은 항상 당신 누님을 '꼬마 달링'이라고 부르셨죠. 당신 삼촌은 당신 누나가 저세상에서 그를 용서하고 위로해 주려고 기다린다고 굳게 믿었습니다. 그분의 믿음이 헛되다고 누가 감히 말할 수 있겠습니까?"

난 아니다! 평생 단 한 번이라도 누군가를 사랑해 고통받은 이라면 절대 그러지 않겠지!

"조카딸을 위해 스스로를 희생하는 헌신적인 사랑이 너무 깊었기 때문에 그분은 아주 큰 용기를 내서 그 수술을 맡았습니다. 당신 아버님은 당연히 그 수술을 집도하길 피했습니다. 그가 상의한 동료 의사들을 불러와 환자의 상태를 보게 하자 모두 그 암을 제거하는 수술은 그 상황에서 적절하지 못하다고 판단했습니다. 당신 삼촌만 의견이 달랐죠. 하지만 그분은 너무 겸손하셔서 그런 말은 하지 않으셨습니다. 하지만 당신 어머니가 그 사실을 알아냈죠. 예뻤던 딸의 외모가 망가지는 것에 당신 어머니는 몸서리를 쳤고 누구든 그걸 고쳐 준다고 하면 지푸라기만 한 희망이라도 잡을 정도로 필사적이었습니다. 그래서 당신 어머니가 삼촌을 설득해서 그 의견을 증명해 보이라고 했습니다. 자식의 기형이 끔찍한 데다 평생 갈지도 모른다는 사실에 절망해서 수술이 위험하다는 사실에 전적으로 눈을 감으셨던 모양입니다. 아들인 당신에게 이 이야기를 어떻게 해야 할지 정말 모르겠지만 그래도 말해야 할 것 같습니다. 어느 날 당신 아버지가 외출했을 때 당신 어머니가 삼촌에게 형이 그 수술을 하는 데 동의했다고 거짓말을 했습니다. 그리고 차마 수술 장면을 볼 수 없어서 일부러 외출했다고 했습니다. 그 말을 듣고 삼촌은 더 이상 망설이지 않았습니다. 그는 용기만 확실히 낼 수 있다면 그가 두려워하는 결과는 나오지 않을 거라고 생각했습니다. 다만 칼을 들고 조카의 살을 건드려야 하는 끔찍한 상황에 처하게 되자 조카에 대한 애정이 자기에게 미치는 영향이 너무 두려웠다고 합니다."

나는 감정을 자제하려고 무진 애를 썼지만 그 말을 듣자 몸서리가 쳐지는 걸 참을 수 없었다.

"자세한 내용을 이야기해서 당신에게 충격을 줄 필요는 없죠."

사제가 사려 깊게 말했다. "그저 당신 삼촌에게 용기가 가장 필요한 순간에 그 용기가 나지 않았다고만 해도 충분할 것 같습니다. 전에 수술할 때는 한 번도 떨지 않던 그 굳센 손이 조카에 대한 애정 앞에서 그만 흔들리고 말았답니다. 한마디로 말해 수술은 실패했습니다. 당신 아버지가 돌아와서 자식이 죽어 가는 걸 발견했습니다. 진실을 들었을 때 극도로 절망한 당신 아버지가 한 행동은 차마 제 입에 올리기에도 충격적이었습니다. 당신 아버지는 먼저 당신 삼촌을 주먹으로 두들겨 패서 모멸감을 준 후에 동생이 저지른 치명적으로 경솔한 행위를 법정에서 재판 받게 해서 처벌을 받게 하겠다고 맹세했습니다. 당신 삼촌은 그 때 일어난 일에 너무 비통해하느라 형의 말과 행동에 격노조차 느끼지 못했습니다. 그는 형수를 찾았습니다(지금부터 할 이야기 때문에 그녀를 당신 어머니라고 부르고 싶지 않습니다). 형수가 그 수술을 하라고 부추겼고, 형이 수술을 허락했다고 거짓말까지 했던 걸 인정하리라 생각했던 겁니다. 하지만 형수는 아무 말이 없었고, 마침내 입을 열었을 때 남편 편에 서서 당신 삼촌을 자기 자식을 죽인 살인자라고 맹렬하게 비난했습니다. 당신 아버지의 분노가 두려워서 그랬는지 아니면 당신 삼촌에게 화가 나서 복수하고 싶은 마음에서 그랬는지는 제가 감히 짐작할 수 없습니다. 전 그저 사실만 말할 수 있습니다."

사제는 거기서 잠시 이야기를 멈추고 걱정스러운 표정으로 나를 바라봤다. 그 순간 나는 아무 말도 못 하고 그저 그의 손을 꼭 잡아서 어서 이야기를 계속하라고 재촉할 수밖에 없었다.

사제가 이야기를 계속했다.

"한편 당신 삼촌은 형을 보면서 이 세상에서 형에게 하게 될 마지막 말을 했습니다. 그분은 이렇게 말했습니다. '형이 어마어마하게 화를 낸다고 해도 나는 당해도 싼 놈이지만, 공개 법정에서 날 재판에 회부해 온 집안이 추문에 휩싸이는 일은 막아 줄게. 법정에서 유죄로 판결되면 가장 엄중한 벌이라고 해 봐야 조국과 친구들에게서 떨어져 추방되는 것이겠지. 내가 조카를 기형과 고통에서 구해 줄 수 있다고 솔직하게 믿은 건 하느님도 아셔. 난 모든 걸 걸었지만 다 잃었어. 내 심장과 영혼은 산산조각 났어. 난 아무짝에도 쓸모없는 인간이지만 이제 이곳을 떠나서 영원히 숨어 살게. 다시는 돌아오지 않을 거고, 형의 동정이나 용서는 기대하지 않겠어. 내가 떠났을 때 나에 대한 분노가 좀 누그러진다면 지금 일어난 일은 비밀로 해 줘. 형과 형수가 내게 했던 말을 다른 사람은 모르게 해 줘. 그 관대한 행위가 나에 대한 보상으로 충분하다고 생각할게. 내가 받을 자격이 있는 것보다 훨씬 큰 보상으로 받아들이겠어. 이 세상에서 나는 잊어 줘. 우린 나중에 다른 세상, 우리 모두 마음에 품은 비밀들이 밝혀지는 곳, 우리보다 먼저 세상을 떠난 아이가 우리를 화해시켜 주는 곳에서 만나기로 해!' 당신 삼촌은 그렇게 말하고 떠났습니다.

당신 아버지는 다시는 동생을 보지도, 소식을 듣지도 못했죠."

나는 이제 왜 아버지가 가족까지 포함해서 그 진실을 다른 누구에게도 밝히지 않았는지 알게 됐다. 어머니는 여동생인 이모에게 비밀을 지키란 조건하에 모든 걸 고백한 모양이었다. 그 후로 그 끔찍한 폭로는 감춰졌다.

"당신 삼촌이 말씀하셨어요. 그분이 영국을 떠나기 전에 당신이 지내는 바닷가 마을에 몰래 찾아갔다고요. 당신에게 마지막으로 키스하지 않고는 고국과 친구들을 떠날 마음이 차마 들지 않았다고 합니다. 그분은 어둠 속에서 당신을 따라가서, 안아 보고, 당신이 자기를 알아보기 전에 얼른 떠났다고 합니다. 그다음 날 그분은 영국을 떠났어요."사제가 이야기를 계속했다.

"이곳으로 오셨나요?"내가 물었다.

"그렇습니다. 그분은 전에 여기서 친구분과 일주일 동안 묵으신 적이 있었대요. 그때 학생이었는데 디우 호텔에서 묵었다고 합니다. 그래서 이곳으로 돌아와 숨어 살면서 괴로워하다가 돌아가셨습니다. 우리는 모두 그분이 엄청난 슬픔에 짓눌려 고통스러워한다는 걸 알고 그와 그의 고통을 존중했습니다. 그분은 혼자 살면서 저녁 무렵에만 밖에 나와서 언덕 꼭대기에 앉아 두 손을 턱에 괴고 영국을 바라보곤 했습니다. 그분은 그 장소를 좋아하시는 것 같았고, 그 근처에 묻혔죠. 그분은 저 말고는 그 누구에게도 과거의 삶에 대해 밝히지 않았습니다. 제게도 마지막

숨을 거두기 직전에야 털어놓으셨죠. 그 긴 추방 생활 동안 그분이 어떤 고통을 겪으셨을지는 아무도 감히 짐작할 수 없습니다. 다른 어느 누구보다 그분을 더 많이 본 저도 그분의 불평을 단 한 마디도 들어 본 적이 없습니다. 그분은 순교자의 용기를 지닌 채 살아가셨고, 돌아가실 때는 성인의 체념을 품고 있었습니다. 마지막 순간에 그분의 정신이 잠시 혼미해졌습니다. 꼬마 달링이 침대 옆에서 그분을 인도해 가려고 기다리는 모습이 보인다고 했습니다. 그리고 미소를 지으며 눈을 감았습니다. 그것이 제가 본 그분의 첫 미소였습니다."

사제는 이야기를 마쳤고, 우리는 같이 서글픈 황혼이 지는 밖으로 나가 조지 삼촌이 좋아했던, 항상 앉아서 영국이 있는 쪽을 바라보던 언덕 꼭대기에서 한동안 서 있었다. 삼촌이 오랫동안 타국의 침묵과 고독 속에서 얼마나 고통스러웠을지 생각만 해도 마음이 한없이 아렸다! 내가 마침내 가족의 비밀을 알아낸 건 잘한 일이었을까? 가끔은 아닌 것같이 느껴진다. 가끔은 조지 삼촌의 운명을 가렸던 그 어둠이 결코 걷히지 말았기를 바란 적도 있다.

마지막 말

The Last Word

그레이엄 그린

서창렬 옮김

1

낯선 방문객으로부터 자기 이름이 아닌 다른 사람 명의의 여권과 자신이 방문하리라고는 꿈에도 생각하거나 기대한 적 없는 나라의 비자와 출국 허가증을 건네받았을 때, 노인은 조금 놀랐을 따름이다. 이제는 딱히 꼬집어 설명할 수 없는 일들에도 이미 익숙해진 까닭이었다. 그는 말 그대로 매우 노쇠했고, 사람들과의 접촉 없이 혼자서 지내 온 작고 제한적인 삶에 익숙해져 있었다. 심지어 고립된 삶에서 일종의 행복감조차 느꼈다. 그는 조그마한 부엌과 욕실이 딸린 한 칸짜리 방에서 먹고 자고 살았다. 한 달에 한 번씩 많지는 않아도 생활하기에는 충분한 액수의 연금이 어딘가에서 왔지만, 정확히 어디서 오는지는 알지 못했다.

어쩌면 그가 기억을 빼앗기기 전에 벌어진 사건과 연관이 있는지도 몰랐다. 사건과 관련하여 그의 머릿속에 남아 있는 것은 단지 날카로운 비명, 번갯불 같은 섬광, 혼란스러운 꿈들로 가득한 기나긴 어둠뿐이었다. 그리고 마침내 그 꿈의 터널을 빠져나와 눈을 뜬 곳이 바로 지금 살고 있는 이 방이었다.

"25일에 공항으로 모셔 갈 겁니다." 낯선 방문객이 말했다. "그런 다음 비행기에 탑승하실 거고요. 도착하면 누군가가 마중을 나올 거고, 숙소도 준비되어 있을 겁니다. 비행기에서는 누구한테도 말을 걸지 않으시는 게 좋을 겁니다."

"25일이라고? 지금이 12월이지 않나?" 그는 날짜와 시간을 가늠하기가 쉽지 않았다.

"그렇습니다."

"그렇다면 크리스마스로군."

"크리스마스는 이미 20년도 넘은 옛날에 폐지되었습니다. 선생님께서 사고를 당한 이후에요."

그는 어안이 벙벙했다. 어떻게 기념일이 한 사람에 의해 폐지될 수가 있지? 방문객이 떠나자 그는 혹시 무슨 답이라도 해 주지 않을까 기대하면서 침대 위에 걸린 작은 나무 십자가를 올려다보았다. 십자가의 한쪽 가지와 거기 붙어 있던 인물 형상의 한쪽 팔이 떨어져 나간 나무 십자가였다. 그는 이 십자가를 2년 전에—3년 전이었나?—자기와는 말을 섞지 않는 이웃들과 공동으로 사용하는 쓰레기통에서 발견했다. 그는 큰 소리로 외쳤다. "아니 당신, 사람들이 당신을 버렸나요?" 떨어져 나간 팔이 '그렇다'라고 대답하는 것 같았다. 그와 십자가 사이에는 어느 정도 의사소통이 가능했다. 둘 사이에 뭔가 공통의 기억이 있기라도 한 것처럼.

이웃들과는 아무런 교류가 없었다. 그는 이 방에서 의식이 돌아온 이후로 어떤 이웃에게도 말을 건넨 적이 없었다. 그들이 자신과 얘기하는 걸 두려워한다고 느꼈기 때문이다. 정작 자신은 알지 못하는 자기 신상에 대해 그들은 뭔가 알고 있는 것 같았다. 어쩌면 어둠이 들이닥치기 전에 자신이 범죄를 저질렀는지도 몰랐다. 거리에는 늘 남자가 하나 붙박여 있었는데 동네 사람 같지는 않았다. 하루 걸러 교대로 얼굴이 바뀌었기 때문이다. 그 남자 역시 누구에게도, 심지어 남의 얘기를 늘어놓는 게 살아가는 낙인 꼭대기 층 노파에게조차도 말을 걸지 않았다. 어느 날인가 거리에서 노파가 곁눈질을 하며 그의 이름—여권에 있는 이름이 아닌 진짜 이름—을 입에 올렸는데, 그 때문에 노인과 감시자 둘 다 연행된 적이 있었다. 평범하기 이를 데 없는 '요한'이라는 이름이었다.

한번은(수 주일 동안 비가 퍼부은 끝에 모처럼 찾아온 따뜻하고 화창한 날씨 탓이었을 게다) 그가 빵을 사러 가는 길에 거리의 감시자에게 일부러 말을 붙였다. "형제여, 신의 가호가 함께하기를." 그러자 남자는 느닷없이 고통이 엄습하기라도 한 것처럼 몸을 움찔하더니 등을 홱 돌렸다. 노인은 주식인 빵을 사러 계속 길을 걸어갔고, 누군가가 빵 가게까지 자신의 뒤를 밟는 것을 알아차렸다. 전반적인 공기가 약간 미심쩍었지만 그는 크게 신경 쓰지는 않았다. 그는 자신의 유일한 청중인 부러진 나무 조각에게 말을 건넸다. "내 생각엔 사람들이 당신이랑 나를 멀리하고 싶어 하는 것 같아." 아무튼 그로서는 불만이 없었다. 까맣게 잊힌 과거 어딘가에서 자기를 짓눌렀던 엄청난 부담으로부터 이제는 해방된 것처럼 느껴졌다.

그가 여전히 크리스마스라고 여기는 날이 다가왔고, 낯선 방문객도 다시 나타났다. "공항으로 모셔 가려고요. 짐은 다 꾸리셨습니까?"

"꾸릴 짐도 별로 없고, 가방도 없는데 뭐."

"하나 가져오죠." 남자는 가방을 가지러 갔다. 남자가 자리를 비운 동안 노인은 딱 하나 있는 여벌의 상의로 나무 조각을 둘둘 말았다. 그리고 가방이 도착하자마자 안에 집어넣고 두 장의 셔츠와 속옷으로 덮었다.

"이게 전부입니까?"

"내 나이가 되면 필요한 게 그리 많지 않다네."

"주머니에 든 건 뭡니까?"

"책이라네."

"어디 보여 주십시오."

"왜 그러나?"

"지시를 받았습니다."

그는 노인의 손에서 책을 낚아채 제목이 있는 페이지를 펼쳤다.

"선생님에게는 이 책의 소유권이 없습니다. 이걸 어떻게 갖게 되셨죠?"

"어렸을 때부터 죽 가지고 있던 거라네."

"병원에서 압수했어야 했는데. 아무튼 보고를 해야겠습니다."

"누구의 잘못도 아니라네. 내가 감췄거든."

"선생님은 무의식 상태로 호송되셨습니다. 뭘 감추거나 할 수가 없는 상태였죠."

"다들 내 목숨을 살리느라 너무 분주했기 때문이었을 걸세."

"이건 일종의 범죄적 부주의입니다."

"누가 나한테 그게 뭐냐고 물었던 기억이 나는 것도 같군. 난 사실대로 말해 줬어. 고대 역사에 관한 책이라고."

"금지된 역사죠. 이건 소각로로 보낼 겁니다."

"그 정도로 중요하진 않을 텐데." 노인이 말했다. "우선 몇 페이지 읽어 보게나. 그럼 알게 될 걸세."

"그런 일은 하지 않습니다. 저는 장군님께 충성을 다하니까요."

"오, 물론 그렇겠지. 충성은 아주 중요한 덕목이지. 하지만 걱정 말게나. 몇 년 동안 몇 장 읽지도 않았으니까. 내가 좋아하는 구절은 여기 이 머릿속에 들어 있고, 내 머리를 소각할 수는 없겠지."

"너무 그렇게 확신하지는 마십시오." 남자가 대답했다. 그 얘기를 끝으로 남자는 공항에 도착할 때까지 입을 다물었고, 공항에서는 모든 일이 예기치 못한 방향으로 흘러갔다.

2

제복을 입은 장교가 예의를 깍듯이 갖추어 영접해서 노인은 마치 머나먼 과거로 돌아간 것처럼 느껴졌다. 장교는 군대식 경례까지 붙였다. "장군님께서 편안하게 여행하시라는 말씀을 전해 달라고 하셨습니다." 그가 말했다.

"날 어디로 데려가는 거지?"

장교는 질문에 아무 대답도 하지 않고 민간 경비원에게 "짐은 이게 전부인가?"라고 물었다.

"전부입니다. 그런데 이 책을 압수했습니다."

"어디 보세." 장교는 제목이 있는 페이지를 펼쳤다. "물론 자네는 임무를 충실히 수행했네만, 이건 선생께 돌려드리게. 지금은 특별한 상황이야. 선생은 장군님의 손님이고, 이제 이런 책은 더 이상 위험하지 않다네."

"하지만 법률상……"

"법도 시대에 뒤처질 수가 있지."

노인은 아까 했던 질문을 다른 말로 바꾸어 다시 물었다. "내가 탈 비행기는 어느 항공사 소속인가?"

"선생님, 세상이 바뀐 걸 아직 모르시는군요. 지금은 항공사가 하나밖에 없습니다. 세계연합항공이라고 하죠."

"이런, 이런. 세상이 도대체 얼마나 변한 건지 원."

"걱정 마십시오, 선생님. 변화의 시기는 끝났습니다. 이제는 세계가 안정됐고 평화가 정착되었습니다. 변화라는 게 필요 없지요."

"날 어디로 데려가는 건가?"

"다른 주로 가시는 것뿐입니다. 네 시간만 비행하시면 됩니다. 장군님 전용기로요."

그것은 특별한 비행기였다. 내부에는 침대로 변형할 수 있는 널찍한 안락의자 여섯 개가 놓인 거실 비슷한 공간이 있었다. 열린 문을 지날 때 노인의 눈에 욕조가 들어왔고(그는 몇 년 동안 욕조를 본 적이 없었다. 그의 작은 아파트에는 샤워기밖에 없었다), 그는 앞으로 몇 시간 동안 따뜻한 물속에 몸을 쭉 뻗고 누워 있고 싶다는 욕구를 강하게 느꼈다. 조종실과 안락의자들 사이에는 바가 자리 잡고 있었다. 비굴할 정도로 상냥한 승무원이 만약 이 통일된 세계에 국가가 존재한다면 각국의 모든 음료를 망라했을 듯싶은 메뉴를 내밀면서 그에게 고르라고 권했다. 노인의 초라한 옷차림에도 승무원의 정중함은 줄어들지 않는 듯했다. 어쩌면 승무원은 이런 자리에 전혀 어울리지 않는 인물이라고 여겨질지라도 장군의 손님이라면 누구에게나 그처럼 비굴할 정도로 친절을 보이는지도 몰랐다.

장교는 멀찍이 떨어져 자리를 잡았다. 노인이 마음 놓고 금지된 서적을 읽을 수 있게 내버려 두려는 사려 깊은 행동처럼 보였다. 그러나 노인의 마음은 평화와 침묵을 더 갈망하고 있었다. 그는 이해할 수 없는 일들로 완전히 녹초가 되었다. 자신이 떠나온 작은 아파트, 그 누구도 모르는 곳에서 송금되는 연금, 이 호사스러운 비행기 그리고 무엇보다도 저 욕조…… 모든 게 수수께끼였다. 자주 그러는 것처럼 그의 마음은 기억을 되짚기 시작했다. 하지만 기억은 요란한 소음과, 뒤이은 어둠에 갑작스럽게 끊어졌다. 몇 년 전이었더라? 마치 전신마취 상태로 살아오다가 이제 막 마취가 서서히 풀리는 듯한 느낌이었다. 이 호화로운 민간 여객기에서 그가 깨어난다면 도대체 어떤 기억들이 자신을 기다리고 있을지, 노인은 불현듯 두려워졌다. 그는 책을 읽기 시작했다. 오랫동안 읽어서 이미 암기하고 있는 구절이 자동적으로 펼쳐졌다. '말씀이 세상에 계셨고 세상이 이 말씀을 통하여 생겨났는데

도 세상은 그분을 알아보지 못하였다……'•

승무원의 목소리가 귀에 들어왔다. "캐비아 좀 드시겠습니까, 선생님? 보드카 한 잔 드릴까요? 아니면 드라이 화이트 와인이 더 나을까요?"

그는 익숙한 페이지에서 눈을 떼지 않고 대답했다. "아니, 고맙지만 사양하겠네. 배도 안 고프고 목도 안 마르니까."

승무원이 잔을 거둬들일 때 나는 쨍하는 소리가 그에게 어떤 기억을 불러일으켰다. 그의 손이 앞에 놓인 탁자에 뭔가를 내려놓으려는 듯 저절로 움직였고, 그는 일순간 눈앞에서 고개를 숙인 한 무리의 낯선 이들을 보았다. 깊은 정적과 정적 뒤의 그 요란한 소음, 뒤이은 짙은 어둠……

승무원의 목소리가 그를 깨웠다. "안전띠를 매십시오, 선생님. 5분 뒤에 착륙합니다."

3

트랩 아래서 대기하고 있던 다른 장교가 그를 커다란 승용차로 안내했다. 이 모든 의식, 예우, 호화로움이 그의 감춰진 기억

• 『요한 복음』 1장 10절.

들을 들쑤셨다. 이제 그는 하나도 놀랍지 않았다. 수년 전에 이미 모두 경험한 것처럼 느껴졌다. 손은 기계적으로 자기를 낮추는 동작을 취했고, 입에서는 "나는 종들 중의 종일지니"라는 구절이 튀어나왔다. 그가 말을 끝내기도 전에 차 문이 닫혔다.

차는 몇몇 상점들 앞에 줄이 늘어서 있는 것을 제외하고는 텅 비다시피 한 거리를 가로질러 달렸다. 그가 다시 말을 이었다. "나는 종일지니." 호텔 밖에서는 지배인이 대기하고 있었다. 지배인이 인사를 건넨 다음 노인에게 말했다. "장군님의 개인적인 손님을 모시게 되어 영광입니다. 여기 체류하는 동안 모쪼록 편안히 지내실 수 있도록 최선을 다하겠습니다. 뭐든 말씀만 하시면……"

노인은 놀랍다는 표정으로 14층짜리 호텔을 올려다보며 물었다. "난 얼마 동안 여기 머물기로 되어 있나?"

"하룻밤만 예약되어 있습니다, 선생님."

장교가 부리나케 대화에 끼어들었다. "내일 장군님을 만나 뵙기로 되어 있습니다. 오늘 밤은 이곳에서 편안하게 여독을 풀라고 하십니다."

노인은 기억을 더듬어 보았고, 이름 하나가 떠올랐다. 기억이 조각조각 부서진 상태로 돌아오는 것 같았다. "미그림 장군이던가?"

"아니에요, 아닙니다. 미그림 장군님은 대략 20년 전에 사망하셨습니다."

제복 차림의 현관 안내인이 호텔로 들어서는 그들에게 경례를 했다. 접객 담당자가 열쇠를 들고 대기 중이었다. 장교가 말했다. "저는 여기서 물러가겠습니다, 선생님. 내일 아침 11시에 모시러 오겠습니다. 장군님께서 11시 30분에 만나 뵙길 원하십니다."

지배인이 노인을 엘리베이터로 데려갔다.

두 사람이 시야에서 사라지자 접객 담당자가 장교에게 물었다. "저 양반은 누굽니까? 장군님의 손님이라고요? 옷차림을 보면 극빈자 같은데요."

"교황이라네."

"교황이라고요? 교황이 뭔가요?" 접객 담당자가 물었지만 장교는 아무 대답도 하지 않고 호텔을 빠져나갔다.

4

지배인이 떠나자 피곤이 엄습했지만 노인은 늘 그렇듯이 놀랍다는 표정으로 주위를 둘러보았다. 커다란 더블베드의 폭신한 매트리스 위에 앉아 보았다. 욕실 문을 열고 일렬로 늘어서 있는 작은 병들도 살펴보았다. 짐을 풀 때, 조심스럽게 숨겨 가지고 온 나무 조각만큼은 좀 신경이 쓰였다. 그는 그것을 화장대 거울에 기대 놓았다. 옷가지를 대충 의자에 던져 놓은 다음 명령에 순종하듯이 침대에 누웠다. 앞으로 어떤 일이 벌어질지 눈치챘더라면 잠드는 게 불가능했을지도 모른다. 하지만 아무것도 알아차리지 못한 그는 푹신한 매트리스 깊숙이 몸을 가라앉힐 수 있었고, 곧바로 잠이 들었다. 자는 동안 꿈을 하나 꾸었는데, 일부는 깨어났을 때도 생생히 기억났다.

그는 일종의 거대한 헛간 같은 곳에서—그 모든 것을 똑똑히 볼 수 있었다—수십 명이 채 안 되는 청중에게 얘기를 하고 있었다. 한쪽 벽에는 가방에 숨겨 놓았던 것과 같은 훼손된 나무 십자가와 한쪽 팔이 없는 인물 조상이 걸려 있었다. 자기가 무슨 얘기를 했는지는 기억나지 않았다. 자신이 알지 못하는, 혹은 기억할 수 없는 언어로—또는 몇 가지 언어들로—얘기했기 때문이다. 헛간이 점점 줄어들더니 그가 떠나온 조그만 아파트만 해졌고, 그의 앞에 무릎을 꿇은 한 노파와 그 곁에 선 어린 소녀 한 명이 나타났다. **소녀는** 무릎을 꿇지 않았다. 대신 경멸 어린 눈으로 그를 쳐다보았는데, 역력히 이런 말을 외치는 표정이었다. '난 당신이 하는 말을 한 마디도 이해하지 못하겠어요. 왜 말을 올바르게 하지 못하나요?'

잠에서 깨어난 그는 끔찍한 낭패감에 사로잡혔다. 그는 침대에 누운 채 다시 꿈속으로 돌아갈 방법을 찾으려고 무진 애를 썼다. 꿈속으로 돌아가 아이가 이해할 수 있는 말을 몇 마디라도 해 주고 싶었다. 그는 생각나는 대로 몇 마디 말을 입 밖에 내어 보기도 했다. "팍스"●라고 큰 소리로 말했다. 하지만 그 단어는 자신에게 외국어였던 것처럼 그 소녀에게도 외국어일 것이다. "사랑"이라는 다른 단어를 말해 보았다. 사랑이란 단어는 더 쉽게 입술에 떠오르긴 했지만, 지금의 그에게는 웬지 모순적인 의미를 지닌 너무 식상한 말처럼 들렸다. 그는 사랑이란 단어가 정확히 어떤 의미인지 자신도 알지 못한다는 사실을 알아차렸다. 그 단어는 그가 경험해 본 적이 있는지 확신할 수 없는 무엇이었다. 어쩌면—그 요란한 소음에 이어 어둠이 닥치기 이전에—그가 조금이나마 가지고 있던 것이었을지도 모르지만, 만약 사랑이 정말 중요한 것이라면 그에 대한 조그만 기억이라도 남아 있어야 했다.

그의 불안한 상념은 웨이터가 커피와 함께 갖가지 빵과 크루아상이 담긴 쟁반을 들고 들어온 탓에 중단되었다. 그가 먹던 유일한 음식인 빵을 파는 작은 빵 가게에서는 본 적이 없는 것들이었다.

"대령이 11시에 와서 선생님을 장군님께 모시고 갈 예정입니다. 면담 때 입으실 옷이 옷장에 준비되어 있다고 알려 드리라고 했습니다. 급히 오느라 미처 챙기지 못하셨을 경우에 대비하여

● pax. 라틴어로 '평화'라는 의미.

욕실에 면도기와 빗과 그 밖의 필요한 것들을 모두 준비해 두었습니다."

"내 옷은 이 의자에 있네." 그는 웨이터에게 그렇게 말한 다음 친근한 농담을 덧붙였다. "벌거벗은 채 오진 않았지."

"그것들은 전부 치우라는 지시를 받았습니다. 선생님께 필요한 건 모두 저기 있습니다." 웨이터가 옷장을 가리켰다.

노인은 자신의 상의와 바지와 셔츠와 양말을 내려다보았다. 웨이터가 조심스럽게 그것들을 집어 들 때 그 옷가지들이야말로 절실히 세탁이 필요하다는 생각이 새삼 떠올랐다. 지난 몇 년 동안 주기적으로 만나는 사람들이란 게 고작해야 빵집 주인과 자기를 감시하러 오는 남자들 그리고 가끔씩 마주치지만 자기 쪽으로는 시선을 두지 않으려는, 혹은 자기와 마주치는 걸 피하고자 일부러 길을 건너가는 이웃 사람들이 전부인 상황에서, 많지도 않은 연금 가운데 일부를 세탁소에 써야 할 이유를 찾기는 힘들었다. 깨끗한 옷이 다른 사람들에게는 사회적으로 필요한 것일 테지만, 그에게는 사회생활이라는 게 없었다.

웨이터가 자리를 뜨자 그는 속옷 차림으로 서서 이 기이한 일들에 대해 곰곰이 짚어 보았다. 그때 방문을 노크하는 소리가 들렸고, 그를 이곳으로 데려온 장교가 들어왔다.

"아직도 옷을 입지 않으셨네요. 아무것도 안 드셨고요. 장군님은 우리가 제시간에 도착하기를 원하십니다."

"웨이터가 옷을 가져가 버렸다네."

"선생님 옷은 옷장 안에 있습니다." 옷장 문을 열어젖히자 중백의와 하얀 망토가 노인의 눈에 들어왔다. 노인이 말했다. "아니, 왜? 나에게 원하는 게 뭐지? 난 이걸 입을 권리가……"

"장군님께서는 선생님께 적절한 예우를 해 드리고 싶어 하십니다. 장군님도 제복을 갖춰 입으실 겁니다. 의장대도 선생님을 기다리고 있습니다. 선생님도 예복을 착용하셔야 합니다."

"예복이라고?"

"어서 면도를 하시죠. 세계의 언론을 위한 사진 촬영도 있을 겁니다. 연합세계언론이라고 하죠."

그는 장교의 말에 따랐다. 정신이 혼란스러워진 까닭에 얼굴 몇 군데를 베고 말았다. 그런 다음 내키지 않는 마음으로 중백의와 망토를 걸쳤다. 옷장 문에 기다란 거울이 달려 있었다. 그는 두려움이 깃든 목소리로 소리쳤다. "꼭 성직자 같은 모습이야."

"선생님은 성직자셨습니다. 이 의복들은 오늘 행사를 위해 세계신화박물관에서 특별히 빌려 온 겁니다. 손을 내미세요."

그는 순순히 따랐다. 장교의 말에서 권위가 느껴졌기 때문이다. 장교가 그의 손가락에 반지를 하나 끼웠다. "박물관 측에서는 반지를 빌려주는 걸 꺼렸지만, 장군님께서 고집하셨습니다. 이번 일은 다시는 되풀이되지 않을 일이니까요. 자, 저를 따라오십시오." 방을 나서려고 할 때, 화장대 위에 놓인 나무 물건이 장교의 눈을 붙잡았다. 그가 말했다. "그 사람들, 선생님이 저걸 가져오는 걸 허락하지 말았어야 했는데."

노인은 누구에게도 문제가 생기지 않기를 원했다. "내가 몰래 숨겨 가지고 왔다네."

"신경 쓰지 마십시오. 박물관 측도 이걸 확보하게 되면 분명 좋아할 테니까요."

"내가 계속 가지고 있고 싶은데."

"장군님을 뵙고 난 다음에는 더 이상 필요치 않을 거라고 생각합니다."

5

그들을 태운 차는 기이하리만치 텅 빈 거리들을 지나 드넓은 광장에 도착했다. 한때는 왕궁이었던 듯한 건물 앞에 군인들이 일렬횡대로 서 있었고, 차는 거기서 멈췄다. 장교가 말했다. "여기서 내릴 겁니다. 놀라지 마십시오. 장군님께서는 선생님께 전직 국가원수에 걸맞은 적절한 군대식 예우를 해 드리고자 하십니다."

"국가원수라고? 이해가 안 되는군."

"자, 앞장서십시오."

장교가 팔을 잡아 주지 않았더라면 노인은 자기 옷에 걸려 넘어졌을 것이다. 그가 몸을 추스를 때 굉음이 들렸고, 그는 다시 쓰러질 듯이 기우뚱했다. 길고 긴 어둠이 그를 칭칭 감싸기 전에 언젠가 들었던 것과 같은 날카로운 파열음이 열 배쯤 증폭된 듯한 소리였다. 굉음이 그의 머리를 둘로 쪼개는 듯했고, 그 틈을 비집고 평생의 기억들이 쏟아져 들어오기 시작했다. 그는 되뇌었다. "이해가 안 돼."

"교황 성하."

고개를 숙여 자신의 발을 내려다보니 중백의 자락이 눈에 들어왔다. 손으로 시선을 돌리니 반지가 눈에 들어왔다. 그때 금속성이 들렸다. 군인들이 받들어총 자세를 취하고 있었다.

6

장군은 예의를 갖춰 그를 맞았고, 곧장 본론에 돌입했다. "저는 성하를 살해하려던 시도와 절대 무관하다는 사실을 알아주셔야 합니다. 그건 제 전임자 가운데 한 명인 미그림이라는 장군의 중대한 실수였습니다. 혁명의 후반기에는 그런 실수가 쉽게 저질러지곤 하지요. 세계국가와 세계 평화를 구축하는 데 100년이 걸렸습니다. 미그림 장군은 성하와 일부 추종자들이 자신의 앞

길에 걸림돌이 될까 봐 두려웠던 거지요."

"내가 두려웠다고요?"

"그렇습니다. 성하의 종교는 역사상 발생한 수많은 전쟁에 책임이 있다는 걸 아셔야 합니다. 마침내 우리는 전쟁을 종식시켰지요."

"하지만 당신은 장군이잖소. 밖에는 병사들도 많던데."

"세계 평화의 수호자로서 존재하는 거지요. 아마 100년쯤 더 지나면 군인이라는 존재 자체도 사라질 겁니다. 성하의 종교가 존재하지 않게 된 것처럼 말입니다."

"그 종교가 이젠 존재하지 않는 건가요? 난 오래전에 기억을 잃어버려서."

"성하는 현존하는 마지막 기독교도입니다." 장군이 말했다. "역사적인 인물인 거지요. 그런 연유로 제가 성하를 마지막으로 알현하고자 한 겁니다."

장군이 담뱃갑을 꺼내 노인에게 내밀었다. "저랑 한 대 태우시겠습니까, 요한 성하? 죄송스럽게도 몇 세인지 잊어버렸군요. 요한 29세셨던가요?"

"교황이라고요? 난 담배를 태우지 않습니다. 그런데 왜 나를 교황이라고 부르는 거지요?"

"마지막 교황이지만 여전히 교황은 교황이니까요." 장군은 담배에 불을 붙이고 말을 이었다. "우리는 개인적으론 성하께 아무런 반감도 없다는 걸 알아주십시오. 성하는 중요한 위치를 차지하고 계셨습니다. 우리가 가졌던 야망에는 공통점이 많습니다. 닮은 구석이 무척 많았지요. 그것이 바로 미그림 장군이 성하를 위험한 적으로 간주한 이유 가운데 하나였습니다. 추종자를 거느리고 있는 한 성하는 하나의 대안이 될 수 있었으니까요. 대안이 존재한다는 건 곧 전쟁이 벌어질 수밖에 없다는 얘기지요. 저는 미그림 장군이 취한 방법에는 동의하지 않습니다. 그렇게 몰래 숨어서 총을 쏘다니요. 성하가 말씀을 하고 계신 동안에 말이죠. 그걸 뭐라고 부르죠?"

"기도 말인가요?"

"아니요, 그것 말고요. 이미 법으로 금지된 대중 의식을 말하는 겁니다."

노인은 무슨 말을 해야 할지 몰랐다. "미사 말인가요?" 그가 물었다.

"맞습니다, 맞아요. 바로 그 단어였던 것 같습니다. 미그림 장군이 세운 구상에서 잘못된 부분은, 자칫하면 성하를 순교자로 만듦으로써 우리의 계획을 상당히 지체시켰을 수도 있었다는 점입니다. 사실 당시 그—뭐라고 하셨더라—아, 그 미사에는 고작 십수 명밖에 없었거든요. 그런데도 그의 방법은 위험했습니다. 미그림 장군의 후임자는 그 점을 깨달았고, 저 역시 조용히 일을 처리하는 방식을 따랐죠. 우리는 성하를 살려 두었습니다. 우리는 언론으로 하여금 성하에 대해 그리고 성하의 조용한 은퇴 생활에 대해 단 한 마디도 언급하지 않도록 조치하였습니다."

"도무지 이해할 수가 없군요. 죄송합니다. 이제 막 기억이 나기 시작하네요. 당신네 병사들이 총을 쐈던 바로 그때……"

"우리는 성하를 살려 두었습니다. 여전히 스스로를 기독교도라고 지칭하는 사람들의 지도자가 바로 성하셨으니까요. 다른 사람들은 별문제 없이 포기를 했습니다. 정말이지 이상한 이름들투성이였지요. 여호와의 증인이니, 루터파니, 칼뱅파니, 국교회니. 세월이 흐르면서 그것들은 모두 하나씩 하나씩 사라져 갔습니다. 성하를 따르는 집단은 자신들을 가톨릭이라고 불렀지요. 집단끼리 서로 싸우는 와중에도 마치 전체를 대표하는 건 자기들이라고 주장하는 것 같았어요. 저는 역사적으로 볼 때 처음으로 자신들을 조직화하고 신화 속 목수의 아들을 추종하려 한 것이 바로 성하의 집단이라고 생각합니다."

노인이 말했다. "그이의 팔이 왜 부러졌는지 궁금하네요."

"그이의 팔이라고요?"

"미안합니다. 내가 정신이 오락가락해서요."

"우리는 성하에게 남겨진 것을 모두 그 마지막 장소에 남겨 두었습니다. 아직까지 성하를 추종하는 사람들이 존재하고, 또 우리에게는 공통의 목표가 있기 때문이지요. 세계 평화, 빈곤 퇴치 말입니다. 우리가 성하를 이용할 수 있는 시기도 있었습니다. 더 큰 전체를 위해서 국가라는 개념을 없애는 데 이용했죠. 성하는 더 이상 실질적인 위험 요인이 되지 못했으니, 미그림 장군의 행동은 불필요했지요. 아니면, 어쨌든, 시기상조였습니다. 이제 이 모든 터무니없는 일들이 끝나고 잊힌 것에 대해 우린 만족한답니다. 요한 교황 성하, 이제 성하를 따르는 사람은 없습니다. 지난 20년간 저는 성하를 철저하게 감시했습니다. 단 한 명도 성하와 접촉하려 하질 않더군요. 이제 성하는 아무런 힘도 없고, 세계는 하나가 되어 평화를 구가하고 있습니다. 이제 성하는 더 이상 두려움의 대상이 아닙니다. 그 작은 숙소에서 그렇게 오랫동안 따분하게 사시도록 해서 송구스럽군요. 어떤 면에서 믿음이란 노년과도 같습니다. 영원히 지속될 수 없으니까요. 공산주의는 노화되어 사망했고, 제국주의 역시 마찬가지입니다. 성하를 제외하고는 기독교 또한 소멸되었습니다. 역대 교황 가운데서도 성하는 좋은 교황이었다고 생각합니다. 이제는 더 이상 성하를 그런 누추한 환경에 방치하지 않고 예우를 다하겠습니다."

"친절하시네요. 그런데 지금 숙소도 생각하시는 것만큼 누추하지 않았어요. 친구도 하나 있었고요. 그 친구랑 얘기도 할 수 있었으니까요."

"그게 무슨 소리입니까? 성하는 혼자였습니다. 빵을 사러 문밖에 나섰을 때조차 혼자였습니다."

"밖에 나갔다가 돌아올 때면 그이가 나를 기다리고 있었지요.

팔이 부러지지 않았다면 좋았을걸."

"아, 그 나무 조각 얘기로군요. 신화박물관에서는 소장품이 하나 늘게 되어 반길 겁니다. 하지만 지금은 신화 얘기가 아니라 진지한 얘기를 나눌 시점입니다. 여기 책상 위에 놓인 총이 보이시죠. 저는 사람들이 불필요하게 고통을 겪어서는 안 된다고 생각합니다. 저는 성하를 존경합니다. 미그림 장군과는 다르죠. 저는 성하가 위엄 있게 죽어 가는 모습을 보고 싶습니다. 마지막 기독교도로서요. 지금은 역사적인 순간입니다."

"날 죽일 셈인가요?"

"그렇습니다."

노인은 두려움이 아니라 안도감을 느꼈다. "지난 20년 동안 종종 가고 싶었던 곳으로 나를 보내 주는 셈이로군요."

"어둠 속으로 말인가요?"

"오, 내가 알던 어둠은 죽음이 아니었습니다. 빛이 없는 곳일 따름이었죠. 당신은 나를 빛 속으로 보내 주는 겁니다. 감사드립니다."

"저는 성하가 저와 함께 최후의 만찬을 갖길 바랐습니다. 일종의 상징으로서요. 적으로 태어난 두 사람의 마지막 우정을 상징하는 거지요."

"죄송합니다만, 난 배가 고프지 않네요. 어서 집행을 하시지요."

"최소한 저와 함께 와인 한 잔은 하셔야죠, 요한 교황 성하."

"고맙습니다. 그렇게 하죠."

장군은 잔 두 개에 와인을 따랐다. 잔을 비우는 장군의 손이 가늘게 떨렸다. 노인은 인사를 하듯이 잔을 들어 올렸다. 그가 낮은 목소리로 몇 마디 말을 중얼거렸지만 장군은 알아들을 수 없었다. 모르는 언어였기 때문이다. "코르푸스 도미니 노스트리……"● 장군은 그의 적인 마지막 기독교도가 잔을 기울일 때 총을 발사했다.

방아쇠에 힘을 가해 총알이 폭발하기까지의 짧은 순간에 이상하고도 두려운 의심이 장군의 마음을 스치고 지나갔다. 이 노인네가 믿었던 게 과연 사실일까?

● Corpus Domini nostri. 라틴어로 '주님, 제 안에 주님을'이라는 의미. 라틴어 미사의 성체성사 중에 사제가 올리는 영성체송의 일부이다. '주님, 제 안에 주님을 모시기에 합당치 않사오나 한 말씀만 하소서. 제가 곧 나으리이다.' 최후의 만찬 때 예수 그리스도가 한 말을 사제가 반복함으로써 빵과 포도주가 예수 그리스도의 몸과 피로 축성되어 성체성사가 이루어진다.

물푸레나무

The Ash-Tree

몬터규 로즈 제임스

조호근 옮김

M. R. James

잉글랜드 동부를 여행해 보았다면 드문드문 흩어져 있는 작은 시골 저택들을 본 적이 있을 것이다. 10만 평 정도의 들판 가운데 솟아 있는, 일반적으로 이탈리아 양식으로 지어진 저택들 말이다. 결을 따라 갈라지고 회색으로 바랜 떡갈나무 울타리, 훌륭하고 듬직한 나무들, 갈대밭에 둘러싸인 작은 연못, 멀리 숲의 윤곽이 보이는 곳에 자리한 그런 저택 말이다. 나는 늘 이런 작은 저택에 강하게 이끌렸다. 물론 그 매력은 이게 전부가 아니다. 붉은 벽돌로 지어진 앤 여왕 시대 건물에 치장 벽토를 발라서 18세기 후반의 소위 '그리스 양식' 느낌이 나도록 만든 건물 벽에 튀어나오듯 달린 주랑 현관도 좋아한다. 천장까지 높이 뻗은 내부 홀에 2층의 회랑과 작은 오르간이 구비되어 있는 것도 좋아한다. 13세기의 『시편』에서부터 4절판 셰익스피어 전집까지 온갖 책들을 찾아볼 수 있는 서재도 좋아한다. 물론 그림도 좋아한다. 무 엇보다 내가 가장 좋아하는 것은 처음 저택이 지어졌을 때 그곳에서의 삶이 어떠했을지를 상상해 보는 일이다. 초대 영주의 전성기 시절에는 지금처럼 돈이 많지는 않았을지 몰라도, 훨씬 다양한 취향이 존재했으며, 삶은 훨씬 흥미로웠을 것이기 때문이다. 나는 이런 저택 한 채와 검소하게나마 저택을 유지하고 친구들을 즐겁게 해 줄 만한 재산을 가지고 싶다.

이야기가 엉뚱한 곳으로 흘러간 듯하다. 내가 이야기하려는 것은 방금 묘사한 부류의 저택에서 일어난 흥미로운 일련의 사건에 대해서다. 무대는 서쪽 지방에 있는 카스트링엄 저택이다. 내가 이야기할 사건이 일어났던 시대 이후로 건물에 이런저런 변화가 가해지기는 했지만, 앞서 묘사한 주요 특징들은 아직까지도 찾아볼 수 있다. 이탈리아풍 현관, 네모난 흰색 건물, 외관보다 더 낡은 내부, 숲 가장자리에 있는 들판, 그리고 연못. 그러나 이 저택을 다른 수십 종류의 비슷한 건물들과 구별 짓게 해 주던 특징 하나는 사라져 버렸다. 들판에 서서 건물을 바라볼 때 오른쪽으로 건물 외벽에서 5~6미터 떨어진 곳에, 건물에 거의 닿을 듯이 나뭇가지들을 뻗고 있는 오래된 물푸레나무 한 그루가 서 있었다. 내 추측으로는 카스트링엄의 무장이 해제되고, 해자가 메워진 다음 엘리자베스 시대 양식의 주거용 건물을 지었을 때부터 있던 나무인 듯하다. 어쨌든 1690년경에는 분명 최대

크기로 자라난 것으로 보였다.

그즈음 이 저택이 자리한 지역에서 여러 번의 마녀재판이 있었다고 한다. 과거에 사람들이 공유하던 마녀에 대한 보편적인 공포, 그 뿌리와 정당한 원인을—그런 것이 존재한다면 말이지만—살펴보는 일은 쉽지 않을 것이다. 이런 죄목으로 기소된 사람들이 실제로 자신에게 무언가 비범한 능력이 있었다고 생각했는지, 아니면 적어도 이웃에게 해를 끼치려는 악의를 가지고 있었는지, 또는 그 당시 범람하던 마녀사냥꾼들이 잔인하게 받아낸 그 수많은 고백이 얼마나 사실이었는지는 모두 알 수 없다. 이런 문제들은 아직까지도 그 답이 밝혀지지 않았다. 그리고 이제 하려는 이야기를 생각하면, 나는 다시금 머뭇거리게 된다. 앞선 모든 의문점을 단순히 꾸며 낸 것으로 넘겨 버릴 수 없기 때문이다. 모름지기 독자들 스스로가 판단해야 할 것이다.

카스트링엄에서도 '**신실한 행위**'*의 희생양이 한 명 나왔는데, 마더솔 부인이라는 사람이었다. 그녀가 주변 마을의 다른 마녀들과 다른 점이라고는 보다 유복하고 영향력 있는 지위에 있었다는 것뿐이었다. 교구의 명망 있는 농부 여럿이 그녀를 구하려고 시도했다. 그들은 그녀의 품성을 증명하려고 여러 면으로 노력했고, 배심원들의 판결에 상당한 우려를 표했다.

●   auto-da-fé. 종교재판으로 이단자를 화형에 처하는 행위.

그러나 여인에게 가장 치명적인 증거는 당시 카스트링엄 저택의 소유자였던 매슈 펠 경에게서 나왔다. 그는 자기 방 창문에서 세 번에 걸쳐 그녀의 모습을 보았다고 증언했다. 모두 보름달이 뜬 밤이었고, 그녀가 '저택 옆 물푸레나무에서' 어린 가지를 모으고 있었다는 것이었다. 그녀는 속옷만 입은 채 나무 위로 올라가서 내내 혼잣말을 중얼거리며 묘하게 휜 단검으로 잔가지를 잘라 모으고 있었다고 한다. 매슈 경은 그런 모습을 볼 때마다 그녀를 붙잡으려고 최선을 다했지만, 언제나 실수로 소리 한 마디를 내는 바람에 정체가 발각되어, 정원으로 나올 때마다 본 것이라고는 토끼 한 마리가 마을로 향하는 오솔길을 달려 내려가는 것뿐이었다고 했다.

세 번째 날 밤 그는 최대한 빠르게 그 토끼를 추적했고, 결국 마더솔 부인의 집에 도달했다. 그가 반의 반 시간이나 문을 두드린 끝에 그녀가 방금 침대에서 나온 듯 매우 피곤하고 언짢은 표정을 하고 문가로 나왔다. 그리고 그는 자신이 방문한 이유를 제대로 설명할 수가 없었다.

다른 교구민들로부터도 몇 가지 진술이 나오기는 했지만, 이보다는 충격적이지도, 괴상하지도 않았다. 결국 이 진술이 가장 중요한 증거로 채택되어 마더솔 부인에게 유죄와 사형 판결이 내려졌다. 그녀는 재판 일주일 후 대여섯 명의 다른 불행한 사람들과 함께 베리 세인트에드먼스에서 교수형에 처해졌다.

당시 지방 치안관이던 매슈 펠 경도 그 처형에 입회하였다. 가랑비가 내리는 음습한 3월의 어느 날 아침, 교수대가 선 북문 밖 잡초투성이 언덕에 수레가 도착했다. 다른 죄인들은 고통으로 인해 무감각해지거나 무너져 내린 상태였지만, 마더솔 부인만은 삶에서 그랬듯이 죽음을 마주하고도 아주 다른 모습을 보여 주었다. 당시의 기록자가 서술한 바에 따르면 '그녀의 독기 어린 분노는 주변의 사람들에게 영향을 미쳤다. 그렇다, 심지어는 처형인에게까지도. 그리하여 그날 그녀를 본 사람들은 모두 그녀가 광기 어린 악마의 화신임을 확신할 수 있었다. 그러나 그녀는 법 집행인들에게 전혀 저항하지 않았다. 그저 자신에게 손을 댄 이들을 너무도 사납고 증오하는 표정으로 노려보아서—후일 그 중 한 사람이 내게 확인해 주었듯이—여섯 달이 지난 후에도 그 모습을 생각만 해도 마음이 좀먹는 느낌이 들었다'고 한다.

그러나 그녀가 입에 담은 말은 별 뜻 없이 들리는 몇 마디뿐이었다. "당신네 저택에 손님들이 찾아갈 것이다." 그녀는 낮은 목소리로 이 말만을 반복했다.

매슈 펠 경은 여인의 행동에 별 반응을 보이지 않았다. 그는 교구 목사와 이후의 일 처리에 관해 몇 마디 나누고, 모든 일이 끝나고 나서 목사와 함께 집으로 향했다. 그가 그리 기꺼운 마음으로 재판정에 진술을 제공한 것은 아니었다. 그는 자신이 딱히 마녀사냥의 열기에 영향을 받지 않은 사람이지만, 당시에도 그 이후에도 그 외의 다른 내용을 진술할 수는 없으며, 자신이 잘못 보았을 리도 없다고 주장했다. 또한 주변 사람들과 원만하게 지내고 싶어 하는 사람이며, 마녀재판 전체를 혐오스럽게 여겼다. 그런 한편 주어진 의무를 다해야 한다고 생각하고, 그 생각대로 최선을 다했다. 집으로 가는 길에 그는 대충 이런 말을 주워섬겼고, 교구 목사는 상식 있는 사람이라면 누구나 똑같이 행동했을 것이라며 그를 칭찬했다.

몇 주가 지나 5월의 달이 만월에 이르렀을 때 목사와 영주는 다시 들판에서 만나 함께 저택을 향해 걸었다. 펠 부인이 친정어머니가 위독해 친정집에 가서, 매슈 경은 저택에 홀로 남아 있었다. 때문에 크롬 목사는 저택에서 늦은 만찬을 하자는 권유를 별 망설임 없이 받아들였다.

그날 저녁의 매슈 경은 그리 함께 어울리기 좋은 상태가 아니었다. 대화는 주로 가족과 교구 일에 대한 방향으로 흘러갔고, 우연한 기회 덕분에 매슈 경은 영지에 관한 몇 가지 바람과 의도를 비망록으로 남겼다. 이 기록은 이후 상당히 유용하게 사용된다.

목사가 집으로 돌아가야겠다는 생각을 한 것은 9시 30분경이었다. 두 사람은 저택 뒤편의 자갈 깔린 산책로를 따라 함께 걸었다. 여기서 목사의 주의를 끈 사건이 하나 일어났다. 창문에 닿을 듯 자라 있는 물푸레나무가 보이자 매슈 경이 걸음을 멈추고 말했다.

"저기 물푸레나무 가지를 오르락내리락하는 게 뭡니까? 다람쥐는 아니겠지요? 다람쥐라면 전부 둥우리에 들어가 있을 시간 아닙니까."

목사도 곧 움직이는 형체를 목격했지만, 달빛 아래에서는 색조차 알아보기 힘들었다. 그럼에도 순간적으로 목격한 형체가 뚜렷하게 뇌리에 새겨졌는데, 그는 어리석게 들릴지도 모르겠지만 다람쥐였든 아니든 그놈은 분명 네 개가 넘는 다리를 가지고 있었다고 말했다.

그러나 그 찰나에 목격한 것만으로는 제대로 판별할 수 있을 리 없었고, 두 남자는 거기서 헤어졌다. 그러나 이들이 재회할 기회는 이로부터 10년이 지난 후에야 주의 품 안에서 찾아오게 된다.

다음 날 아침 매슈 펠 경은 평소와 달리 6시가 되어도 아래층으로 내려오지 않았다. 7시가 되어도, 8시가 되어도 마찬가지였다. 이때쯤 되자 하인들이 그의 침실로 가서 방문을 두드렸다. 그들이 조바심치며 귀를 기울이고 다시 문을 두드리는 행동을 반복하는 모습을 일일이 묘사할 필요는 없을 것이다. 마침내 밖에서 문을 따고 들어갔을 때, 여러분도 물론 짐작했을 테지만, 그들은 주인어른이 검게 일그러진 시체가 되어 있는 모습을 발견했다. 그 시점에서 시체에서는 어떤 폭력의 흔적도 발견되지 않았다. 그러나 창문은 열려 있었다.

하인 하나가 목사를 부르러 갔고, 다시 목사의 지시를 받아 검시관에게 알리고자 말을 타고 달려갔다. 목사 본인은 최대한 서둘러 저택으로 향했고, 곧 시체가 있는 방으로 안내되었다. 그가 남긴 문서 중에는 매슈 경을 향한 존경심과 슬픔이 얼마나 진실했는지를 적어 놓은 기록과 함께 다음과 같은 내용이 있었다. 여기서 사건이 어떻게 전개되었는지, 그리고 당시 사람들이 이 사건을 어떻게 받아들였는지 조명하기 위해 이 기록을 인용해 보겠다.

힘을 써서 침실로 침입한 흔적은 조금도 보이지 않았다. 그러나 내 가엾은 친구가 이맘때면 항상 그러듯이 창문은 열어 놓은 채였다. 0.5리터 분량이 담기는 은식기에 저녁 에일이 약간 담겨 있었는데, 어젯밤에는 미처 다 마시지 못한 모양이었다. 베리에서 온 의사인 호킨스 씨가 이 음료를 검사하였으나, 이후 검시관의 요청에 따라 선서를 하고 진술한 바에 따르면, 그 안에서는 어떤 종류의 독극물도 발견할 수 없었다고 한다. 시체가 검은색으로 부풀어 올라 있어서, 지역 주민들 사이에 독살이라는 소문이 돌고 있었기 때문에 반드시 필요한 일이었다. 시체는 상당히 뒤틀린 상태로 침대에 누워 있었는데, 그 모습을 보니 나의 소중한 친구이자 후원자였던 남자가 끔찍한 고통과 고뇌를 겪은 게 분명하다는 유추를 할 수밖에 없었다. 그리고 아직까지 해결되지 않은 수수께끼가 하나 있는데, 이 사실로 나는 이 잔혹한 살인을 저지른 범인이 끔찍하고 도 솜씨 좋게 계획을 세웠다고 확신할 수 있었다. 시체를 씻기고 염하는 일을 맡은 여인들은 피어슨 가문의 사람들로, 상당히 존중 받는 장의사들이었는데, 심신 양쪽에 큰 고통과 비탄을 겪은 모습 으로 내게 와서 말했다. 그들의 모습을 보기만 해도 그 고백이 사 실임을 알 수 있을 정도였다. 그들이 맨손으로 시체의 가슴팍을 만 지자마자 손에 심상치 않은 고통이 느껴졌고, 이후 아래팔 전체로 고통이 옮겨 오며 팔이 엄청나게 부어올랐다고 한다. 그 고통은 그 들이 생업을 잠시 중단한 후로도 몇 주 동안 계속되었지만, 피부에 흉터는 전혀 남지 않았다.

이 말을 듣고 나는 아직 저택에 머물러 있던 의사를 불러왔고, 우리는 수정으로 만든 작은 확대경을 사용해 시체의 가슴팍 부분 피부를 세심하게 살펴보며 증거를 찾고자 했다. 그러나 우리의 도 구로는 몇 개의 작은 구멍 또는 찔린 자국 외에는 중요한 증거를 찾아낼 수 없었다. 이에 따라 우리는 이 자국들이 독액을 주입한 자리라는 결론을 내렸다. **보르자 교황**의 반지라든가, 그 밖에 과거 이탈리아의 독살 전문가들이 사용한 끔찍한 도구들이 생각났기 때 문이다.

시체에서 발견된 증상은 이것이 전부였다. 내가 덧붙일 수 있는 내용은 스스로 행한 실험뿐인데, 이 실험이 가치 있었는지는 후대 의 평가에 맡긴다. 침대 옆 탁자에는 작은 성경 책이 한 권 있었는데, 매 순간 철두철미하게 살았던 나의 친구는 밤마다, 그리고 아침에 일어났을 때마다 지정된 부분을 읽었다. 나는 그 성경을 집어 들고 이제는 이 단출한 요약본 대신 진정한 신의 말씀을 듣게 된 불쌍한 친구를 생각하며 눈물을 한 방울 떨구지 않을 수 없었다. 이런 무력한 순간에는 광명을 약속하는 그 어떤 희미한 어스름이라도 갈구하지 않을 수 없는 고로, 나는 문득 한 가지 생각을 떠올렸다. 오래된 풍습이자 많은 사람이 미신이라고 여기는 **성경점***을 시험해 보기로 한 것이다. 축복받을 순교자 **찰스**왕과 **포클랜드**경의 경우에는 놀라운 결과를 불러왔다고 회자되는 바로 그 점술 말이다. 내 시도가 그리 큰 도움이 되지는 못했음은 인정해야겠다. 그러나 훗날 이런 끔찍한 사건이 벌어진 이유와 그 원인이 발견될 수도 있는 노릇이니, 그 결과를 여기 적어 놓도록 하겠다. 나보다 더 명민한 지능을 가진 사람이 사건의 진정한 배후를 가려낼 수 있을 경우에 대비해서 말이다.

나는 세 번에 걸쳐 점술을 시행했는데, 성경을 열고 내 손가락이 가리키는 특정 단어를 확인하는 식이었다. 처음에는『루가 복음』13장 7절이었다. **잘라 버려라.** 다음에는『이사야』13장 20절이었다. **그곳에서 살 사람이 없으리라.** 그리고 세 번째 시도에서는

---

* 서적 점술이라고도 하는데, 책을 펼쳐서 그곳에 있는 구절을 해석하는 방식으로 점을 치며, 일반적으로 성경을 이용한다.

『욥기』 39장 30절이 나왔다. **피 묻은 고기로 새끼를 키우니.***

크롬의 문서에서 인용할 필요가 있는 내용은 이것이 전부다. 매슈 펠 경은 적절한 절차에 따라 입관되고 매장되었으며, 다음 일요일에 있었던 그의 장례식 설교 내용은『찾을 수 없는 길, 또는 위험에 처한 잉글랜드와 적그리스도의 무자비한 위협』이라는 제목으로 출판되었다. 그 안에는 목사의 관점, 그리고 많은 이웃이 믿는 내용이 서술되어 있는데, 예의 영주가 교황의 독살과 같은 방식으로 희생되었다는 것이었다.

그 후 아들 매슈 2세 경이 작위와 영지를 물려받았다. 이렇게 하여 카스트링엄 비극의 1막이 모두 끝났다. 생각해 보면 그다지 놀랍지 않은 일이지만, 새로운 준남작이 아버지가 사망한 방을 사용하지 않았다는 사실은 언급해 두고 넘어가야겠다. 비단 그뿐만 아니라 준남작이 저택에 머무르는 동안은 때때로 찾아오는 손님을 제외하고 누구도 그 방을 사용하지 않았다. 그는 1735년에 사망했고, 그가 다스리는 동안에는 특기할 만한 일이 일어나지는 않은 듯하다. 독특하게도 소나 그 밖에 다른 가축이 주기적

----

* 각각 열매 맺지 못하는 무화과나무의 우화, 바빌론의 멸망을 예언하는 대목, 인간의 사체를 먹고 사는 독수리를 언급하며 나오는 내용이다. '피 묻은 고기로 새끼를 키우니 주검이 있는 곳에 어찌 독수리가 모이지 않겠느냐?'

으로 생명을 잃는 일이 일어났으며, 그 빈도가 시간이 지날수록 잦아졌다는 사실을 제외하고는 말이다.

자세한 내용이 궁금한 사람은 1772년의 《젠틀맨스 매거진》에 보낸 기고문에 언급된 통계 수치를 확인해 보기 바란다. 그 내용은 준남작의 기록에 바탕을 두고 있다. 그는 마침내 아주 간단한 방책으로 이 문제를 해결했다. 밤마다 가축을 모두 외양간에 몰아넣고, 들판에 양 떼를 풀어 놓지 않기로 한 것이다. 가축들이 실내에 머무른 날은 희생이 없었다는 사실에서 착안한 방책이었다. 이후로 이런 수수께끼 같은 사건은 야생 가금류나 수렵용 짐승에게만 일어났다. 그러나 이후로는 이런 사태에 대한 정확한 기록을 얻을 수 없는 데다 야경꾼들도 뚜렷한 단서를 찾아낼 수 없었으므로, 서픽 지방 농민들이 '카스트링엄 역병'이라고 부르는 이 현상에 대해 더 이상 깊게 파고들지는 않겠다.

앞서도 말했다시피 매슈 2세 경은 1735년에 사망했고, 뒤를 이은 사람은 그 아들 리처드 경이었다. 교구 교회 북쪽 면에 큰 규모의 가족석이 생긴 것은 리처드 경 대에 있었던 일이다. 새 영주가 원한 가족석의 규모는 상당한 것이어서, 그를 만족시키기 위해 교회 북쪽의 축복받지 못한 무덤들을 여러 곳 파헤칠 수밖에 없었다. 그리고 그 무덤의 주인들 중에는 마더솔 부인도 있었다. 크롬이 남긴 교회와 공동묘지의 평면도가 있어서 그녀의 무덤 위치는 정확하게 알려져 있다.

아직도 꽤나 여러 사람이 기억하고 있는 그 유명한 마녀의 무덤을 파헤친다는 소문에 마을 사람들은 제법 흥미를 가졌다. 그리고 마침내 무덤이 파헤쳐졌고, 관이 아직도 튼튼하고 부서진 구석도 없음에도 그 안에 시체도, 뼈도, 먼지조차 남아 있지 않다는 사실이 확인되고 나서 마을 사람들 사이에는 경악과 동요가 퍼져 나갔다. 물론 그럴 만한 기묘한 현상이었다. 그녀를 매장했을 당시에는 시체 도굴꾼 따위는 존재하지 않았으며, 시체를 훔쳐 갈 만한 이성적 이유로는 시체 도굴꾼이 해부학 교실에 시체를 팔아넘기는 것을 제외하고 다른 것 따위는 떠올릴 수 없었기 때문이다.

이 사건으로 인해 지난 40여 년간 잠들어 있던 마녀재판과 마법 이야기들이 한동안 되살아났고, 많은 사람이 관을 태워 버리라는 리처드 경의 명령을 어리석은 짓이라고 여겼다. 물론 그의 명령은 충직하게 실행되었지만 말이다.

리처드 경이 골치 아픈 개혁가였음은 분명하다. 그의 시대 이전의 저택은 붉은 벽돌로 지어진 훌륭하고 사랑스러운 건물이었다. 그러나 리처드 경은 이탈리아를 여행한 후 이탈리아풍에 감염되어, 선대 영주들보다 풍족해진 재산을 이용해 잉글랜드식 저택의 자리에 이탈리아식 궁성을 옮겨다 놓고자 했다. 그리하여 벽토와 마름돌이 붉은 벽돌을 가리고, 볼품없는 로마산 대리석 조각들이 중앙 홀과 정원을 장식했다. 연못 건너편 둑에는 티

볼리에 있는 시빌레의 신전 모조품이 세워졌다. 그리고 그 때문에 카스트링엄 저택은 완벽하게 새로운, 아울러 반드시 덧붙일 수밖에 없지만, 덜 인상적인 모습이 되었다. 그러나 사람들은 그 새로운 모습을 좋아했고, 이후로도 이웃 지역 신사들 상당수가 그 저택을 본보기 삼아 자신의 저택을 개축했다.

어느 날 아침(1754년의 일이었다), 리처드 경은 불편한 하룻 밤을 보낸 후 잠에서 깼다. 바람이 심한 밤이어서 굴뚝에서는 계속 연기가 뿜어져 나왔지만, 너무 추워서 벽난로에 불을 땔 수밖에 없었다. 게다가 무언가가 계속 창문을 흔들어 대서, 그 어떤 사람도 한순간의 평화조차 얻지 못할 지경이었다. 더구나 그날 은 사냥을 기대하고 있는 높은 지위의 손님 몇 분이 도착할 예정 이었는데, 최근 들어 (수렵될 짐승들 사이에 계속 퍼지고 있던) 전염병이 더욱 심하게 퍼지고 있었기 때문에, 그는 사냥터를 제 대로 유지하지 못한다는 평판을 얻게 될까 염려하고 있었다. 하 지만 가장 골치 아픈 것은 지난밤 내내 겪은 사건이었다. 그는 두 번 다시 그 방에서 잠을 이루지 못할 것이 분명했다.

아침 식사를 하는 동안 그는 이런 생각에 쏠려 있었다. 식사를 하고 난 그는 자신의 요구 사항을 충족시킬 만한 방을 찾아 세심 하게 살피고 다니기 시작했다. 만족스러운 방을 찾는 데는 한참 이 걸렸다. 어떤 방에는 동쪽과 북쪽으로 창문이 달려 있었다. 어떤 방은 늘 하인들이 지나다니는 복도에 있었고, 그는 그런 방을 침실로 사용하고 싶지 않았다. 아니, 그가 원하는 방은 서쪽으로 창문이 나 있어서 아침 햇살 때문에 잠에서 깰 걱정이 없으며, 집안일을 담당하는 하인들의 동선에서 떨어져 있는 곳이었다. 하녀장은 더 이상 권할 방이 없다고 말했다.

"글쎄요, 리처드 주인님." 그녀가 말했다. "그런 방은 이 저택에 단 하나밖에 없습니다."

"그 방이 어디인가?" 리처드 경이 물었다.

"매슈 경의 방이죠. 서쪽 침실 말이에요."

"그럼 그 방을 준비해 주게. 오늘 밤은 거기서 머물 테니까." 주인이 말했다. "어느 쪽에 있더라? 그래, 분명 이쪽이겠지." 그리고 그는 서둘러 사라졌다.

"아, 리처드 주인님, 하지만 그 방은 지난 40년 동안 아무도 머물지 않았습니다. 매슈 경이 돌아가신 이후로 환기도 제대로 시키지 않았을 거예요."

그녀는 그렇게 말하며 서둘러 그를 따라갔다.

"어서, 문을 열게, 치독 부인. 적어도 방 안을 살펴볼 수는 있을 테지."

방문을 열자 안에서는 당연하게도 축축하고 퀴퀴한 냄새가 났다. 리처드 경은 늘 하던 대로 성급하게 방을 가로질러 가서 덧창을 열고는 안쪽 창문을 활짝 열어젖혔다. 저택의 이쪽 끝부분은 거의 개축되지 않았기 때문에 예전과 마찬가지로 커다란 물푸레나무가 창문을 가리고 있었고, 그로 인해 바깥 풍경이 거의 보이지 않았다.

"치독 부인, 즉시 환기를 시작하고, 오후에 내 침구를 이쪽으로 옮기도록 하게. 킬모어 주교님을 내가 예전에 쓰던 방에 묵으시게 하면 되겠군."

"리처드 경, 실례지만 잠시 제게 시간을 내줄 수 있으십니까?" 새로운 목소리가 그들의 대화에 끼어들었다.

고개를 돌린 리처드 경은 문가에 서 있는 검은 옷의 남자를 발견했다. 남자가 그에게 목례하며 말을 이었다.

"무례하게 끼어들어 정말로 죄송합니다, 리처드 경. 아마 저를 기억 못 하실 테지요. 제 이름은 윌리엄 크롬입니다. 제 조부님은 경의 조부님 대에 이 교구의 주임 목사셨습니다."

"아, 그렇군요." 리처드 경이 말했다. "크롬이라는 이름은 언제나 카스트링엄에서 환대받을 겁니다. 두 세대 동안의 우정을 다시 이어 갈 수 있게 되어 반갑군요. 무엇을 도와드릴까요? 이런 시간에 방문하신 것을 보면―그리고 제가 잘못 본 게 아니라면, 선생의 행장으로 미루어―분명 무언가 서두를 만한 일이 있었던 모양입니다만."

"분명 그렇습니다, 경. 저는 노리치에서 베리 세인트에드먼스까지 최대한 서둘러 말을 달리고 있는데, 그 와중에 제 조부님께서 돌아가시기 전에 남긴 서류를 살펴보다 찾아낸 문건을 전하고자 들렀습니다. 제법 흥미로운 내용을 발견하실 수 있을 것 같아서 말입니다."

"그렇게 신경 써 주시다니 정말 감사드립니다, 크롬 씨. 제 방으로 와서 와인 한잔 할 시간이 있으시다면, 어디 함께 그 기록을 살펴보도록 합시다. 그리고 치독 부인, 방금 말한 대로 이 방을 환기하도록 하게…… 그래, 여기가 조부님이 돌아가신 방이긴 하지…… 그래, 아마 저 나무 때문에 이 방이 조금 눅눅한 것일지도 모르겠군…… 아니, 더 이상 듣고 싶지 않네. 제발 이 이상으로 일을 어렵게 만들지 말게나. 내 지시는 들었을 테니, 이제 움직이게. 선생, 이리 오시겠습니까?"

두 사람은 서재로 갔다. 젊은 크롬 씨가 가져온 꾸러미가 그들 앞에 도착했다. 그는 얼마 전에 케임브리지 클레어 홀의 선임 연구원이 된 참으로, 그 즉시 훌륭한 폴리아이누스의 『전략론』을 펴낸 바 있었다. 그의 꾸러미 안에는 옛 목사가 매슈 펠 경이 사망했던 당시에 작성한 기록이 들어 있었다. 이제 리처드 경은 아까 여러분이 들었던 수수께끼의 **성경점** 이야기를 처음으로 접하게 되었다. 리처드 경은 그 내용을 꽤나 재미있게 여겼다.

"흠, 조부님의 성경 안에 적어도 쓸 만한 조언이 한 가지는 있는 것 같군요. **잘라 버려라.** 만약 이게 저 물푸레나무를 말하는 거라면, 조부님은 분명 제가 이 조언을 무시하지 않을까 염려하지 않으셔도 될 겁니다. 저런 나무는 기관지염과 학질의 온상일 뿐이니까요."

서가에는 가족의 옛 책들이 있었는데, 그리 많지는 않았다. 리처드 경이 이탈리아에서 주문한 책들이 도착하기를 기다리면서 그 공간을 비워 두었기 때문이다.

리처드 경은 문서에서 고개를 들어 서가를 올려다보았다.

"저 안에 늙은 예언자 양반이 아직 있을까요? 직접 한번 보고 싶군요."

그는 방을 가로질러 가서 두툼한 성경 한 권을 꺼냈다. 속표지에는 분명 다음과 같은 말이 적혀 있었다. '매슈 펠에게, 사랑하는 대모 앤 올더스가. 1659년 9월 2일.'

"크롬 씨, 이 예언자 양반의 말에 따라 보는 것도 괜찮을 듯하군요. 어쩌면 『역대기』에서 이름 몇 개를 얻을 수도 있겠지요. 흠! 어디 보자. '당신께서 아무리 찾으신다 하여도 이미 없어졌을 것입니다.'* 이런, 이런! 선생의 조부님이라면 이게 불길한 징조라고 말씀하셨겠지요? 저한테는 예언자가 더 필요 없을 것 같군요! 옛이야기에나 나오는 사람들 아닙니까. 자, 크롬 씨, 이 꾸

● 『역대기』가 아니라 『욥기』 7장 21절의 일부이다. '어찌하여 나의 죄를 용서하시지 않으십니까? 죄악을 벗겨 주시지 않으십니까? 나 이제 티끌 위에 누우면 당신께서 아무리 찾으신다 하여도 이미 없어졌을 것입니다.'

러미를 가져다주셔서 정말 감사합니다. 그런데 아무래도 서둘러 가셔야 하는 모양이군요. 와인 한 잔 더 하시죠."

이렇듯 순수한 선의에서 우러난 환대 끝에—리처드 경은 젊은 이의 말과 태도가 마음에 든 모양이었다—그들은 헤어졌다.

오후가 되자 손님들이 도착했다. 킬모어 주교, 메리 허비 양, 윌리엄 켄트필드 경 등이었다. 5시부터 정찬, 와인, 카드놀이, 간식이 이어지다가 이윽고 모두 침실로 향했다.

다음 날 아침 리처드 경은 다른 이들과 함께 사냥에 나가지 않았고, 킬모어 주교와 대화를 나누었다. 이 성직자는 당시의 다른 아일랜드 주교들과 달리 실제로 자신의 교구를 방문하고 그곳에 제법 오래 머무른 사람이었다.[*] 그날 아침 테라스를 거닐며 저택의 개축 상황에 대해 이야기하는 동안 주교가 서쪽 방 창문을 가리키며 말했다.

"우리 교구의 신도들은 절대 저 방에 머물지 않을 겁니다, 리처드 경."

"왜 그렇습니까, 주교님? 사실은 저기가 제 방입니다."

"글쎄요, 우리 아일랜드의 농민들은 물푸레나무 가까이에서 잠들면 불운이 찾아온다고 생각합니다. 그런데 저기 침실 창문

● 빅토리아 시대의 아일랜드 교구 주교들은 대부분 아일랜드 출신이 아니었으며, 자신의 교구에 거주하는 일도 드물었다.

에서 2미터도 떨어져 있지 않은 곳에 훌륭한 물푸레나무가 자라나 있지 않습니까." 주교는 웃음을 띠며 말을 이었다. "어쩌면 벌써 그 영향을 받으신 걸지도 모르겠군요. 실례일지도 모르지만, 친구분들이 기대한 만큼 원기를 회복하지 못하신 것 같으니 말입니다."

"분명 나무 때문인지, 아니면 다른 이유 때문인지 12시에서 4시까지 잠을 이루지 못했답니다, 주교님. 하지만 내일 저 나무를 벨 예정이니, 이제 저 나무 소리 때문에 잠을 이루지 못할 일은 없겠지요."

"그 결단력에 박수를 보냅니다. 저렇게 무성한 가지를 통해서 들어오는 오염된 공기를 들이마시는 일이 몸에 좋을 리가 없지요."

"바로 주교님 말씀대로입니다. 하지만 어젯밤에는 창문을 열어 놓지 않았는데요. 골치 아팠던 것은 밖에서 나는 소리였지요. 분명 나뭇가지가 유리창에 스치는 소리였을 겁니다. 그 때문에 밤새 뜬눈으로 보냈지요."

"그럴 리는 없을 듯합니다만, 리처드 경. 자, 이쪽에서 보십시오. 가장 가까운 가지라도 돌풍이 불지 않으면 창틀까지 닿지 않을 겁니다. 그런데 어젯밤에는 돌풍이 불지는 않았고요. 유리창까지는 적어도 30센티미터 이상 떨어져 있잖습니까."

"그렇군요, 주교님. 사실입니다. 그렇다면 대체 그렇게 긁어 대고 부스럭거린 건 뭐란 말입니까? 그리고 창틀에 쌓인 먼지 위에 남은 수많은 긁힌 자국은 어떻게 해서 생긴 것일까요?"

그들은 결국 담쟁이를 타고 올라온 쥐들이 그런 짓을 벌였다는 결론을 내렸다. 이 가설을 떠올린 것은 주교 쪽이었으며, 리처드 경은 즉각 그 의견에 찬동했다.

그렇게 해서 아무 일 없이 낮이 지나가고 다시 밤이 찾아왔다. 사람들은 제각기 방으로 흩어지면서 오늘은 리처드 경이 보다 나은 밤을 보내기를 기원했다.

그럼 이제 그의 침실을 살펴보자. 영주 양반은 불을 끄고 자리에 누워 있다. 그의 방은 부엌 위에 위치하고 있으며, 밤공기가 적막하고 무더워서 창문은 그대로 열린 채다.

침대 주변에는 제대로 된 조명이랄 것이 없음에도 무언가 이상한 움직임이 보인다. 마치 리처드 경이 거의 소리를 내지 않으면서 머리를 양옆으로 빠르게 휘젓고 있는 듯이 보인다. 그리고 어스름 때문에 거의 보이지는 않지만 당신은 이제 그에게 머리가 여러 개 달려 있는 것 같다는 생각을 하게 된다. 심지어는 가슴팍에까지도. 끔찍한 환상이다. 다른 것은 보이지 않는가? 저기! 무언가 새끼 고양이처럼 폭신한 것이 침대에서 떨어져 나와서는 순식간에 창문 밖으로 사라져 버린다. 다른 것들, 전부 네 마리가 마찬가지로 나가고, 다시 모든 것이 침묵 속으로 가라앉는다.

'당신께서 아무리 찾으신다 하여도 이미 없어졌을 것입니다.'

매슈 경과 마찬가지로 리처드 경 역시 검게 변색된 시체로 발견되었다!

이 사실이 알려지자 손님과 하인들은 얼굴이 창백해지고 아무 말도 못 한 채 창문 아래에 모여들었다. 이탈리아의 독살 전문가, 교황의 사자使者, 오염된 공기, 이 외에도 수많은 추측이 난무했고, 킬모어 주교는 바깥에 선 나무를 바라보았다. 낮은 가지가 갈라지는 둥치에 하얀색 수고양이 한 마리가 앉아 있었는데, 놈은 오랜 세월로 인해 줄기 가운데에 생긴 공동空洞을 바라보고 있었다. 호기심에 차서 안에 있는 무언가를 살피고 있는 듯한 모습이었다.

놈이 갑자기 자리에서 일어나 구멍 안을 기웃거렸다. 그러다가 놈이 서 있던 가장자리가 부서져 내렸고, 놈은 그대로 안으로 미끄러져 들어갔다. 그 소리에 모든 사람이 밖을 내다보았다.

대부분의 사람은 고양이가 지르는 비명 소리를 알고 있다. 하지만 아마도 예의 거대한 물푸레나무의 구멍에서 새어 나온 것 같은 소리를 들어 본 사람은 거의 없을 것이다. 두세 번의 비명이 연달아 울려 퍼졌는데—목격자들도 확신하지 못했다—그 이후로 들린 것이라고는 숨 막힌 듯한 신음과 발버둥치는 소리뿐이었다. 메리 허비 양은 즉시 그 자리에서 실신했고, 하녀장은 귀를 막고 테라스까지 달아나 버렸다.

킬모어 주교와 윌리엄 켄트필드 경은 그 자리에 남았다. 하지만 그들 역시 고작 고양이의 울음소리에 상당히 위축된 상태였다. 윌리엄 경은 한두 번 마른침을 삼킨 다음에야 간신히 입을 열었다.

"주교님, 저 나무에는 우리가 아는 것 이상의 무언가가 있는 모양입니다. 즉시 확인해 봐야 할 것 같습니다."

주교 역시 그 말에 동의했다. 사다리를 가져오게 하고 정원사 한 명을 올려 보내 구멍 안을 들여다보게 했다. 그러나 희미하게 무언가가 움직이는 모습밖에는 보이지 않았다. 그들은 밧줄을 사용해 랜턴을 아래로 내려 보기로 했다.

"가장 아래까지 확실히 보아야 합니다. 제 목숨을 걸고 말씀드립니다만, 주교님, 그 끔찍한 살인 사건의 비밀이 이 안에 있을 겁니다."

정원사가 다시 한번 사다리에 올라가 랜턴을 조심스럽게 구멍 아래쪽으로 내렸다. 정원사가 구멍 안으로 머리를 들이밀자 노란 불빛이 그 얼굴에 반사되었고, 그의 얼굴에는 곧 형용할 수 없는 공포와 혐오의 표정이 떠올랐다. 그는 끔찍한 소리로 비명을 지르며 사다리에서 떨어졌다. 다행히도 남자 두 명이 그를 받아 주었지만, 랜턴은 나무 속으로 떨어졌다.

정원사는 완전히 의식을 잃었고, 제대로 말을 할 수 있게 되기까지는 제법 시간이 걸렸다.

그러나 그때쯤 사람들의 주의를 끄는 다른 사건이 발생했다. 랜턴이 아래로 떨어져 깨지면서 그 안에 쌓여 있던 마른 낙엽이며 쓰레기 따위에 불이 붙었던 모양이다. 얼마 지나지 않아 자욱한 연기가, 그리고 뒤를 이어 불똥이 그 안에서 피어오르기 시작했다. 요컨대 나무는 불길에 휩싸였다.

구경꾼들은 몇 미터 떨어져 둥글게 모여 선 채였고, 윌리엄 경과 주교는 남자들을 보내 무기나 연장을 챙겨 오게 했다. 불길 탓에 나무를 둥지로 삼고 있던 놈들이 튀어나올 것이 분명했기 때문이다.

곧 그 일이 벌어졌다. 먼저 나무의 구멍 위로 불길에 뒤덮인 둥근 물체가, 남자 머리 크기만 한 무언가가 갑자기 나타나더니 이내 무너지듯 뒤로 다시 떨어졌다. 이런 일이 대여섯 번 반복된 후, 비슷한 둥근 것이 허공으로 튀어 올라 풀밭으로 떨어지더니 잠시 후 움직임을 멈추었다. 주교는 용기가 허락하는 한 가까이 다가가서 살펴보고 그 덩어리가 불타 죽은 거대한 독거미의 시체라는 사실을 알아냈다! 그리고 불길이 점차 아래로 내려오면서 비슷한 덩어리들이 계속 나뭇등걸에서 튀어나왔는데, 모두가 하나같이 회색 털로 뒤덮여 있었다.

물푸레나무는 그날 온종일 타들어 갔다. 완전히 재만 남을 때까지 사람들은 그 주변을 지키고 서서 때때로 튀어나오는 거미들을 죽여 없앴다. 마침내 한참을 아무것도 튀어나오지 않자, 그들은 조심스럽게 다가가서 나무뿌리를 확인해 보았다.

킬모어 주교는 이렇게 말했다. "사람들이 뿌리 아래 땅속에 텅 빈 공간이 있는 것을 발견했는데, 그 안에는 연기에 질식한 것이 분명한 그 생물들의 시체가 두셋 있었네. 그리고 더 기묘한 것은, 그 둥지의 한쪽에 인간의 시체랄지, 해골이랄지 한 것이 하나 벽에 기대어 있었다는 것일세. 피부가 뼈 위로 말라붙었고, 검은 머리카락이 조금 남아 있었는데, 그걸 살펴본 사람들의 말로는 의심할 나위 없이 여인의 머리카락이며, 죽은 지 50년은 된 듯하다고 하더군."

사자의 잘난 척

死者の奢り

오에 겐자부로

박승애 옮김

사자死者들은 진한 갈색 액체 속에서 어깨를 비비적거리며 머리를 맞대고 빽빽하게 뜨거나 반쯤 가라앉아 있었다. 부드럽고 흐릿한 피부에 싸인 그들은 결코 타자의 침범을 허락하지 않는 견고함을 가진 독립체로 각자의 내부를 향해 응축된 채 집요하게 서로 몸을 비비고 있었다. 거의 알아보기 힘들 정도의 약간의 부종은 눈이 꽉 감긴 그들의 얼굴을 통통하게 보이게 했다. 지독한 휘발성 냄새가 올라와 방 안의 공기는 무척이나 농밀한 느낌이었다. 온갖 소리의 울림은 끈적끈적한 공기에 휘감기어 묵직한 양감으로 가득했다.

둔탁하고 무거운 소리로 끊임없이 웅성거리는 사자들의 소리는 서로 뒤섞여 알아듣기 힘들었다. 가끔 그들 모두가 입을 다물어 너누룩해졌다가는 곧 웅성거림이 다시 시작된다. 웅성거림은 조바심을 일으킬 정도로 아주 느리게 고조되었다가 다시 낮아지다 갑자기 쥐 죽은 듯이 조용해지곤 했다. 사자 중 하나가 천천히 몸을 뒤집자 어깨가 액체 속으로 잠겼다. 경직된 팔이 잠깐 액체의 표면에서 들렸다가 다시 몸 전체가 조용하게 떠올랐다.

나와 여학생은 시체처리실의 관리인과 함께 어두운 계단을 따라 의과대학 대강당 지하로 내려갔다. 여학생의 젖은 신발 바닥이 매끈하게 닳아 버린 계단 끝 금속에서 자꾸 미끄러졌고 그때마다 여학생은 짧은 비명 소리를 냈다. 계단을 끝까지 내려간 곳에서 이어지는 콘크리트 바닥의 천장이 낮은 복도를 몇 번이나 꺾어 돌아가니 막다른 문에 '시체처리실'이라고 쓴 검은 나무패가 매달려 있었다. 관리인은 문의 열쇠 구멍에 커다란 열쇠를 꽂더니 뒤를 돌아보며 나와 여학생을 다시 한번 찬찬히 바라보았다. 커다란 마스크를 하고 고무로 방수 처리를 한 검은색 작업복을 갖춰 입은 관리인은 키는 작았으나 몸이 옆으로 떡 벌어지고 골격이 다부졌다. 알아듣기 힘든 소리로 관리인이 뭐라 했지만 나는 고개를 옆으로 흔들며 고무장화를 신은 그의 억센 두 다리를 내려다보았다. 나도 장화를 신었어야 했는지 모른다. 오후에는 잊어버리지 말고 꼭 신고 와야겠다고 생각했다. 여학생은 사무실에서 빌린 커다란 고무장화를 신고 걷기가 거북한 모양이었으나 이마에 흘러내린 머리카락과 마스크 사이의 눈이 새 눈처럼 반짝거렸다.

열린 문 너머에서 새벽녘의 여명과도 같은 희미한 빛과 강렬한 알코올 냄새가 왈칵 몰려나왔다. 그 냄새의 바닥에는 더 농밀하고 두터운 냄새, 충만하고 무거운 냄새가 드리워져 있었다. 그것은 나의 콧속 점막에 집요하게 달라붙었다. 그 냄새는 나를 무척이나 동요시켰지만 나는 얼굴을 돌리지 않고 희뿌연 광선이 가득한 실내를 들여다보았다.

"마스크를 쓰라고." 관리인이 말끝을 부자연스럽게 명료히 발음하며 지시했다.

나는 간호사가 입혀 준 작업복 주머니를 뒤져서 얼른 마스크를 꺼내 썼다. 건조한 가제 냄새가 확 끼쳤다. 관리인이 문 안쪽 손잡이를 쥔 채 나를 돌아보고 턱을 들며 말했다.

"왜? 새삼 겁이 나나?"

여학생이 심술궂은 눈으로 나를 바라보았다. 나는 얼굴이 화끈거리는 걸 느끼면서 하얀 타일이 깔린 넓은 실내로 들어갔다. 구둣발 소리가 밀도 높은 공기에 둔탁한 금을 내며 방 안의 벽에 부딪혀 흩어졌다.

벽 전체는 흰색 석회질의 도료로 두껍게 발려 있어 청결했으나 부자연스러울 정도로 높은 천장에는 군데군데 누런 얼룩이 졌다. 방의 바닥의 절반은 타일이 깔렸고 거기에는 네 개의 해부대가 추상적이고 단조로운 모양으로 설치되어 있었다. 나는 그리로 다가가 부드러운 광택이 배어 나오는 해부대 상단에 붙은 축축한 대리석을 들여다보았다. 양손을 그 위에 올리고 정면의 넓은 벽을 따라 실내의 절반을 차지하는 긴 수조를 바라보았다. 수조의 내부는 몇 개의 칸으로 나뉘어 있고 1미터 정도 되는 높이의 가장자리에는 바닥과 동일한 종류의 타일이 붙어 있었으며 각 칸에는 널판때기가 붙은 곳도 있고 없는 곳도 있었다. 그리고 진한 갈색 알코올 용액에 잠긴 그들이 가득 떠 있었다.

나는 꼼짝 않고 서서 그것들을 바라보았다. 수치심으로 인한 열기가 피부 깊은 곳에서 응어리처럼 뭉쳐져서 그대로 뜨겁게 숨어 버렸다. 나는 얼굴을 반쯤 감추어 버린 마스크 위로 양쪽 볼을 손바닥으로 눌렀다. 숨을 죽이고 내 어깨 너머로 그들을 본 여학생이 가늘게 몸을 떨었다.

"좀 어둡네. 전등을 켤 정도는 아니지만." 관리인이 말했다. "아침부터 불을 켜면 사무실에서 뭐라고 해서 말이지. 문과대도 그렇지?"

나는 고개를 끄덕이고 천장 구석의 좁고 긴 천창을 올려다보았다. 지저분한 유리 너머로 희뿌연 빛이 들어왔다. 구름 낀 겨울 아침 같구나 하고 생각했다. 이런 날 아침이면 나는 곧잘 안개 속을 걷곤 했었다. 동물처럼 입속으로 스며들어 부풀어 오르는 안개에 목구멍이 간지러워 웃기도 하고 기침도 하면서. 나는 다시 마음이 안정되는 것을 느끼며 수조로 시선을 돌렸다. 희뿌연

빛 속에서 사자들은 꼼짝 않고 있었다. 나는 그들의 피부에 창으로부터 들어온 빛이 미묘한 에너지로 넘치는 탄력을 만들어 주고 있는 것을 발견했다. 저걸 만진다면 탱탱한 탄력이 느껴질까? 아니면 각기병 걸린 장딴지처럼 쑥 들어가 버릴까?

"마치 겨울 햇살 같군요." 내가 말했다.

그러나 천창 너머에는 초여름의 현란한 빛이 넘실거리고 밝은 하늘과 투명한 공기가 있을 터였다. 나는 오늘 아침에도 우거진 은행나무 아래의 보도를 따라 의과대학 사무실까지 왔다.

"1년 내내 이래." 관리인이 말했다. "여름에도 덥지 않고, 언제나 서늘하지. 학생들이 더위를 피해 의자를 들고 쉬러 올 정도라니까."

뺨의 두꺼운 피부 아래 뭉쳐 있던 열기가 사라져 가며 쾌락적인 감각을 남겼다.

"고무장갑을 팔꿈치 위까지 올려서 꽉 묶어." 관리인이 말했다. "알코올이 스며들면 작업하기가 여간 힘든 게 아니거든."

나는 검붉은색 고무장갑을 꼼꼼하게 묶었다. 고무장갑 안쪽에 들러붙어 있던 물방울이 손등과 손목을 적셨다.

"빤 다음에 잘 좀 말려서 줄 것이지. 간호사들이라고 죄다 게을러빠져서……" 관리인은 굵은 털이 난 두꺼운 손을 고무장갑 속으로 밀어 넣으며 말했다.

"이보다 더 냄새가 심할 줄 알았는데." 여학생이 말했다.

"뭐?" 관리인이 여학생을 돌아다보며 말했다. "아직은 그럴지도 모르지."

나는 여학생이 오른쪽 장갑이 잘 안 묶여서 쩔쩔매는 걸 보고 도와주었다. 여학생의 손은 크고 부드러웠다.

"신발은?" 관리인이 말했다.

"점심때 갈아 신을게요."

"장화는 꼭 신어야 돼. 알코올이 튀어서 신발 속으로 들어가면 그 냄새가 지독하게 오래가거든." 관리인은 겁을 주듯이 말을 이었다. "발가락 사이에 스며들면 뜨뜻해져서 더 이상한 냄새가 된다고."

나는 관리인의 말을 못 들은 척하고 수조로 다가갔다. 타일이 약간 변색된 수조 가장자리에 양손을 올리고 알코올 용액에 잠겨 있는 시체 무더기를 바라보았다. 처음 의과대학 사무실로 작업에 관한 설명을 들으러 갔을 때 시체는 서른 구 정도 될 거라고 했는데 수조 표면에 떠 있는 것만도 그 수는 훨씬 넘을 듯했다.

"다른 시체 밑에 들어가 있는 것과 바닥에 가라앉은 것도 있겠지요?" 내가 물었다.

"위에 떠 있는 것들이 비교적 최근에 들어온 거야. 오래되면 아무래도 아래로 가라앉지. 그리고 해부 실습을 하는 학생들도 위에 떠 있는 새로운 시체만 가져가려 든다니까."

"오래된 거라면 도대체 몇 년이나 되었을까?" 여학생이 말했다.

"저쪽 뚜껑 아래 있는 건 15년 정도 되었지." 관리인이 짧은 팔을 쭉 뻗으며 대꾸했다. "바닥에 가라앉은 것 중에는 굉장히 오래된 것도 있어. 이 수조는 전쟁 전부터 지금까지 한 번도 청소를 안 했으니까."

"그런데 왜 지금 와서 새로운 수조로 옮기는 작업을 하는 거지요?" 내가 물었다.

"문부성에서 예산을 주었기 때문이겠지." 관리인이 비꼬는 투로 말했다. "옮긴다고 뭐 달라질 것도 없는데."

"뭐가요?"

"저것들 말이야."

"그러게요, 아무것도 달라질 게 없을 것 같은데." 내가 말했다.

"아무것도 달라질 것은 없지."

"공연히 번거롭기만 할 뿐이야."

"정말이지 번거롭기 짝이 없는 일이네요."

그러나 내게는 이 작업이 번거롭기만 한 일은 아니었다. 나는 어제 오후 알코올 용액 수조에 보존되어 있는 해부용 시체를 처리하는 작업의 아르바이트를 모집한다는 광고를 보고 바로 의과대학 사무실로 찾아갔다. 나는 내가 문과대 학생이라는 점이 불리한 조건이 되는 게 아닌가 걱정했지만, 담당 직원은 무척이나 서두르며 내 학생증을 제대로 확인도 하지 않고 곧장 나를 시체 처리실의 관리인에게 소개하고 작업은 하루면 끝날 거란 말을 했다. 사무실에서 나올 때 영문학 강의에서 가끔 마주친 적 있는 여학생이 밖에서 기다리고 있기에 서로 알은척은 했지만 그 여학생도 나와 같은 일에 지원하러 온 줄은 몰랐다.

"작업은 9시부터 시작하자고." 어둠에 익숙해진 눈에 두껍게 칠한 도료의 얼룩이 확실하게 보일 즈음 관리인은 높은 벽 한쪽에 튼튼하게 박아 놓은 벽시계를 올려다보며 말했다. "그 전에 담배나 한 대 피워야겠다."

해부대 한쪽에 걸터앉으며 담배에 불을 붙이는 관리인에게 내가 물었다. "저 시계는 누구 보라고 붙여 놓았을까요? 여기로 들어오는 시체들을 위해서 붙이지는 않았겠죠?"

"어째서 여기 처음 들어오는 남자들은 하나같이 쓸데없는 소리를 지껄이는지 모르겠네." 관리인은 두껍게 젖혀진 입술 사이에서 담배를 질척하게 적시며 말했다.

"여기서 일한 지도 벌써 30년이야."

여학생이 어깨를 움츠리고서 소리를 내지 않고 웃어 나는 잠자코 방 안을 둘러보았다. 입구의 문과 거기에 이어진 벽에 있는 옆방의 문 안쪽에 나무 팻말이 붙었고, 빨간색의 인쇄체 글자로 확실하게 '출입 금지' '금연'이라고 쓰여 있었다. 그리고 수조에 빼곡하게 들어찬 시체들은 가라앉기도 하고 다시 떠오르기도 했다. 그걸 보고 있자니 말이 목 안에서 부풀어 올라 비집고 나왔다.

"시체가 몇 년씩이나 이렇게 의과대학 지하에 잠겨 있어서야,

뭔가 아직도 결말이 나지 않은 느낌이 들 것 같은데요. 당사자로 서는요."

"결말이야 났지." 관리인이 말했다. "결말은 난 거야. 그래도 이렇게 수조에서 몇 년이고 떠올랐다가 가라앉았다가 하는 것도 과히 나쁘지는 않을걸. 육신이 있다는 건 대단한 일이거든."

"나도 이 수조에 가라앉아 볼까?"

"내가 아래쪽으로 잘 밀어 넣어 주지."

"난 스무 살이니까 너무 이른 것도 아니지만요."

"젊은것도 많이 들어와." 관리인이 말했다. "그런데 그런 건 바로 의과대학 신입생이 가져가 버린다니까. 무슨 규칙을 만들든가 해야지, 안 되겠어."

나는 작업복 옆구리 구멍에 팔을 집어넣어 교복 주머니에서 손목시계를 꺼냈다. 벽시계보다 5분 정도 빨라서 9시를 가리키고 있었다.

"작업은 오늘 하루에 끝나려나?" 내가 말했다. "위에 떠 있는 것만으로도 시간이 꽤 걸릴 것 같은데요."

"바닥에 가라앉은 것들은 알코올 용액을 뺀 다음에 병원 잡부들이 처리할 거야. 가라앉은 것들은 오래돼서 사용할 수도 없을 거고, 우리가 할 일은 해부용 교재가 될 것만 저쪽 수조로 옮기는 거지. 바닥에 뭐가 가라앉아 있는지는 아무도 몰라."

"깊어요?" 여학생이 시체 사이의 진한 갈색 알코올 용액을 보며 물었다. "되게 깊을 것 같네."

관리인은 거기에 대해서는 가타부타 말도 없이 해부대에서 일어나더니 고무장갑을 낀 두툼한 양손을 맞잡고 이상한 소리를 냈다.

"고무장갑은 잘 말리지 않으면 끈적거려서 아주 성가셔." 관리인은 그렇게 말하며 햇볕에 그을린 윤기 없는 피부로 덮인 굵은 목을 아래로 숙이고 고무장갑 속의 손가락을 계속 움직거렸다.

이 남자와 같이 일을 한다는 건 그다지 불쾌한 일은 아닐 거란 생각에 나는 가벼운 안도감을 느꼈다. 관리인의 좁은 이마에 깊게 파인 주름은 그가 웃을 때마다 함께 꿈틀꿈틀 움직였다. 나이는 쉰 살 정도로 보이고 아마도 비슷하게 늙어 가는 아내와 공장에 다니는 두 아들을 두고, 국립대학 의과대학에 근무한다는 것은 긍지로 여기겠지. 때로는 말쑥하게 차려입고 변두리 영화관에도 다니겠지?

"시체 운반차를 가져오지." 관리인은 담배와 침을 뱉으며 말했다.

"나도 갈래요." 여학생이 말했다.

"학생은 와서 번호표와 장부를 가져가도록 해."

그리고 관리인은 나를 돌아보며 말했다. "저쪽 수조에 가서 보고 와."

나는 관리인과 여학생이 나가자 옆방의 문을 열러 갔다. 문은 하얀 도료 가루를 날렸어도 별 탈 없이 열리기는 했는데 고정하는 장치가 없었다. 나는 복도에서 종이를 주워다 문에 끼워 넣었다. 문 안쪽의 작은 방에 새로운 수조가 설치되어 있고 거기에는 뿌연 알코올 용액이 채워져 있었다. 높은 천창에서 들어온 빛을 받아 안개처럼 뿌옇게 빛나는 욕조는 시체가 하나도 들어 있지 않아 상당히 넓어 보였다. 나는 새로운 수조의 용액을 통해 바다의 깊이를 보려고 했으나 용액은 불투명 막처럼 빛을 차단하고 있었다. 수조가 있는 방으로 돌아오는데 유난히도 저벅거리는 발소리가 신경에 거슬렸다.

관리인과 여학생은 아직 돌아와 있지 않았다. 나는 처음으로 혼자서 수많은 사자들을 마주하게 되었다. 나는 해부대 한쪽에 손을 올리고 한동안 서 있다가 수조로 다가갔다.

진한 갈색 용액에 잠긴 사자들은 미동도 하지 않았다. 나는 사자들에게 성별이 있다는 것, 얼굴을 용액에 묻고 등과 엉덩이를 공기 중에 드러내고 있는 작은 시체가 여자고, 뚜껑 받침목에 팔이 걸쳐진 시체가 남자의 사각 턱을 하고 있으며, 그 짧게 깎은 머리에 허리를 비비고 있는 시체가 부자연스럽게 솟아오른 곱슬곱슬한 체모가 들러붙은 여자의 음부를 가졌다는 것을 깨달았다. 그러나 모든 사자의 성별을 다 구별할 수 있는 건 아니었다. 사자들은 모두 갈색 피부로 뒤덮여 있었고 안으로 쪼그라든 느낌이 들었다. 윤기가 사라진 피부는 물에 불어 두툼해져 있었다.

이 사자들은 죽은 다음 바로 화장되는 사자들과는 다를 것이라는 생각이 들었다. 수조에 떠 있는 사자들은 완전한 '물체'로서의 긴밀성, 독립성을 가지고 있었다. 죽고 난 다음 바로 화장된 시체는 이토록 완벽한 '물체'가 되어 보지 못하는 거다. 그것은 의식과 물체의 애매한 중간 상태를 천천히 움직이던 중에 급하게 화장되어 버린 것이다. 거기에는 완전하게 물체화될 시간이 없다. 나는 수조를 채우고 있는, 그 위험한 추이를 완주한 '물체'들을 주의 깊게 바라보았다. 그것들은 확실하고 견고한 느낌을 가지고 있었다. 바닥이나 수조, 혹은 천창처럼 단단하게 안정된 '물체'라는 생각이 들어 약간의 전율 비슷한 감동이 짜릿하게 느껴졌다.

그래, 우리는 모두 '물체'다. 그것도 상당히 정교하게 만들어진 완전한 '물체'다. 죽어서 바로 화장된 남자는 '물체'의 양감, 묵직하고 확실한 감각을 모르겠지.

그런 거다. 죽음은 '물체'다. 그런데 나는 죽음을 의식의 측면에서만 이해하고 있었다. 의식이 끝난 다음에 '물체'로서의 죽음이 시작된다. 순조롭게 시작된 죽음은 대학 건물 지하에서 알코올 용액에 잠겨 몇 년이고 버티며 해부를 기다리고 있다.

나는 수조 가장자리에 몸을 비비고 있는 중년 여자 시체의 단단한 허벅지를 고무장갑을 낀 손으로 가볍게 건드려 보았다. 탄력은 없었지만 유연한 저항감을 지니고 있었다.

─살아 있었을 때는 내 허벅지도 꽤 괜찮았는데, 지금은 너무 길기만 한 것 같네.

잘빠진 노 같다고 생각하며 그 여자가 하늘거리는 천으로 된 옷을 입고 거리를 걷는 모습을 상상했다. 약간 구부정한 자세였을지도 모르지.

─오랫동안 걸으면 그런 자세가 될지도 모르지만, 평상시에는 늘 가슴을 활짝 펴고 걸었어.

벌컥 문이 열리며 여학생이 작은 서류 상자를 들고 들어오는 걸 보고 나는 무슨 부끄러운 짓이나 하고 있었던 듯이 얼른 수조에서 물러났다. 뒤이어 관리인이 하얀 에나멜 칠이 된 운반차를 밀고 들어왔다.

운반차는 덩치가 큰 남자를 싣기에도 충분할 너비와 길이를 갖추고 있었다. 전에 맹장 수술할 때 실려 간 바퀴 달린 침대차와 비슷했으나 장식도 없고 훨씬 더 기계적인 느낌을 주는 하얀 물건이었다. 고무 타이어 바퀴가 일곱 개나 붙은 운반차는 유연하게 회전하여 해부대 옆에서 멈추었다. 관리인은 끝에 검은 고무를 씌운 가는 대나무 장대를 메고 있었다.

"그건 뭐에 쓰는 거예요?" 나는 대나무 장대를 조심스럽게 벽에 기대 놓고 있는 관리인에게 물었다.

"시체를 가까이 끌어당길 때 쓰는 거야. 벌써 몇 년이나 이걸 쓰고 있지. 아주 잘 만든 물건이거든."

나는 벽에 기대 놓았던 대나무 장대를 다시 집어 올려 양손으로 가볍게 들고 수조를 바라보는 관리인의 얼굴에 숙련된 기술자가 가지고 있을 것 같은 자부심이 넘치는 것을 놀라워하며 지켜보았다. 이 일에 자부심을 가지고 있구나, 아이들에게 때로는 특별 견학을 허가해 주었을지도 모르겠다는 생각이 들 정도였다. 인간이란 참으로 별의별 것에서 다 자부심을 가지는 족속들이다. 여학생은 서류 상자를 새로운 수조가 있는 방으로 가지고 갔으나 어디에 두어야 할지 몰라 우왕좌왕했다.

"자, 시작할까?" 다시 돌아온 여학생에게 대나무 장대를 건네며 관리인이 말했다. 여학생은 그걸 해부대 위에 아무렇게나 놓았다.

작업은 극히 단순했으나 한 구의 시체를 완전히 처리하는 데는 꽤 시간이 걸렸다. 그러나 계속 주의력을 집중해야 할 필요가 있는 일도 아니었고 금방 익숙해졌다.

타일이 발린 매끈한 수조의 가장자리에 운반차를 바싹 갖다 대면 운반차와 수조의 높이가 정확히 일치했다. 나와 관리인이 운반차의 양옆에 서서 수조로 몸을 구부리고는 시체를 하나 골라 어깨와 넓적다리 윗부분을 양손으로 받쳐서 갈색 알코올 용액이 뚝뚝 떨어지는 시체를 들어 올린다. 시체는 경직되어 있어서 목재처럼 다루기 쉬웠다. 시체의 등이 아래로 가게 운반차에 싣고 우리는 차를 밀어 천천히 해부대 사이를 빠져나와 새로운 수조가 있는 방으로 들어가서 그 수조의 가장자리에 마찬가지로 운반차를 밀착시킨 다음 시체를 들어 올려 뿌연 알코올 용액 속으로 밀어 넣었다. 시체들은 용액 속으로 쑥 가라앉았다가 바로 소리 없이 천천히 떠올랐다. 그러면 여학생이 서류 상자에서 꺼낸 번호표를 가져와서 몸을 구부려 시체의 발목을 꽉 잡고 오른쪽 발에 옛날 표가 묶여 있는 경우에는 왼발의 엄지발가락에, 혹은 반대의 경우에는 오른발 엄지발가락에 묶었다. 번호표에는 소인燒印으로 기호와 숫자가 새겨져 있었다. 그런 다음 머리통을 수조에 깊이 처박고 다리를 들어 올리고 있던 시체의 발목을 여학생이 살짝 밀며 물러나면 시체는 가볍게 수조의 중앙으로 쑥 밀려갔다. 그러고 나서 여학생은 장부에 옛날 번호와 새 번호를 진한 연필로 크게 써넣었다.

우리는 아무 말 없이 열심히 이 단순한 반복 작업을 계속했다. 새로운 수조와 낡은 수조 사이 타일 바닥에 다갈색의 젖은 길이 생기고 운반차는 그 위에서 때로 미끄러지고 삐걱거리며 느릿느릿하게 오갔다. 시체 중에는 깜짝 놀랄 정도로 무거운 것도 있고 또 아주 가벼운 것도 있었다.

중년 남자의 시체 중에 믿을 수 없을 정도로 가벼운 것이 있었다. 새로운 수조에서 천천히 떠오르는 그 시체에 번호표를 달기 위해 잡으려고 하던 여학생이 당황하는 모습을 보고 나는 비로소 그 사자가 한쪽 다리밖에 없었다는 걸 깨달았다. 운반차 위에 누인 시체를 나는 거의 쳐다보지 않았던 거다. 시체는 아무런 개성도 없이 죄다 비슷비슷해서 특별히 관심을 끌 만한 게 없었고, 마스크를 쓰고 있어도 알코올의 지독한 냄새와 그 깊숙이 침전된 끈끈한 사자의 냄새가 스며들어 오는 통에 때로는 정말 견디기 힘들어 나는 얼굴을 돌리고 운반차를 밀고 있었다. 그래서 운반차에서 삐져나온 시체의 팔이 해부대에 걸려 운반차가 뒤집힐 뻔한 적도 있었다.

팔을 벌린 채 경직된 젊은 여자 사자를 운반차에 실었는데 불안정해서 바로 미끄러져 떨어지려 했다. 관리인은 수조 가장자리에 얹힌 시체의 팔을 양손으로 잡더니 꺾어서 구부렸다. 팔은 좀처럼 구부러지지 않다가 나무 부러지는 소리를 내며 무방비로 드러난 하복부에 얹혔다. 관리인은 작업복 소매로 이마의 땀을 닦고 나는 아래턱을 쳐들고 운반차를 밀었다.

그 사자를 새로운 수조에 밀어 넣다가 내가 젖은 고무장갑으로 잡고 있던 양쪽 허벅지를 놓치는 바람에 시체는 풍덩 소리를 내며 사방으로 알코올 용액을 튀겼다.

"조심하라니까!" 관리인이 벌컥 화를 냈다. "이것 봐. 내 장화 속으로 튀어 들어갔잖아."

여학생도 작업복에 튄 알코올 용액을 고무장갑 낀 손으로 털어 내며 비난하는 눈으로 나를 쏘아보았다.

"너무 미끄러워서." 나는 변명했다. "꽉 잡고 있었는데."

"비교적 새로운 것들은 잘 미끄러져." 관리인은 수조에 가라앉아 좀처럼 떠오르지 않는 시체를 주의 깊게 눈으로 좇으며 말했다.

관리인은 이윽고 표면으로 떠오른 시체의 발목을 붙잡고 여학생에게서 번호표를 건네받아 능숙한 솜씨로 묶더니 무척이나 여유 있는 자세로 그 시체를 밀어냈다. "번호표가 없어지면 나중에 엄청나게 귀찮아지거든. 난폭하게 다루어선 안 돼."

"그렇겠네요." 나는 대답은 했지만 난폭하다는 말이 당치 않다는 생각이 들었다. 시체의 뼈가 부러지는 소리를 낼 정도로 뒤틀어서 팔을 구부리는 건 난폭한 짓이 아닌가? 그건 부종이 있는 엄지발가락에 묶어 놓은 나무 표찰을 훼손시키거나 분실하게 할 염려는 없으니까?

"난폭하게는 안 하지요." 나는 한 손으로 운반차를 끌며 유쾌한 기분으로 말했다.

"아주 중요한 일이야." 관리인이 말했다.

벽시계는 벌써 12시를 가리켰지만, 우리가 새로운 수조로 옮긴 사자는 겨우 열 명에 지나지 않았다. 느릿느릿 12시를 치는 시계 소리를 들으며 우리는 몸집은 작지만 상당히 묵직한 시체를 운반차에 실었다.

"대학 구내에서 종을 치는 시계는 여기밖에 없어." 관리인이 말했다.

"참 신기하단 말이지."

"네?"

나는 몹시 배가 고팠다. 그러나 막상 밥을 보면 식욕이 달아나 버릴 것 같은 느낌이 들었다.

"이 남자는 군인이었지." 관리인이 새로운 수조 옆에 멈춘 운반차 위의 사자를 내려다보며 말했다.

"전쟁이 끝날 무렵 탈영하려다가 보초의 총을 맞았다지. 부검을 할 거였는데 갑자기 전쟁이 끝났어. 이 남자가 여기 들어올 때 일이 아직도 생생하게 기억나."

나는 군인의 가는 손목에 달린 튼실한 손을 바라보았다. 군인은 다른 사자들과 마찬가지로 머리통이 매우 작아 보였다. 사자들의 머리통은 살아 있는 사람들의 머리통보다 훨씬 작게 느껴지고 중요하게 여겨지지도 않아 가슴이나 부풀어 오른 복부처럼 생생한 관심을 끌지 못했다. 그러나 나는 억지로 상상력을 동원해서 이 남자는 생전에 틀림없이 순한 동물 같은 표정을 하고 있었을 거라 단정했다. 그런 남자가 10여 년 전 어느 깊은 밤, 비장한 결심을 했던 것이다.

"이것만 마치고 점심 식사를 하지." 관리인이 말했다. "번호표 달고 와."

여학생은 혼자 방에 남게 될까 봐 걱정하며 주춤거렸다.

"내가 달고 갈게."

"부탁해." 여학생은 서둘러 딱딱한 목재 번호표를 내게 넘겨주더니 관리인을 따라 문 쪽으로 가 버렸다.

서서히 갈색으로 변하기 시작한 알코올 용액을 휘저어 군인의 발목을 잡기 위해 서두르다가 나는 번호표를 놓치고 말았다. 고무장갑의 손가락 사이로 미끄러져 수조 속으로 빠져들었는데 어디로 갔는지 알 수가 없었다. 나는 왼손으로 군인의 발목을 잡고는 서로 몸을 비비적대고 있는 시체 사이를 더듬었다. 군인은 내 손에 잡힌 채 경직되어 있었다.

탈출하고 싶겠네, 지금이야말로 진짜 감금 상태니까.

—그렇지도 않아. 때론 그런 짓을 하는 자들도 있긴 하지만.

거짓말! 나는 생각했다.

"점심은 빵으로 할 거야?" 여학생이 문틈으로 머리만 디밀고 물었다.

"번호표를 떨어뜨려서 찾는 중이야. 금방 갈게. 가서 정하지 뭐."

—네가 믿든 말든, 밝은 갈색 피부를 해 가지고 계단으로 올라가 버린 작자들도 있어. 이런 데 있다 보면 여러 가지 생각이 떠오르거든. 그렇지만 나는 이렇게 얌전히 있었지.

번호표는 군인의 팔과 옆구리 사이에 떠 있었다. 나는 군인의 허리를 밀치고 번호표를 집어 들었다. 군인은 어깨를 알코올 용액에 푹 처박더니 떠오르기 전에 천천히 회전했다.

—전쟁에 관해서 아무리 확고한 관념을 가진 인간이라도 나만

큼 설득력은 없을걸. 나는 살해된 그대로 죽 여기 보존되고 있으
니까 말이야.

나는 군인의 옆구리에 있는 총상 흔적이 그곳만 주위보다 두
툼하게 부풀어 올라 시든 꽃잎처럼 변색된 것을 보았다.

—전쟁 때 너는 아직 어린애였겠지?

긴 전쟁 동안 나는 죽 성장했어. 나는 생각했다. 전쟁이 끝나
는 것만이 불행한 일상의 유일한 희망인 것 같은 시기에 성장해
왔다. 그리고 그 희망의 징조가 범람하는 가운데 나는 숨이 막혀
죽을 것만 같았다. 전쟁이 끝나고 그 시체가 어른의 뱃속 같은
마음속에서 소화되고, 소화가 불가능한 고형물이나 점액이 배설
되었지만, 나는 그 작업에 참여하지 않았다. 이윽고 우리의 희망
이라는 것도 흐지부지 녹아 버렸다.

—나는 너희의 그 희망이란 걸 온몸으로 짊어지고 있던 셈이
지. 다음번 전쟁은 너희 차지가 되겠구나.

나는 군인의 오른쪽 발목을 잡아 올려 틀림없이 좋은 모양을
하고 있었을 굵은 엄지발가락에 번호표를 묶었다.

우리하고는 상관없이 또 전쟁이 시작되려 하고, 우리는 이번
에야말로 그 허무하게 범람하는 희망에 빠져 죽게 될 거야.

—자네들은 정치를 싫어하나? 우리는 정치 얘기밖에 안 했는데.

정치?

—다음번에 전쟁을 일으키는 건 너희지. 우리에게는 평가하고

판단할 자격이 있어.

나에게도 평가하고 판단할 자격이 강제적으로 할당될걸. 그러다 살해되겠지만. 그렇게 죽은 자 중에서 극히 소수는 이 수조에 들어와 보존될지도 모르지.

나는 복슬복슬한 머리털을 짧게 자른, 체조 선수처럼 간결하고 다부진 군인의 머리통을 바라보았다. 이 남자는 무성한 수염과 건조한 피부를 토끼가 저작 운동을 하는 것처럼 움직여 배 속에서 울려 나오는 강한 음성으로 이야기했겠지. 그런데 눈에는 확신이 없어서 무척이나 비열하게 보였을지도 모르겠다. 나는 F5라고 쓴 번호표가 오른쪽 엄지발가락에 확실하게 고정된 것을 확인하고는 발목을 잡았던 손을 놓고 군인의 몸을 수조 안쪽으로 세게 밀었다. 군인은 조그만 턱을 치켜든 채 마치 거대한 배처럼 앞으로 쑥 나갔다.

관리인실에는 관리인 혼자 소파에 누워 있고 그 옆에 여학생의 작업복과 장갑이 놓여 있었다.

"그 학생은요?" 내가 물었다.

"손 씻는다고 수돗가에 갔어."

나는 작업복과 장갑을 벗어 둥글게 뭉쳐서 나무 의자에 올려 두고 밖으로 나갔다. 돔의 컴컴한 계단을 달려 올라가 밝은 곳으로 나가자 풍경은 새로운 빛으로 넘치고 공기는 신선했다. 일을 마친 다음의 활기 넘치는 생명의 감각이 내 몸에 충만했다. 손가락과 손바닥에 닿는 바람이 관능적인 쾌감을 불러일으켰다. 손가락 피부가 자유롭게 공기를 호흡하고 있다는 생각이 들었다.

나는 의과대학 부속병원 앞의 잿빛 벽돌을 깐 넓은 언덕을 뛰어내려 갔다. 법의학 강의실의 닫혀 있는 낮은 창을 면하고 선 나무의 넓적하고 부드러운 이파리들이 진한 녹색으로 반짝이는 아래 가지에 어깨를 스치며 걸었다. 보도에는 부속병원의 입원 환자들이 환자복 차림으로 두꺼운 슬리퍼를 신고 천천히 걷고 있었다. 그 모습은 초봄에 아직은 물속에서 헤엄치는 붕어 같은 느낌을 주었다. 나는 가슴을 활짝 펴고 숨을 깊게 들이쉬며 걸었다. 건강한 젊음이 내 몸속에서 몇 번이고 쾌락적인 전율을 일으켰다. 나는 운동화 끈을 고쳐 매기 위해 몸을 구부리며 나 자신이 저 사자들로부터 멀리 떨어져 나왔다는 데 기꺼워했다. 유연한 나의 신체에 대한 감동이 목이 멜 정도로 신선하게 다가왔다. 붉게 상기된 뺨 위의 나의 눈은 물기를 머금은 모밀잣밤나무의 열매처럼 반짝였을 것이다.

언덕에서 중년 간호사가 온몸에 깁스를 한 소년을 태운 수동 휠체어를 밀며 내려와 옆을 스쳐 지나갔다. 나는 바지의 먼지를 떨며 몸을 일으켰다. 간호사의 어깨가 조용히 아래위로 움직이는 것과 잘 빗질된 소년의 머리카락이 은은한 황금색으로 빛나는 것을 보았다. 나는 성큼성큼 걸어서 앞서가는 간호사를 따라갔다. 가능한 한 명랑한 목소리로 간호사와 소년에게 말을 걸 생각으로 그들과 나란히 걸었다. 간호사는 호의에 넘치는 미소를 보내왔고 나도 그에 답하는 의미로 웃으며 깁스에 갇혀 있는 소년의 어깨를 가볍게 쓰다듬었다. 그 소년은 오랫동안 나를 다정한 형으로 추억하겠지.

나는 그대로 몇 걸음 더 걷다가 소년의 얼굴을 들여다보았다. 그런데 그 얼굴은 소년이 아니었다. 똑바로 고정해 놓은 머리를 곧추세운 채 얼굴의 혈관이 부풀어 오를 정도로 노기를 띤 중년 남자가 짜증과 분노로 얼룩진 눈으로 나를 노려보았다. 남자는 어둡게 가라앉은 눈으로 나를 노려보기 위해 모든 분노를 온통 오른쪽 옆얼굴로 몰고 나에게 시선을 집중하고 있었다.

나는 그 자리에 멈춰 섰고, 그들은 밝은 빛이 넘치는 공기 속으로 나아갔다. 나는 우두커니 서 있었다. 갑자기 피로감이 몸 전체로 퍼져 나갔다. 저것은 살아 있는 인간이다. 그리고 살아 있는 인간, 의식을 갖춘 인간은 몸 주위에 두꺼운 점액질의 막을 가지고 있어 나를 밀어낸다. 나는 사자들의 세계에 발을 들여놓은 것이다. 그리하여 살아 있는 자들의 세계로 돌아오는 데에는 여러 가지 어려움이 발생한다. 이것이 최초의 실패다. 나는 이 일에 너무 깊이 들어와 버려서 이제는 거기서 헤어 나오기 어려워진 게 아닐까 하는 불길한 생각이 들었다.

그러나 나는 오늘 오후에도 열심히 그 일을 마저 하고 돈을 받아야만 했다. 나는 수돗가 방향으로 달려갔다. 너무 빨리 달려 옆구리가 땅겼지만 멈추지 않았다. 여학생은 콘크리트 바닥에서 맨발로 서서 수도꼭지에서 나오는 물로 발을 닦고 있었다.

"왜 그렇게 뛰어와?" 헐떡이는 나를 보고 여학생이 말했다.

"나는 젊으니까 가끔 이렇게 달리고 싶을 때가 있어."

"그래, 너는 진짜로 젊지." 여학생은 웃지도 않고 말했다.

나는 피부가 누렇고 두꺼운 데다 크기까지 한 여학생의 얼굴을 바라보았다. 얼굴 전체에서 주의력이 완전히 사라져 버린, 피곤에 지쳐 빠진 얼굴이었다. 나보다는 두 살쯤 위일 것 같았다.

"내 피부 너무 엉망이지?" 여학생이 눈도 깜빡이지 않고 강한 눈길로 나를 똑바로 보며 말했다. "임신해서 그래."

"뭐?" 나는 놀랐다.

여학생은 태연하게 두툼한 발에 물을 흘러내리게 했다. 나는 양말을 벗고 콘크리트 바닥에 있는 수도꼭지를 비틀어 나오는 물에 발과 복숭아뼈를 바로 갖다 댔다.

"그런데 이런 일을 해도 돼?" 내가 조심스럽게 말했다. "몸에 안 좋을 텐데."

"알 게 뭐야." 여학생이 말했다.

나는 소매를 걷어 올리고 꼼꼼하게 양손을 비벼 닦았다. 여학생은 얼른 비누를 건네주고 수돗가 한쪽의 젖지 않은 콘크리트 바닥 가장자리로 올라가 햇볕에 발을 말리기 시작했다.

"남자애들은 내 기분을 모를 거야." 여학생이 말했다.

사자의 잘난 척

나는 꽉 다문 얇은 입술을 손등으로 문지르는 여학생을 바라보며 잠자코 있었다.

"임신을 해서 점점 볼썽사나운 꼴이 돼 가는 자신의 모습을 지켜보는 기분 말이야."

"그야 알 수가 없지." 내가 쩔쩔매며 대답했다.

"임신하면 있잖아, 아주 불쾌한 기대감으로 일상이 꽉 차 버린다고. 때문에 생활 자체가 엄청나게 무거워져."

나는 주머니에서 큰 손수건을 꺼내 발을 닦았다. "수술할 거지?"

"그럼. 그래서 수술비를 벌고 있는 거야." 여학생이 말했다.

"많이 받아서 제일 좋은 방에 입원하면 좋겠다."

"내 친구는 수술받고 바로 자전거 타고 돌아왔다고 하던데."

나는 숨죽인 소리로 웃으며 의과대학 건물을 향해 걷기 시작했다.

"내가 혹시 이대로 가만히 있으면 어떻게 될 것 같아?" 여학생이 말했다. "열 달 동안 가만히 있으면 그것만으로도 나는 혹독한 책임을 지게 될 거야. 나 자신이 살아가는 것에 대해서도 이렇게 애매한 기분인데 새롭게 그 위에 또 하나의 애매함을 창출해 내는 게 되니까. 이건 살인 못지않은 중대한 일이야. 그냥 아무것도 안 하고 가만히만 있어도 그렇게 된다고."

"병원 가서 처리할 거라면서? 그 비용을 위해 이렇게 아르바이트를 하는 거고." 나는 자신 없는 목소리로 대꾸했다. "네가 가만히 있을 건 아니잖아."

"나는 한 인간을 말살했다는 책임을 피할 수 없게 되겠지. 그는 레슬러와 같이 거대해질 권리를 가지고 있는지도 모르고, 그일이 쓸데없는 거라고 결정할 자격이 나한테 있는 걸까? 내가 잘못된 결정을 하고 있는지도 모르지."

"낳을 생각은 아니지?"

"아니야."

"그럼 간단하네."

"남자애들한테는 그렇겠지." 여학생이 버럭 화를 냈다. "그것이 살해되든가, 양육되든가 모두 내 아랫배 안에서 일어나는 일이야. 나는 지금도 그것에게 집요하게 빨리고 있어. 나에게는 흉터처럼 자국이 남을 거야."

나는 잠자코 손에 잡힐 듯 몰려오는 여학생의 분노를 그대로 받았다. 나로서는 이해할 수 없는 부분이 집요하게 그 여학생을 괴롭히고 있는지도 모른다. 그러나 그건 나와는 아무런 상관 없는 일이었다.

"나는 헤어 나올 수 없는 구렁텅이로 떨어져 버렸어. 내가 아무런 상처 없이 거기서 기어 올라올 방법은 없는 거야. 나에게는 더 이상 선택의 자유가 없다고."

"큰일이네." 내가 하품을 억지로 참으며 시근시근해 오는 눈으로 말했다.

"큰일이야" 하고 갑자기 흥이 깨진 듯한 목소리로 여학생이 말했다. "지쳐 버렸어."

점심 식사를 마치고 나서 뒷정리하는 여학생을 남겨 두고 나와 관리인이 시체처리실로 내려가니 낡은 수조가 있는 방의 해부대 주위에 두 명의 의과대학 학생과 중년 교수가 서 있었다. 우리는 그리로 다가가다가 교수의 제지를 받고 수조 옆에 멈춰 선 채 해부대 위를 바라보았다. 거기에는 열두 살 정도 되어 보이는 여자아이의 시체가 놓여 있었다. 시체는 내 쪽을 향해 다리를 활짝 벌리고 있었는데 한 학생이 교수의 지도를 받으며 혈액 응고를 위한 포르말린과 색소를 주사하고 있었다.

시체 쪽으로 구부리고 있던 학생이 주사기를 들고 몸을 일으키자 그때까지 흰 가운 등에 가려져 있던 소녀의 생식기가 내 눈앞에 활짝 드러났다. 너무나 탱탱하고 싱싱한 생명력이 넘쳤다. 그것은 강인하고 충만하고 건강해 보이기까지 했다. 나는 거기에 매혹당해 사랑 비슷한 감정으로 지켜보았다.

—자네 엄청 심하게 발기했구먼.

나는 수치스러움을 느끼며 뒤돌아서 수조 속의 시체 쪽으로 시선을 돌렸다. 그들 전원이 집요하게 나를 주시하고 있던 것만 같아 공연히 켕겼다. 나는 관리인을 재촉해서 그중 하나를 들어 올려 약간 거친 동작으로 운반차에 실었다.

우리가 해부대 사이를 빠져나가려다가 구부린 내 팔꿈치가 학생의 허리를 건드렸다. 그때까지 나의 존재를 완전히 무시하고 있던 포동포동하고 하얀 얼굴의 남자가 돌아보며 날카로운 목소리로 나무랐다.

"조심해! 위험하잖아!"

나는 그의 동글동글한 손가락에 쥐인 주사기를 보며 눈을 내리깔고 잠자코 있었다.

"이봐, 안 들려?"

나는 학생의 얼굴을 올려다보았다. 그의 얼굴에 일순 당황하는 빛이 어리는가 싶더니 이내 사라졌다. 그는 더 이상 나를 야단치지 않았다. 그리고 공연히 더 열심인 척하며 시체 쪽으로 몸을 구부렸다. 나는 식물의 여린 싹과 비슷한 소녀의 클리토리스를 재빨리 훔쳐보았다. 운반차를 밀며 왜 남자는 나를 보고 당황해 눈길을 돌렸을까 생각했다. 그것은 나의 깊숙한 내면에 사나운 불쾌함으로 자리 잡았다. 놈은 나를 천한 인간으로 바라보았다. 나는 일부러 천천히 시체를 내리고 시간을 들여 새로운 번호표를 몇 번이고 새로 묶었다. 그 남자는 천한 인간에 대한 모멸감을 가지고 나를 바라보았다. 그리고 비난할 가치도 없는 인간으로 여겼다. 그래서 그 불쾌한 감정을 씻어 버리고자 그렇게 급하게 시체 쪽으로 몸을 구부린 거다. 옆에 있던 교수나 동료들에게 자기의 감정이 정당하다는 걸 인정받기 위해 그렇게 과장된 몸짓으로 주사기를 들어 올리며. 왜 그랬을까? 도대체 무슨 이유지?

나는 번호표를 꼼꼼하게 묶고 반백의 머리카락을 짧게 자른 사자의 조그만 얼굴을 바라보았다. 양서류를 닮은 얼굴이었다.

—그 학생은 자네를 우리와 동류로, 적어도 우리 세계에 속한 사람으로 본 거야.

내가 당신을 운반차에 실어서 나르고 있었기 때문일까?

—그게 아니지. 자네의 표정이 우리하고 같은 종류인 데다가 온몸에서 얼룩 같은 게 스며 나오기 때문이야. 자네가 처음에 관리인에 대해서 느꼈던 우월감을 생각해 보면 알 거야.

전신이 씻을 수 없이 더럽혀진 기분이 들면서 나의 몸 점막이란 점막에는 모두 사자 냄새가 나는 가루가 들러붙어 경직되는 것 같아 견딜 수 없었다.

옆방에서 문이 열리며 사람들이 나가는 발소리가 났다. 나는 수조 가장자리에 올려놓았던 손을 떼고 낡은 수조가 있는 방으로 돌아갔다. 관리인은 운반차를 밀고 먼저 돌아가 있었다. 젖은 삼베로 덮인 해부대 옆에 교수 혼자 남아 있었다. 저 천 아래에는 그다지도 생명력 넘치는 생식기를 가졌던 그러나 이제는 '물체'로의 추이를 시작한 소녀가 있다. 이제 저 소녀도 수조 속의 여자들과 같이 견고하고 내부로 수축되는 갈색 피부에 싸여 버리겠지. 그 생식기도 옆구리나 배의 일부처럼 결코 특별한 주의를 끌지 못하게 되리라 생각하니 신체 깊숙한 곳에서 가벼운 쓰라림이 밀려왔다.

관리인과 나란히 수조를 들여다보고 있던 교수가 나를 돌아보더니 시체를 볼 때와 똑같은 눈으로 내 온몸을 훑었다.

"자네는 새로 온 작업원인가?"

"아르바이트 학생이에요. 시체 옮기는 동안만 온 겁니다." 관리인이 말했다.

나는 애매하게 묵례하며 교수의 눈에 호기심 넘치는 표정이 떠오르는 것을 성가신 기분으로 지켜보았다.

"뭐, 아르바이트?" 교수는 옆으로 벌어진 혈색 좋은 귀를 쫑긋하며 말했다. "자네, 이 학교 학생인가?"

"예, 문과대학에 다닙니다."

"독일어?"

"아니요, 프랑스 문학과에 다니고 있습니다."

"아아." 교수는 환하게 웃으며 물었다. "졸업 논문은 누구에 대해 쓰는가?"

나는 잠시 망설이다가 눈 딱 감고 대답했다. "라신입니다. 장라신."

교수는 어린애처럼 얼굴을 구기며 키득키득 웃었다.

"라신을 공부하는 학생이 시체 운반이라니."

나는 입술을 깨물고 잠자코 있었다.

"무엇 때문에 이런 일을 하는 거지?" 교수는 비어져 나오는 웃음을 억지로 누르면서 짐짓 진지한 표정을 지어 보이며 물었다. "이런 일을."

"네?" 나는 놀라서 물었다.

"시체에 관해서 학문적인 흥미라도 가지고 있나?"

"돈이 필요해서요." 나는 솔직함을 가장해 무례하게 말해 버렸다.

그리고 예상대로 교수의 내부에서 무엇인가가 충돌하고 엉키는 것을 지켜보았다. 교수는 굳은 표정으로 말했다.

"이런 일을 하다니 자네는 부끄럽지도 않은가? 자네들 세대에는 자부심이라는 감정도 없는가 말이다."

살아 있는 인간과 대화한다는 것은 어째서 이렇게 어려울까. 언제나 이야기는 생각지도 못한 방향으로 발전해 버리고 거기에는 늘 허무함이 붙어 다니는 걸까. 교수의 몸 주위의 점막을 뚫고 지방이 풍부한 그 몸에 바로 손을 댄다는 것은 실현 불가능한 일일지도 모른다. 나는 당혹감에 입을 다물었다. 피로감이 온몸을 덮쳤다.

"응, 어떻게 된 거냐고?"

나는 눈을 들어 모멸감으로 초조해진 교수의 얼굴을 바라보았다. 그의 등 뒤에 서서 나를 바라보고 있던 관리인의 얼굴에서까지 동일한 멸시의 표정이 드러나는 것을 보고 나는 심한 무력감에 사로잡혔다. 이 무겁기만 하고 이해할 수 없는 혼란을 풀기란 도저히 불가능할 것 같았다. 살아 있는 인간을 상대로 그건 결코 쉬운 일이 아니다.

나는 장대를 들어 올려 수조로 몸을 구부리고 벽 쪽 뚜껑 아래, 등을 반쯤 이편으로 보이면서 가라앉고 있는 다부진 목덜미의 남자 시체를 끌어오려고 했으나 좀처럼 움직이지 않았다. 등 뒤에서 나의 동작을 지켜보는 교수와 관리인의 시선을 의식하면서 대나무 장대를 시체 아래쪽으로 찔러 넣어서 밀어 올려 보려고 했으나 시체는 엄청나게 무거웠다. 어떻게 된 거지? 어디에 걸렸는지 생각대로 되지 않았다. 어째서 이렇게 무거운 것일까?

관리인이 다가와 내 손에서 대나무 장대를 뺏어 들더니 시체의 옆구리 아래로 깊이 찔러 넣고 두세 번 가볍게 비틀었다. 사자는 힘없이 떠오르면서 장대를 밀어내듯 하며 몸을 뒤집었다.

"자네는 뭐 하나 제대로 하는 게 없군. 요즘 학생들은 죄다 그 모양이니, 원." 관리인이 말했다.

완고하게 수조 쪽으로 몸을 숙인 채 사자가 다가오기를 기다리며 나는 등과 목덜미에 교수의 집요한 시선이 휘감기는 걸 느꼈다. 사자는 무거운 짐이라도 들고 오는 양 팔의 근육을 팽창시키고 턱을 치켜들고 다가왔다. 나는 알코올 용액을 이리저리 튀기며 그의 두툼한 어깨를 거칠게 붙잡았다.

"좀 더 잘 붙잡을 수 없어?" 모든 잘못을 내게 뒤집어씌울 듯이 관리인이 말했다.

하지만 나는 오전에 비해 이 작업에 상당히 익숙해져 있었다. 여학생이 돌아오자 작업은 다시 순조롭게 진행되어 오전보다 훨씬 능률이 올랐다. 관리인은 벽 쪽으로 몰린 시체를 대나무 장대로 능숙하게 끌어당기기도 하고 또 새로운 수조의 입구 쪽에 몰려 있는 시체를 밀어 분산시켜서 다음 시체를 집어넣는 작업이 용이하도록 했다. 3시 정도가 되자 고무 작업복 속의 몸에 땀이 배기 시작하고 고무장갑에 스치는 손등이 근질거렸다. 우리는 가끔 복도로 나가 작업복을 벗고 땀을 닦았다. 그러나 문득 불어오는 바람이 목덜미로 들어오면 오한으로 몸이 떨렸다. 나는 공기 바닥에 침전된 냄새에도 상관치 않고 자주 마스크를 벗고 콧구멍 가득 공기를 들이마셨다.

일은 순조롭게 진행되었고 우리는 말없이 움직였으나 가끔 화장실에 가느라 작업이 중단되었다.

우리는 작업복과 장갑을 벗고 함께 복도로 나갔다. 여학생은 언제나 가장 늦게 돌아왔다. 복도에서 우두커니 기다리고 있는 내게로 뛰어온 여학생이 조그만 목소리로 말했다.

"남자애들은 좋겠어."

"응?" 내가 말했다.

"시간이 얼마 안 걸리잖아. 여자들은 이것저것 시간이 많이 걸리거든. 귀찮아 죽겠어."

나는 애매하게 고개를 끄덕이고는 관리인이 우리 대화에 끼어들려고 다가오는 것을 피해 방 안으로 들어갔다. 여학생은 집요하게 내 귀에다 대고 말하기 위해 몸을 바싹 갖다 댔다.

"화장실에 쭈그리고 앉아 있으면 말이야, 죽은 사람들이 알몸으로 드러난 내 엉덩이를 받쳐 주려고 다가오는 것 같은 기분이 들어. 죽은 사람들이 내 뒤에 빽빽하게 모여 서서 나를 지켜보고 있는 것 같다니까."

여학생의 심하게 거뭇해진 눈꺼풀과 거칠거칠한 피부를 가까이에서 바라보니 피로감이 마치 젖은 외투처럼 온몸을 엄습했다. 그러나 나는 조그만 소리로 웃었다.

"그러면 말이지," 여학생도 목소리만으로 웃음소리를 내면서 성긴 속눈썹을 내리깔고 말을 이었다. "내 복부의 두꺼운 피부 아래 있는 연골과 점액질의 덩어리, 내 몸에 끈으로 연결되어 자라고 있는 조그만 덩어리가 이 수조에 있는 사람들과 비슷하다는 생각이 들어."

"너무 피곤해서 그런 거겠지." 나는 여학생을 어떻게 대해야 할지 난처했다.

"양쪽 다 인간임에는 틀림없는데 의식과 육체의 결합은 아니잖아? 인간이긴 하지만 뼈와 살의 결합에 불과할 뿐이지."

인간이면서 '물체'라는 거겠지, 하고 생각했지만 못 알아들은 척하고 작업복을 입기 시작했다. 피곤해서 그렇겠거니 했으나 여학생의 수다와 지나치게 친한 척 구는 게 귀찮았다.

"그냥 문득 그런 생각이 들었다는 거야." 여학생이 작업복 소매에 팔을 꿰며 아무 감정이 실리지 않은 목소리로 말했다.

"문득?" 나도 냉담하게 말했다.

"어이!" 하고 새로운 수조 쪽 방에서 관리인이 소리를 질렀다. "새 번호표는 이게 다야? 빨리 좀 와 봐."

여학생은 너무 커서 헐떡헐떡한 고무장화를 철퍼덕거리면서 달려가다가 알코올 용액이 떨어져 생긴 갈색 얼룩에 발이 미끄러지며 몹시 볼썽사나운 모습으로 나동그라졌다. 여학생은 벌떡 몸을 일으켰다. 아무런 비명도 지르지 않았지만, 입술을 깨문 얼굴로는 일종의 두려움이 번져 나갔다. 목구멍까지 올라왔던 나의 웃음이 급히 꼬리를 감추었다.

오후 5시가 되자 표면에 떠 있던 사자들은 모두 새로운 수조로 옮겨졌다. 우리는 의과대학 병원의 잡역부가 알코올 용액을 빼러 올 때까지 관리인실에 올라가 휴식을 취하기로 했다. 비가 내리기 시작했다. 어두워지기 시작한 공기 너머에서 강당의 시계탑이 안개에 싸인 성처럼 보였다. 도서관 벽돌담도 반투명한 안개 막에 휘감겨 온통 녹이 슨 것처럼 보였다. 나와 관리인은 저녁 식사 대신 팥빵을 꽤 먹었지만 여학생은 거의 입에 대지 않았다. 우리는 이어 떨어지는 빗줄기를 바라보며 말없이 식후의 시간을 보냈다. 배 속 장기들의 소화작용을 위한 움직임이 느껴졌다.

"아저씨도 애들이 있죠?" 문득 여학생이 물었다.

"뭐?" 관리인이 당황해서 말했다. "있지. 그런데 왜?"

"임신 초기에 심한 정신적 충격을 받으면 안 좋은가요? 예를 들면 끔찍한 걸 본다든가 하면⋯⋯"

"그야 좋지 않겠지. 그렇지만 확실한 거야 알 수 없지." 관리인은 뭔가 곰곰이 생각하며 대답했다. "그런데 그건 왜?"

"아니에요." 여학생이 급히 대답했다. "아무것도 아니에요."

"나한테 애들이 있다는 게 뭐 이상한가?" 관리인이 피곤한 탓에 짜증을 내는 소리로 말했다.

"큰아들은 결혼해서 애들도 있어."

여학생은 관리인의 자식 이야기에 흥미를 보이는 척했지만 이야기는 듣지 않고 자신만의 생각에 잠기는 것 같았다.

"나한테 처음으로 아이가 태어났을 때는 참 묘한 기분이 들더군." 관리인이 말했다. "매일 죽은 인간을 몇십 명씩 돌아보고 새로운 시체를 받아들이고 하는 게 내 일이잖아. 그런 내가 새로운 인간 하나를 낳는다는 것이 너무 이상해서 말이지, 쓸데없는 짓을 하는 게 아닌가 하는 기분이 들더라고. 이렇게 늘 시체를 보고 있으면 사람이 살면서 중요한 게 무엇인지 좀 더 잘 보이는 것 같아. 애가 아파도 병원에도 잘 안 갔어. 그런데도 아이는 튼튼하게 잘 자랐지. 그리고 그 애가 또 애를 낳으니, 가끔은 뭐가 뭔지 머릿속이 뒤죽박죽될 때가 있어."

여학생은 잠자코 있었다. 관리인은 하품을 하고 눈물로 축축해진 눈으로 꽤나 실망한 표정을 지어 보이며 나를 쳐다보았다.

"온갖 죽은 사람들을 보다 보니 아이의 성장에 집중할 수가 없더라고."

"그렇겠네요." 내가 말했다.

"큰아들이 태어났을 때 내가 번호표를 단 시체가 지금도 그대로 가라앉아 있고, 그건 거의 변색도 하지 않았으니 집중할 수 없지."

"어느 쪽에요?"

"어느 쪽에도 다 집중이 안 돼." 관리인이 말했다. "뭐, 가끔은 삶의 보람을 느낄 때도 있긴 하지. 자네 같은 젊은 학생은 이런 데 와서 일해 보니 어떤가? 기분이 이상하지?"

"그런 기분이 들지 않는 건 아니지만."

"희망을 품고 있다가도 그게 몹시 흔들리지 않나? 저런 걸 보면?"

"나는 희망 같은 거 품고 있지 않아요." 내가 조그만 소리로 웅얼거렸다.

"희망을 가지고 있지 않다면," 관리인이 버럭 소리를 질렀다. "뭐 하러 학교 같은 데는 다니나? 이 학교가 보통 들어오기 힘든 덴가? 그 학교에 들어와 이런 아르바이트까지 하면서 뭐 하러 공부를 하느냐고?"

우중충한 색깔의 입술을 부들부들 떨며 그 양 끝에 허연 거품을 물고 나를 노려보는 관리인의 지친 얼굴을 보면서, 기어코 귀찮은 상황이 벌어졌구나 하는 생각이 들었다. 언제나 이런 데 조금만 깊숙이 개입하다 보면 뭔가가 꼬인다. 설득할 수는 없다. 특히 이런 종류의 남자를 이해시키기란 매우 어려운 일이다. 게다가 남자를 이해시킨다고 무슨 득이 있을 것인가. 이런 남자를 설득하기 위해 머리가 어질어질해지도록 토론을 한다 해도 나는 나 자신에게 바로 돌아올 뿐이다. 그리고 스스로가 심하게 애매하고, 우선 자신을 설득해야 하는 귀찮은 일이 방치되어 있음을 깨닫고서 어쩌지 못하는 만성 소화불량 같은 감정에 빠지고 만다. 손해 보는 쪽은 언제나 나다.

"응? 도대체 어떻게 된 거야? 자네가 지금 절망했네 어쩌네 할 나이도 아니잖아. 변덕스러운 여학생 같은 소리를 해서 어쩌겠다는 거야."

"그런 게 아니라," 나는 자신을 잃어버렸다. "굳이 희망을 품어야 할 이유가 없단 말이지요. 나는 생활도 성실하게 하고 공부도 열심히 하거든요. 그리고 어쨌든 매일 충실하게 살고 있어요. 게으른 편이 아니니까 학교 공부를 착실히 하다 보면 시간도 잘 가고 매일 수면 부족에 시달리긴 하지만 성적도 잘 받고 있다고요.

그런 생활에는 희망은 필요 없어요. 나는 어렸을 때 말고는 특별히 희망을 품어 본 적이 없고 그럴 필요도 없었어요."

"자네 상당히 허무적인 데가 있군그래."

"허무적인지 뭔지는 모르지만." 나는 여학생이 우리의 대화에 완전히 무관심한 태도로 침묵을 지키고 있는 것에 초조해하며 대답했다. "나는 아주 공부 잘하는 학생 중 하나예요. 나에게는 희망을 가진다든가 절망할 틈이 없어요."

"도대체 뭔 소리를 하는 건지 모르겠네." 관리인이 말했다.

나는 입을 다물고 축 늘어져 의자 등받이에 몸을 기댔다. '참, 설명하기 어렵네. 할 말이 없는 건 아니지만 이런 사람이 뭔 말을 알아듣겠어' 하는 생각에 기운이 빠졌다.

여학생이 급하게 일어나더니 구석으로 가서 손수건에 대고 조금 토했다. 나는 쫓아가서 부들부들 떠는 여학생의 등을 손바닥으로 가볍게 두드려 주었다. 여학생은 등을 뒤틀어 나의 손길을 피하면서 뒤로 돌아 눈물이 글썽한 눈으로 나를 올려다보며 말했다.

"나 아무래도 좀 이상한 것 같아. 아까 지하실에서 넘어졌잖아. 그것 때문인가 봐."

"응?" 나는 뭔가 목에 걸린 목소리로 대꾸했다.

"아랫배 쪽이 쥐어짜는 것같이 아파."

"간호사 좀 불러와." 관리인이 말했다.

관리인이 여학생을 소파에 누이는 동안 서둘러 밖으로 나갔다. 나는 의대 부속병원 간호사실을 향해 계단을 뛰어올라 갔다. 바싹 마른 혀가 잇몸에 부딪치며 등으로는 땀이 흠씬 번져 가는 것이 느껴졌다. 처음에 작업복을 내주었던 중년의 간호사가 대걸레를 바닥에 내려놓고 다시 쥐어짜고 있었다. 나는 급히 달려오던 걸음을 멈추었지만 고무장화 바닥이 돌로 된 복도에 미끄러지며 귀에 거슬리는 점액질의 소리를 냈다. 내 몸 깊은 곳에 벌떡벌떡 머리를 치켜드는 통제 불가능한 애매한 감정이 있는 거다.

"아르바이트를 같이 하던 친구가 좀 이상합니다." 나는 기미가 잔뜩 낀 간호사의 반질반질하고 조그만 얼굴을 내려다보며 말했다.

"왜? 뭐가?" 간호사는 목을 쑥 빼고 칙칙한 이를 보이며 말했다. "친구라니? 그 여학생?"

"좀 와 보세요." 내가 말했다.

간호사와 함께 계단을 내려가며 내가 소리를 낮추어 말했다. "임신했다나 봐요. 오늘 오후에 지하실 타일 바닥에서 넘어졌는데 그것 때문에 혹시……"

"엄청난 일이네." 간호사가 말했다. "꺼림칙한 이야기야."

그래, 꺼림칙한 일이다. 나도 그렇게 생각했다. 이렇게 집요하게 얽혀 들어가다가는 한이 없지. 여학생은 콧잔등 주위에 조그맣고 반짝거리는 땀방울을 잔뜩 달고 웅크리고 있던 몸을 일으켰다. 완전히 지쳐서 멍한 표정을 보니 내 가슴이 답답했다.

간호사는 희고 건조한 조그만 손바닥을 여학생의 이마에 대며 말했다. "어때, 많이 괴로워?"

"예, 좀……" 약간 앳된 목소리로 여학생이 말했다.

"대기실로 와요. 의사 선생님 좀 와 보시라고 할 테니까." 간호사는 나를 향해 한마디 남기고 문에 기대 어색한 자세로 걱정스레 여학생을 지켜보고 있던 관리인 옆을 재빨리 빠져나갔다.

"걸을 수 있겠어?" 관리인이 나에게 물었다.

나는 고개를 젓고 여학생의 어깨를 부축해서 천천히 복도로 나가 금방이라도 주저앉으려고 드는 여학생의 어깨에 두른 팔에 힘을 주었다. 계단을 오르는 곳에서 여학생이 이를 악물며 신음을 참는 게 느껴졌다. 바닥으로 웅크리는 여학생을 그대로 두니 여학생은 다시 손수건에다 위액을 조금 토했다. 더러워진 손수건을 버리고 일어난 여학생은 나를 바라보며 일그러진 웃음을 보냈다.

"지금 말이지, 나는 아기를 낳아야겠다는 생각을 하기 시작했어. 그 수조의 사람들을 보고 있으면 왠지 아기도 죽을 때 죽더라도 한 번은 태어나서 확실한 피부를 가져 봐야 문제가 수습될 것 같다는 생각이 들어."

정말, 이 여학생은 덫에 걸린 꼴이 돼 버렸군, 나는 생각했다.

"정말 골치 아프게 되었군." 내가 말했다.

"함정에 빠진 거야." 여학생이 헐떡이며 말했다. "이렇게 될 줄 알았어."

대기실 옆 작은 방 입구에서 간호사가 기다리고 있었다. 나는 복도에 서서 여학생이 그리로 들어가는 걸 지켜보고 문을 닫은 다음 관리인실로 되돌아갔다.

관리인실로 돌아오니 병원 제복을 입은 잡역부 두 사람이 장의자에 앉아 담배를 피우고 있었다. 그리고 창틀에 기대선 관리인과 의과대학 조교수로 보이는 젊은 남자가 뭔가 심각하게 이야기를 하고 있었다. 알코올 용액을 빼기 위해 온 것인 줄 알았는데 잡역부들은 무료하게 담배 연기만 뿜고 있고 관리인과 조교수가 언쟁하는 게 뭔가 좀 이상했다. 나는 관리인 쪽으로 다가갔다.

"이건 사무실에서 일으킨 업무 착오요." 조교수가 자기는 잘못이 없다는 것을 확인하듯이 못을 박았다. "오래된 시체들은 전부 시체 소각장에서 화장하기로 되어 있소. 의과대학 교수회의의 정식 결정이오. 당신의 일은 오늘 낮 동안에 시체를 정리해 두었다가 소각장 트럭에 인수하는 일이잖아. 준비가 다 끝났을 줄 알고 이 사람들을 데리고 왔는데."

관리인은 낭패해서 얼굴이 해쓱해졌다. "아니 그럼 저 새 수조는 어쩔 건데요? 청소하고 알코올 용액도 새로 채웠는데 안 쓰고 내버려 둘 거요?"

"새로운 시체를 수용하게 되겠지. 생각 좀 해 보게나. 쓸모도 없는 오래된 시체를 뭐 하러 새로운 수조에 일부러 옮기느냐고."

관리인은 막다른 지경에 몰린 동물과도 같은 적의에 불타는 절망적인 눈으로 조교수를 노려보았다. 관리인은 주먹을 꽉 쥐고 침을 튀기며 신음처럼 내뱉었다.

"쓸모없는 시체? 30년이나 이 수조를 관리한 건 나라고."

"아 글쎄, 쓸모없다는 건 말이지, 의학적 견지에서 그렇다는 거야. 사용해 봤자 정확한 효과를 기대할 수 없다는 겁니다." 조교수는 더 이상 관리인을 상대하지 않고 오히려 내 쪽을 바라보며 말했다. "게다가 의과대학에는 새로운 시체는 얼마든지 있어. 그래서 이번 기회에 일단 오래된 시체를 전부 처리하라고 문부성에서 예산이 내려왔지."

관리인은 입을 다물고 눈을 내리깔고는 뭔가 골똘히 생각했다.

"자, 얼른 일부터 시작합시다." 잡역부 한 사람이 담배를 밟아 끄며 말했다. "준비가 안 되었다고 하지만, 소각장 스케줄도 다 잡혀 있고, 트럭도 와서 기다리고 있으니까."

"자, 시작들 하세요." 조교수는 그렇게 말하며 관리인을 돌아보았다. "뭐, 어쩔 수 없잖소. 사무실은 벌써 닫았고 내일은 문부성에서 시찰하러 나온다고."

잠자코 있던 관리인은 작업복을 집어 들었고 우리는 계단을 내려가 지하실로 향했다. 잡역부가 어깨에 멘 수동 펌프와 고무 호스가 계단 난간에 부딪치며 둔탁한 소리를 냈다. 이렇게 되면 완전히 헛고생한 게 되는 것이 아닌가 하는 생각이 들었다. 사무실 쪽의 착오라고 한다면 아르바이트 일당 역시 제대로 계산은 해 주려나. 아무래도 귀찮게 되겠군, 시간 외 수당도 제대로 쳐줄지 모르겠네. 나는 조교수를 쫓아가서 물었다.

"저는 오늘 시체를 새로운 수조에 옮기는 작업을 했는데요, 처음 사무실에서 아르바이트 신청할 때부터 그런 지시를 받았거든요."

"사무실에서 뭐라고 했는지 모르지만 그건 완전히 괜한 짓이잖아. 오늘 밤에 시체 소각장으로 옮기는 건 벌써부터 결정되어 있던 일이야."

"그렇지만 착오는 그쪽에서 저지른 거니까, 보수는 제대로 주셔야죠."

"완전히 쓸데없는 짓을 하고도?" 조교수는 냉담하게 말했다. "나는 몰라. 관리인에게 물어보게나."

나는 일부러 늑장을 부리며 내려오는 관리인을 돌아보았으나 관리인은 입을 꽉 다문 채 초조한 표정으로 내 시선을 피했다.

"어떻게 이런 일이……" 내가 말했다.

"자 일단, 시체 반출이나 도우라고. 보수는 자네가 직접 사무실과 교섭하도록 하고." 조교수가 말했다.

437 사자의 잘난 척

"저는 애초에 오후 6시까지 일하는 것으로 약속이 되어 있었는데요. 초과 수당은 나오나요?"

조교수는 그 말에는 대답도 없이 재빨리 마스크를 쓰더니 시체처리실 입구의 스위치를 눌렀다. 전등 불빛 아래 드러난 새로운 수조에 떠 있는 사자들의 피부에서는 팽팽하던 기운이 사라지고 부석부석하게 부어 있었다. 그리고 천창의 광선으로 볼 때보다 훨씬 추하고 낯설었다.

조교수가 수조로 다가가 몸을 구부리고 말했다. "이런, 이것 좀 봐. 새로운 알코올 용액이 완전히 변색되어 버렸잖아."

돌아보니 그의 얼굴은 화가 나서 붉으락푸르락했다. 그러고는 입을 다물고 있는 관리인을 향해 거칠게 소리를 질렀다.

"이봐, 책임은 당신한테 있는 거야! 이건 당신이 잘리느냐 마느냐 하는 문제라고. 내일까지 다시 새로운 용액을 채워 넣을 수 있겠어? 만약 제시간에 끝내지 못한다면 그건 전적으로 당신 책임이야. 용액 비용도 만만치는 않을걸."

"이래 가지고는 새벽까지 작업을 끝내기 힘들겠는데." 잡역부 하나가 말했다.

"어렵다니, 그런 소리를 하면 곤란하지." 펄쩍 뛰며 조교수가 말했다. "내일 오전 중에 문부성에서 시찰단이 온단 말이오. 그때까지 양쪽 수조를 청소하고 용액을 채워 넣어야 한다고."

"책임지겠소." 목구멍을 쥐어짜 낸 듯한 낮은 목소리로 관리인이 말했다. "책임지면 될 것 아니오?"

"아, 그래요?" 조교수가 한층 빈정거리는 소리로 어깨를 치켜세우며 대꾸했다.

우리는 어쩔 수 없이 작업복을 입고 고무장갑을 끼고 시체 운반을 시작했다. 두 명씩 짝지어 시체를 들어 올려 복도로 운반한 다음 의과대학 해부학 강의실로 통하는 엘리베이터로 끌어 올려서 시체 적출구에 대기하고 있는 소각장 트럭의 적재함에 실었다. 트럭에서는 다른 잡역부들이 일을 도왔지만 작업은 매우 힘들고 어려워서 금방 숨이 턱까지 차오르고 온몸이 땀으로 범벅되었다. 게다가 안개처럼 가늘어지기는 했지만 비가 쉬지 않고 계속 내려서 트럭에 시체를 옮기기 위해 시체 적출구에서 밖으로 내민 내 목덜미와 얼굴을 적셨다. 트럭 적재함에 시체를 쌓는 일이 생각처럼 쉽지 않아 잡역부들은 손이 미끄러져서 사자 한 명을 바닥으로 쓰러뜨렸다.

"조심스럽게 잘 다루란 말이야." 관리인은 분통이 터지는지 말소리마저 떨려 나왔다.

"이것들은 아주 팔자가 늘어졌군." 잡역부 하나가 중얼거렸다.

밤이 깊어지고 우리는 상당히 열심히 일을 했는데도 작업은 별 진전이 없었다. 관리인이 해부대에 걸터앉아 팔짱을 끼고 언짢은 얼굴로 우리의 작업을 지켜보고 있는 조교수에게 주저주저하며 비굴하게 말했다.

"병원 쪽에 전화해서 잡역부를 몇 명 더 지원받으면 어떨까요? 이 인원으로는 도저히 다 못 합니다."

"당신이 전화해." 조교수가 말했다. "이 방의 작업은 당신 책임이잖아."

관리인은 불끈한 모양이었지만 소심하게 어깨를 움츠리고 사무실을 향해 계단을 올라갔다.

그사이 나는 조교수가 나와 짝을 이루어 작업할 생각이 전혀 없음을 깨닫고 여학생이 누워 있는 방을 향해 계단을 뛰어올라갔다.

문을 여니 간호사는 없고 긴 의자에 담요로 몸을 감싼 여학생이 조그맣게 옆으로 웅크리고 누워 있다가 나를 돌아보았다.

"좀 어때?" 내가 물었다.

"아직 모르겠어. 의사들이 모두 정신없이 바쁘다나 봐. 내일 문부성에서 누가 오기 때문이라지" 하고 여학생은 얼굴을 찡그리며 말했다. "간호사가 병원으로 갔어. 아픈 건 좀 가라앉았는데 일어나질 못하겠어."

"계속 혼자 있었던 거야?"

"뭐, 하는 수 없잖아."

나는 소파 옆으로 나무 의자를 끌어다 놓고 앉으며 말했다.

"사무실에서 착오가 있었던 모양이야. 낮 시간에 우리가 했던 작업은 쓸데없는 짓이었던 것 같아. 병원에서 잡역부가 와서 시체를 전부 밖으로 옮기고 있어."

"어떻게 한대?"

"화장시킨대."

"그럼," 여학생이 너무나 힘이 없는 목소리로 말했다. "우리가 새로운 수조로 옮기고 번호표 새로 달고 했던 것들이 전부 괜한 짓이었다는 거네."

"말이 안 되는 이야기지."

여학생이 몸을 비틀며 작은 소리로 웃자 웃음소리는 작고 긴 방의 벽에 부딪혀 짧은 반향을 일으켰다. 나도 웃었지만 웃음은 목구멍 근처에서 눌어붙어 소리가 되지는 못했다. 나는 여학생 몸에서 흘러내린 담요를 고쳐 덮어 주었다. 여학생의 몸은 내 팔 안에서 꿈틀꿈틀 경련을 일으켰다. 웃음이 여학생의 피부 아래서 숨죽이고 돌아다니는 것 같았다.

"나는 장부에 기재까지 했는데. 새로운 번호와 옛날 번호를 선으로 나란히 이어 가며."

그리고 여학생은 다시 얼굴이 새빨개지도록 웃더니 금방 웃음을 그쳤다.

나는 자리에서 일어나며 말했다. "새벽까지 시체를 모두 트럭에 실을 수 있을지도 모르겠고, 우리 보수도 어떻게 되는지 확실히 몰라."

여학생의 어깨가 움츠러들고 추위로 얼굴이 오스스해졌다. 이미 거기에서는 웃음기가 자취를 감추고 있었다.

"너 냄새난다." 여학생이 급하게 말하더니 얼굴을 돌렸다. "냄새가 너무 지독해."

나는 완고한 자세로 천장을 올려다보는 여학생의 두툼하고도 살짝 때가 낀 목을 내려다보며 '너는 냄새 안 나는 줄 알아?' 하는 말을 겨우 참았다.

여학생은 너무 늙어 보였고 피곤에 지친 표정은 마치 병든 새 같았다. 내 표정도 저렇겠지 생각하니 몹시 기분이 안 좋았다.

"나가. 냄새가 너무 역하단 말이야." 여학생이 말했다.

나는 땀에 젖었던 몸이 완전히 식은 걸 깨닫고 작업복 옷깃을 목덜미까지 바짝 세우고 밖으로 나왔다.

해부학 강의실 앞에서 몸을 숙이고 급하게 올라오던 관리인과 마주쳤다. 관리인은 내게 바짝 다가오더니 힘없는 목소리로 말했다.

"시간 외라서 잡역부는 보내 줄 수가 없다네. 이 인원수로는 오늘 밤 안에 다 끝내기는 어렵겠어."

"할 수 없잖아요." 내가 말했다.

"자네는 애초 사무실에서 작업에 대한 설명을 한 게 내가 아니고 사무실 남자라는 걸 기억하고 있지. 잘 기억해 둬."

나는 애매하게 고개를 끄덕이고는 내 어깨에 얹힌 관리인의 무거운 손을 떼어 내고 해부학 강의실로 들어가 시체 적출구로 갔다.

어두운 구멍을 통해 트럭에 겹겹이 쌓인 수많은 사자의 발바닥이 하얗게 드러나 보여서 무척이나 낯설었다. 나는 눈을 똑바로 뜨고 잘 보았지만 어두워서 사자의 엄지발가락에 매어 놓았던 나무 표찰이 보이지 않았다.

엘리베이터가 낮은 회전음을 내며 천천히 올라오자 잡역부들이 시체를 날랐다. 그들은 적출구에서 마치 상자를 내보내는 것처럼 시체를 밀어내고, 빛이 닿지 않는 어두운 공간에서 건장한 팔뚝이 그것을 받아 트럭 적재함에 하나씩 억지로 밀어 넣었다. 사자는 조금 몸을 움직여 발바닥을 부채꼴로 벌리고 제자리를 잡았다.

"어이, 게으름 피우지 마." 잡역부 한 사람이 내게 말했다.

"뭐?" 트럭 적재함 아래서 화가 난 목소리가 들려왔다.

나는 복도로 나왔다.

오늘 밤 계속 일을 하게 되겠지 하는 생각이 들었다. 그것은 너무 괴롭고 힘든 일이었다. 게다가 보수를 받기 위해서는 직접 사무실과 담판을 지어야 한다. 나는 서둘러 계단을 뛰어내려 갔다. 그러나 부풀 대로 부풀어 오른 감정은 억지로 삼킬 때마다 다시 집요하게 내 목을 거슬러 올라왔다.

한잠 자고 나면 괜찮을 거예요, 부인

Sleep It Off Lady

진 리스

정소영 옮김

Jean Rhys

어느 10월 오후에 베이커 부인은 미스 버니와 차를 마시며 그들이 사는 마을 한가운데 들어올 예정인 양계장에 대해 얘기를 나누고 있었다. 주의 깊게 듣고 있지 않던 미스 버니가 말했다. "있잖아, 레티, 요즘에 죽음에 대해 굉장히 많이 생각을 하게 돼. 이상하겠지만 지금까지 거의 그런 적이 없었는데 말이지."

"아니야, 자기야." 베이커 부인이 말했다. "전혀 이상할 게 없어. 아주 자연스러운 일이지. 우리 늙은이들은 다소 아이 같은 데가 있어서 대개 현재만 생각하며 살잖아. 자비롭게도 하늘이 시혜를 내려 주시는 거지."

"그럴지도 모르지." 미스 버니가 미심쩍은 투로 말했다.

"우리 늙은이들"이란 말은 아주 다정한 투였지만, 베이커 부인이 자신은 겨우 예순셋이라 운이 좋다면 아직 여러 번의 여름을 더 날 수 있겠지만(누군가 말하듯이 여러 번의 여름이 지나면 백조가 죽는다니까) 일흔을 훌쩍 넘긴 미스 버니는 그런 운을 거의 바랄 수 없다는 사실을 모를 리 없었다. 베이커 부인이 의자 손잡이를 움켜쥐며 생각했다. '여러 번의 여름. 부정 타지 않기를 하느님께 간절히 바랍니다.' 그러고는 이제는 해가 아주 일찍 진다면서 시간이 순식간에 지나가는 게 놀랍지 않으냐고 했다.

미스 버니는 차가 멀어지는 소리를 들은 뒤 거실로 다시 돌아와 창밖으로 보이는 평평한 들판과 사과나무와 다시 꽃을 피우지 않는 라일락을 내다보았다. 라일락은 전지하면 안 좋기 때문에 앞으로 10년은 꽃이 피지 않을 거라고 했다. 멀리 땅이 불룩하게 솟은 곳—언덕이라고 부르기는 힘들었다—이 있었고, 그 위에 세 그루의 나무가 서 있었는데 너무나 똑같은 모양이라 인공적으로 보였다. '눈이 덮이면 차라리 아름답겠어.' 미스 버니는 생각했다. '눈은 너무나 희고 너무나 부드럽고 종국에는 너무 따분하지. 밉상스러운 헛간도 그렇게 형편없어 보이지 않으니까.' 하지만 헛간 생각은 하지 않기로 이미 마음을 먹은 터였다.

미스 버니가 시골집에 살려고 왔을 때 헛간은 눈엣가시였다. 한때 검은색이었던 아연철판은 색이 거의 다 벗겨져 이제는 푸르데데했다. 지붕 한쪽이 덜렁거려서 바람이 부는 날이면 시끄럽게 퍼덕거렸고 작은 문은 돌쩌귀에서 빠져 입구에 기대 놓은 상태였다. 내부는 놀랍도록 넓어서 저 끝은 거의 캄캄했다. '쓸데

없이 공간을 잡아먹잖아.' 미스 버니가 생각했다. '허물어 버려야 겠어.' 그런 생각을 왜 미처 못 했는지 이상한 일이었다.

달랑 하나 남은 나무 서까래에 못이 튀어나와 있고 거기에 장 식처럼 누더기가 걸려 있었다. 구멍 뚫린 양철 양동이와 거대한 쓰레기통이 있었다. 한구석에 쐐기풀이 잔뜩 자라 있었는데, 그 녀의 신경에 거슬린 것은 반대쪽이었다. 녹이 잔뜩 슨 잔디깎이 며 카펫을 덮어 놓은 낡은 의자, 포대 여러 개와 예전의 건초 더 미에서 그나마 남은 것들이 아무렇게나 쌓여 있었다. 포악하고 위험한 동물이 살고 있으리라는 상상을 하고는 큰 소리로 말했 다. "나와, 이리 나와. 아름다운 '스레드니 바슈타르'•." 그러고는 자기 소리에 놀라 재빨리 걸어 나왔다.

하지만 그녀의 걱정은 과도한 것이 아니었다. 여기에 처음 이 사 왔을 때 동네 건축업자가 이런저런 일을 해 주었는데, 그다음 에 그를 보았을 때 그녀가 말을 꺼냈다.

"헛간을 허물고 싶다고요?" 그가 말했다.

"네." 미스 버니가 말했다. "몰골이 흉측한 데다 공간도 너무 많이 잡아먹고 있잖아요."

"좀 큰 편이긴 하죠." 그가 말했다.

"말도 못 하게 크죠. 도대체 그걸 뭣에 쓴 거예요?"

• 영국 소설가 사키의 단편 제목이자 그 안에 나오는 족제비의 이름.

"정원용 헛간이었겠죠."

"뭐였건 상관없고요." 미스 버니가 말했다. "걸리적거리지 않게 해 줘요."

다음 주는 시간을 낼 수가 없고 그다음 주 월요일에 들러서 한번 살펴보겠다고 건축업자가 말했다. 월요일이 되어 미스 버니가 아무리 기다려도 그는 오지 않았다. 이런 일이 두 번 반복된 후 그가 올 생각이 없다는 걸 깨닫고는 가장 가까운 읍내의 회사에 편지를 썼다. 며칠 후 발랄한 젊은이가 문을 두드리고는 자신을 소개하고 정확히 뭘 어떻게 했으면 좋겠느냐고 물었다. 그때 몸이 좋지 않았던 미스 버니는 헛간을 손가락으로 가리키며 말했다. "저걸 허물어 버리고 싶어요. 할 수 있어요?"

젊은이가 헛간을 살펴보고 주변을 둘러본 후 가만히 서서 그것을 바라보았다.

"없애 버리고 싶어요." 미스 버니가 격앙된 어조로 말했다. "완전히 허물어서 다 실어 가라고요. 꼴 보기도 싫어요."

"작업이 만만치 않은데요." 그가 솔직하게 말했다.

그리고 미스 버니는 그게 무슨 뜻인지 알았다. 그녀가 죽은 뒤에도, 시골집이 사라지고 한참 뒤에도 그것은 살아남을 것이었다. 양철 양동이와 녹슨 잔디깎이와 바람에 펄럭거리는 누더기들이. 모든 게 영원히 지속될 것이었다.

약간 불안하게 그녀를 눈여겨보더니 그가 사무적으로 말했다.

"뭘 원하시는 건지는 알겠습니다. 물론 견적을 내 드릴 수 있어요. 하지만 헛간을 허물면 이 집 가치도 떨어진다는 건 알고 계시죠?"

"그건 왜죠?" 미스 버니가 물었다.

"글쎄요, 이런 곳에 차 없이 살 사람들은 거의 없잖아요." 그가 말했다. "쉽게 차고로 고쳐서 쓸 수 있고, 뭐 그냥 그대로 사용할 수도 있고. 물론 견적을 받아 보신 후에 그 돈과 수고를 들여서 할 만한지 판단하시면 됩니다. 안녕히 계세요."

혼자 남겨진 미스 버니는 자신이 너무 늙은 데다 외롭고 무력하다는 느낌이 밀려와 울기 시작했다. 아무도 저 헛간을 어떻게 해 보려 하지 않을 것이다. 그녀의 형편에 맞는 그런 비용으로는. 하지만 울고 났더니 곧 기분이 다시 좋아졌다. 그런 것에 계속 마음을 쓰다니 웃기는 일이야, 그렇게 혼잣말을 했다. 시골집은 꽤 마음에 들었으니까. 어느 날 아침에 눈을 떴을 때 그녀는 헛간을 어찌해야 할지 알았다. 그때까지는 눈길을 주지 않을 것이었다. 생각도 하지 않을 것이었다.

하지만 그것이 얼마나 자주 꿈에 출몰하는지 믿을 수 없을 정도였다. 어느 날 밤에는 그것이 형태를 바꾸어 하얀색 장식이 된 아주 고급스럽고 반짝거리는 감청색 관으로 변하는 모습을 선 채 바라보았다. 언젠가 입은 적이 있는 드레스가 생각났다. 뒤쪽에서 목소리가 들렸다. "저건 빨래야."

"그럼 내가 치워야 하지 않나?" 꿈속에서 미스 버니가 말했다.

"아직은 아냐. 조금만 있다가." 그 목소리가 어찌나 요란했는지 그녀는 잠에서 깼다.

그녀는 거대한 쓰레기통을 입구까지 끌어다 놓았다. 너무 무거워서 들 수가 없었기 때문에 매주 청소부가 대문까지 끌고 가서 쓰레기통을 비우게 하고 있었던 것이다. 아침마다 싱크대 아래의 작은 노란색 쓰레기통을 들고 가서 지체 없이, 둘러보는 일도 없이 재빨리 큰 쓰레기통에 비우고 왔다. 그런데 어느 날엔가 늘 불던 찬바람이 잠잠해진 때에 그녀는 잠시 서서 흰색으로 페인트칠을 하면 좀 나아지지 않을까 하는 생각을 했다. 더 볼썽사나워질 수도 있었다. 게다가 누가 그걸 해 주겠는가? 그때 고양이 한 마리가 반대쪽 끝을 천천히 가로질러 가는 것이 보였다. 처음 든 생각이 그랬다. 벽 틈새로 햇빛이 스며들고 있었다. 그건 커다란 쥐였다. 그것이 낡은 의자 아래로 사라지는 것을 보고 그녀는 사색이 되어 노란 쓰레기통을 떨어뜨리고는 힘껏 빠른 걸음으로 길을 따라 올라가 누추한 초가집 문을 두드렸다.

"오, 톰. 우리 헛간에 쥐가 있어요. 엄청나게 큰 쥐 한 마리를 봤어요. 너무 무서운데 어떻게 하죠?"

톰의 집을 나섰을 때에도 몸은 여전히 충격에 휩싸여 있었지만 얼마간 진정은 된 상태였다. 100퍼센트 듣는 쥐약이 있으니까 자기가 알아서 처리해 주겠노라고 톰이 다짐을 했고, 톰의 부인이 진한 차 한 잔을 주었던 것이다.

그날 와서 쥐약을 놓은 후 그가 그녀의 집 문을 요란하게 두드리며 별문제 없느냐고 물었을 때 그녀는 경쾌하게 대답할 수 있었다. "네, 괜찮아요. 고마워요."

화창한 날이 계속되면서 쥐 때문에 말도 못 하게 식겁했던 기억은 거의 잊혔다. "죽었거나 도망갔을 거야." 그렇게 확신하면서.

그 쥐를 다시 마주친 그녀는 도무지 믿을 수가 없어서 우뚝 선 채 뚫어지게 쳐다보기만 했다. 쥐는 마찬가지로 느긋하게 헛간을 가로질러 갔고, 그녀는 꼼짝할 수가 없이 서서 보기만 했다. 거대한 쥐가 분명했다.

미스 버니는 이번에는 위안을 받기 위해 톰의 집으로 달려가지 않았다. 빈 노란색 쓰레기통을 여전히 손에 쥔 채로 겨우 부엌으로 들어가 문을 부서져라 닫고는 자물쇠를 채웠다. 그리고 창문도 모조리 닫고 걸쇠를 걸었다. 그런 후 신발을 벗고 누워서 담요를 얼굴까지 뒤집어쓰고는 쿵쾅거리는 자신의 심장 소리를 들었다.

난 내가 측량하는 모든 곳의 군주라네.
내 권리에 이의를 제기할 자 아무도 없지.

그 쥐의 걸음걸이가 그랬다.

폐쇄된 어둠 속에서 깜박 졸았던 모양이었다. 뜬금없이 그녀가 햇빛이 비추는 책상에 앉아 줄 친 공책에 격언을 받아 적고 있었으니 말이다. "사악한 친교는 행실을 망친다. 돌다리도 두드려 보고 건너라. 인내는 미덕이고 온화한 성품은 축복이다." 그렇게 Z 항목까지 죽 이어졌다. Z는 의욕zeal이나 의욕적zealous과 관계있는 격언일 것이다. 하지만 X는? X 항목엔 뭐가 있을 수 있지?

꿈속에서 이런 생각을 하다가 잠에서 깨었고, 불을 켠 후 안정제 두 알을 먹고 다시 잠이 들었다. 아주 깊이. 그다음 눈을 떴을 때는 아침이었고 침대 곁 시계는 밥을 주지 않아 죽어 있었다. 하지만 햇빛을 보고 대충 시간을 짐작하고는 급히 부엌으로 가서 톰의 차가 지나가길 기다렸다. 방은 환기가 되지 않아 답답했지만 창문을 연다는 건 꿈도 꿀 수 없었다. 차가 다가오는 게 눈에 띄자 그녀는 길로 뛰어나가서 손을 흔들었다. 두려움이 그녀에게 날개를 달아 줬는지 다시금 가볍고 재게 움직일 수 있었다.

"톰, 톰."

그가 차를 세웠다.

"오, 톰. 쥐가 아직도 있어요. 어제저녁에 봤다고요."

그가 뻣뻣하게 차에서 내렸다. 젊은 사람은 아니지만 분명히, 분명히, 착한 사람이겠지? "쥐 수십 마리는 죽일 약을 놓았는데요." 그가 말했다. "가서 한번 봅시다."

그가 헛간 쪽으로 걸어갔고 그녀는 멀찍이 떨어진 채 따라가서 그가 낡은 잔디깎이를 마구 흔들고 포대를 발로 차고 건초와 쐐기풀을 발로 밟는 것을 보았다.

"쥐라고는 없는데요." 그가 드디어 입을 열었다.

"한 마리를 봤어요." 그녀가 말했다.

"여긴 없어요."

"엄청나게 큰 쥐였어요." 그녀가 말했다.

둥글고 커다란 톰의 눈이 선해 보인다고 생각하곤 했었다. 하지만 지금 그 눈에는 비웃음과 교활함이 비쳤고 심지어 적의도 보였다.

"분명 분홍색 쥐는 아니었겠죠?" 그가 말했다.

마을 사람들이 자신의 쓰레기통에서 나오는 빈 병의 수를 세어 보며 그에 대해 떠든다는 걸 그녀는 알았다. 하지만 자신이 이렇게나 좋아하는 톰이?

"아니에요." 그녀가 차분하게 말하려 애썼다. "보통 쥐 색깔인데 아주 커요. 쥐약이 안 듣는 쥐도 있다고들 하지 않나요? 괴물 쥐랄까."

톰이 웃었다. "여기엔 그런 거 없어요."

그녀가 말했다. "잔디 깎는 슬레이드 씨에게 헛간을 좀 치워 달라고 부탁했는데, 그러마고 해 놓고는 아마 잊어버렸나 봐요."

"슬레이드 씨는 무척 바쁜 사람이에요." 톰이 말했다. "어르신이 해 달라는 때에 바로 헛간을 치울 수는 없다고요. 기다리셔야지요. 그가 일을 하다 말고 여기 와서 있지도 않은 걸 찾느라고 시간을 낭비할 사람으로 보이세요?"

"아뇨, 당연히 아니죠." 그녀가 말했다. "하지만 꼭 해야 하는데." (난 무서워서 못 하겠단 말이에요, 라고 말하려다가 말았다.)

"자, 이제 가서 따뜻한 차나 한잔 끓여 드세요." 톰이 아까보다 상냥한 목소리로 말했다. "여기 헛간에 쥐 같은 건 없어요." 그러고는 차로 돌아갔다.

미스 버니가 부엌 안락의자에 털썩 앉았다. "내 말을 안 믿는 거야. 저 괴물이 바로 저기 있는데 나 혼자 이 집에 있을 수는 없어. 그렇게는 못 한다고." 하지만 다른 냉담한 목소리가 그녀 안에서 집요하게 들려왔다. "그럼 어디를 가려고? 무슨 돈이 있어서? 정말 그렇게나 겁쟁이인 거야?"

얼마 후 미스 버니가 의자에서 일어났다. 뒤에 숨어 있는 게 아무것도 없다는 걸 확신할 수 있도록 가구란 가구는 모두 벽에서 끌어내고, 헛간 쪽으로 나 있는 창문은 모두 걸어 잠그기로 했다. 다른 창문은 꼭대기만 열어 놓았다. 그러고는 쥐가 냄새를 맡을 수 있는 음식들—치즈, 베이컨, 햄, 냉장 햄, 사실상 모든 음식―을 큰 봉투에 담았다…… 나중에 청소부인 랜돌프 부인에게 줄 생각이었다.

"하지만 이제 얘기는 안 할 거야." 랜돌프 부인도 톰과 마찬가지로 믿지 않을 것이었다. 좋은 사람이었지만 입이 가벼워서, 십중팔구 있지도 않은 괴물 쥐 때문에 자기 고용주가 겁을 잔뜩 집어먹었다는 얘기를 친구들에게 안 하고는 못 배길 것이었다.

다음 날 아침 랜돌프 부인이 떠돌이 개가 커다란 쓰레기통을 엎어 놓았다고 말했다. 그래서 쓰레기를 헛간 바닥에서 다 일일이 주워 넣었다는 것이다. '개가 아니야.' 미스 버니는 그렇게 생각했지만, 뚜껑을 뒤집어서 돌을 두 개 얹어 놓으면 개가 못 건드릴 거라고만 했다.

얼마나 큰 돌을 올려놓았는지를 보고는 이런 말이 거의 입 밖으로 나올 뻔했다. "아무리 큰 쥐라도 저 뚜껑을 열지는 못하겠지."

미스 버니는 늘 무신경한 편이었지 안달복달하는 사람이 아니었다. 그런데 이제는 완전히 달라져 버렸다. 매일 쓸고 닦고 찬장 정리를 하고 서랍에 계속 새 종이를 까느라 몇 시간을 보냈다. 요만큼이라도 먼지가 보이면 쓰레받기를 들고 득달같이 달려들었다. 집을 티끌 하나 없이 깨끗이 관리하기만 하면 쥐가 그냥 헛간에만 있을 거라고 스스로를 설득하면서, 그랬는데도 쥐를 맞닥뜨리면 어떻게 할 건지에 대해서는 생각하지 않기로 했다.

'정신을 잃고 쓰러지겠지.' 그녀가 생각했다. '그럴 거야.'

그러고는 다시 힘을 내서 침대 밑이며 찬장 뒤를 무시무시하게 쓸고 닦는 것이었다. 그러고 나면 너무 피곤해서 밥 먹을 힘도 없었고, 찬 우유에 계란을 넣어 휘저은 뒤 상당한 양의 위스키를 부어 천천히 마셨다. "이젠 많이 먹을 필요도 없어." 하지만 집안일을 하는 속도는 점점 느려졌고 매일 다니는 산책길도 점점 짧아졌다. 드디어 아예 나가지 않게 되었다. "무슨 상관이람." 편지에 답장이라고는 쓰지 않았으므로 편지도 점차 끊겼고, 어느 날 톰이 문을 두드리고는 어떻게 지내느냐고 물었을 때 그녀는 미소를 띠며 말했다. "아, 난 잘 지내요."

그는 거북해하면서 쥐나 헛간 청소 얘기는 꺼내지 않았다. 그녀 역시 그랬다.

"요즘 잘 안 보이셔서요." 그가 말했다.

"아, 요즘은 반대쪽으로 다녀요."

그가 나가고 문을 닫으면서 그녀는 생각했다. '그런데 내가 저 사람을 좋아한다고 상상했으니, 얼마나 괴상한 일인지.'

"아프지는 않으시고요?" 의사가 물었다.

"그냥 느낌이 이상해요." 미스 버니가 말했다.

의사가 아무 말 없이 기다렸다.

"마치 피가 거꾸로 도는 것만 같아요. 정말 끔찍해요. 그러고 나면 때로는 한동안 움직일 수가 없어요. 그러니까 만약에 컵을 들고 있었다면 그냥 놓쳐 버린다고요. 팔에 기운이 하나도 없어 져서."

"그런 게 얼마나 지속되죠?"

"오래는 아니에요. 아마 몇 분 정도? 기분에 오래인 것 같은 거 죠."

"자주 그러세요?"

"최근에 두 번 그랬어요."

의사가 검사를 해 보는 게 좋겠다고 했다. 그러더니 마지막으 로 방을 나가서 약이 반쯤 든 병을 들고 돌아왔다. "하루에 세 번 씩 드세요. 중요하니까 잊어버리면 안 돼요. 약이 아직 많이 남았 을 때라도 제가 한 번 찾아갈게요. 주사를 맞으면 좀 도움이 될 텐데 그걸 우편으로 주문해야 하거든요."

미스 버니가 진료실을 나서기에 앞서 소지품을 챙기고 있는데 의사가 지나가는 투로 물었다. "집에 전화 있나요?"

"없어요." 미스 버니가 말했다. "하지만 연락하고 도와주는 사 람들이 있어요."

"그 말씀은 하셨죠. 하지만 좀 떨어져 있잖아요, 그렇죠?"

"전화를 놓을게요." 미스 버니가 그 자리에서 결심을 하며 말 했다. "바로 알아볼게요."

"좋아요. 좀 덜 외로우실 거예요."

"그렇겠죠."

"가구 같은 거 움직이지 마세요, 아시겠죠? 무거운 거 들지 마시고. 또……" ('아이고 맙소사. 술 마시지 말라고 하려나? 그건 불가능한데!' 하고 그녀는 생각했다.) "너무 걱정하지 마세요." 그가 말했다.

미스 버니는 진료실을 나오자 안심이 되었지만 무척이나 피로해져서 아주 천천히 걸어갔다. 그 마을에서 별로 잘사는 지역이 아닌, 임대주택이 늘어선 곳 근처에 그녀의 집이 있었기 때문에 걸어서 꽤 가야 하는 거리였다. 그게 신경이 쓰인 적은 없다. 그녀는 높고 두꺼운 생울타리와 나무 한두 그루로 안전하게 둘러싸여 있었다. 물론 아이들이 시끄럽게 떠드는 소리와 여자들이 문밖에 나와 수다를 떠는 소리에 익숙해지기까지는 좀 시간이 걸리긴 했다. 처음에는 여자들이 잔뜩 호기심을 가지고, 그중 몇몇은 못마땅하다는 듯이, 그녀를 빤히 바라보곤 했지만 그녀들은 곧 그녀가 별문제가 되지 않을 것임을 알았다.

하지만 디나라는 아이는 다른 문제였다.

마을의 남자아이들 이름은 대부분 잭이나 윌리, 스탠 등이었다. 여자아이들의 이름은 그보다는 공을 들여 지은 것이었다. 디나의 엄마는 다른 엄마들보다 더 공을 들여 딸의 이름을 언딘이라고 지었다.

디나—모두들 그렇게 불렀는데—는 열두 살쯤 된 크고 통통한 아이로, 얼굴은 예쁘장하고 혈색이 좋았지만 약간 소를 닮았다. 소리를 꽥꽥 질러 대는 아이들 놀이에 함께하는 적도 없었고 쓰레기통 뚜껑으로 축구를 하는 적도 없었다. 남는 시간에 하는 일이라고는 그저 집 현관에 나와 서서 말없이, 굳은 얼굴로 지나가는 사람들을 빤히 보는 것밖에 없어 보였다.

미스 버니는 그 애와 친해지려는 노력을 진즉에 그만두었다. 아이의 냉소적인 시선이 얼마나 그녀를 우울하게 했는지, 아이를 피하려고 길 반대편으로 가거나 때로는 집을 나서기 전에 아이가 없는 걸 확인하는 겁쟁이 짓을 한 적도 있었다.

이제 그녀는 길 아래쪽을 걱정스럽게 살펴보았고, 아무도 없는 걸 보고는 안도했다. "당연하지." 그녀가 혼잣말을 했다. "날씨가 추워지잖아. 겨울이 오면 다들 집 안에 들어앉아 있으니까."

디나가 추위에 아랑곳했다는 뜻은 아니다. 바로 며칠 전만 해도 미스 버니가 창밖을 내다보았을 때 그 애가 바깥에 나와 서서—살을 에는 바람은 느껴지지도 않는 듯—자기 집 현관문을 뚫어져라 노려보는 걸 보았으니까 말이다. 마치 그렇게 하면 고요한 그 집에서 무슨 일이 벌어지는지, 미스 버니가 하루 종일 혼자 뭘 하는지를 나무 벽을 뚫고 알아낼 수 있을 것처럼.

의사에게 다녀오고 얼마 지나지 않은 어느 날 아침 미스 버니는 몸이 아주 가뿐하고 행복한 기분으로 잠에서 깨었다. 또한 지금 어디에 있는 건지 전혀 알 수가 없었다. 다시 젊어지고 다시 건강해진 느낌을 만끽하며 누워 있다가 천천히 여기저기 놓인 가구들이 의식되기 시작했다.

'당연하지.' 그녀가 커튼을 젖히며 생각했다. '생을 마감하기에는 정말 우스꽝스러운 곳이잖아.'

하늘은 창백한 색이었고 바람은 없었다. 그녀가 가만히 서 있는 나무를 바라보며 흥얼거렸다. 〈특별한 날〉. 그녀는 생일이면 항상 〈특별한 날〉을 불렀다. 두 해—작년과 내년—중간에 자리 잡은 생일날에는 나이를 전혀 느낄 수가 없었다. 생일은 중지, 휴지기였다.

천천히 옷을 입으면서 처음으로 쥐를 기억해 냈다. 하지만 그것은 오래전에 일어난 일 같았다. "내가 얼마나 겁을 먹었는지 아무에게도 말하지 않았으니 얼마나 다행이람. 전화를 놓으면 바로 레티 베이커에게 차를 마시러 오라고 해야겠다. 어떻게 합리적으로 일 처리를 해야 할지 정확히 알 테니까."

그녀는 늘 하던 대로 밥을 먹고 먼지를 털고 바닥을 쓸었는데, 평소보다 훨씬 더 느릿느릿했고 중간중간 한참을 쉬어야 했다. 기다란 구식 카펫 청소기에 기대서서 밖에 선 나무를 빤히 쳐다보았다. "여름아, 잘 가거라. 잘 가." 그녀가 콧노래를 불렀다. 하지만 그런 서글픈 노래를 하면서도 건강하고 젊어졌다는 자신감은 전혀 사라지지 않았다.

놀랍게도 문득 날이 저물고 있다는 사실을 그녀는 깨달았다. "아니, 아직 쓰레기통도 못 비웠는데."

작은 노란색 쓰레기통을 들고 헛간으로 갔는데 커다란 쓰레기통이 거기 없었다. 아무래도 랜돌프 부인이 깜박하고 그것을 대문 밖에 놔두고 온 모양이었다. 알고 보니 그랬다.

일단 뚜껑을 먼저 가져다 놓은 후 무거운 쓰레기통을 옆으로 뉘어 발로 차서 굴렸다. 하지만 너무 느렸다. 답답해진 그녀는 쓰레기통을 집어 들고 헛간으로 가서 떠돌이 개든 쥐든 막기 위해 썼던 돌이 어디 있나 둘러보았다. 돌도 보이지 않았으므로 그녀는 기골이 장대하고 젊은 랜돌프 부인이 분명 돌이고 뭐고 다 얹은 채 쓰레기통을 들고 나간 게 틀림없다고 생각했다. 쓰레기 수거하는 사람들이 길가에 던져 버렸을 것이었다. 다시 나가 찾아보니 정말 거기 있었다.

돌 하나를 집어 들었다가 얼마나 무거운지 깜짝 놀라 바로 놓아 버렸다. 하지만 다시 집어 들고는 뒤뚱거리며 헛간으로 갔고, 찬 벽에 기대 숨을 헐떡거렸다. 몇 분 후 가쁜 숨이 진정되고 기운도 좀 차리게 된 데다 자신이 다시 건강해졌음을 스스로에게 증명해야겠다는 마음으로 그녀는 다시 길로 나가 두 번째 돌을 집어 들었다.

몇 걸음 만에 자신이 아주 오랫동안, 수년 동안, 감당할 수 없는 그 무게에 짓눌려 계속 걸어왔다는 느낌이 들면서 그녀는 힘이 완전히 빠졌고 더 이상 움직일 수 없을 것 같았다. 그래도 기를 쓰고 헛간까지 가서 돌을 내려놓았다. "자, 이제 끝이야. 정말 힘들었어. 이제 노란 쓰레기통만 가지고 들어가면 돼." 돌은 내일 엎어 놓을 요량이었다. 노란 쓰레기통은 종이나 달걀 껍데기, 오래된 빵만 그득했으므로 가벼웠다. 미스 버니가 그것을 들어 올렸다……

그녀는 쓰레기통에 등을 기대고 다리는 앞으로 뻗은 채 땅에 주저앉아 있었다. 주변에는 찢어진 종이와 달걀 껍데기가 흩어져 있었다. 치마는 위로 올라가고 드러난 무릎 위에 식빵 조각이 얹혀 있었다. 무척 추웠고 사위는 어두워져 갔다.

'무슨 일이지.' 그녀가 생각했다. '내가 기절이라도 했던 건가? 집 안으로 들어가야겠다.'

일어나려 기를 썼지만 땅바닥에 딱 붙어 버린 것만 같았다. '잠깐.' 그녀가 생각했다. '겁먹으면 안 돼. 숨을 깊게 쉬고 마음을 편히 갖자.' 하지만 다시 시도해 보아도 몸이 납덩이처럼 무거웠다. '전에도 이런 일이 있었어. 곧 괜찮아질 거야.' 그렇게 생각했다. 하지만 어둠은 삽시간에 밀려왔다.

여자들이 집 앞을 지나가는 게 보여 그녀는 소리쳐 그들을 불렀다. 처음에는 이렇게. "혹시 괜찮으시면…… 죄송하지만……"

하지만 바람이 일어 그녀를 덮쳤고 아무도 그녀의 목소리를 듣지 못했다. "도와줘요!" 그렇게 소리쳤지만 역시 아무도 듣지 못했다.

옷을 단단히 여미고 망태기를 둘러메고 머리에 스카프를 둘러쓴 그들이 지나쳐 갔고 거리는 다시 텅 비었다.

쓰레기통에 등을 기댄 채 추위에 부들부들 떨면서 그녀는 기도했다. "하느님, 절 여기 버려두지 마세요. 제발 누구라도 오게 해 주세요. 누구라도!"

눈을 떴을 때 대문에 기대선 사람의 윤곽이 보였고 그녀는 전혀 놀라지 않았다.

"디나! 디나!" 그녀가 목소리에 극도의 공포심이 드러나지 않도록 애쓰며 외쳤다.

디나가 조심스럽게 다가와 몇 미터 앞에 서서는 쓰레기통에 기대앉은 미스 버니를 무표정하게 찬찬히 바라보았다.

"디나야." 미스 버니가 말했다. "아무래도 할머니 상태가 많이 안 좋은 것 같아. 엄마한테 가서 의사 선생님한테 전화를 좀 해 달라고 하겠니? 의사 선생님이 오실 거야. 그리고 가능하면 엄마가 날 부축해서 집 안으로 데려다주면 좋겠는데. 너무 추워서 말이지……"

디나가 말했다. "엄마한테 부탁해야 소용없어요. 엄만 할머니를 안 좋아해서 할머니랑 상종하기 싫대요. 엄마는 거만한 사람은 질색이거든요. 할머니가 집 안에 틀어박혀 술만 마시는 거 사람들이 다 알아요. 할머니가 취해서 이리저리 부딪히고 쓰러지고 하는 소리 다 들린다고요. '물을 많이 마셔야 하는데.' 엄마가 그랬어요. 한잠 자고 나면 괜찮을 거예요, 부인." 그 못돼 먹은 아이는 그렇게 말하고는 총총히 사라져 버렸다.

미스 버니는 아이를 다시 소리쳐 부르거나 따지려고 하지도 않았다. 그래 봐야 소용없다는 걸 알았으니까. 힘이 빠져나가고 무감각해지는 느낌이 서서히 그녀를 사로잡았다. 추위보다 더 강하게. 두려움보다 더 강하게. 이제는 더 이상 아무것도 하고 싶지 않다는 그런 느낌. 거의 체념과도 같은. 다른 누군가 지나간다 한들 다시 소리쳐 도움을 요청할까? 그럴 수 있을까? 냉랭한 무감각과 싸우면서 그녀는 마지막으로 몸을 움직여 보려고, 적어도 무릎의 빵 조각이라도 떨어뜨려 보려고 무진장 애를 썼다. 하루 종일 잊고 있었던 쥐에 대한 두려움이 다시 그녀를 헤집기 시작했기 때문이다.

전혀 되질 않았다.

분명히 쥐가 모습을 나타낼 구석 쪽—낡은 의자와 카펫이 놓인 구석, 건초 더미가 쌓여 있는 구석—을 눈을 부릅뜨고 쏘아보았다. 곧바로 공격을 할까, 아니면 그녀가 움직이지 못하는 게 확실해질 때까지 기다릴까? 어쨌든 조만간 나타날 것이었다. 그렇게 미스 버니는 어둠 속에서 괴물 쥐를 기다렸다.

그녀를 발견한 것은 집배원이었다. 그녀가 주문한 책 꾸러미를 들고 와서 여느 때처럼 입구에 놓았다. 그런데 온 집 안에 불이 켜져 있고 문도 열려 있는 게 눈에 띄었다. 미스 버니는 집 안에 있지 않은 게 분명했다.

"나가셨나 보지? 그런데 이렇게 이른 아침에, 게다가 이렇게 추운데?"

불안한 마음으로 대문 쪽을 돌아보다가 그는 헛간 근처에 옷 같은 게 쌓여 있는 걸 보았다.

겨우 그녀를 들어서 부엌 안락의자로 옮겼다. 식탁 위에 뚜껑이 열린 위스키병이 있어서 그걸 좀 마시게 하려 했지만 그녀가 이를 워낙 세게 악물고 있는 바람에 위스키가 얼굴로 다 흘러내렸다.

다음으로 배달 갈 집에 전화가 있다는 사실이 떠올랐다. 서둘러야 했다.

외딴 마을인 것을 감안하면 생각보다 훨씬 빨리 의사가 도착했고 곧바로 구급차도 왔다.

미스 버니는 의식을 회복하지 못하고 그날 저녁 병원에서 숨을 거뒀다. 의사는 충격과 추위가 사인이라고 했다. 심장에 문제가 있어서 치료 중이었다고 했다. "요즘은 만연해 있죠. 심장 문제 말입니다."

『죽음의 책』 작가들

제임스 그레이엄 밸러드
James Graham Ballard, 1930~2009

1960년대 SF 뉴웨이브 운동을 견인하며 현대문학을 재정의한 영국 작가. SF의 우주 개념을 '내우주'로 전환시키는 등의 문학적 특수성은 형용사 '밸러드풍Ballardian'이라는 신조어를 탄생시켰다.

플래너리 오코너
Flannery O'Connor, 1925~1964

장편소설 두 편과 단편소설 서른두 편만으로 문학사에 깊은 자취를 남긴 미국 작가. 프로테스탄트 신앙이 지배적인 미국 남부에서 독실한 가톨릭교도로서의 정체성을 작품 속에 녹여 내는 데서 나아가 자신의 종교적 비전과 믿음을 인류 전체의 메시지로 승화시켰다.

토마스 만
Thomas Mann, 1875~1955

독일 현대문학의 3대 거장으로 꼽히는 작가이자 1929년 노벨문학상 수상자. 독일의 소설 예술을 세계적 수준으로 끌어올렸으며, 독일 시민 문화 전체의 비극적 운명을 소설에서 축소화하여 보여 주었다.

리처드 매시슨
Richard Matheson, 1926~2013

현대 호러 문학에 지대한 영향을 미친 미국 작가. 평범한 미국의 일상을 배경으로 한 호러 소설과 SF, 판타지, 서부극에 이르는 다양한 스펙트럼의 이야기들로 미국 장르 소설의 황금기를 이끌었다.

사이트 파이크 아바스야느크
Sait Faik Abasıyanık, 1906~1954

터키 현대 단편소설사의 선구적 작가. 자연과 인간에 대한 사랑을 작품 중심에 놓고 진솔한 자연인이라 여긴 서민층의 이야기를 담았다.

유도라 웰티
Eudora Welty, 1909~2001

미국 남부 문학을 대표하는 작가. 고향 미시시피의 풍경과 그곳 주민들의 일상을 관찰자의 눈으로 들여다보며, 익숙한 풍경에 유머와 신화 등을 덧입혀 현실과 초현실을 넘나드는 이야기로 승화시켰다.

제임스 서버
James Thurber, 1894~1961

마크 트웨인을 잇는 미국 최고의 유머 작가. 어릴 적 왼쪽 눈이 실명한 탓에 혼자 그림을 그리고 글을 쓰면서 키운 기발하고도 우울한 상상력과 유별난 가족의 영향으로, 유머의 형식을 빌려 부조리한 일상에 대한 진지한 기록들을 남겼다.

잭 런던
Jack London, 1876~1916

20세기 초 전 세계적인 문화의 아이콘으로 사랑받았던 미국 작가. 동토에서 적도에 이르는 야생의 땅을 배경으로 한 모험 이야기들 속에서 인간 무의식의 야성을 통찰했다.

윌리엄 트레버
William Trevor, 1928~2016

안톤 체호프와 제임스 조이스를 계승한 현대 단편소설의 거장. 아일랜드의 중산층 개신교 집안에서 태어나 한평생 이방인으로 영국에 머물며 소설집 15권에 달하는 수백 편의 작품을 발표했다.

기 드 모파상
Guy de Maupassant, 1850~1893

근대 단편소설의 창시자로 꼽히는 프랑스 작가. 10년 남짓한 짧은 창작 기간 동안 삶의 희로애락을 응축한 300여 편의 단편과 여섯 편의 장편소설, 에세이, 기행문, 희곡 등을 남겼다.

조지프 러디어드 키플링
Joseph Rudyard Kipling, 1865~1936

인도 봄베이 출생의 영국 작가이자 1907년 노벨문학상 수상자. 19세기 말 인도에서의 경험을 바탕으로 삼아 400편에 가까운 단편소설과 시를 남겼다.

사키
Saki, 1870~1916

동시대의 오 헨리와 안톤 체호프에 비견되는 영국의 단편 작가. 영국 사회의 허위의식과 인간의 모순되고 위선적인 모습을 폭로하는 등 영국식 유머가 넘치는 풍자문학을 선보였다.

레이 브래드버리
Ray Bradbury, 1920~2012

20세기 SF 문학의 입지를 끌어올린 미국 작가이자, 장르소설 작가 최초 전미도서재단 평생공로상 수상자. 서정적인 문체와 시적 감수성, 자유로운 상상력으로 구축한 환상적인 작품 세계로 광범위한 독자층에게 사랑받았다.

알퐁스 도데
Alphonse Daudet, 1840~1897

전 세계적으로 사랑받는 프랑스 작가. 시적 서정성과 섬세한 감수성을 지닌 문체로, 순박한 사람들에 대한 연민과 고향 프로방스 지방에 대한 향수를 주제로 삼아 특유의 인상주의적 작풍을 세웠다.

윌키 콜린스
Wilkie Collins, 1824~1889

빅토리아 시대를 대표하는 영국 작가. 오늘날의 탐정소설과 서스펜스 소설의 모태인 '센세이션 소설'을 선보임으로써 근대 미스터리 소설의 창시자라고 여겨진다.

그레이엄 그린
Graham Greene, 1904~1991

"'20세기'라는 장르의 최고 작가"라고 불린 영국 작가. 스릴러적인 요소가 공존하는 순수문학과 고도로 윤리적이고 심미적인 오락물 등 장르의 경계를 초월한 작품들로 20세기 스토리텔링의 패러다임을 바꾸었다.

몬터규 로즈 제임스
Montague Rhodes James, 1862~1936

20세기 최초의 공포소설가라고 여겨지는 영국 작가. 빅토리아 시대 고딕 환상소설의 클리셰들을 차용하면서도 현대적인 장치들을 부가함으로써 현대 공포소설의 방법론을 확립했다.

오에 겐자부로
大江健三郎, 1935~

전후戰後 일본 문학을 대표하는 작가이자 1994년 노벨문학상 수상자. 성性, 정치, 기도, 용서, 구원 등 삶의 명제들을 문학으로 극복하는 데 헌신하며, 전후 정신의 근간이 흔들리는 위기에 맞서면서 반전반핵과 인류의 공존을 역설하고 있다.

진 리스
Jean Rhys, 1890~1979

서구 제국주의와 남성중심주의가 절정에 이르렀던 시대에 탈식민주의와 페미니즘 문학을 이끈 영국 작가. 영국령 도미니카에서 태어나 서인도제도와 유럽 양쪽에 뿌리를 둔 독특한 정체성을 바탕으로 여성과 이방인의 문제를 다룬 작품들을 써냈다.

※ 〈세계문학 단편선〉은 계속 출간됩니다.

죽음의 책

지은이 제임스 그레이엄 밸러드, 플래너리 오코너, 토마스 만, 리처드 매시슨, 사이트 파이크 아바스야느크, 유도라 웰티, 제임스 서버, 잭 런던, 윌리엄 트레버, 기 드 모파상, 조지프 러디어드 키플링, 사키, 레이 브래드버리, 알퐁스 도데, 윌키 콜린스, 그레이엄 그린, 몬터규 로즈 제임스, 오에 겐자부로, 진 리스

옮긴이 조호근, 고정아, 박종대, 최필원, 이난아, 정소영, 오세원, 이선혜, 최정수, 이종인, 김석희, 임희근, 박산호, 서창렬, 박승애

펴낸이 김영정

초판 1쇄 펴낸날 2022년 11월 15일

펴낸곳 (주)현대문학
등록번호 제1-452호
주소 06532 서울시 서초구 신반포로 321 (잠원동, 미래엔)
전화 02-2017-0280
팩스 02-516-5433
홈페이지 www.hdmh.co.kr

ISBN 979-11-6790-131-6 03840

* 책값은 뒤표지에 있습니다.
* 파본은 구입처에서 교환해 드립니다.